KB114125

공유
하실
래요?

공유하실래요? 1

초판 1쇄 찍은 날 | 2016년 1월 20일
초판 1쇄 펴낸 날 | 2016년 1월 28일

지은이 | 이현이
펴낸이 | 서경석

편 집 책 임 | 조윤희
편   집 | 이은주
             주은영
디 자 인 | 신현아

펴 낸 곳 | 도서출판 청어람
등록번호 | 제387-1999-000006호
등록일자 | 1999. 5. 31
어람번호 | 제5-0436호

주소 | 경기도 부천시 원미구 부일로 483번길 40 서경B/D 3F
        (우) 14640
전화 | 032-656-4452 팩스 | 032-656-4453
http://www.chungeoram.com
E-mail | chungeorambook@daum.net

ⓒ 이현이, 2016

ISBN 979-11-04-90601-5 04810
ISBN 979-11-04-90600-8 (SET)

※ KOMKA(한국음악저작권협회) 승인 필.
※ 파본은 구입하신 서점에서 교환하여 드립니다.
※ 저자와 협의하여 인지를 붙이지 않습니다.
※ 이 책은 도서출판 청어람과 저작자의 계약에 의해 출판된 것이므로, 무단 전재
   및 유포·공유를 금합니다.

공유
하실
래요?

1

이현이 장편소설

Chungeoram romance novel

도서출판 청어람

목:차

프롤로그
이별을 부른 청혼

"끝내자."

헛웃음이 나온다. 정말이지 어이가 없어서. 남자는 방금 여자에게 청혼한 터였다. 그리고 그에 대한 여자의 답은 딱 세 음절이었다. 그것의 조합은 이별을 뜻하는 말이었고 그 예기치 못한 습격에 남자는 당혹스러웠다. 말다툼도, 언성을 높여서 싸우기라도 했다면 좀 더 받아들이기 쉬울까? 만약 그랬다 치더라도 지금 찬물을 뒤집어쓴 듯한 이 당혹감은 사라지지 않았을 터였다. 끝을 예감한 적이 없었기에 더욱 받아들이기 힘든 갑작스러움을 꾹 찍어 누른 채 물었다.

"뭐?"

갖은 힘을 다 짜내서 겨우 꺼낸 한마디였다. 고작 받아치는 수준이 그 정도냐고 힐난할 여유…… 없다. 그저 들은 말을 되새기는 것조차 현기증이 나고 머릿속이 멍할 뿐이었다.

"헤어져."

귀를 틀어막고 싶을 정도로 신경 사나운 목소리가 이어졌지만 그는 이를 사리문 힘에 의지해서 터지는 입술을 겨우 다물었다. 일부러 한 호흡을 쉬어가며 시간을 번다. 부디 뒤이어서 '놀랐지? 장난이야!'라는 가벼운 목소리가 이어지길 기도했는데, 애석하게도 그녀는 더욱 표정을 굳히고 입술에 힘을 실었다.

"그만하자."

관계를 종결짓는 모든 문장이 쏟아져 나온 끝에서 남자는 이 상황의 의미를 깨닫는다. 그것은 결별. 여자는 진정으로 끝을 말하고 있었다. 가장 가깝다고 자부했던 상대였는데 정작, 그 감추어진 속내를 눈치채지 못했던 스스로가 미련해서 싫고, 저 앙큼한 여자는 얄미워서 돌 지경이다.

"너……."

버석한 입안으로 힘을 끌어모아 겨우 입술을 뗐지만 쉽게 말을 이을 수 없었다. 이별, 눈으로 인지한 그 상황의 의미를 파악했다면 그 다음은 본능적인 신체 반응이 이어진다. 목이 깔깔해지고 눈꺼풀이 떨리더니, 입꼬리가 잔뜩 비틀렸다. 손이 떨리는 것은 눈치채지 못했을 뿐 이미 진작부터 시작된 작은 변화. 그 미묘한 떨림을 통제하지 못한다는 것, 그 충격이 어디서 비롯되는지 알고 있기에 일부러 힘주어 주먹을 움켜쥐었다. 마치 도망치는 여자를 붙잡듯 간절하게 주먹을 쥔 남자는 입안에 고인 무수한 문장들 가운데 유독 삼키기 힘든 큰 덩어리 하나를 씹어 뱉어냈다.

"제정신이야?"

공유하실래요?

노골적인 힐난이 서린 목소리에도 그녀는 아주 천천히 눈만 깜박였다. 제대로 숨을 쉬고는 있는 거냐고 묻고 싶을 만큼 그녀는 무덤덤한 표정이었다. 사실, 제대로 보면 혼이 나간 듯이 창백하게 질린 얼굴이었다. 정작 제 열을 주체하지 못하는 남자는 여자의 핏기 없는 얼굴이 낯설고 두렵다.

"지금 네가 무슨 말을 들은 건지 몰라? 놀라서 귀도 막힌 거야? 상황 똑바로 봐! 나 지금 너한테 청혼했다고! 그런데 지금, 어째서 헤어지자는 말이 나와. 그게 가능해? 아니지. 그럴 수 없지. 네가, 멀쩡하다면 이건 아니야. 미치지 않고서야 이럴 순 없다고!"

거칠게 뿌려지는 목소리의 호흡이 무척이나 뜨거웠다. 그런데도 그녀는 천천히 손을 움직여서 흔들림 없는 동작으로 커피 한 모금을 제대로 삼킬 뿐이었다. 그러곤 여전히 건조한 표정으로 씩씩거리는 남자를 가만히 눈에 담는다.

"귀 안 막혔고, 제대로 들었어. 그리고…… 차라리, 미치는 게 낫다는 생각은, 지금 하는 중이야."

여자는 질릴 만큼 차분하게, 조목조목 제대로 된 목소리를 흘린다. 차라리 엉엉 울면서 헤어지자고 하면, 다독이고 안아주면서 눈물을 닦아주고 '뭐가 서운한데?'라고 다정하게 물을 텐데, 분명히 그렇게 해줄 건데, 바라는 대로 다 고칠 작정인데…… 단단한 여자는 그 작은 기회조차 주지 않는다.

"결혼하자고? 그래, 언젠가는 하겠지. 그런데 지금은 아니야. 내 선택지에 결혼은 없어."

"그래서? 뭘 어쩌자고!"

저도 모르게 발을 구르고, 갈라지는 목소리에는 투정이 섞였

다. 칭얼거리고 툴툴거리면서 붙잡는 처지가 꼴사납고 짜증 난
다. 그런데도 어쩔 수 없이 그렇게 볼품없는 모양새가 되고 말았
다. 이유는 간단하다. 이별이 싫으니까. 한집에서 살고 싶은 여
자를 눈앞에서 놓칠 수는 없으니까.

"넌 지금, 꼭 해야겠다며."

작은 입술의 움직임을 따라가는 그의 동공이 가득 확장되었
다. 사람들이 가득한 카페 안이었다. 그런데도 신기하리만큼 주
변이 지워지고 눈앞의 여자, 저 작은 여인 하나에 오롯하게 모든
시야가 집중되었다.

"그러니까 해."

정신을 놓을 것 같은 긴장감이 목구멍을 막고 숨을 조이는 순
간이었다.

"다른 여자랑."

그녀의 말이 맺어지는 순간, 여자를 주시하는 노기 서린 눈동
자는 더욱 검게 가라앉았다. 여자는 그 눈의 의미를 분명히 안
다. 한계 상황, 그 끝자락에 놓인 남자의 위태로움을 빤히 보면
서도 외면한다. 그녀는 눈썹의 움직임조차 통제하는 듯 감정을
읽을 수 있는 표정 하나도 실수로 흘리지 않았다.

"이왕이면, 나 보란 듯이 예쁘게. 아주, 잘…… 해. 나는……
가야 할 때를 알고, 알아서 떠날 테니까."

그는 주먹을 다시 고쳐 쥐었다. 이전보다 더욱 꽉 힘을 실어서.
실은, 순간적으로 거칠게 손을 뻗어서 여자의 가녀린 목을 잡아
뒤흔들 뻔한 순간이었다. 이별은 이렇게 사람을 미치게 한다.

"남자 있어?"

"아니."

"나한테 최악의 선택지는 그 이상이 없는데, 그것도 아니다? 그런데도 헤어져 달라? 내가 왜?"

그는 비릿하게 웃으면서 팔짱을 꼈다. 일부러 비아냥거리듯 입술을 휘면서 고개를 옆으로 까닥였다.

"난 그렇게 못 해. 청혼했다 까였다는 거추장스러운 소문, 그딴 거 내 이름 앞에 덜렁거리면서 붙이고 싶은 생각 없어. 그러니까 네가 고쳐. 네 생각은."

"시간 끈다고 해도, 지치는 건 너 혼자야. 내 생각은 바뀌지 않아. 거추장스러운 소문은, 안 만들면 그만이고. 네가 청혼한 거 아는 사람 없잖아. 내가 입 닫으면 돼. 네가 날 끝낸 거로 해. 난, 내 이름 앞에 차였다는 이름표 다는 일, 상관없어."

태연하게 모든 것을 정리하는 여자의 단호한 입술을 노려보면서 그는 상황이 심상치 않음을 직감했다. 그 옛날 스치듯이 투정 부리던 헤어짐이 아니었다. 이번엔 진짜다. 그 벗어날 수 없는 상황에서 악을 쓰면서 이별을 거부하는 남자는 애타는 손으로 그녀를 흔든다.

"그러니까 네가, 지금! 네 마음이 더는 날…… 사랑하지 않는다고 말하는 거야? 그래서 끝이야?"

절박한 목소리의 울림이 전해지는 순간 그녀는 쉽게 답하지 못했다. 아예 창밖을 향해 던져진 여자의 표정은 고요했다. '도대체 무슨 생각을 하니?'라고 묻고 싶을 만큼……. 아무리 머리를 굴려도, 도무지 그 생각이 읽히지 않아서 답답했다. 혹여, 그녀가 사랑이 끝났다고 하면 어쩌나, 너한테 질렸다고 악을 쓰면 그땐 정말 답이 없는데, 역시 묻는 말이 적절치 못했나? 차라리 아예 질문을 바꿔서 내가 뭘 그렇게 잘못했냐고 따져 물을까? 오만 가지 생각과 싸우던 그때였다. 그녀의 입술 끝이 천천히 움직이면서 뜻 모를 작은 미소가 걸렸다.

"사랑이라……."

그녀가 '사랑' 그 설레는 단어를 읊조리는 순간, 가슴이 뛰는 게 아니라 숨이 막힌다. 이건 아닌데, 뭔가 잘못되어도 한참 잘못됐다는 생각이다. 극도의 긴장감으로 인해서 잠시 정신이 흐려졌던 순간, 겨우 초점을 되돌리니, 여자는 어느새 사랑의 기운이 사라진 듯한 차가운 눈으로 그를 본다.

"그러고 보니, 나도 궁금해졌네."

"……."

"사랑, 그거 하면 이별, 그 아이가 안 온대?"

"말장난하지 마."

잇새로 내뱉는 목소리에 짜증이 가득 실렸다. 여자는 피식, 작은 미소를 머금더니 눈을 내리깔았다. 그러곤 무언가 생각하는 표정을 지으면서 단정하게 깎인 제 손톱을 매만졌다. 그 심란한 모습을 바라보며 남자는 탄식을 닮은 숨을 쏟았다. 그리고 금방 입매가 비틀린다. 잔을 쥔 손의 떨림이 멈추지 않아서 더 짜증이 치솟았다. 눈을 마주 보지 않는 여자 때문에 일부러 큰 소리로 잔을 내려놨다. 그 거친 동작을 이기지 못한 물이 테이블 위로 쏟아졌지만, 그녀는 물끄러미 그를 응시할 뿐, 휴지 하나 건네지 않았다. 기가 막힌다. 지금껏 알던 여자면, 분명히 이럴 리가 없는데도. 그녀는 낯선 타인의 모양새로 남자의 앞에 있었다.

공유하실래요?

"맥 끊지 말고. 분명히 답해. 너, 사랑이 끝났어?"

분명히 있는데, 저 여자의 눈 안에 내가 있는데, 왜 끝을 논한단 말인가? 어째서 저 잔망스러운 여자는 주저함도 없이 자신에게서 멀어지는 걸까? 내가 뭘 그렇게 잘못했나? 생각하면 할수록 답이 없어서 입안이 떫어진다. 여차하면 여자의 예쁜 눈동자에 서리는 자신의 모습이 진정으로 오늘, 마지막이 될 수도 있다. 그래서 갖은 힘을 다하여 재촉하듯 묻는다.

"끝이냐고 묻잖아!"

"진행 중."

참신한 표현이라고 칭찬을 하기에는 사람 속을 너무 뒤집는다. 여자의 심란한 답변을 씹어 삼키면서 남자는 정말 질렸다는 표정을 지었다.

"진짜 알 수가 없어. 정말…… 왜 이래."

"……."

"도대체 뭐에 속이 뒤틀린 건데? 이유나 알자. 내 청혼이 부족했어? 커피 마시다가 흘리듯이 뱉은 결혼하자는 말로는, 자존심이 상해? 내 방식이 안 내키면 차라리 똑바로 말을 하라고!"

"그런 거 아닌데."

쓸데없이 상냥한 입술의 움직임이었다. 그 조잘거림을 따라가는 남자의 눈은 상처를 말한다. 그래서 살면서 처음 느끼는 공허함이 가슴에 가득 고여들었다.

"아니, 그렇다고 해! 그 이상의 이유는 안 돼. 없는 아량 다 끌어도 이해할 수 있는 선은 거기까지야. 그러니까 너는, 가까스로 귀엽다는 생각이 들 때까지만, 딱 거기까지! 칭얼대면서 튕겨. 그리고 분명히 말해. 원하는 게 있으면, 쉬운 말로 제대로 요구하라고. 낯짝 붉어지는 요란한 프러포즈, 질릴 때까지 해줄 테니까!"

이제는 오기가 들었다. 이런 식으로 일방적으로 얻어맞듯이 헤어지는 것은 용납할 수 없다는 게 더 정확했다. 미련이라면 미련이고, 자존심이 상했다면…… 뭐, 그것도 틀린 말은 아니었다. 그는 불안과 불쾌함이 뒤섞인 감정을 담백하게 다스릴 수 없었다. 이별인데…… 깔끔하고 쉬울 리가 없잖아. 살이 떨어져 나가는 기분인데…… 그래서 얼마나 아플지 감도 안 오는데…… 저 여자가 그걸 하자고 하니, 게거품 물고 쓰러지지 않는 게 대견하지. 그렇게 마지막 발악을 하는 제 보습이 초라해서 미칠 것 같은데, 그녀가 웃었다. 그러니 독이 난 눈동자가 잔뜩 커질 수밖에.

"요란한 프러포즈, 필요 없어. 지금 받은 것도 분에 넘쳐서 못 받아."

"받아."

"싫어."

완벽한 확인사살이었다. 그녀는 이 미친 이별을 주도하고 있으면서 정작 자신은 아무렇지 않다는 듯 빙긋이 웃는 얼굴을 유지했다. 그 단호함 앞에서 남자는, 정말 정신을 잃고 쓰러지고 싶은 마음이었다. 확장된 동공 안으로 사랑하는 여자가 가득 자리했지만, 휑한 마음은 달래지지 않는다. 그는 고양이의 입매처럼 입꼬리가 말려 올라가는 여자의 웃음을 참 좋아했었다. 그래서 지금 어이가 없고, 조금 더 정신을 차리니 화가 치민다. 웃어? 이 상황에 웃음이 나와? 정말 돌았나? 경박하게 튀어나오려는 욕지거리를 겨우 삼키면서 뾰족한 눈초리에 더욱 힘을 실었다.

"참…… 좋겠다. 너는……."

"……."

"이별, 그 더럽게 거추장스러운 것도 존경스러울 만큼 간단하네. 작정하고 마음 내서 입 한 번 움직이는 거로…… 잘도 끝나. 역시…… 내가, 참 하찮은 새끼였네…… 너한테. 내가 당해서, 속아서 사랑을 준 모양이네. 병신같이."

앙칼지게 뱉어내는 모든 말에 속이 후련하기는커녕 식도를 타고 쓴 물이 올라올 지경이었다. 그렇게 힘들다…… 이별이. 그 힘겨움의 몫은 분명히 여자에게도 있었다. 그런데도 그녀는 아무렇지 않은 척 가만히 눈을 내리깔았다. 절대로 그렇지 않다고, 다 네 오해라고 고개를 흔들면서 품 안으로 뛰어 들어오길 바랐는데 그녀는 여전히 그 자리에 잘 앉아 있었다. 그 얌전한 모습에 또 배알이 뒤틀리고 생각지 못한 서운함이 밀려들었다.

"차라리 울어. 울면서 매달리라고. 헤어져 달라고…… 애타게 빌어. 그렇게 처량한 모습 정도는 보여야, 내가 바닥난 자존심이라도 챙기지……."

그의 입꼬리가 씁쓸하게 휘어졌다. 여자는 순간적으로 터지는 울음을 겨우 밀어 넣은 뒤 또다시 비집고 나올세라 이를 꽉 깨물었다. 그는 결코 쉽지 않은 상대다. 어찌 쉬울까. 사랑하는데. 그래서 헤어짐을 요구하고 그의 거부를 맞이하는 이 모든 시간의 흐름이 버겁고 참지 못할 정도로 눈물이 차오른다. 말이 섞이고 목소리가 꼬리를 무는 순간순간이 전부 울음이 터지는 고비였다.

"그래서, 그거면 돼?"

"뭐?"

"원한다면 해줄게. 엉엉 울면…… 네 자존심 챙긴 값으로, 등 돌리고 갈래? 제발…… 네가, 먼저?"

그는 뻐근한 목을 뒤로 꺾으면서 숨을 토했다.

"하아……."

이제는 정말이지 실소가 터진다. 남자는 상처와 배신이 뒤섞인 눈을 힘주어 내리감았다. 잠깐의 어둠에 기대어서 겨우 이 미친 상황을 지운다. 그러고 보니 시계 초침이 움직이는 소리조차 들리지 않는데, 이 거친 시간의 장면은 왜 멈추지 않는 걸까? 현실감을 일깨우듯 저절로 올라가는 눈꺼풀의 움직임조차 원망스럽다.

"그래서 뭔데…… 나한테 안 온 그 자식이, 이별…… 그 새끼는 왜, 너한테 온 건데?"

이제는 제대로 알아야 했다. 결별의 이유, 그 한계선이 도대체 왜 그어진 것인지.

"그 얄미운 새끼가 뭐라고 지껄였기에, 너는 이별을 나한테 뱉어? 진짜 기분 뭣 같게…… 너란 여자는, 왜! 내 해피엔딩을 쓰레기통에 처박아. 누구 맘대로 그게 쉬운데? 네가 무슨 자격으로!"

빠드득 이가 갈리고 눈에 힘이 서린다. 더 들어갈 힘도 없는데 눈은 계속 치떠졌다. 그 날카로움 앞에서 여자는 평정을 잃지 않으려고 흐려지는 정신을 다잡는다.

"너는, 상처를 줬으니까."

"……."

"나한테."

상처, 그 생각지 못한 단어에 남자의 눈이 다른 기운으로 번쩍였다. 노기가 사라진 자리에는 어떤 불안감이 자리했다. 무슨 말

실수를 했던가? 되짚어가는 그의 입술 끝이 가늘게 흔들렸다.

"무슨 상처?"

"하지 말아야 할 소리를, 쉬지 않고 했잖아. 네가⋯⋯."

"그러니까 말하라고! 내가 너한테, 뭐라 했는데?"

"다 그만두라며."

"⋯⋯."

"다른 사람도 아니고, 어떻게 네가 그래."

크게 흔들리는 눈망울을 바라보기 힘들어서 시선을 비틀었다. 젠장, 이제야 지껄였던 모든 말이 전부 다 기억난다. 고개를 흔들어서 모르쇠로 일관하기에는 불과 30분 전에 제 입으로 뱉은 말이라서 부인할 수도 없다. 정말이지 희한한 여자. '결혼하자'라는 그 한마디에 홀려서 눈빛이 몽롱해지는 게 정상적인 반응이지 않나? 하필이면 흘리듯 들어도 되는 하찮은 말에 제대로 꽂혀서 심술이 난 모양이다.

"너 나한테 그랬지. 할 만큼 했으니⋯⋯ 안 되는 거 알았으니, 이제 끝내라고. 시험, 그 두드려도 안 되는 문 앞에서 청승맞게 서 있는 거 하지 말고⋯⋯ 전부 멈추라고."

"그게 뭐라고. 그냥 가볍게 듣고서 고개 끄덕이면 되는 정도의 말이잖아! 고작 그런 게, 헤어짐을 논할 정도로⋯⋯ 네 속에 맺힌 상처야?"

"응. 상처야."

길게 숨을 뱉고 싶은데 그조차 힘들다. 숨을 들이쉴 때마다 담이 결린 듯 명치끝이 욱신거렸다. 차마, 생각지도 못한 이별의 이유는 역시 납득하기 힘들었다.

목을 죄는 넥타이를 풀어내는 그의 느릿한 손동작에 여자의 흔들리는 눈빛이 스쳐 지났다. 아마도 저 남자는 곧 테이블 위로 손가락을 까닥일 거라고 생각하던 찰나, 역시나 타닥타닥 딱딱한 나무판 위로 그의 손가락이 움직인다. 그것이 남자의 마음, 몹시도 어수선한 속내를 보여주고 있음을 여자는 잘 안다. 그녀는 마디가 긴 손가락을 가진, 손이 예쁜 남자를 참 좋아했었다. 그리고 지금은 그 남자의 손을 놓기 위해 아픈 혀를 움직여야 했다.

"다 때려치우고 그냥 시집오라고? 그러면 내가, 고맙다고 울면서 아, 그래! 정말 잘됐다. 금줄 잡았으니, 이제 다 때려치우자. 그렇게 정신 놓고 가던 길 돌아 나와서, 널 끌어안는 게 네 해피엔딩이니? 내가 지금…… 그걸 쓰레기통에 처박았니?"

상처, 단호함, 적개심이 뒤섞인 모든 감정이 여과 없이 던져졌다. 그녀가 붉어진 눈망울을 숨기지 못하고 내보이는 순간 남자는 속이 타들어 간다는 흔한 관용구를 제 몸으로 임상시험 중이다.

"너 말 참 쉽게 해. 그렇게 상처 준 끝에서도 아무것도 모른다는 듯이 웃으면서, 청혼했어. 그래서 그냥 시집가면! 그냥 너랑 살면…… 나는 뭐가 돼? 지금껏 소비한 내 시간은, 그래서 찌그러진 내 삶은, 그냥 펴진대? 그럴 리 없잖아. 내 인생이야. 내가 구겼으면, 오직 내 힘으로만 펼 수 있는 내 거라고! 네가 해줄 수 있다고 착각하지 마. 어째서 너는, 내 삶에 '그냥'이라는 말을 붙이는 데 주저함이 없는 건데! 너야말로 내가, 그렇게 쉬운 여자니?"

"비약하지 마! 그 정도로 천하게 얘기한 적 없어."

"……"

"그리고 딱히 못 할 일도 아니잖아. 지금 새로운 걸 하라는 것도 아니고, 하던 거 그만하는 게 뭐가 어려워? 네 말대로 소비한 시간이 있으니 아쉽겠지. 속도 상하겠지. 그래도 눈 감고 발길 돌리면 끝날 일이야. 어차피 말이 나왔으니, 제대로 보태자면…… 나는, 싫어. 네가 시험 붙들고 전전긍긍하면서 1년을 또 헛되게 보내는 거, 더는 보고 싶지 않아. 그러니까 복잡하게 질질 끌지 말고 단순하게 마음 접어. 그러면 전부 쉬워질 테니까."

"또, 헛된 시간이라고? 하아, 역시…… 그런 거였네."

그녀의 잦아드는 목소리에 취하듯 그는 동공의 초점이 풀렸다. 겨우 정신을 차려서 시선이 맞닿는 순간, 이 뭣 같은 상황이 그녀에게 반하는 타이밍도 아닌데, 빌어먹을! 혀가 굳었다. 뭐라도 지껄여야 빠져나갈 터인데 남자는 멍하고 뚱한 표정으로 아까운 시간을 허비한다. 그 앞에서 입술을 깨물던 여자는 그것 보라는 듯 힐난 섞인 목소리를 작정한 듯 쏟아내기 시작했다.

"이제 제대로 보여. 너는 네 중심으로만 우리 관계를 보고 있었다는 거. 말로는 이해한다, 그러니까 힘내라고 말하던 모든 순간에 네 진심은 없었던 거지. 전부 포장 좋은 껍질이었던 거야. 정작 너는! 내가 어떻게 버티고 무엇을 바라는지 관심 없었으니까."

"그렇지 않대도!"

"아니. 넌 그래."

"또 버릇 나온다. 단정 짓지 말고, 말 끝까지 들어."

"싫어. 지금 이 순간이 나한테는 헛된 시간이야. 더는 감정 소비 하고 싶지 않아. 그냥 끝내! 우린 이제 아니야."

"……."

"여기까지 해."

확신이 서린 듯 급하게 말을 맺은 여자가 드르륵 소리와 함께 자리에서 일어났고 남자는 조급해졌다.

"앉아."

"놔."

미련 없이 돌아서는 여자의 팔을 거칠게 움켜잡았다. 되도록 꽉 온 힘을 다해서. 붙잡힌 왼팔을 내려다보던 그녀의 입가에 설핏 웃음 비슷한 것이 걸렸다. 그 뜻 모를 웃음에 시선이 빼앗긴 순간, 그녀가 손가락의 무언가를 빼냈다. 그러곤 '탁!' 소리와 함께 작은 물체가 테이블 위에 올려졌다.

"잡지 마. 이제 정말, 끝이야."

그녀의 손끝이 가리키는 곳에는 100일 기념 반지가 놓여 있었다. '내가 사준 반지 내놔'와 같은 유치한 말장난조차 허락하지 않는 단단함이었다. 그는 덩그러니 올려진 그것을 가만히 내려다보면서 이제 모든 것이 끝났음을, 되돌릴 수 없음을 인정해야 했다.

"앉으라고."

말끝이 잠겨 들어갔다. 붙잡고 싶은데 자꾸만 손에서 힘이 빠져나가는 것이 야속하다.

"안녕. 잘 살아."

여자는 흐릿한 표정으로 마지막을 고하면서 잡힌 팔을 풀어냈다. 그 동작이 버거운 듯 그녀의 눈망울도 조금씩 젖어들었다. 하지만 그뿐이다. 툭, 떨어지는 감정의 응결체가 끝내 여자의 눈시울을 벗어나지 않았다.

그 마지막 장면이 마치 슬로우가 걸린 것처럼 느렸다. 정신을 놓친 남자가 눈 한 번 깜박하는 사이 여자는 저 멀리 타박타박 걸어나가고 있었다. 명치끝이 콱 쑤시면서 숨이 급하게 차오른다. 미련 없이 깔끔하게 돌아선 여자의 뒷모습 뒤로 '잘 살아'라는 야속한 한마디가 주는 여운이 너무도 강렬했다. 단순히 차였다는 사실이 주는 불쾌함보다도 끝나지 않은 사랑이 억지로 끝나버렸다는 사실이 더 받아들이기 힘들었다. 그는 영원을 약속하고자 했을 뿐인데 도대체 뭐가 잘못된 걸까…….

"하…… 아홉수도 아닌데, 뭐가 이래."

졸지에 반지 두 개가 전부 그의 몫이 되었다. 바지 주머니에는 채 꺼내지도 못한 결혼반지가 있었다. 그보다도 남자의 속을 더욱 멍울지게 하는 것은 테이블에 올려진 그것, 이별을 증명하는 주인 잃은 작은 반지다. 이를 차마 집어 들지 못한 채 그대로 외면하듯 몸을 일으킨 남자는 여자가 떠난 그 길 위를 혼자 걷는다. 멍한 눈빛을 고치지 못한 채 더디고 더딘 걸음으로. 유난히도 맑은 햇살에 눈이 시리던 어느 봄날이었다. 오후 1시 11분. 하필이면 기억하기 딱 좋은 숫자의 시간, 뜻하지 않게 쏟아지는 소나기처럼 느닷없이 몸을 떨리게 할 이별의 시간이었다. 헤어짐을 맞이한 두 남녀가 서로에게 돌아선 순간에 모두 잊은 사실 하나, 어린이날을 하루 앞둔 오늘은 남자의 생일이었다. 그래서 떠나는 여자가 남겨진 그에게 잊지 못할 이별을 선사하기에는 더할 나위 없이 좋은 날이었다.

PAGE : 하나.
상냥한 관계

[홍화리! 그래서 정말 거기에 간다고?]

"응. 오늘 짐은 다 들어갔어. 정리도 끝냈고."

[잘한 결정인가 모르겠네. 괜찮겠어? 셰어하우스?]

"어쩔 수 없잖아. 전세 대란에 작은 오피스텔 구하기도 어렵고. 또 막상 혼자 살려고 하니까 겁도 나고 심심할 것 같아. 그래도 거긴, 같이 사는 사람들이 있으니까 덜 외롭지 않을까?"

[그만큼 불편할 거야. 모르는 사람들하고 섞이는 게 쉽니? 고등학교 기숙사도 힘들었는데.]

"처음부터 쉽진 않겠지."

화리는 연신 손으로 바닥의 쓰레기를 치우면서 스피커 너머의 통화를 이어갔다.

"그래도 오빠가 하는 데니까 가족 프리미엄이 있지 않을까?"

[하긴, 아무튼! 덜렁대지 말고 짐 정리 잘해. 옆에서 도와줄 사람도 없잖아.]

"응. 정신없다. 시간이 어찌 가는지, 가만? 세상에! 시간 봐. 오수연. 내 걱정 말고 얼른 자. 뉴욕은 벌써 새벽 3시잖아."

급하게 통화를 마친 화리는 타지에 있는 친구와의 전화 통화 여운조차 길게 느낄 수 없었다. 표정이 심란했다. 무게가 있는 짐을 옮기면서 이 사람 저 사람이 오고 간 탓에 난장판이 된 집 안이 어수선했다.

"웃차! 이걸로 끝."

마지막으로 가득 찬 쓰레기 봉지를 꽉 묶으면서 오래 정들었던 집에서 보내는 마지막 밤도 마무리되고 있었다. 그녀의 부모님은 오래전부터 귀농을 꿈꾸시던 아버지의 뜻에 따라 지난달에 경기도의 작은 전원주택으로 이사하셨다. 서울에 남기로 했던 화리는 동분서주하면서 혼자 살 집을 찾고자 했지만 여의치 않았다. 그녀는 길고 길었던 고시 생활 덕분에 부모님께 진 빚을 청산하느라고 모아놓은 여유 자금이 없었다. 과장을 보태서 알거지 상태. 그래서 친오빠가 운영하는 셰어하우스에 입주하기로 결정했다.

"가만, 몇 명이 산다고 했더라?"

느닷없이 튀어나오는 궁금증에 대한 답이 쉽지 않았다. 화리는 얼른 가방 속에 손을 밀어 넣어서 빳빳한 종이 한 장을 꺼냈다. 오빠한테 부탁해서 특별히 제작한 이용자 수칙이었다. 쿠션을 끌어안은 채 제대로 자리를 잡은 그녀는 '공유하실래요?'라는 문장으로 시작되는 셰어메이트 안내 글을 읽고 또 읽었다. 그렇게 몇 시간을 시험공부하듯 입주자 프로필을 외웠더니 벌써 새벽

1시였다. 몸을 녹진하게 하는 피로감이 밀려왔지만 그녀는 안심하고 잠들 수 없었다.

"역시 힘들겠지? 하아, 괜한 짓을 한 건가…….."

홀로 있는 적막함이 싫어서 택한 공간이지만 잘 살 수 있을지 자신이 없다. 셰어하우스……. 사실 많이 망설였었다. 혈육이 아닌 사람과 한 공간을 나누어 쓴다는 것에 대해서 선입견이 없는 것도 아니었다. 낯선 이름, 낯선 이력을 가진 사람들과의 만남은 솔직히 설렘보다는 두려움이 앞선다. 건축가인 오빠가 운영하는 곳이 아니었다면 쉽사리 마음을 내지 못했을 터였다.

"괜찮겠지, 뭐. 사람 사는 곳인데…… 잡아먹히기야 하겠어."

그녀는 느릿하게 하품을 쏟아내면서 무거워진 눈꺼풀을 내리감았다. 그리고 기도한다. 부디, 주저앉았던 마음을 다독일 수 있는 새로운 인연을 마주할 수 있게 해달라고.

"으아…… 떨린다!"

막연한 설렘과 불안감으로 밤을 지새우고 나니 대망의 입주 첫날이 밝았다. 새로운 공간에서의 시작, 그 생각만으로도 솜털이 솟아오르면서 소름이 돋았다. 그녀는 크게 기지개를 켜면서 긴장감을 달랬다. 그조차도 부족한 듯 차가운 손으로 얼굴을 두드리면서 두 눈에 가득 힘을 주었다. 기합이 잔뜩 들어갈 수밖에 없는 것이, 새로 이사할 집이 가까워져 오고 있었다. 낯선 길목, 아직 눈에 익지 않은 이웃집 사이사이를 기웃거리면서 걸음을 옮기다 보니 그녀가 앞으로 살아야 할 그곳이 금방 눈에 들어왔다. 제대로 목적지에 도착한 화리는 셰어하우스 〈춘향가에 어서 오세요〉

라는 문패가 붙은 대문 앞에서 잠시 머뭇거렸다. 춘향가…… '봄의 향기가 나는 집'. 그 문패를 손으로 쓸어내리니 뒷목이 쭈뼛하면서 제대로 실감이 난다.

"할 수 있어……. 잘 살아보자! 홍화리. 아자!"

호기롭게 외쳤지만, 주머니에 꽂힌 손은 덜덜 떨렸다.

"들어가야 하는데…… 발이 안 떨어지네."

어제 짐 정리를 마친 후 커다란 대문의 열쇠와 안쪽 현관문의 출입 번호를 받았지만, 그녀는 선뜻 몸을 움직이지 못했다. 역시 망설여진다. 마치 남의 집에 무단침입이라도 하는 듯한 생경한 느낌이었다. 긴장감을 이기지 못한 채 손에 쥔 열쇠를 만지작거리던 화리는 눈을 질끈 감았다 뜬 뒤 결국 초인종을 꾸욱 눌렀다.

딩동!

[네.]

집 안에서 앳된 목소리가 흘러나왔다. 그녀와 함께 살게 될 셰어메이트 중의 한 사람일 터였다.

[누구세요?]

"호…… 홍화리요."

[네?]

"홍화훈 씨 도, 동생…… 인데요."

얼버무리는 자신의 모양새가 마음에 들지 않았지만 어쩔 수 없었다. 저 안에 사람이 있다는 그 자체가 그녀를 몹시도 당혹스럽게 만들었다. 그도 그럴 것이 그동안 모두 집을 비운 사이에 틈틈이 짐을 옮겼기 때문에 그들과 직접 만나는 것은 처음이었다.

[누구?]

[왔어! 왔어!]

[야, 빨리 신발 정리해. 치우라고. 당장!]

[뭐가 그렇게 당연하다는 듯이 명령이야? 네가 해!]

그녀의 존재감에 붕 뜬 것은 집에 있는 이들도 마찬가지인 듯 인터폰 너머로 주고받는 소란스러운 소리가 전부 들려왔다. 그 말소리에 더욱 불안해진 화리는 큰 눈을 내리감으면서 손을 마주 잡았다. '제발'로 시작하는 기도가 끝나기도 전에 털컥 소리가 나더니 스르륵 대문이 열렸다. 열린 문틈으로 발을 밀어 넣으면서 크게 숨을 들이쉬었다. 이미, 반쯤은 정신을 놓은 상태였다. 느린 걸음으로 푸릇푸릇한 잔디가 돋아나 있는 작은 마당을 가로질러서 얕은 계단을 오르자 번호 키를 누르기도 전에 벌컥 현관문이 열렸다. 흠칫 뒤로 물러난 여자를 더욱 기겁하게 한 것은 그 안에서 모습을 드러낸 앳된 여자 때문이었다.

"어서 와요. 화리 언니!"

생각지도 못한 환대였다. 그녀의 이름을 경쾌하게 부르는 목소리가 낯설어서 화리는 멍한 표정으로 입만 벌렸다.

"뭐 해요. 들어오세요. 다들 기다리고 있어요."

집 안에서 나온 여자의 얼굴을 스캔하면서 바쁘게 머릿속이 돌아갔다. 오빠가 전해준 셰어메이트 목록이 촤르륵 스쳐 지나 갔다. 특유의 친화력을 발휘하는 어린 여자라면…….

— 이름: 백아련 / 나이: 25세 / 직업: 커피전문점 아르바이트생 & 프리랜서 작가 — 19금 소설계의 떠오르는 샛별 / 특이사항: 모태솔로. 붙임성 최강. 송민한과 앙숙

'아, 이쪽이 백아련 씨구나.'

얼굴을 대놓고 쳐다보는 것도 힘들었다. 그래도 이름은 잊지 않기 위해 한 번 더 되뇌는 화리였다. 노골적으로 빤히 쳐다보던 아련은 어떤 거부감도 없이 생글거리면서 화리의 팔을 툭 쳤다.

"뭘 그렇게 멀뚱히 서 있어요? 이쪽으로 와요! 언니!"

화리는 자신을 '언니'라고 부르는 낯선 여자 앞에서 어색하게 웃었다. 여동생이 없었기에 '언니'라는 살가운 표현을 듣는 것은 대학 졸업 이후 처음이었다. 아련은 아예 화리의 손을 잡아끌면서 집 안으로 이끌었다. 질질 끌려서 집 안으로 들어온 뒤에도 화리의 시선은 허공에 붕 떴다. 하필이면 입주 날짜가 일요일이었기에 입구에는 셰어메이트들의 신발이 가득했다. 그 순간 눈앞이 아득해지고, 가슴이 뛰면서 입술이 덜덜 떨렸다.

"안녕하세요."

"홍화리 씨? 만나서 반가워요."

연거푸 이어지는 인사에, 화리는 쭈뼛거리면서 겨우 고개만 숙이고 또 숙였다.

"왔구나! 홍활!"

오빠인 화훈이 능글맞게 웃으면서 친한 척을 했지만 화리는 여전히 바짝 얼어붙어 있었다. 마치 처음 보는 사람을 대하는 듯한 멀뚱멀뚱한 눈빛이 흐릿했다. 그 앞에 손을 휘저어도 그녀는 여전히 멍했다. 화훈의 얼굴이 찌푸려졌다. 저 상태로 셰어하우스에서 어떻게 생활하겠다는 건지⋯⋯. 낯가림이 심한 동생의 성격을 알기에 화훈은 내심 걱정스러웠다. 그는 화리의 짐 가방을 한

쪽 구석에 치운 뒤 공용 부엌 한편에 그녀의 자리를 마련했다.

"자, 우선 앉아."

오빠의 손에 이끌려서 겨우 의자에 앉은 뒤에도 멍한 기운은 쉽게 가시지 않았다.

"언니. 여기, 물이요."

"아, 고맙습니다."

화리는 아련이 건넨 물 한 잔을 홀짝이면서 잠시 숨을 고를 틈을 벌었다. 작은 물 컵에 담긴 물을 5분에 걸쳐서 나눠 마시다 보니 겨우 조금씩 주변을 돌아볼 여유가 생겼다. 여러 명이 함께 사용하는 것치고는 부엌도, 거실도 말끔했다. 건축가인 오빠 화훈은 오래된 구옥을 리모델링하여 이곳 〈춘향가〉를 오픈했다. 그는 첫사랑과 결혼했지만 얼마 못 가 이혼을 하고 이런저런 사업을 벌였는데, 이곳도 그의 부차적인 사업의 일환이었다. 사실, 그녀는 춘향가라는 이름을 처음 들었을 때 오빠의 작명 센스에 혀를 내둘렀었다. 그런데 이 집 사람이 된 탓인지 지금은 또 딱히 이상하지도 않다는 생각이 들었다. 봄의 향기가 나는 집이라? 어쩐지, 이곳에서 맞이하게 될 봄날이 제법 기대가 돼서 저 혼자 작은 웃음을 짓던 차였다.

"안녕하세요?"

이미 식탁에 앉아 있던 남자가 그녀를 향해 천진하게 웃으면서 말을 걸었다. 갈색보다 조금 더 옅은 노란빛의 머리카락이 잘 어울리는 남자는 보조개가 쏘옥 패는 귀여운 웃음의 소유자였다.

"저는 민한이에요. 송민한."

웃음이 습관인 듯한 예쁜 얼굴, 그 미색에 여자 여럿은 쓰러질 듯싶었다. 셰어메이트 목록 속에서 자연스럽게 매치되는 그의 이력은······.

― 이름: 송민한 / 나이: 26세 / 직업: 바리스타 / 특이 사항: 화랑대학교 의대 중퇴. 부모님과 의절 중. 썸을 메이드로 만드는 확률 100%

'의절 중'이라는 특이 사항이 머릿속에서 번뜩였지만, 그에 대해 무언가를 물을 필요는 없었다. 지극히 개인적인 사생활이니까. 화리는 민한을 향해서 짧게 고개를 끄덕이는 것으로 번거로운 인사말을 대신했다.

"홍화리 씨?"

민한과 겨우 통성명을 한 뒤 한숨 돌리는데 이번에는 2층으로 올라가는 계단 쪽에서 목소리가 들려왔다.

"아, 네!"

화리는 깜짝 놀라 고개를 돌렸다. 성큼성큼 계단을 내려오는 남자는 온화한 미소의 소유자였다. 그는 오늘 처음 본 여자에게도 상냥한 눈짓이었다. 원래 모여 사는 데 익숙한 사람들이라서 그런지 낯선 존재에 대한 낯설음도 전혀 없는 듯했다. 화리는 그게 신기하면서도 그들의 호흡을 따라가는 게 조금 벅찼다.

"사탕?"

멀뚱히 눈을 깜박이는 여자의 앞으로 작은 사탕이 하나 내밀어졌다. 엉겁결에 그것을 받아들면서 화리는 겨우 입술을 움직여 중얼거리는 모양새로 고맙다는 말을 전했다. 용케 그것을 알아들은 남자는 답례를 하듯 입꼬리를 부드럽게 움직였다. 그 작은 미소가 묘한 안도감을 들게 했다. 그러고 보니 안경 너머로 웃음을 짓는 눈매가 참 선한 남자였다.

"참, 우리 1층 쫑알이들 소개는 다 받았어요?"

"쫑알이요?"

"1층 어린이 둘. 저기 홍 소장 옆에서 주스 마시는 아가씨하고, 요기…… 이 머리 노란 놈."

일상적인 행위라는 듯 아주 쉽게 민한의 머리를 헝클었다. 머리가 망가지는 게 싫을 법도 한데 민한은 어떤 불쾌함도 없이 그 손을 받아냈다. 귀찮다고 눈을 흘기기는커녕 아주 편한 얼굴이었다. 화리는 이를 신기하게 바라보면서 작게 웃었다. 다정한 사탕 남의 정체를 쉽게 알아낸 터였다. 점잖은 분위기, 다정한 말씨, 무엇보다 노란 머리 총각이 절대복종하는 남자라면 분명히……

"아, 그리고! 나는 하진호예요."

— 이름: 하진호 / 나이: 35세 / 직업: 사진작가 / 특이사항: 전직 변호사 출신. 애인 없음. / 별명: 노친네

"2층. 올라가 봤죠?"

"네, 짐 정리할 때 잠깐……"

"내가 화리 씨 앞 방 남자 중 하나예요. 내 옆방 놈은 지금 성질이 좀 더러워져서 건드리면 안 되니까…… 그냥 무시해도 돼요. 뭐라 말 시켜도 뚱할 거야. 자기가 좋아하는 여자 아니면 관심도 없거든. 괜히 그런 녀석한테 아쉬운 소리 하지 말고, 2층

생활하다 불편한 거 있으면 내 방 두드려요."

"그래도 귀찮으실 텐데……."

"전혀! 실은, 내가 이 집 5분 대기조거든. 무슨 일만 있으면 다 나를 찾아. 하다못해 1층 화장실에서도 휴지 달라고 나한테 전화를 한다니까."

푸념처럼 중얼거리는 말끝에서 웃음이 스민다.

"뭐, 그 정도로 친밀하다는 뜻이지. 여기 생활이 생각보다 나쁘지 않아요. 그러니까, 잘 지내요. 우리."

'우리'라는 표현이 너무 쉽게 진호의 입에서 나왔기에 화리는 조금 놀란 마음으로도 제법 생각이 편해졌다. 잘할 수 있으리라는 작은 믿음도 생기는 한편에는, 아무래도 하진호 이 남자한테 이래저래 많은 신세를 질 것 같다는 예감도 들었다. 화리는 조심스레 진호를 힐긋거렸다. 하필이면 해가 가득 스며드는 자리에 앉은 남자였다. 해바라기처럼 아주 환한 그의 편안한 표정을 바라보고 있자니, 저도 모르게 따라서 웃는 자신을 뒤늦게 발견했다. 화리는 얼른 입꼬리를 끌어 내린 뒤 그 민망함을 감추기 위해서 진호가 건넨 사탕을 입안으로 밀어 넣었다. 단맛이 혀끝으로 퍼지는 와중에 조용히 되새긴다.

'백아련, 송민한, 하진호…….'

이제 한 명이 남아 있었다. 그녀와 함께하게 될 셰어메이트는 총 네 명이라고 했었다. 지금까지 본 세 명은 오빠가 전한 목록에서 이미 확인했지만 나머지 한 명에 대해서는 알 수 없었다. 오빠에게 그자에 대한 정보를 요구했지만, 그의 대답은 하나였다.

'무엇을 상상하든 그 이상을 보게 될 것이야.'

진호의 말에 따르면 뿔이 나서 뚱한 상태라던 그 남자는 지금 이 집에 없었다. 그는 아직 존재를 드러내지 않고 있었지만 내심 마음이 쓰인다. 도대체 어떤 사람이기에 미리 경고를 들어야 할까? 하필이면, 같이 2층을 쓰는데 껄끄러운 사이가 되지 않기를 바랄 뿐이다.

"정신 차려라! 홍활!"

화훈이 또 멍해진 그녀의 머리를 잔뜩 헝클어뜨렸다. 급기야 그는 그녀의 목에 헤드록을 걸었다.

"하지 마!"

"왜! 오랜만에 다정한 남매 같고 좋은데!"

"아! 진짜! 하지…… 말라, 고!"

화리는 터져 나오는 욕을 참으면서 화훈의 발을 꽉 밟았다. 남매의 다정한 모습을 물끄러미 바라보는 하나의 시선이 있었으니 그건 바로 아련이었다. 화훈을 향한 그녀의 눈빛이 애틋하게 반짝이고 있었지만, 독이 난 화리는 이를 눈치채지 못하고 있었다.

화훈의 반갑지 않은 장난을 저지한 것은 한 통의 전화였다.

"아, 전화가……."

발신인을 확인한 화훈은 어색한 표정으로 웃으면서 화리의 눈치를 살폈다. 그치지 않는 벨소리에 머뭇거리던 그는 아예 자리를 피해서 베란다로 나갔다. 그가 전화 통화를 이어가는 모습을 쏘아보면서 화리는 겨우 숨을 돌렸다. 이제 서른 줄에 접어든 동생을 대하는 화훈의 태도는 그녀가 세 살 때나 다름이 없었다. 추억 놀이를 하기에는 나이를 먹어도 너무 먹은 것도 모르고, 그저 오랜만에 만나는 동생과의 해후가 마냥 좋은 눈치였다. 정작 당하

공유하실래요?

는 사람은 창피해서 목구멍이 막히는 것도 모르면서. 화리는 힘주어 화훈을 한 번 더 쏘아본 뒤 얼얼한 목 언저리를 비비면서 달랬다. 그런 그녀를 위로하듯 눈앞으로 커피 한 잔이 내밀어졌다.

"라테. 괜찮죠?"

민한이었다. 그가 건넨 커피의 향이 어마어마하게 좋아서 급해졌던 호흡도 누그러지는 듯했다.

"아, 맞다! 오빠 카페에서 일하신다고?"

"네, 들으셨구나. 저기 저 못난이…… 어, 화장실 갔나? 아무튼, 백아련도 같이 일해요."

민한은 아예 화리의 앞자리, 빈 의자에 앉아서 대놓고 눈을 맞췄다. 다정하게 마주친 시선이 껄끄러운 것은 아닌데, 뭔가 익숙하지 않아서 화리는 커피를 홀짝이는 척 시선을 피했다. 썸을 메이드로 만드는 확률 100%라던 말이 실감이 나는 순간이었다.

"그나저나 화리 씨? 아니면…… 누나라고 불러야 하나?"

"화리 씨는 무슨, 그냥 누나라고 해."

어느 틈에 통화를 마치고 돌아온 화훈이 민한의 물음에 대해서 담백하게 정리했다. 그는 어떤 망설임도 없이 화리의 손에 들려 있던 라테를 뺏어 갔다. 제 버릇 개 못 준다더니……. 어렸을 때부터 유독 화훈은 그녀의 손에 들려 있는 뭔가를 뺏어 먹는 것을 즐겼는데 그 고약한 버릇은 여전했다. 화리는 짜증이 가득한 눈으로 오빠를 흘겨보던 시선을 금세 거두어들였다. 하필이면 화훈의 옆이 진호다. 그러니 어쩌랴. 좋은 첫인상을 위해서는 억지로 웃고 또 웃어야지.

화훈은 동생의 조용한 사투를 눈치채곤 키득거렸다. 그녀의 어색한 웃음을 즐기면서 마시는 커피 한 잔이 바닥날 때쯤 뭔가 아쉬운 기분이 들었다. 이대로 조금 더 동생의 곁에서 그녀를 약 올리는 재미를 느끼고 싶은데 애석하게도 시간이 없다. 화훈은 마지막 남은 한 모금을 굳은 표정으로 삼킨 뒤 아주 가벼운 웃음을 만들어냈다.

"커피도 잘 마셨고, 동생 얼굴도 봤고…… 할 일은 다 했네."

화훈은 시계를 보는 척 핸드폰 문자를 확인하면서 몸을 일으켰다. 슬슬 이 집을 벗어나야 했다. 살고자 하면 튀어야 한다. 동생 몰래, 지은 죄가 있으니까.

"그럼, 간다!"

"벌써 가시게요?"

화장실에 갔던 아련이 용케 화훈의 목소리를 듣고서 냅다 뛰어나왔다. 그를 배웅하는 그녀의 눈빛에는 아쉬움이 가득했다.

"아련아."

"네."

"언니. 잘해줘라! 믿고 간다."

아련은 수줍게 웃으면서 고개를 끄덕였다. 그 모습을 매우 아니꼽다는 듯이 바라보는 시선의 주인은 민한이었다.

"또 언제 오세요?"

여성미가 뚝뚝 흐르는 아련의 눈동자가 그야말로 아련하게 반짝였다.

"아련이 보러 빨리 오고 싶긴 한데 한동안은 어렵지 싶네. 몸 사려서 조용히 끝낼 일이 있거든."

화훈은 힐긋 화리를 바라보면서 미묘한 웃음을 지었다. 그 옆에서 화훈의 가방을 집어 든 아련의 눈은 점점 붉어졌다. 그를 보내는 아쉬움이 밀려온 터였다. 여차하면 눈물이라도 쏟을 듯한 그 모양새를 떫은 표정으로 바라보던 민한은 아련의 손에 들려 있던 가방을 낚아채듯이 빼앗아서 화훈에게 들이밀었다.

"바쁘잖아. 얼른 가요! 뭐 얼마나 아쉬운 걸 두고 간다고 이렇게 걸음이 느리실까."

아련이 뾰로통한 표정으로 흘겨봤지만 민한은 아랑곳하지 않고 일부러 화훈을 재촉했다.

"멀리 안 나갑니다. 형! 나, 이번에 원두 바꿀 거예요. 단가 좀 올라가는데 괜찮아요?"

"뭐든 네 마음대로 해. 나야, 뭐…… 이름만 주인이지. 영수증이나 잘 모아서 김 세무사 줘."

카페 다빈치의 실소유자는 화훈이지만 그는 민한에게 가게의 모든 권한을 일임한 상태였다. 화훈에게 카페는 건축 사무소 직원들의 닦달을 피해 숨어 있는 곳 그 이상의 의미는 없었다. 올해의 건축가 상을 세 번이나 수상한 그는 현재 자신이 설계한 주상복합에서 거주 중이었다. 최근에 완공한 라스베이거스의 유명 카지노도 화훈이 설계한 작품이었다. 건축계의 노벨상이라 불리는 프리츠커상을 받은 나이는 고작 서른이었고 그 건물은 프랑스에 있다. 천재라는 수식어를 당연하다는 듯 이마에 두른 남자가 어디 간다는 말도 없이 홀연히 사라졌다가 나타나면 어마어마한 건물이 탄생했지만, 할머니는 역마살이 끼었다고 혀를 찼다. 집안의 대를 끊어놓은 화훈은 할머니에게 있어서 그저 후레자식이었다.

"홍활! 정신 단단히 차리고! 어빙하게 있지 말고! 그리고……"

후레자식의 오명을 띤 천재가 화리의 귓가에 스치듯 속삭였다.

"방세 입금…… 제때 해라."

"아우, 진짜!"

화리는 눈을 가늘게 뜨면서 어서 썩 꺼지라는 뜻으로 손을 휘저었다. 화훈의 입꼬리가 장난스럽게 휘어졌지만, 동생을 바라보는 그 눈은 제법 아련했다.

'괜한 짓을 했나?'

제대로 뱉지 못한 말은 아무도 듣지 못할 속내였다. 그는 사실 걱정이었다. 지은 죄, 그것은 동생을 위한 작은 장난……. 그 선택이 옳은 것인지 확신할 수 없어서 조금은 불안했다. 제 인생 뒤치다꺼리도 못 한 주제에 감히 남의 인생을 좌지우지할 수 있는가? 혹시 화리가 뜻지 않게 상처를 받을까 봐 심란했지만 이미 주사위는 굴러간 뒤였다. 그러니, 제대로 된 숫자로 잭팟이 터지기를 손 모아 기도할 수밖에. 할 수 있다면 자신 몫의 연애운, 그 바닥난 기운까지 전부 털어서 동생에게 주고 싶은 마음이었다.

"오빠…… 간다."

동생의 머리를 쓰다듬으면서 조심스레 기도한 남자는 장난기 없이 다정한 눈을 보여준 뒤 돌아섰다. 저를 향한 눈빛도 아니건만 심장이 쿵쿵 경박스럽게 날뛰는 여자는 아련이었다. 정작 화리는 무던한 표정으로 손만 흔들었다. 아련은 허공을 휘젓는 화리의 손을 화훈의 것인 양 소중하게 잡아 쥐었다. 순간 흠칫한 화리는 손을 빼지도 못한 채 멀뚱히 눈만 깜박였다.

"언니, 짐은 다 옮겼죠?"

"예?"

"짐이요. 옷가지 같은 거."

"아, 그거, 네. 뭐……."

여전히 붙잡혀 있는 손, 이걸 어찌해야 하나 눈을 굴리는 와중에도 아련은 특유의 친화력을 마음껏 뽐냈다.

"언니! 그러지 말고, 말 편하게 하세요. 우리, 앞으로 평생! 계속 볼 사이인데."

아련은 '평생'을 논하는 부분에서 일부러 힘을 주면서 말했지만 화리는 이를 눈치채지 못했다. 이제 막 입주한 초임자는 그 말뜻에 함축된 심오한 이야기를 알아차릴 수 없었다.

— 백아련 특이 사항: 10살 차 이혼남 홍화훈을 남몰래 사모 중

아련은 아예 화리를 잡아끌어서 본격적인 집 소개를 시작했다. 그녀의 뒤를 졸졸 따라다니면서 화리는 수첩에 계속 뭔가를 끼적였다. 내 집인 듯 내 집이 아닌 듯한 묘한 이질감 속에서 정신을 다잡기 위한 노력이었다. 무엇보다 저 혼자 사는 집이 아닌 탓에 지켜야 할 규칙이 참 많았다.

"주 중에는 일주일에 한 번씩 돌아가면서 식사 당번을 정해요. 물론 설거지, 공용 공간 청소 당번도 돌아가면서 하고. 당번은 이름순으로 돌아가면서 바뀌는데요, 상황 봐서 개인 스케줄 고려하니까 걱정하지 마요. 참! 세탁실 왼쪽에 있는 드럼이 여성용 세탁기예요. 오른쪽은 남자들 거."

"아, 헷갈리면 안 되겠다."

"뭐, 간혹 실수로 빨랫감이 섞이기도 하는데, 괜찮아요. 안 잃

어버려! 누구 건지 뻔히 아니까 그냥 방에 가져다주거든요."

"소, 속옷도?"

"아, 그거! 저는 그냥, 샤워할 때 빨아서 제 방에다 널어요. 햇빛 좋은 날은 마당에 널기도 하고."

"에헥! 다, 다들 지나다니면서 볼 텐데?"

"그게 뭐. 괜찮아요! 본다고 해도 다들 흥미 없어 해요. 내가 여기서 산다고 하면, 남자 셋에 여자 하나, 다들 위험하지 않으냐고 물었는데요. 실상은 절대 아니에요. 방문 잠그고 잘 필요도 없지. 실은, 내심 기대했는데도 느닷없이 덮쳐줄 남자가 없더라고. 단 한 명도! 첫. 내가 매력이 없나? 아무튼 다들 이상해요. 여기 남자들은 여자 밝히는 게 없다니까. 특히 진호 오빠! 완전 무성욕자야. 그 남자는 내 브래지어 찢겨졌다면서 진심으로 걱정해주고 그런다니까. 그러니까! 언니도, 이 집 남자들한테 겁먹지 않아도 돼요. 내가 보장해."

아련은 낯 뜨거운 표현을 서슴없이 뱉으면서 얼굴색 하나 바뀌지 않았다. 정작 귀 끝이 붉어진 것은 화리였다.

"그보다 언니, 진짜 문제는 요리인데! 좀 할 줄 알아요?"

"약간은."

주방을 훑어보는 눈빛이 조금 심란했다. 설거지, 청소…… 그것은 큰 문제가 아니었다. 공용 주방을 사용한다는 것의 의미가 쉽사리 와 닿지 않았다. 어느 정도의 선까지 '공용'을 해야 하는 것일까? 좀 더 큰 의미의 하숙집이라고 생각하면 될까? 그냥 밥 한 공기 같이 먹으면 되는 일이라고 해도, 그게 제일 어렵다.

"식사 당번은 할 일이 많…… 아요?

"딱히 그렇지 않아요. 전기밥솥에 밥하고 토스트 준비하면 끝! 간단하죠? 우린 그렇게 빡빡한 셰어는 아니거든요."

아련은 무척 간단하다는 듯이 손바닥을 탈탈 털었다. 그게 과연 간단할까? 화리는 자신이 없었다. 출근하기 전에 언제나 아침을 거르던 그녀였는데…… 자신은 둘째치고, 다른 사람들의 일용할 양식을 책임져야 한다는 사명감이 제법 무거웠다.

"반찬은? 직접 다 해요?"

"아, 그거! 특별하게 뭔가 먹고 싶을 때는 같이 만들어서 먹기도 하는데, 거의 사다 먹어요. 다들 일을 하니까. 그리고 여자는 나 하나인데 내가 또 요리가 젬병이에요. 그래서 2층 오빠들 집에서 밑반찬은 간간이 보내주세요. 그거 소분해서 정리하는 일은 아무것도 아니지 뭐."

화리는 빼곡하게 적은 수첩을 보면서 크게 숨을 내쉬었다. 이런저런 설명을 다 듣고 나니, 마침내 자신이 기숙사를 닮은 어려운 공간의 일원이 되었음을 실감한 차였다. 그래도 다행인 것은 그녀의 방에는 텔레비전과 작은 냉장고가 있다는 사실이었다. 그뿐인가? 개인 화장실도 있다. 사실 그녀가 쓸 방은 화훈이 직접 주거할 용도로 개조한 방이었지만 어차피 머무는 날이 많지 않아서 세를 놓은 터였다. 그는 모든 옵션이 딸린 방을 화리에게 쓰게 해주면서 월 25만 원을 요구했다. '이런 상종 못 할 것'이라고 쏘아붙였지만, 시중에 나온 오피스텔의 월세보다는 싸게 먹히는 장사였기에 화리는 이곳을 택했다. 그렇게 편한 이유로 이곳에 발을 들였는데 막상 살 생각을 하니, 걱정에 또 걱정이다. 아련은 심란한 표정을 읽은 듯 눈을 찡긋하면서 화리의 등을 토닥였다.

"어려울 거 없어요. 그냥 우리는! 밥통에 밥만 비어 있지 않으면 되고 매일 아침, 식빵만 떨어지지 않으면 충분해요. 사실, 진짜 싫은 건 설거지! 모여서 커피 한 잔을 해도 금방 컵이 네댓 개는 나와요. 특히 송민한은! 컵을 그렇게 가려요. 우유 마신 잔에 그대로 물 마시면 죽는 줄 알아. 그러면 좀 씻어 먹든가! 꼭 새 컵을 꺼내. 그 자식이 하루에 쓰는 컵만 해도 저 혼자 여섯 개는 된다니까요? 저 지구 파괴자, 양심 없는 놈!"

아련은 진호와 담소를 나누는 민한을 쏘아보았다.

"참! 석 달에 한 번씩 바비큐 파티 하는 건 얘기 들었죠?"

"그거, 귀찮지 않아요?"

"언니, 계속 이러신다. 말 편하게 하시라니까요?"

아련은 씩 웃으면서 화리의 어깨를 흔들었다. 이 아가씨, 살가워도 너무 살갑다. 언제쯤 적응이 되려나? 상냥한 여자를 따라서 겨우 웃는 화리의 입꼬리가 힘겹게 떨렸다. 말 놓는 게 이렇게 힘든 일이라는 걸 서른의 인생, 처음으로 깨달았다.

"귀, 귀찮지 않아?"

"아뇨. 재밌어요. 저는 부모님이 호주에 계셔서 서울에는 피붙이가 없거든요. 그래서 북적거리는 게 좋아요. 가족 모임을 하는 기분이랄까? 아무튼…… 여러모로 즐거워요. 다!"

그랬다. 아련에게는 여러모로 다! 즐거운 일이었다. 바비큐 파티에는 언제나 화훈이 함께였고 그날은 그가 춘향가에서 하룻밤을 묵었으니까 말이다. 아련이 화훈에 대한 생각으로 기분 좋은 미소를 지었지만 화리는 다른 이유로 심란해졌다. 느닷없이 화훈이 보고 싶었다. 오빠도 없는데, 이 낯선 사람들과 당장 오늘 저

녁부터 함께 밥을 먹고 한 공간에 뒤섞여서 말을 섞어야 한다는 것은 역시 쉽지 않은 일. 슬쩍 아련의 눈치를 살피던 화리는 수첩을 접은 뒤 슬금슬금 2층 계단을 향해 걸음을 옮겼다.

"그냥 가요?"

그녀를 붙잡아 세운 것은 보조개가 예쁜 소년. 민한은 나른하게 기지개를 켜면서 자세를 편하게 했다.

"왜요? 같이 영화 보지?"

텔레비전을 보기 위해 안경을 낀 모습은 노란 머리 날라리처럼 보이던 첫인상과는 또 많이 다른 분위기였다. 가벼운 미소가 낯설게 느껴질 정도로 제법 지적인 눈의 기운이 민한에게 있었다. 그것이 생경하게 느껴지던 순간에 민한의 프로필이 머릿속을 툭툭 건드린다. 아, 맞다. 중간에 그만둔 의대생이었지.

"화리 씨. 그러지 말고 이리 와요. 자리도 많은데."

옆자리를 툭툭 치면서 친절한 목소리를 흘리는 주인공은 진호였다. 어느 틈에 리모컨을 들고 있는 아련도 그녀를 향해서 웃으며 손짓했다. 이를 어쩌나, 화리는 그대로 발이 묶였다. 다들 편하게 대해주는 것은 너무 고마운데, 좋은 사람들인 것도 분명한데 역시 버겁다. 정확히는, 새 학기를 시작하는 듯 쑥스러운 기분이었다. 이제 막 통성명을 한 사람들과 같이 텔레비전을 본다는 것은 생각만으로도 낯간지러웠다. 그녀의 곤란한 기색을 눈치챈 진호는 올라가도 된다는 듯 상냥한 눈짓을 했다.

"죄송해요."

"에이, 그런 말이 어디 있어. 1층 시끄러운 거 생각하지 말고 한숨 자요."

"그래요, 누나. 저녁 먹을 때 내려와요."

"네. 그럼, 다들 쉬세요."

화리는 얼른 몸을 돌려서 계단에 올랐다. 일부러 피하는 모양새를 취하지 않기 위해 노력한다고 했지만 쉽지 않았다. 역시, 아무래도 미안한 마음이 들어 고개를 돌리던 화리는 뜻밖의 광경에 멈칫했다. 진호의 경고대로 1층이 소란했다. 새 식구가 사라진 자리에서 춘향가의 셰어메이트들은 본색을 드러내고 있었다.

"채널 돌려라."

"뭐래. 이 노란 머리야! 오늘은 내가 영화 정하는 날이거든?"

"그래. 민한아. 오늘은 아련이 보고 싶은 거로 봐."

"형! 말이 돼? 이 정신 나간 여자가 지금 색계를 본다잖아! 그렇게 보고 싶으면 네 방구석에서 혼자 이불 쓰고 봐. 이 음란마귀야!"

"시방! 너 지금 나더러 음란마귀라 했냐! 듣기 싫으니까 하지 말라고 했지! 이 자식이, 내가 지금 새 식구 와서 얌전 빼고 있었더니만, 자꾸 까불어라!"

상냥하기만 했던 아련이 뿔난 모습으로 발을 구르고, 소년 같은 웃음을 짓던 민한은 그 앞에서 같이 악을 쓰면서 눈을 부라렸다. 때문에 화리는 곧장 계단을 오르지 못했다. 남의 싸움 구경은 또 처음이라 묘한 흥미가 생긴다. 그녀는 아예 몸을 틀어서 대놓고 이 상황을 구경하듯이 바라봤다. 다 큰 남녀가 아웅다웅하는 모습은 갈수록 상상 이상, 리모컨을 빼앗기지 않으려고 애를 쓰던 아련은 일부러 볼륨을 더욱 크게 높였다. 일순간 헐떡이는 숨소리와 살이 부딪치는 소리가 거실을 가득 채운다.

"아, 진짜 이 미친, 또라이야!"

민한의 앙칼진 외침은 탕웨이의 신음 소리 사이로 처절하게 흩어졌다. 듣고만 있어도 소름이 돋는 자지러짐이었건만 진호는 익숙하다는 듯 아주 덤덤했다. 이 소란한 와중에도 고요하게 가라앉은 눈동자는 정말로 책을 보고 있었다. 척이 아니라 진짜 독서다. 그 대단한 모습을 보면서 무성욕자, 그 황당한 표현을 저절로 실감했다.

'혹시 게이?'

그러고 보니 여자친구 없는 게 특이사항이었지. 화리는 진호를 물끄러미 바라보면서 고개를 갸웃거렸다. 궁금증이 돋은 만큼 너무 오래, 빤히 쳐다본 탓인지, 시선을 느낀 진호가 갑자기 고개를 들어 올렸다. 당황한 화리는 급하게 입안으로 숨을 삼켰다. 훔쳐본 것이 부끄러워서 그녀가 어색하게 웃자 진호는 상관없다는 듯 다정한 미소로 응수했다. 참 신기하네, 그냥 웃기만 해도 여자를 홀릴 것 같은데 왜 저 남자는 여자한테 감흥이 없을까?

"아직 안 올라갔어요?"

"아, 네. 이제 올라가…… 려고…… 요."

그녀는 기어들어가는 목소리와 함께 얼른 고개를 숙여서 계단을 뛰어 올랐다. 여전히 텔레비전에서는 색스러운 소리가 그치지 않고 있었다.

"후우, 이제…… 우리 오라버니 솜씨 좀 볼까?"

그녀는 본격적으로 화훈이 설계한 집안 곳곳을 살폈다. 2층 화장실 옆에 있는 화리의 맞은편 방에는 [HA]라는 문패가 달려 있었다. 그것은 하진호의 방이었다. 방 주인의 이니셜이 새겨진 문패는 화훈의 섬세함을 보여준다. 그녀의 방문에도 어느 틈에 달아났는지 [RI]라는 문패가 달려 있었다. 화리는 손가락으로 알파벳을 따라 그리면서 작게 웃었다. 그리고 시선을 잡아끄는 또 하나, 건드리지 말라던 2층 남자의 방문은 굳게 닫혀 있었다. 물끄러미 닫힌 문을 바라보던 그녀의 고개가 살짝 옆으로 꺾였다.

"욱?"

[WooK]이라는 문패가 달린 진호의 옆방 남자는 지금 데이트를 나갔다고 했다. 얼핏 듣기로는 저 방 주인이 곧 결혼을 앞두고 있다던데, 그게 참 신기하다. 뚱한 표정이 주특기라는 남자가 용케도 여자가 있는 모양이다. 아, 그러고 보니 좋아하는 여자한테만 관심이 있다지? 그래서 뭐, 아무렴 어때. 짚신도 짝이 있으니 끼리끼리 만나겠지. 방 주인에 대한 작은 궁금증을 털어낸 화리는 심드렁한 표정으로 제 방문을 열어젖혔다.

"와, 한 것도 없이 피곤하네."

그녀는 침대 위에 벌렁 드러누운 채 나른한 하품을 내뱉었다. 햇살이 눈부신 오후였지만 익숙한 자신의 체향이 밴 이불을 몸에 감으니 금세 긴장이 풀렸다. 스르륵 눈이 감기면서 약에 취한 듯 몽롱하게 눈이 풀렸다. 방문을 안 잠가도 누구 하나 덮치지 않으니 걱정 말라는 아련의 말을 되새기면서 조용히 키득거리던 입술도 금세 느릿한 숨을 토해냈다. 아련의 말과 달리 누군가 방문을 열고 들어와 볼을 만지는 순간조차 꿈이라 여기며 화리는 자고 또 잤다. 잠을 깼을 때 맞이할 새로운 세상이 얼마나 파란만장할지 짐작도 못 한 채.

"헉!"

단잠에 빠져들었던 그녀가 느닷없이 눈을 번쩍 떴을 때는 이미 사방에 어둠이 내리깔려 있었다. 탁상시계는 6시를 가리키고 있었다. 이것이 아침인지 새벽인지, 아직 밤인지……. 잠기운이 사라지지 않은 화리는 여전히 정신이 몽롱했다. 겨우 눈을 비비면서 핸드폰을 확인하는 순간 떡억 입이 벌어졌다. 어제의 날짜가 아니었다. 숫자가 추가된 그것이 뜻하는 바는 새로운 오늘의 시작.

"오후 6시도 아니고, 다음 날 새벽이라니…… 도대체 얼마를 잔 거야. 미쳤어! 홍화리. 긴장 좀 해야지. 이게 무슨 짓이래."

얼이 빠진 그녀는 제 볼을 힘주어 꼬집은 뒤 얼른 침대를 빠져나왔다. 조심스럽게 방문을 열고 나와서 주변의 동태부터 살폈다. 진호의 방이 굳게 닫혀 있었고 [Wook] 문패가 달린 남자의 방이 열려 있었다. 간밤에 그 사람이 드나들었던 모양이다. 방안에 사람이 없는 것으로 보아 화장실에서 나는 물소리의 주인도 동일 인물인 듯 보였다.

"성질 더럽다는데…… 인사를 해, 말아."

화장실 앞에서 망설이던 화리는 아무래도 안 되겠다는 쪽으로 마음이 기울었다. 다시 그녀의 방으로 돌아서려던 그때였다. 달칵 소리를 내면서 2층 화장실 문이 열리더니 그 안에서 누군가 모습을 드러냈다. 이렇게 되면 또 그냥 쌩하니 제 방으로 들어설 수가 없는 상황. 그녀는 얼른 헝클어진 머리를 손으로 쓸어내렸다. 아무리 뚱한 남자라도 인사 정도는 받아줄 것이라 편히 생각하면서 천천히 돌아섰다. 복도의 불이 꺼져 있어서 어둑어둑했기에 남자의 얼굴을 자세히 확인하기는 어려웠다. 화리는 차라리 다행이다 싶었다. 자다 깨서 퉁퉁 부은 얼굴로 통성명을 하는 것도 예의가 아니니까.

"안녕하세요. 전 이번에 새로 이사 온 홍화리라고 합니다."

그녀가 큰마음 먹고 먼저 인사를 건넸건만 남자는 대답이 없었다. 역시, 그냥 말 시키지 않는 게 좋을 뻔했던 모양이다. 화리는 괜한 긴장이 감도는 침묵 속에서 마른침을 삼켰다. 이대로 돌아서야 할지, 뭐라고 다른 말을 붙여야 할지 잠시 고민하던 그때였다. 뜻밖에도 그녀 쪽으로 걸음을 옮기는 키 큰 남자의 실루엣이 가까워지더니 놀랄 틈도 없이 머리 위로 그림자가 드리워진다. 뭔가 익숙한 키 높이와 낯설지 않은 향취에 눈이 흔들리는 스스로가 이상하다 싶은 화리였다. 분명히 오늘 처음 보는 남자일 텐데…… 왜 본 듯한 기분이 들지? 그게 이상해서 조심스레 눈앞의 실루엣을 제대로 확인하려 했는데 눈이 찌푸려졌다. 달칵. 남자에 의해 2층 복도의 스위치가 켜지면서 순식간에 사방이 환해졌기에. 그리고 뒤이어진 말에 여자는 까무러친다.

"오랜만이다."

번쩍 고개를 들어 올린 화리는 외마디 외침조차 내지르지 못했다. 그저 볼썽사납게 크게 벌어진 입을 다급하게 손으로 틀어막을 뿐이었다. 눈앞의 남자는 이 상황이 제법 즐겁다는 듯 화리를 내려다보면서 피식거렸지만, 그 눈매는 몹시 서늘했다.

― 이름: 김도욱 / 나이: 33세 / 직업: 소아과 전문의 2년 차 /
특이사항: 홍화리 전 남자친구. 애인 있음. 결혼 예정

서로를 향해 마주친 시선이 교차하는 시간의 틈 속으로 스산한 바람이 불어왔다. 누구 하나 쉽게 깨지 못하는 고요가 이어졌다. 시간이 멈추지 않았음을, 이것이 현실임을 일깨우는 유일한 것은 작은 움직임. '춘향가에 어서 오세요'라는 팻말이 무심하게도 바람에 흩날리고 있었다.

"홍화훈…… 이 망할 인간!"

구 남친, 현 셰어메이트 김도욱의 존재를 확인한 화리의 머릿속은 엉망진창이었다. 그녀를 벼랑 끝으로 몰고 간 한 사람은 그녀의 오빠 홍화훈이었다. 화훈은 도욱과 화리의 사이를 알고 있었다. 그런데도 지금껏, 화훈은 그녀에게 도욱이 셰어하우스에 입주했다는 얘기조차 한 적이 없었다. 물론 그녀가 김도욱의 '김'도 꺼내지 말라고 일침을 놓았던 터였지만 그래도 어떻게, 진짜 말을 안 해! 화리는 이를 갈면서 핸드폰을 집어 들었다.

"일을 이따위로 처리해 놓고서 25만 원? 하……. 기가 막혀서."

통화음이 계속되고 있었지만 원망의 대상은 쉽게 목소리를 들려주지 않았다. 분명히 작정하고 숨은 거다. 한계에 직면한 화리는 화훈의 건축 사무소로 직접 전화를 걸었다. 다행히 사무실 직원이 전화를 받았지만 들려오는 이야기에 그녀는 더욱 분노했다.

'소장님 독일 가셨어요. 한 달쯤 계실 것 같아요. 성격 아시잖아요. 휘리릭 떠나면 잡지도 못하는 거.'

"미친 거지. 진짜!"

화리는 침대 위로 핸드폰을 내던졌다. 신경질적으로 물건을 던진다고 해결될 일이 아니다. 뭔가 생각하는 표정을 짓던 그녀는 다시 핸드폰을 집어 들고서 분노의 터치를 시작했다. 꾹꾹 키패드를 누르는 손길에는 살기가 어렸다.

〈홍화훈! 이 화근 덩어리야. 넌 한국 오면 죽는다. 관 짤 준비해라.〉
〈관은 이미 다 짰다. 넌 들어가기만 해라.〉
〈네가 사람이냐?〉
〈상종 못 할 인간아! 이런 씨*%@3〉

욕이 담긴 카톡 메시지를 날렸음에도 분이 가라앉지 않아서 계속 씩씩거렸다. 화리는 제 분을 어쩌지 못하고 침대 위에서 버둥거리면서 소리 없이 절규했다. 그때 느닷없이 누군가 똑똑 문을 두드렸다. 누구지? 긴장한 화리의 얼굴이 하얗게 질렸다. 겨우 '네'라는 말을 쥐어 짜내듯이 뱉어내면서 이불을 꽉 움켜잡았다. 제발, 김도욱만은 아니기를 바라면서.

"언니! 일어났어요?"

일순간 안도의 의미가 담긴 숨소리가 크게 토해졌다. 이른 아침임에도 말끔한 모습의 아련이 문틈으로 얼굴을 내밀었다. 그제야 화리는 얼른 헝클어진 머리를 쓸어내리면서 몸을 일으켰다.

"들어가도 돼요?"

"어, 어! 들어와."

이번 주 아침 당번인 아련은 토스트를 받쳐 든 쟁반과 함께 화리의 방으로 들어왔다. 역시나 살가운 아가씨. 화리는 저도 모르게 고소한 버터 냄새에 코를 킁킁거리면서 쟁반을 받아 들었다.

"이게 다 뭐야?"

"아침이요."

"아침?"

"아무래도 언니는 첫날이니까. 모르는 사람들하고 같이 먹기 힘들 것 같아서요."

화리는 감동으로 말을 잃었다. 불과 하루 전만 해도 지나치게 친밀한 태도가 내심 부담스러웠는데 오늘은 김도욱을 마주한 충격 때문인가? 아련의 상냥함이 진심으로 고마웠다. 오, 신이시여. 이리도 귀여운 여동생이 왜 제 팔자에는 없는 것입니까? 어찌하여 홍화훈, 그 호랑말코를 제 오라비라고 주신 겁니까? 그녀의 간절한 외침이 하늘에 닿았는지…… 쿠르릉 쾅! 아침부터 천둥소리가 요란했다.

"언니. 어제는 저녁도 거르고 잠만 잔 거 알아요?"

"으응."

화리는 토스트를 우물거리면서 멋쩍게 웃었다.

"어디 아픈 건 아니죠? 민한이가 언니 죽은 건 아닌지 살펴보라고 해서 미친놈이라고 욕했지만…… 사실, 조금 무서웠어요."

"그랬어? 괜히 걱정만 끼쳤네. 첫날부터 민폐였구나."

"에이, 그러라고 한 소리는 아니에요! 아무튼, 어제 도욱 오빠가 언니 잔다고 걱정하지 말라고 해서…… 안심했지만."

"누, 누구?"

"아, 언니 아직 인사 못 했죠? 도욱 오빠라고…… 왜 내가 말했잖아요. 곧 결혼한다던 2층 오빠. 그러고 보니 상견례하고 곧장 식 올린다고 했으니, 여기 떠날 날도 몇 달 안 남았네요. 참! 그 오빠 만나는 여자가 누구냐면……."

　아련이 도욱에 대한 정보를 준다면서 연신 떠들었지만 화리는 계속 입안을 맴도는 토스트만 씹고 또 씹었다. 사실 아무 소리도 귀에 들어오지 않았다. 자기 여자 말고는 관심이 없어서 다른 여자한테는 뚱하다는 그 남자, 진호가 건들지 말라던 2층 남자는 정말로 시한폭탄이다. 화리는 긴장감으로 파르르 떨리는 입술을 질끈 깨물었다. 그가, 결혼한단다. 그래서 이 집을 곧 떠난다고 하니, 불행 중 다행이라고 해야 하나? 머리에 고인 생각을 뱉지 못하는 얼굴이 구겨졌다. 화리는 슬쩍 표정을 살피는 아련 때문에 다시 즐거운 듯 토스트를 우적우적 씹어 삼켰다.

　"아련아. 밑에 사람들 다 있니?"

　"네. 도욱 오빠 빼고."

　"그, 그래?"

　화리는 마음을 조였다. 이제는 김도욱이 문제가 아니다. 지난밤, 자신 때문에 걱정했다던 사람들한테 아침 인사를 하는 게 더 먼저였다. 그녀는 큰 호흡으로 긴장되는 마음을 달래면서 침대를 벗어났다. 겨우 문고리를 잡아 돌리던 그때, 살짝 열린 문틈 사이로 누군가 왔다 갔다 하는 그림자가 보였다. 다행히 민한이었다. 그래서 안도했는데 하필이면 그가 도욱을 부른다. 젠장!

　"형! 밥 먹어요."

　혹시 아침을 거르진 않을까? 어쩌면 마주치지 않을 수 있을지도 모른다. 그러면 그가 나오기 전에 얼른 아침 인사만 하고 다시 방으로 뛰어 들어오면 되는 일. 그 이후에는 도욱이 나갈 때까지 방에 틀어박혀 있으면 된다. 그리 되면 제법 어려운 상황을 피할 수 있을 텐데. 제발…….

"어, 내려가."

기대가 접혔다. 화리는 어쩔 수 없이 다시 문을 닫은 뒤 문고리를 붙잡은 손에 꽉 힘을 주었다. 두 남자가 계단을 내려가면서 나누는 대화 소리가 끊기고 난 뒤에야 화리는 참았던 숨을 한꺼번에 내쉬었다.

"언니?"

영문을 모르는 아련은 고개를 갸웃거렸다. 그 앞에서 화리는 자신의 상태에 대해 뭐라 설명할 방법이 없었기에 쓰게 웃을 뿐이었다. 결국, 아주 흔한 핑계, 몸이 좋지 않다는 이유를 붙여서 아련을 혼자 내려 보냈고 겨우 도욱을 피했다. 오늘 하루는 가까스로 모면한다 해도 앞으로는? 매번 이런 식으로 피할 수는 없는데, 정말이지 이제 어쩐다? 2층 방에 혼자 남겨진 화리는 발을 동동 구르면서 왔다 갔다 했다. 사실 지금도 믿어지지 않았다. 김도욱을 다시 만났다는 사실이. 일순간 마주쳤던 그 서늘한 눈매가 되새겨지자 가슴이 쿡 쑤신다. 뭐라도 씹어야 마음이 진정될 것 같아서 다시 빵 한 쪽을 집어 드는 게 할 수 있는 전부였다.

"김도욱 씨. 결혼…… 급하시다더니, 제법 늦었네……. 사람, 허무하게."

화리는 실없이 웃으면서 아련한 눈을 감춘다.

"큐피드는…… 뭐 한대. 나한테도 화살 좀 쏘지. 외로워 죽겠는데……."

제 입술을 거친 말이 속을 쑤신다. 외로움, 그 심란한 단어가 그녀의 현재였다. 그리고 하필이면 가장 위태로운 순간에, 여차하면 아무에게나 기대고 싶을 만큼의 한계 상황에서 도욱을 만났다. 그것도 여자가 있어서 결혼한다는 남자를 말이다.

도욱은 화훈과 같은 대학 동아리 후배였다. 그들은 유기 동물을 돌보는 동아리 활동을 펼치고 있었고 동물을 좋아했던 화리도 오빠의 동아리 활동에 관심을 가졌다. 그 인연으로 자연스럽게 도욱과 마주하게 됐고 '너 나랑 오래 볼래?'라고 묻던 남자에 의해서 그들은 연인이 되었다. 그렇게 사귄 지 1년 뒤부터 화리는 고시생이 되었다. 그녀가 수험생의 신분으로 살아가는 동안에도 도욱은 그녀와 함께였다. 그 오랜 연애 끝에…… 도욱은 화리에게 청혼을 했었다. 하지만 타이밍이 참 나빴다. 화리에게는.

"왜, 하필 그때……."

그때 화리는 4번째 임용고시를 앞두고 있었고 도욱은 대학병원 레지던트였다. 제대로 취업한 친구들은 결혼 적령기라고 여기저기 소개팅이다, 선이다, 스스로를 품절시키기 위해 갖은 애를 쓰고 있었지만 화리는 사정이 달랐다. 교단, 그 꿈의 길을 걷는 여자는 청춘을 담보로 매일같이 도서관에 출근했다. 하지만 계속되는 실패, 그것이 거듭될수록 몸과 마음이 망가졌고 여유가 없었다. 그러니, 사랑도 어렵지.

그녀에게 청혼한 남자는 단정하게 묶인 넥타이와 잘 다려진 와이셔츠, 맵시 나는 흰 가운이 당연하다는 듯 어울리는 사람이었다. 그뿐인가? 얼굴도 잘생겼지. 가정은 풍족하지. 그래서 부족한 게 없어 사는 동안 실패를 모르는 남자가 도욱이었다. 결혼의 순간, 두 남녀가 함께 빛났으면 좋았을 테지만 그 무렵에 화리는 이미 빛을 잃고 초라했다. 그가 청혼하면서 했던 말들이 가시가

되어 귀를 뚫고 지나는 순간 화리는 끝을 결심했다. 인생의 탄탄
대로를 걷는 남자를 구세주처럼 여기며, 그 옆에서 옵션처럼 사
는 인생은 결코 홍화리의 결말이 아니었으니까. 그래서 결심한
이별, 그 선택에는 일말의 망설임도 없었다. 미적거리면서 시간
을 끌면, 미련이 자랄 터이니 최대한 빠르고 아프게 이별을 통보
했었다. 그것은 결코 그녀에게 쉬운 일이 아니었다. 그 순간에 이
미 한 번 죽은 기분이었으니까.

남의 말이 쉬운 사람들은 화리한테 '미쳤다'고 했다. 그와 헤어
진 이후에도 눈물 한 방울 흘리지 않고 매일같이 도서관에 출근
하는 동생이 못마땅한 화훈은 '세상에 없는 독종'이라면서 혀를
내둘렀다. 그렇게 악을 쓰면서 겨우 시험에 붙었을 때, 그래서 첫
발령을 받은 날…… 화리는 그제야 세상을 잃은 듯 대성통곡했
다. 사람들은 그녀가 장수생 생활을 끝낸 기쁨에 운다고 했지만,
꼭 그것 때문만은 아니었다. 울음의 8할은 억지로 사랑을 끝내야
했던 남자에 대한 미안함과 그를 놓친 뒤에 얻는 그리움, 그것이
었다. 그렇게 그들은 헤어졌고, 그것이 끝인 줄만 알았는데…….

"왜, 네가 있는 건데."

먹다 남긴 빵조각 위로 툭 떨어지는 눈물 한 방울은 이미 끝나
버린 사랑에 대한 작은 위로였다.

"화리 씨는?"

"방에요. 못 내려온대. 미안하다고, 먼저 아침 먹으래요."

"아무것도 안 먹어도 되나?"

"토스트 가져다줬어요. 언니요, 아무래도 얼굴이 뜨거운 게

열이 좀 있는 것 같더라고요."

"그래……."

"도욱이 형. 새 식구 얼굴 보기 힘드네."

양치하면서 텔레비전을 보던 민한이 웅얼거렸다. 화장실을 벗어난 칫솔질은 그의 버릇이었다.

"아, 정말! 그렇게 말을 해도!"

그녀가 찌릿 쏘아보는 눈에도 민한은 꿋꿋이 거실을 활보하면서 이를 닦았다. 일부러. 결국 고집을 부리다가 제 발등 위에 거품을 흘리고 나서야 후회했지만 이미 늦었다. 아련은 어느 틈에 달려와서 망설이지 않고 그에게 발길질을 했으니까. 화훈의 앞에서만 등장하는 수줍은 소녀는 결코 송민한 앞에서 모습을 드러내지 않는다. 1층 좋알이들이 소란을 떠는 모습에도 태평한 진호는 벌써 아침을 먹고 출근 준비를 끝낸 상태였다. 그는 애정이 가득한 눈길로 카메라를 닦고 또 닦고 있었다. 최연소 사법고시 합격자인 진호는 일찍이 법조계에 몸담았었지만 6년 전에 옷을 벗었다. 적성에 맞지 않는다는 것이 그 이유였다. 다들 미쳤다고 한 소리 할 때마다 진호는 '그래서 뭐? 내가 하고 싶은데'라고 웃을 뿐이다. 배려심 많고 유한 성미의 진호였지만 자기가 가고자 하는 길에서만큼은 철저히 자기중심적이었다.

"화리 씨가 걱정이네. 오늘, 혼자 있어야 할 텐데…… 뭘 물어도 도울 사람이 없어서."

"아니야! 오늘 도욱이 형 오후 근무로 바뀌었잖아."

어느새 양치를 마친 민한은 개운한 표정으로 기지개를 켰다. 눈은 연신 아련을 쏘아보면서.

"그래, 도욱아…… 잘됐다. 네가 좀 이것저것 도와줘."

"맞아! 오빠, 뚱한 표정 좀 짓지 말고, 제발 상냥하게 웃어요!"

여러 사람의 입에 오르내리는 그 남자 김도욱은 정작 아무 말도 하지 않았다. 그는 묵묵히 커피 한 잔과 함께 신문을 보는 데 집중하고 있었다. 디지털 시대에도 종이 신문을 고집하는 고지식한 남자 김도욱. 그 남자 때문에 토스트를 고기 뜯듯이 씹어 먹고 있는 그 여자 홍화리. 그 둘만이 남겨진 춘향가에 전운이 감돌고 있었다. 아직 제대로 된 재회는 시작도 안 했으니까.

"다들 갔나?"

시계를 통해 확인한 시간은 9시였다. 듣기론 평일 오전 9시 전에는 이곳 모두가 출근을 마친다고 했다. 목도 마르고 출출해진 화리는 제대로 1층으로 내려가고 싶었다. 문틈으로 힐긋거리면서 2층의 동태를 살폈더니 역시나 조용하다. 사람의 기척이 없음에 안심한 화리는 그제야 방문을 활짝 열어젖혔다. 걸음을 내딛는 발끝에 힘이 서렸다. 고작 방 문턱 하나 넘었을 뿐인데 공기가 달라진 기분이다.

"하아, 이제 살겠네."

그녀는 기지개를 켜면서 크게 숨을 들이쉬었다. 도욱과 마주치지 않기 위해서 몸을 사리느라 활동 범위를 제한한 덕분에 화리는 지금껏 독방에 감금된 기분이었다.

"출근…… 했겠지?"

도욱의 방문이 잘 닫혀 있는 것을 확인한 그녀는 발뒤꿈치를 들고서 살금살금, 아주 조용히 몸을 움직였다. 혹시 몰라서. 하지만 애석하게도…… 그 사려 깊은 몸짓을 비웃듯 잘 닫혀 있던 방문이 벌컥 열렸다. 아주 큰 소리로! 마치 기다렸다는 듯이. 하필이면 그 앞을 우스운 몸짓으로 지나가던 차였다. 제길!

"뭐 하나?"

"……."

"다리에 쥐 났어?"

아주 쉽게 걸어온 말 앞에서 화리는 혀가 목 안으로 말려드는 기분이었다. 지금은 뭐랄까? 놀란 게 아니라 겁이 난다.

"뭐가 그렇게 엉거주춤인데. 꼭 뭐 마려운 사람처럼?"

그가 되지도 않는 농담을 건넸지만 화리는 웃을 수 없었다. 도리어 예쁜 얼굴이 묻힐 정도로 낯빛이 어두워졌다. 그 짧은 순간에 도욱은 살짝 뒤로 물러서는 여자의 작은 동작 하나도 놓치지 않고 바라봤다. 그녀의 모든 것을 뚫어져라 눈에 담는다. 당황할 때면 언제나 그렇듯 깜짝 놀란 고양이처럼 확장된 동공, 흔들리는 시선을 다잡기 위해 노력하는 눈매, 살짝 벌어진 입술에서 번지는 파들거림. 그 모든 이목구비의 움직임 하나하나가 정말 홍화리다. 도욱은, 그래서 반갑다는 생각이 드는 스스로가 꼴사납고 우스웠다. 꽤 오래 헤어졌던 간극이 무색할 정도로 오랜만에 보는 여자의 존재감이 친숙했다.

"이런…… 기분이구나."

그는 표정이 드러나지 않는 건조한 얼굴로 천천히 입술을 움직였다.

"다시 봐서, 좋아 죽겠다는…… 아니고, 그냥 뭐 신기하네."

그는 혼잣말처럼 중얼거리면서 아주 노골적으로 그녀를 내려다봤다. 주먹 쥔 손이 덜덜 떨리는 모습을 놓치지 않고 낚아챈 도욱은 피식 웃으면서 팔짱을 꼈다.

"왜? 긴장돼?"

화리는 순식간에 버석해진 입안으로 겨우 침을 삼켰다. 그의 말끝에 서린 작은 피식거림이 유달리 크게 들린 참이다. 덕분에 자극을 받은 여자는 그를 무시할 수 있는 용기를 얻었다. 그대로 쌩하니 돌아서서 어떤 말도 이어가지 않았다. 아주 철저하게, 너를 상대하고 싶지 않다는 무언의 뜻을 전하는 뒷모습을 남겨둔 채 타박타박 단정한 걸음으로 계단을 내려갔다. 제법 빠르게 움직인 탓에, 눈으로 보이는 남은 계단은 겨우 두 개. 이제 다 내려왔다고 안도하던 차였는데…….

"홍화리."

부르는 이름이 주문이 되는 순간, 화리는 굳었다. 그리고 걸음을 멈춘 발을 향해서 '제발'이라고 애원했다.

"너무하네. 대놓고 무시하신다?"

끊임없이 말을 걸어도 답할 수가 없다. 차라리 꿈이었으면 싶은 탓인지 눈앞이 흐려지면서, 몸이 휘청거렸다. 여차하면 아주 볼썽사납게 주저앉을 순간, 화리는 가까스로 계단 난간을 꽉 붙잡았다. 고작 두 개, 단번에 뛰어 내려가도 되는 거리가 왜 이리 멀고 아득할까. 화리는 남자에게 지배되듯 걸음이 묶인 스스로를 탓하면서 입술을 깨물었다. 그 파괴적인 힘에 의지해서 겨우 남은 계단을 마저 내려선 순간, 탄식을 닮은 숨이 쏟아졌다. 이 정도로 무시했으면, 기분이 상해서라도 상대하기 싫을 터인데, 도욱은 지치지도 않고 자신의 존재감을 계속 드러냈다.

"내가, 뭐 원수라도 돼?"

화리는 천천히 몸을 틀었다. 전해지는 목소리가 속삭이는 것처럼 너무 생생해서 아주 가까운 곳에 있는 줄 알았더니, 그는 여전히 2층 계단 끝에 있었다. 그게, 참 다행이다. 화리는 바닥에서 위로, 마치 계단의 개수를 세듯 천천히 시선을 들어 올렸다. 한 30개쯤 세었을까? 슬리퍼를 신은 남자의 발끝이 겨우 보였다. 순간 긴장되는 마음을 꾹 눌러 참고 조금 더 마음을 내어 눈을 들어 올리자, 기다렸다는 듯 그가 단번에 보인다. 그녀의 입술이 일순간 멍하니 벌어졌다.

'정말, 너구나.'

이제야 오롯하게 들어오는 남자의 얼굴. 분명히 그녀가 사랑했던 도욱이다. 그런데, 그가 지금, 사랑이 사라진 다른 기운으로 여자를 아주 무심하게 바라본다. 헤어졌으니 그게 당연한데 왜, 이렇게 마음이 시릴까. 역시, 보지 않는 편이 좋았다.

"봤으면 인사 정도는 하지?"

뚱한 표정과 함께 도욱은 계단을 내려왔다. 그가 내딛는 발소리가 점점 가까워지는 긴장감을 이기지 못한 탓일까? 화리는 저도 모르게 순간적으로 혀를 움직였다.

"뭐 반가운 사이라고."

잠시 걸음을 멈춘 도욱의 입매가 아주 티 나게 비틀렸다.

"반가운 사이, 아니다?"

그녀의 말을 되돌리면서 도욱은 고개를 옆으로 꺾었다. 피식, 감정 없는 웃음이 터진다. 화리는 순간 아차 싶었다. 사실, 인사는 어렵지 않다. '안녕'이라는 흔해빠진 말과 함께 손을 몇 번 흔들고 돌아서면 그런대로 깔끔한 마무리가 됐을 터였다. 그런데 멍청한 혀는 머리에 고인 생각을 제대로 옮기지 못했다. 환영처럼 떠오르는 그날의 기억이 흔해빠진 인사를 가로막았으니까. '안녕' 그 심란한 인사와 함께 이별을 고하던 그 순간의 아릿한 마음이 여전하다. 그러니 어찌 '안녕'이라 말하며 웃을 수 있을까. 그래서 홀린 듯 쏟아낸 말이었다. 반갑지 않다는 그 말은, 그녀의 생각이 아니라 전적으로 도욱의 시점에서 이 상황을 전한 것이었다. 정작 도욱은 그와 비슷한 생각조차 없었는데도 말이다.

'반갑지 않다.'

옛 여자가 건넨 재회의 첫마디를 제대로 씹어 삼키지 못하고 계속 되뇌는 남자의 눈썹은 잔뜩 휘어졌다. 무언가 마땅치 않음을 전하는 움직임, 아주 오랜만에 보는 그의 습관이 여자의 눈에도 옮겨진다.

'화났네.'

이목구비의 움직임만으로도 감정을 읽을 수 있는 상대가 바로 그녀의 옛 연인이었다. 헤어졌고, 신기하리만큼 단 한 번도 마주친 적이 없었고 그것은 전부 화리 본인 노력의 결과였다. 그렇게 피했는데 그 노력이 무색할 만큼 그를 좀 더 특별한 이름으로, 셰어메이트라는 존재로 마주했다. 그것은 앞으로 매일같이 한 공간에서 함께해야 한다는 뜻이었다. 결국, 피한다고 되는 일이 아니었음을 화리는 인정해야 했다.

'그래, 어차피 이렇게 된 거……'

생각하기에 따라서는 함께 지낼 방법이 아예 없는 것도 아니었다. 어차피 도욱은 결혼을 전제로 사귀는 여자가 있으니 말이다.

그거 참 다행이라는 말조차도 서운함이 느껴지는 상황이었지만 오로지 그 하나가, 잡을 수 있는 유일한 지푸라기였다. 도욱이 머지않아 이곳을 떠난다는 것, 화리는 머릿속에 자리한 그 서러운 문장에 기대어 이곳에서 살아갈 틈을 만들어야 했다.

"나, 여기서 살아."

모든 것을 받아들이기로 작정한 순간 꾹 다물어졌던 입술에서도 조금씩 힘이 풀렸다.

"앞으로…… 얼마가 될지 모르지만, 그렇게 됐어. 그러니까 너도, 반갑지 않은 우리가 이제 한 공간에 있다는 거…… 그래서 얼굴 보는 일이 당연해졌다는 거, 인정해 줬으면 해."

"인사하라고 했더니, 무슨 일방적인 통보야. 정 없게."

"그럼 뭘 더 해?"

"세상 사람들이 다 하는 거. '안녕!' 하면서 손 흔들고 웃어."

"너는 그게 돼?"

여자의 퉁명스러운 얼굴에 대한 답으로 남자는 한껏 웃으면서 손을 흔들었다. 정말 아무렇지 않다는 듯이. 너와의 일은 전부 지난 일이라는 듯이 아주 태연하게. 그래서 참 다행이다 싶은데…… 그 생각은 허세라면서 비난하듯 몸은 다르게 반응했다. 일순간 위장이 아릿하게 욱신거린다. 눈이 찌푸려질 정도로 아픈 속이었지만 제대로 달랠 여유도 없이 이 상황을 깔끔히 마무리해야 했다. 그것은 관계 정리.

"그래, 뭐…… 아무 것도 아닌 일일지도 모르지. 뜻하지 않게 한집에 살게 됐으니, 놀랍고 신기한 마음으로 못 할 일도 없을 거야. 쉽고 편한 마음으로 안녕! 그리고 손 흔들고 웃는 거…… 하려면 할 수도 있어. 그런데 지금은 아니야. 이대로는, 못 하겠어."

"손 한 번 흔드는 일이야. 뭐 그렇게 덕지덕지 의미를 부여하는데? 꼭 미련 있는 사람처럼. 과거에 얽매인 듯이."

그의 빈정거림에도 화리는 동요하지 않았다. 당황하면서 아니라고 쏘아붙이면 제법 즐거울 것도 같은데 화리는 그의 뜻대로 움직여주지 않는다. 시선을 비틀지 않는 곧은 눈길 끝에서 도욱은 씁쓸해졌다. 아무래도 그녀가, 이 야릇한 상황에 대한 감정 정리를 벌써 끝낸 모양이다. 그것은 더는 소비적인 말싸움을 이어가지 않겠다는 의미. 용케 알아들었는데도 여자는 끝내 제 입으로 그걸 확인시켰다.

"끝났어. 너하고 나."

"누가 몰라?"

투정을 부리듯이 쏘아붙이는 목소리에 오만가지 감정이 실린다. 그중에서도 가장 크게 자리한 것은 서운함. 그 약한 마음조차 읽어주지 않아서 얄미운 여자가 잔인한 입술의 움직임을 멈추지 않았다.

"상냥하게 끝난 관계가 아니잖아. 너하고 나……."

힘을 잃은 잔잔한 목소리 주제에 파괴력이 컸다. 단번에 남자의 목을 움켜쥐듯 속을 갑갑하게 했으니까. 청혼한 남자를 뻥 찬 위인께서 감히 상냥한 끝을 논하다니? 바랄 걸 바라야지. 제대로 속이 찔린 도욱은 아예 이를 드러내면서 으르렁거렸다.

"상냥한 끝? 말도 꺼내지 마. 그딴 건 없어. 끝나면 그냥 더러운 거야."

말을 던지면서 표정을 살폈다. 분명히 자극을 받았을 테지? 그녀의 입술 끝이 조금은 떨리기를 기대했건만, 여자는 차분한 미소를 지었다. 김새게.

"알아."

"……."

"사실, 나는 너랑 헤어지면서 아주 더럽다는 생각, 거기까진 안 해봤는데…… 넌, 역시 그런 모양이네. 당연하지."

화리는 제 입으로 하는 모든 말들이 새삼 서러워서 계속 거짓된 미소를 만들어냈다. 어렵게 휘어진 입술 끝이 미묘하게 떨렸지만 제법 나쁘지 않았다. 마치 그 어떤 감정도 서리지 않았다는 듯이 그래서 대수롭지 않은 것처럼 보이기에는 충분했다. 그녀의 가장된 평온 앞에서 도욱은 자신의 인내심을 시험하고 있었다. 한편, 도욱의 불편한 심사를 살펴줄 여유가 없는 여자는 기계처럼 영혼 없는 눈으로 말을 쏟는다.

"왜 잊은 듯이 굴었어. 다, 기억하잖아. 어떻게 끝났는지…… 그 순간이 인사 한 번으로 흐려질 만큼, 상냥하지 않았어. 난 그걸 분명히 하고 싶은 거야."

도욱의 입술이 웃음을 토했다. 아주 어이없다는 듯이 툭 터진 웃음 끝에 한숨이 서렸다. 슬슬 열이 치솟는다. 저 아래부터 타다닥 달려오는 그것은 화, 그 녀석이 터져 나오기 직전이었다.

"나, 너 안 편해."

"그래서? 어차피 한집에 사는데, 이제 뭐 어쩌자고?"

"어쩌지 말자고."

말장난 하지 말라고 다그치기에는 그녀의 눈빛이 진심이었다. 그리고 뭘 말하는지 알 것도 같다. 그것은 과거를 덮자는 것.

공유하실래요?

"너도, 나 달갑지 않잖아."

영리한 여자는 아주 깔끔하게 그들의 관계를 정리했다. 그것은 편하지 않고, 달갑지 않은 옛 연인이라는 것. 그 신경 사나운 단어의 조합은 저절로 눈썹이 꿈틀거릴 만큼 마땅치 않았다.

"다행히, 여기 사람들은 우리 사이 모르는 것 같던데…… 이대로가 좋을 것 같아. 오빠 입단속은 내가 할 테니까, 너랑 내가 알던…… 사이 아닌 거로 해줘. 너도 그게 편할 거야."

마치 동의를 구하듯 그녀가 연한 미소로 물었다. 반드시 제 말대로 하라는 듯한 은근한 압박도 느껴졌다. 그 앞에서 도욱은 고개를 뒤로 꺾으면서 마치 못 들은 척 답을 주지 않았다. 그래서 조금 더 기다려도 될 텐데, 화리는 그가 제대로 답할 시간을 주지 않았다. 제 마음이 너무 급해졌으니까. 담담하고 차분한 척했지만 사실, 그를 마주한 이후 줄곧 내내 힘들어서 죽을 것 같다는 말을 온몸으로 느끼고 있었다.

"그러니까…… 서로 얼굴 붉히는 거 하지 말자."

도욱은 뭔가 못마땅한 표정으로 그녀를 내려다봤다. 설핏 삐진 것처럼 보이는 그 얼굴은 분명히 화가 난 것이었다. 그걸 알면서도, 그래서 내심 속이 흔들리면서도 화리는 이 상황을 정리할 마지막 힘을 끌어냈다.

"난 내 말 다 했어. 너도, 더 할 말 없지?"

질문을 가장한 그것은 더 이상 말 섞지 말고 갈 길 가자는 통보다. 제대로 알아들었지만 도욱은 그녀의 뜻대로 고분고분 따라줄 마음이 없었다.

사실, 대화를 이어갈 이유도, 더 꺼낼 수 있는 화제도 없다.

저 앙큼한 여자가 잘린 무의 단면처럼 아주 깔끔하게 말의 꼬리를 잘라 버렸으니까. 그날도 그랬다. 홍화리, 저 여자는 헤어지는 그날에도 저렇게 단정한 얼굴로 사람을 방심하게 하더니, 잔인한 손으로 사랑을 끊고 도망쳤다. 그래서 지금, 구 남친이자 현 셰어메이트라는 아주 우스운 모양새로 저 여자를 마주 보는 게 자신이다. 그러고 보니 그녀의 세 치 혀에 홀린 듯 멈춰 섰던 걸음조차 꼴사나워서 짜증이 난다. 딱히 들어줄 가치도 없는 말들을 왜 전부 받아줬을까? 나는 왜 저 여자한테 아직도 얽매이는 걸까? 짜증 나게! 일순간 치솟는 화기가 도욱을 지배하기 시작했다. 그는 뭔가 결심한 듯한 굳은 표정으로 잠시 멈췄던 걸음을 다시 시작한다. 딱히 급한 몸짓도 아니었건만 긴 다리 덕분인지 내려오는 속도가 무척이나 빨랐다. 때문에 험악해진 그의 표정이 아주 쉽게 읽힌다.

'왜 내려와! 사람 잡아 먹을 표정으로. 그냥 거기 있어, 제발!'

내뱉지 못하는 속사정이 시끄러웠다. 계속 좁혀지는 거리만큼 그녀의 어깨도 웅크리듯 좁아졌다. 가늘게 떨리는 어깨의 움직임을 다스릴 수 없어서 제 팔을 꽉 움켜잡아도 소용없는 일. 그녀는 체념하듯 바닥으로 고개를 떨어뜨렸다. 이 미친 재회를 중단시켜 줄 어떤 이의 존재가 무척이나 간절한데 아무도 없다. 하필이면 최악의 조합인 단둘이다. 전화벨조차 울리지 않는 고요 속에서 분명히 들리는 것이라곤 가깝게 들리는 발소리, 그리고 이유를 모르게 쿵쾅거리는 심장 근육의 움직임이었다. 일순간 쿵! 한꺼번에 피를 쏟으면서 명치가 쑤시는 감각이 낯설어서 화리는 꽉 다문 입술에 더욱 힘을 주었다. 마주한 상대가 반할 대상은 아니니, 분명히 두근거림은 아닌데 이게 뭐지? 부정맥인가? 혹시 심근경색? 잠시 숨을 참았다가 길게 뻗어내면서 겨우 제 호흡을 찾았더니만, 공기에 섞여드는 남자의 향이 일순간 진해졌다. 어느 틈에 겨우 세 걸음, 위험한 간격의 끝에 그가 있다. 또 한 번 심장이 '쾅!' 크게 울리면서 호흡이 급해지는 탓에 화리는 욱신거림을 참으면서 인상을 찌푸렸다. 심장이 이상한 것이, 아무래도 저 남자 때문인가 보다. 왜냐고? 이유는 알아낼 겨를이 없다. 그저 바쁘게 혀를 움직여서 긴장감을 이기는 것이 할 수 있는 전부.

"바라는 대로 인사, 그런 거 못 해서 유감스럽지만…… 내 말 이해했으리라 생각해."

쏘아붙이듯 조잘거리는 여자는 모른다. 도욱은 폭발하기 직전이었다.

"너도 나도, 어쩔 수 없이 마주한 오늘이잖아. 그러니까……."

'어쩔 수 없다'는 그 적나라한 감정 표현이 주는 불쾌함이 뭉쳐서 뻐근한 뒷목을 타고 올랐다. 심한 운동을 한 것도 아닌데 모든 근육이 다친 듯이 욱신거렸다. 역시, 스트레스는 사람을 잡는다. 그래서 숨이 턱턱 막혀도 겨우겨우 참고 있건만 여자는 기특하다는 말도 없이 끝내 폭탄을 던진다.

"여기까지 해."

총알이 옆으로 스치는 듯한 아찔함과 함께 동공이 일순간 확장되었다. 이별의 그날을 똑 닮은 목소리 덕분에, 원치 않았던 그날이 떠오른다. 시간의 흐름이 되돌려지는 순간 모든 계획이 뒤덮히고 틀어지기 시작했다. 담백하고 깔끔한 재회의 인사는 이미 일찌감치 잊은 터였다. 그 대신 꼭 닫혔던 기억의 문이 열리고 불쾌한 감정의 찌꺼기가 여전한 존재감을 증명하듯 튀어 오른다. 그래서 저 여자가 원하는 대로, 순순히 보내줄 수가 없다. 그의 속도 모르고, 남자의 침묵을 어떤 동의로 해석한 여자는 피식 웃으며 쓸데없이 말을 보탠다.

"버거울 정도의 재회였어. 그러니까, 충분하잖아."

겨우 끝났음에 안도한 화리가 표정을 풀고 그의 등 뒤, 계단 너머로 시선을 던졌다. 순진한 여자가 끝을 선언한 지점에서 도욱은 본격적인 시작을 위한 거리를 잰다. 여자의 작은 걸음으로는 셋, 급해진 남자의 마음으로 단번에 움직인다면 고작 한 걸음이다. 저 여자를 잡아 쥐고서 흔들기에 딱 좋은 거리인데도 만족스럽지 않다. 가까운 물리적 거리였지만, 도욱은 화리가 무척이나 멀게 느껴졌다. 그것은 그들 사이에 '헤어짐'이라는 다리가 놓인 탓. 결코 원하지 않았던 그 다리를 만들어준 게 눈앞의 여자. 그래서 보란 듯이 밟아 부수고 싶다는 거친 마음이 뜨거운 목울대를 지나서 눈에 스민다.

남자의 눈이 보여주는 기운이 심상치 않음을 느낀 화리는 그제야 떨림으로 이가 부딪쳤다. 이유는 모르지만, 아무래도 저 인간이 제대로 뿔이 난 것 같다. 자칫 잘못하면 반가운 재회는커녕 이 집에서 둘 중 하나가 기어이 나가야 하는 최악의 상황이 펼쳐질지도 모를 순간이었다. 그러니까 빨리 끝내야 한다.

"1층에 볼일 있으면 봐……. 난 올라갈게."

화리는 꽉 막힌 목소리를 겨우 내보내면서 제 두 팔을 껴안듯 붙잡았다. 혹시라도 그에게 닿을까 봐, 그렇게 애를 써서 움직인 보람도 없이 너무 쉽게 그녀의 어깨가 도욱의 팔을 스치고 지났다. 맨살이 닿은 것도 아닌데, 고작 얇은 천이 부딪치는 그 순간 조차 아찔하다. 사각거리는 소리, 그 작은 소음이 촉매제라도 되는 양 기다렸다는 듯 폭발한 남자는 단번에 손을 뻗어서 그녀의 팔을 낚아챘다. 여자의 검은 동공이 가득 커지는 순간 전율을 닮은 떨림이 손바닥으로 퍼졌다. 그것은 본게임을 알리는 신호탄. 팔에 닿는 생경한 촉감에 놀란 그녀가 몸을 비틀었다.

"놔!"

"……."

"놓으라고!"

"이건 아니지."

말끝에 실리는 힘만큼 그녀를 꽉 붙잡았고 도망가지 못하게 그대로 잡아당겼다. 단호한 눈빛으로 슬쩍 빠져나가려는 여자의 눈길을 단단히 묶었다.

"그날도, 그렇게 제 할 말만 하고 돌아서더니, 그래서 사람 미치게 하더니…… 치고 빠지는 재주가 여전하네. 뭐 좋은 거라고."

뾰족하게 날이 선 도욱의 말끝이 칼처럼 여자의 속을 찌르고 들어온다.

"어쩔 수 없이 맞이한 오늘? 웃기지 마. 어쩔 수 없는 게 아니라! 넌, 내 의지대로 지금, 버젓이! 내 앞에 있는 거라고."

거친 목소리가 힐난을 담아서 흩뿌려지는 순간 화리는 멍해졌다. 분명히 귀로 들었는데도, 말뜻은 쉽게 읽어낼 수 없었다. 의지? 눈을 제대로 뜨고 되새겨도 이해할 수 없는 말이다. 그래서 긴장되고 두려운 마음은 그녀의 눈꼬리에 잔뜩 실린 힘이 대신 보여주고 있었다.

"아직도 감이 안 와? 누구 덕분에, 네가 내 앞에서 신경 긁고 있는지?"

화리는 여전히 멀뚱한 표정으로 눈만 깜박였다.

"상황, 제대로 봐. 널 이 집에 들인 게…… 나니까."

씹어 뱉듯이 말을 던지면서 도욱은 턱을 치켜들었다. 뭔가 큰 일을 했다는 듯 의기양양한 몸짓이었다. 그제야 무슨 말인지 알 아들은 화리는 잠시 잊었던 그것, 춘향가 입주 조항을 천천히 입 안으로 되새겼다.

— 기손에 살던 셰어들 중에서 한 명이라도 허가하지 않을 시에 는 입주가 불가능함.

어렵다고 생각지 못한 절차였다. 화리가 얼굴 한 번 내밀지 않 아도 오빠는 아주 쉽게 동의서를 받아왔으니까. 그 존재조차 잊 을 만큼 별거 아닌 일이었다. 그런데 그게, 김도욱 저 인간 덕분 이란다. 아마도 도욱이 그녀의 입주를 거절했다면 그녀는 살 집 을 알아보기 위해 대출이라도 해야 했을 것이다. 그러니 도욱의 호의는 제법 고마운 일이다. 그런데 왜? 그가 자신과의 일을 문 제 삼지 않은 것은 다행이었지만 감춰진 속내도 알 수 없었다. 단 하나 분명한 것은 지금, 도욱이 제대로 화가 났다는 것. 그의 거 친 목소리를 되새기면서 화리는 본능적으로 뒷걸음질 쳤다. 하지 만 팔이 붙잡혀 있는 탓에 그녀가 벌린 거리는 금방 그의 힘으로 좁혀졌다. 미약한 저항은 도리어 그를 더욱 충동질할 뿐이다.

"네 말대로, 달갑지 않고 편하지 않은 너를…… 난, 군말 없이 이 집에 들였어. 전부 잊은 듯이 편하게 살게 해주려 했다고. 그런데도 넌! 입 닦고 쓰윽, 제 할 말 다 했으니 끝이라고? 그건 아니지. 너무 치사하지. 먹고 튀는 건."

"그래서? 지금 생색내는 거지?"

여자는 찬 목소리로 쏘아붙이면서 노려봤다. 바드득 이가 갈린다. 조금 더 놀란 눈으로 버둥거리면 귀엽다고 한 수 봐줄 터인데, 뭘 잘했다고 앙칼지게 따져 묻는단 말인가. 공치사? 그런 거 생각해 본 적도 없다. 그냥, '고마워, 도와줘' 그 수줍은 말이면 전부 풀어질 유치한 마음이었다. 그런데도 꽉 막힌 여자는 뻣뻣하게 서서 적개심에 젖은 눈을 치뜬다. 세상 참 어렵게 산다.

"좋아. 해! 공치사."

어쭈? 겁도 없이 성난 호랑이 굴로 뛰어드시겠다? 그래, 그럼 어쩔 수 없지. 알아서 먹히겠다는 데 막을 이유도 없지. 잔뜩 물어뜯어서 상처 주고 싶다는 저열한 마음이 피어오르는 순간, 맹수처럼 이가 근지러웠다.

"말해. 바라는 거 해줄 테니까."

"네 몸."

"뭐?"

일순간 크게 떠진 화리의 동공 안으로 아주 차갑게 웃는 남자가 담겼다.

"바라는 거 준다며. 그게 네 몸이라고. 공치사하기에는 그만한 것도 없지."

지금껏 본 적 없는 표정, 냉소적인 얼굴의 남자가 너무 낯설고 무서워서 화리는 잡힌 팔을 빼내려 몸을 비틀었다. 하지만 그럴

수록 소용없다는 듯 더욱 꽉 힘을 주는 남자의 손, 아픔을 표하는 얼굴에도 도욱은 무시하듯 가득 힘을 실으면서 멈추지 않고 여자를 몰아붙였다.

"애들 오기 전에, 빨리 끝낼까?"

직설적이고 야릇한 질문 앞에서 화리는 제 몸의 떨림을 포기했다. 어차피 애쓴다고 다스려지지도 않을 몸의 감각. 그나마 마음대로 통제할 수 있는 것은 눈, 화리는 적개심을 가득 실어서 그를 노려봤다.

"장난은 정도껏 하지?"

도욱은 제 손 아래에서 느껴지는 여자의 떨림에 어떤 전율을 느끼면서 서늘한 눈매를 고쳐 뜨지 않았다.

"장난 치고는 내 눈이 너무 진심이지 않나?"

몸을 훑어내리는 가혹한 눈길이 진짜다. 화리는 순간, 척추를 타고 오르는 찌릿함에 머리가 욱신거렸다.

"정말, 바라는 게 그거야?"

제발 농담이었다고 바보처럼 웃어주길.

"응. 그거야."

개가 듣고 웃을 만큼의 미친 소리를 잘도 뱉어낸다. 정말, 사람 심란하게 왜 이래? 저 인간이 아무래도 제정신이 아닌 모양이다. 돌았냐고 욕을 하고 싶은데 입술에 힘이 실리지 않았다. 어느 틈에 고개를 내린 것인지, 그와 같아진 눈높이가 미칠 것 같은 불안감을 만들어냈다. 입술을 주시하는 검은 눈동자가 깊게 가라앉은 것을 보아하니, 큰일났네.

'안 돼. 닿지 마!'

놀란 화리가 본능적으로 고개를 튼 그 순간, 도욱은 단번에 그 움직임을 되돌렸다. 아주 쉽게 그녀의 턱을 붙잡아 돌려서 아프도록 힘을 실었다. 그리고 단번에 다시 내려진 고개, 볼 언저리에 흩어지는 남자의 호흡이 적나라했다. 화리는 눈을 감지 않기 위해서 떨리는 눈꺼풀에 힘을 실었다. 두려움과 절망이 섞인 눈동자가 초점을 잃고 흔들렸다. 그 작은 변화조차 들키기 싫은데 야속하게도 전부 알아챈 남자는 키득거리면서 묻는다.

"어차피 아무도 없는데, 그냥 거실에서?"

"미쳤구나."

여자가 낮은 목소리로, 진심을 다해서 뱉어낸 독설이었다. 그 말 한마디의 충격이 굉장했다. 미치다. 사실 그 이상의 말은 없었다. 지금 이 순간 그녀를 대하는 그의 마음이 정말로 그랬다. 여자를 붙잡는 순간에 느껴지는 그 부드러운 촉감에 홀려서, 그녀의 눈에 가득한 남자의 모습이 너무 초라해서…… 그런데도 자꾸 피가 뜨거워져서 미쳤다. 이제 뭐 하는 짓인가 싶다. 그가 아주 떫은 표정을 짓는 순간, 스르륵 그녀의 팔을 붙잡았던 손에서도 힘이 빠졌다. 도욱이 눈치채지 못하는 그 작은 변화를 기적처럼 여기는 화리는 순간의 틈을 놓치지 않았다. 그녀는 갖은 힘을 다 끌어서, 거칠게 몸을 돌려 붙잡힌 팔을 빼냈다. 그대로 남자의 가슴팍을 밀친 뒤 곧장 계단을 뛰어올라서 도망치려 했는데, 그러면 끝인데…… 거칠게 뻗어지는 남자의 팔이 조금 더 빨랐다. 쾅 소리와 함께 그의 팔이 벽을 치고 걸음을 막았다.

"비켜."

"공치사하라며. 그래서 하겠다는데…… 왜 도망가? 네가 먼저 시작한 일인데."

걸음을 가둔 남자의 팔이 참 단단하다. 마치, 순정만화의 그것을 닮은 장면이었다. 그 설레는 순간을 닮아서 마냥 부드럽고 두근거리면 좋았을 텐데, 현실은 그게 아니다. 옛 연인 사이에는 달달함이 사라진 대신 원망과 적개심이 가득했다.

"한 발 빼면 좀 나아? 값 올리는 기분이라?"

제대로 속이 긁힌 여자의 얼굴이, 비에 젖은 고양이처럼 처량하고 서러웠다. 그래서 진심으로 묻고 싶다.

"너…… 왜 이렇게 최저야."

말 한마디로 천 냥 빚을 갚기는커녕, 여자는 도욱의 안에 있던 미약한 측은지심조차 잘라냈다. 최저? 웃으며 곱게 들어줄 수 없는 말이었다. 화리를 가두기 위해서 뻗은 팔이 쥐가 나듯 욱신거렸다. 벽을 짚은 손끝의 마디도 전부 하얗게 질렸다. 한계의 순간, 도욱은 억지로 만들어낸 빙글거리는 얼굴로 그녀와의 틈을 좁힌다. 입술이 닿을 듯 스치려는 그 순간을 이겨낸 남자는 살짝 뒤로 물러서서 아슬아슬한 간격을 유지한다.

"최저라고?"

숨이 섞이기 딱 좋은 거리. 화가 쌓이고 또 쌓여서 넝마처럼 초라해진 두 남녀가 전쟁을 치르는 것처럼 독이 서린 눈으로 서로를 노려봤다.

"그건 너지."

도욱은 꺾인 자존심을 회복하겠다는 듯 가득 힐난을 담아서 속삭였다.

"뭐든 다 해주겠다는 듯, 허세 떨더니 말 바꿔서 도망치는 건 무슨 경우야."

잔인하게 되돌려줬는데 즐겁기는커녕 더 기분이 떫어진다. 뭔가 아주 큰 상처가 생긴 듯 왼쪽 가슴이 쿡쿡 쑤신다. 남자는 그 통증을 무시하기 위해서 더욱 비틀린 목소리를 쥐어짜냈다.

"그러니까, 네가 정말 최저지."

"김도욱!"

여자의 입에서 처음 나온 자신의 이름, 그런데 그게 다정하기는커녕 욕처럼 거칠어서 속이 욱신거린다. 치솟는 감정의 덩어리가 목구멍을 막아서 호흡은 갈라지고 맥이 빨라졌다.

"그러기에 너는!"

그녀를 가두기 위해서 벽을 짚은 손에서도 천천히 핏기를 잃어간다. 그 역시도 한계 상황이었다. 지금의 제 꼴이 한 대 치고 싶을 만큼 재수 없어서. 그런데도 독이 서린 혀끝이 폭주한다. 도욱은 이미 제 독에 취한 듯 통제력을 상실했다.

"그 마스터키는 꽂지 말았어야지."

도욱은 화가 서린 입김을 훅훅 불어 내어 제 안의 불꽃을 제대로 태운다.

"모르는 듯이 웃어줄 때, 고작 인사 한 번으로 퉁 치려고 했을 때…… 생각 없이 손을 흔들었으면 끝날 일이었어. 그런데 왜! 인사를 못 한다는 둥 지껄이면서 끝내 들추고 끄집어내는데. 좋지 않은 끝이라고? 상냥하지 못해? 그걸 누가 만들었다고 생각해! 너야. 네가 한 짓이야."

그의 말이 채찍처럼 날카롭게 그녀의 속을 할퀸다. 명치끝에 퍼지는 아릿한 통증 때문에 그녀의 미간이 좁혀졌다. 가슴을 세게 두드리고 싶은데 떨리는 손은 주먹조차 제대로 쥐지 못한다.

"그런데도! 잊은 듯이 네 앞에서 병신 같이 웃어주려고…… 했다고. 그걸 망친 것도 다, 너잖아!"

모든 힐난과 분노가 쏟아지듯 뱉어졌다. 그에 짓눌린 작은 여자는 할퀴어져 전부 흩어지는 여린 마음을 겨우 끌어 모은다. 여차하면 휩쓸릴 순간의 미묘한 기류를 끊어내기 위해서 화리는 약함을 누르고 강함을 끌어내야 했다. 단호하게 헤어짐을 고하던, 이별의 그날…… 그 독한 여자의 마음을 다시 빌려온다. 어느새 차분해진 눈으로 자신을 가둔 남자를 올려다봤다. 이 남자를 멈출 방법은 오직 하나, 불이 붙는 만큼 조금 더 세게 상황을 폭파하는 것. 지금은 정면 돌파다.

"그래, 좋아."

예상치 못한 타이밍이었다. 여자의 입이 쉽게 터지는 순간 도욱은 입안이 버석해졌다. 그러고 보니 잠시 잊고 있었다. 홍화리는 방심한 틈을 공격해서 목을 마르게 하는 희한한 재주가 있는 여자다. 그리고 그는, 그녀가 만들어낸 갈증에서 여전히 해소되지 못하고 있었다.

"이제, 안 피해."

담담하게 제 상황을 받아들이는 그녀의 눈이 텅 비었다. 그게 안쓰럽다. 도욱은…….

"다 너 좋을 대로 해! 대신, 하나만 분명히 해."

그녀는 입안의 뜨거운 기운을 가득 모아서 결코 입에 담고 싶지 않았던, 그 말을 뱉어낼 준비를 끝냈다.

"뭘?"

뭔가 결연한 여자의 표정이 마땅치 않아서, 더욱 퉁명스럽게 눈을 흘기는 도욱이다.

"여자."

순간 초점을 잡지 못할 정도로 도욱의 눈동자가 크게 흔들렸다. 그녀는 모르리라. 고작 두 음절에 남자는 심장을 빼앗기는 듯한 고통을 마주했음을 말이다.

"있다면서."

그녀는 겨우 뱉어내듯 말을 맺었다. 그러곤 아주 가볍게 웃었다. 별거 아니라는 듯이. 그럼에도 흰자위가 조금씩 붉어지기 시작했다. 그게 뭐라고. 1분 남짓한 시간에도 수억의 사람들의 입에서 오르내릴 아주 흔한 그 단어가, 화리에게는 너무 무거웠고 도욱에게는 몹시도 날카로웠다. 여자, 하필이면 다른 이도 아닌 홍화리의 입에서 그 달갑지 않은 단어가 선택되는 순간부터 도욱은 목덜미가 붙잡힌 듯 정신이 번쩍 났다. 딱히 숨기려는 생각은 아니었지만 이런 식으로 먼저 그녀의 입을 통해 자신의 곁에 새 여자가 있음을 분명히 하고 싶지는 않았다. 그냥, 아니라고 잡아뗄까?

"아련이한테 들었어. 곧 결혼, 한다고……."

여자의 말을 낚아챌 타이밍을 놓친 도욱은 일부러 아무렇지 않은 척 가볍게 웃었다. 사실은 입 밖으로 욕지거리가 튀어나올 뻔했다. 젠장! 백아련, 이 요망한 계집애!

"그래, 여자……."

도욱은 한숨을 닮은 숨소리를 길게 뱉어냈다. 떨리는 두 손을 주머니에 찔러 넣은 뒤 일부러 오만하게 묻는다. 확인하고 싶은 게 있어서. 그건, 이 순간을 받아들이는 여자의 마음.

"그게 뭐?"

"……."

"나한테 그게 있어서…… 공치사하는 데 문제가 돼?"

"아니."

고민할 가치도 없다는 듯 단번에 답을 주는 여자. 정말 허세다. 아주 덤덤한 척 표정을 굳혔지만 정확히는 질린 얼굴이었다. 거칠게 들썩이는 가슴을 들킬까 봐 일부러 끊어내듯 숨을 삼키는 여자는 절박했다. 부디, 이 순간을 끝내달라고 기도한다. 그녀의 사투를 모르는 남자는 역시 화리의 답이 마땅치 않아서 입술이 비틀렸다. 정말이지 마음에 안 드는 여자. 볼을 잡아 쥐고서 잔뜩 흔들어주고 싶을 만큼 도욱은 심술이 솟구쳤다. 그럼에도 단 한순간도 놓치지 않고 뚫어져라 여자를 눈에 담는 이유는 간단하다. 보고 싶으니까 보는 거다. 그냥, 그러고 싶어서.

"어째서야?"

"뭐가?"

"여자…… 있는 거 알면서도, 왜 내 요구를 받아?"

"피할 수 없으니까."

체념한 목소리가 귀를 타고 도는 순간 도욱은 이를 사리물었다. 피할 수 없다…… 결국 그런 건가? 저 여자한테, 지금 이 순간은 고작 그 정도의 불쾌함뿐인가? 정말, 그 이상의 무엇은 없나?

"납득하고 있는 건 아니야. 미친놈이라고 욕하고 싶을 만큼 당황스럽고 화도 나. 그래도 뭐 어쩌겠어. 벌어진 일인데. 네가 바란다는데……."

또박또박 질릴 만큼 다부진 목소리였다.

"그래서? 정말…… 공치사. 그걸 하시겠다?"

"못 할 것도 없어."

화리는 제가 뱉은 말의 무게를 실감했지만 말을 거두지 않았다. 약해진 모습으로 무너지고 싶지 않았으니까.

"난 살 집이 필요했고 여긴 최적의 공간이었어. 이 집에 편입되기 위해서는 네 말대로 동의서, 그 귀찮은 게 필요했지만 그 절차를 문제 삼지 않은 게…… 너라며. 알아, 쉽지 않은 결정이었다는 거. 그러니까 괜찮아. 호의를 베푼 상대에 대한 답례…… 그 정도라면."

"호의를 베푼 내가, 네 몸의 어디까지를 원하는지 알아도…… 그렇게 말할 수 있을까?"

도욱은 일부러 그녀의 붉은 입술을 손가락으로 건드리면서 사악하게 웃었다.

"아마, 가볍게 입술이 닿는 걸로는 끝나지 않을 거야."

차가운 손가락이 뜨거운 입술에 닿는 순간의 찌릿함은 그도 그녀도 마찬가지였다. 물론, 속을 보이지 않는 두 남녀는 그 야릇한 감각을 저 혼자의 몫으로만 여길 뿐이다.

"순간의 욕정이잖아. 의미 부여 안 해. 편히 생각하면 끝이야."

감정을 헤집는 깔끔한 문장력은 삽시간에 피로감을 몰고왔다. 도욱은 잔뜩 치뜬 눈으로 그녀를 노려봤다. 그러곤 화리의 결심을 비웃듯 입술을 잔뜩 뒤틀면서 팔짱을 꼈다. 어차피 도망치는 것을 스스로 포기한 여자니, 팔 아프게 힘을 실어서 가둘 필요도 없었다. 알아서 잡아먹으라는 여자를 가혹하게 훑어 내리고 있자니 역시 욕정, 그 값싼 마음을 논하는 여자가 얄밉다. 내가,

저를 그동안 얼마나 귀하게 품었는데 그 따위로 쉽게 말할 수 있는가? 그러고 보니 아주 순순히 안겨오는 태도도 마음에 안 든다. 호의를 베푼 상대? 그게 만약 다른 이였다면, 그자가 지금처럼 막무가내로 미친 소리를 한다 해도, 저 여자는 담담할까? 다른 남자에게 쉽게 팔을 붙잡히는 여자의 잔상이 환영처럼 눈을 스치는 순간, 검은 동공이 서늘한 기운으로 가라앉았다. 생각만으로도 치솟는 불쾌함이 손끝을 저릿하게 한다.

"딱 한 번이야. 그 이상은 싫어."

'하아, 저게, 진짜 끝까지!'

거친 심장 박동으로 인해서 쾅! 일순간 쏟아지는 피가 전신으로 퍼지는 기운이 아찔했다. 핏줄기를 타고 독이 퍼지는 듯 호흡이 거칠어지는 순간 도욱은 그녀의 팔을 다시 낚아채듯 붙잡았다. 저항을 포기한 듯 힘을 잃은 몸이 쉽게 딸려왔다. 그래서 마음껏 여자를 눈에 담고 있는 지금, 그를 지배하는 감정은 외로움. 예고도 없이 아주 느닷없이 찾아온 그 녀석 때문에 쓸쓸해진 낯빛을 감추려고 그는 거칠게 으르렁거린다.

"까불지 마."

순간의 기습으로 몸이 맞닿는 순간 화리는 크게 숨을 삼키면서 고개를 옆으로 틀었다. 목 언저리에서 약하게 펄떡이는 맥박이 그녀의 위태로운 마음. 그것이 시야에 들어오는 순간, 어라? 척추가 저릿해지더니 독에 취한 듯이 눈이 흐려졌다.

"한 번이든 두 번이든! 그딴 건 내가 정해. 네가 아니라, 내가."

화가 서렸던 두 눈에서 가혹함이 걷히더니 또 다른 것이 빛을 발한다. 그것은 욕정이 아닌 순수한 열망. 뜻하지 않게 시작된 몸의 변화 때문에 도욱은 발끝에 힘을 실었다. 큰일이다. 그냥 장난이었는데…… 겁만 주려고 했는데, 그래서 울리기만 하면 속 시원하게 웃으면서 끝낼 일이었다. 그러니까 지금 멈춰야 하는데…… 왜, 끝내기가 싫지? 도욱은 여자의 존재감을 확인하듯 팔목을 붙잡은 손에 더욱 꽉 힘을 주었다. 그것은 본능이 지배하는 시간을 예고한다. 망설이지 않고 고개가 내려졌다.

"그러니까, 너는 잠자코 하는 대로 있으면 돼."

입술 사이로 부서지는 숨결, 아주 오랜만에 느끼는 그 아찔함에 화리는 차라리 눈을 감아버렸다. 이윽고 마치 벌을 주는 듯한 뜨거운 감각이 통증처럼 아릿하게 여자의 살갗을 내리눌렀다. 남자의 뜨거운 호흡이 붉은빛으로 물들어서 그녀에게로 스며드는 것은 순식간이었다. 그녀의 가장 약한, 그래서 쉽게 흔적이 남는 팔목 안쪽의 연약한 살결 위로 금세 붉은 자국이 새겨졌다. 그가 한 장난의 실체를 깨달은 여자는 감았던 눈을 힘주어 다시 떴다.

"실망했어? 입술이 아니라?"

빙글거리는 낯을 한 대 치고 싶은 충동을 겨우 억누른다. 차라리, 그가 닿은 곳이 입술이었다면 순간 스쳤던 감각으로 끝났을 터였다. 그런데 영리한 남자는 그조차도 허락지 않는다. 여리고 하얀 살결에 스민 남자의 흔적은 꽤 오래갈 터였다. 그래서 두고 볼 때마다 뜨거워지는 입술은 저 혼자 깨물어 달래야 한다. 마치 그의 존재감을 두고두고 느끼라는 듯한 짙은 흔적을 바라보면서 화리는 뜨거워진 입술에 꼬옥 힘을 주었다. 그가 멈춰서 다행이다. 그런데 왜, 마음이 시리지? 꼭 뭔가 서운한 것처럼 말이다.

'미쳤어.'

화리는 이를 꽉 깨물어서 턱을 아프게 하는 것으로 스스로를 다그쳤다. 장난치는 남자에게 보란 듯 놀아나서 떨림을 들킨 스스로에게 화가 난다. 벽을 치면서 울고 싶을 만큼.

"급할 거 없잖아. 가벼운 hickey로 시작해. 그러니까 서운한 표정 짓지 마."

"내가."

곧게 뻗어 나온 목소리의 끝에서 도욱은 잠시 멈칫했다.

"확인하고 싶은 게 있는데……."

"……."

"지금, 감정 있니?"

"내가?"

"그래, 너."

일순간 크게 흔들리는 눈동자를 들킨 것이 싫어서 도욱은 아주 가볍게 웃었다.

"그게 무슨 헛소리야."

여자의 살에 닿았던 입술의 전율이 아직 채 식지도 않았는데 그보다 더한 떨림이 온몸을 휘감는다. 그것은 어떤 진실을 들키기 직전의 두려움. 지금, 제대로 눈을 보면 그녀에 대한 식지 않은 열망을 들킬 것 같아서 시계를 보는 척 고개를 돌렸다. 그리고 아주 자연스럽게 떨림이 멈추지 않는 양손을 주머니에 꽂아 넣었다. 덕분에 아주 여유로운 몸짓을 가장한 도욱은 자신의 위태로운 마음을 숨기고자 다급하게 그녀를 몰아붙였다.

"감정? 미치지 않고서야 그런 게 있을 리 없지. 착각하지 마. 없어. 너한테 그딴 거."

"다행이네. 없어서."

그녀가 한숨을 뱉으면서 말을 맺는 순간, 도욱은 제 안에 서린 외로움의 실체를 깨닫는다. 그것은 여자의 맑은 눈에 가득한 단호함에서 비롯되고 있었다. 제 마음 하나 참 잘 지키는 여자가 끝내 필요 없다는 듯 차가운 손으로 자신을 외면하는 것에 대한 반동이었다. 그 옛날에도, 지금도 똑같다. 그래서 도욱은 마침내 숨은 진실을 인정해야 했다. 여전히 옛 여자에 대한 잔상이, 그녀가 준 상처가 제대로 연소되지 못한 채 깊숙이 뭉쳐 있다는 것을 말이다.

그는 험한 표정으로 그녀의 단호한 눈에 비친 자신을 본다. 그자가 무척이나 초라하고 멋없어서 오래 두고 볼 수가 없을 지경이다. 왜, 내가 이렇게 됐지? 아, 저 여자 때문이지. 화리가 제대로 모습을 드러내기 전까지, 방구석에서 고민하고 또 고민했다. 그녀를 기다리면서 애타는 마음으로 준비한 시나리오에는 이토록 짜증 나는 액션이 단 한 장면도 없었다. 되도록 깔끔하게 웃으면서 새 식구가 된 옛 여자를 환영하고자 했다. 그 기특한 생각을 전부 박살낸 여자가 어느새, 흔들림을 잊은 곧은 눈으로 자신을 본다.

'그러니…….'

울리고 싶다. 꼭 한 번은…… 엉엉 우는 꼴을 봐야 가슴에 가득 고인 찌꺼기와 묵은 체증이 겨우 해소될 것 같은 기분이었다. 그게 가능하다면, 그래서 후련해지면 질척이는 감정의 싹이야 금방 잘라질 테지. 그 뒤에는 보란 듯 저 여자를, 무시해야지.

"아, 그러고 보니 뭔가 있긴 하네."

"있다니……."

"네 몸에 대한 기억. 그게 꽤 나쁘지 않았다는 것. 그래서 네 말대로…… 발작처럼 생겨난 모양이네. 욕정이."

긴 손끝으로 그녀의 가슴을 가리키면서 씨익 웃는 순간 화리의 눈에서도 잔물결이 일었다.

"그런데 어쩌나."

"……."

"이렇게 보고 있어도 아래쪽이 반응하지 않는 거로 봐선…… 그쪽도 매력을 잃은 것 같은데?"

화리는 순간 터져 나오려는 울음을 이를 깨물어 참아냈다. 겨우 버티고 있던 둑 하나가 조금씩 벌어지기 직전이었다. 눈에 힘을 주면서 그를 올려다보는 눈빛이 다부졌지만 이미 흰자위는 물이 서렸다. 그 생경한 눈의 촉촉함을 바라보면서 도욱은 자신이 제대로 여자를 건드렸음을 간파했다. 뭔가 금맥을 찾은 듯한 쾌감이랄까? 그래서 멈출 수가 없다.

"큰일이네. 이래선…… 공치사를 하려 해도 할 수가 없잖아."

내뱉은 말의 천박함이 화살이 되어 가슴을 뚫는다. 그것은 심장을 부수는 듯한 통증을 주고 있었지만 도욱은 전부 무시했다. 그녀의 눈썹 끝에 매달린 눈물방울이 미치도록 자극적이라서 홀린 듯한 기분으로 세 치 혀를 움직인다.

"어떻게 된 일이야? 홀리는 색기는 없어도 이토록 목석같은 느낌은 아니었잖아?"

"말 가려 해."

"뭔가 아쉽네……. 그동안 사랑해 주는 남자가 없어서 그나마 발달되었던 것들도 전부…… 스탑?"

힘을 주고 꽉 붙잡고 있던 서러움이 도망치듯 가슴 위로 튀어오르는 순간 화리는 그를 향해 손을 뻗었다. 거칠게 뺨을 내려치려 했지만, 너무 쉽게 손목을 붙들렸다. 그 팔의 움직임이 어디로 향할지 예측할 만큼 느리고 힘이 없었으니까. 대나무처럼 강했던 그녀가 방금 돋아난 새싹처럼 약해졌다. 눈물이 가득 고인 두 눈의 떨림이 아슬아슬했다. 그런데도 끝까지 한 방울도 흘려 내보내지 않겠다는 듯 커진 눈에 또 힘을 주는 여자다. 실수로라도 눈 한 번 깜짝이지 않는 모습은 경이로울 지경이었다. 이 여자는 헤어지는 날도 그랬지. 지금처럼…… 마음을 주지 않아서, 나를 미치게 하고 떠났지. 마지막 순간의 잔상을 되뇌는 남자가 여자의 손목을 풀어주듯 힘을 빼더니 다시 가득 움켜잡았다. 울지 않아도 좋다. 그냥, 이대로 조금만 더…… 그녀의 체온을 느끼고 싶었다. 역시, 이 여자가 그리웠던 모양이다. 꼴사납게도.

"나도 아니야."

정말, 질리게도 끝내 눈물을 거둔 여자. 도욱은 이제 그녀를 상대할 힘을 잃은 듯 허탈한 숨을 토했다.

"네 몸, 봐도 아무렇지 않아. 기억조차 없어. 그러니까……."

"……."

"너도…… 목석이야."

유치한 복수였지만 파괴력이 굉장했다. 순간 머릿속이 쩽하고 울릴 만큼 꽤나 뾰족한 공격이었다. 여자가 마지막으로 챙기는 자존심, 남자는 그것을 인정하듯 그녀를 순순히 놓아준다.

손목이 자유로워진 화리는 잽싸게 제 손을 등 뒤로 감추면서 다시 눈에 힘을 주고 노려봤다.

"공치사는 네 입으로 못 한다고 한 거야. 딴 소리 마!"

화리는 씩씩거리면서 걸음을 옮겼다. 그녀가 그를 지나치는 순간, 그 아찔한 장면이 다시 반복되던 그때…… 피식, 그가 진심으로 미소 지었다. 그 웃음에 불안해진 화리는 다급하게 2층으로 뛰어올랐다. 겨우 계단을 중간쯤 올랐을까? 도욱은 생각지 못한 방법으로 그녀를 붙잡는다.

"홍화리."

들어도 믿을 수 없는, 다정한 목소리였다. 화리는 그를 돌아보지 못한 채 난간을 꽉 붙잡았다.

"자국, 남을 거야. 팔목……."

화리는 뾰족하게 쏘아 붙이면서 흘겨 뜬 눈으로 제 팔목을 바라봤다. 이미 발갛게 자리한 흔적을 내려다보는 순간, 명치가 꽉 막혔다. 목 안쪽이 후끈거리면서 따끔따끔한 통증이 돋았다.

"상관 마."

"내가 만들었잖아."

"시끄러워!"

심란한 말을 하는 남자를 향해서 아주 제대로 쏘아붙인다면 좋았을 말이다. 그런데 그게 안 된다. 그의 말이 이어지는 순간마다 그녀는 겨우 버티는 중이었다. 그가 쓸데없이 다정하게 이름을 부른 탓에, 눈에서부터 발끝까지 힘을 줄 수 있는 모든 곳에서 야속하리만큼 전부 힘이 풀린다.

"적당히 가려."

"싫어."

정말 싫다. 온갖 험한 소리를 다 들었으면서도, 그래서 화가 나

84 공유하실래요?

고 상처 입은 주제에, 고작 이름을 불러주는…… 목소리, 그 하나에 마음이 풀어지는 제 안의 약한 여자가 정말 미웠다. 계단, 이까짓 게 뭐라고 못 오른단 말인가.

'마치 같이 있고 싶은 것처럼.'

느닷없이 입에 고인 생각이 싫어서 화리는 힘주어 고개를 흔들었다. 그러곤 붉어져서 욱신거리는 두 눈을 꾹 내리감았다. 작은 어둠에 의지해서 현실을 잊고 그를 무시하려 했다. 그렇게 겨우 발 한 쪽을 들어 올렸는데…….

"나……."

너무 쉽게 제자리다.

"나가. 아마 늦을 거야."

"물어본 적 없어."

불퉁하게 뱉어내는 적개심에도 도욱은 여전히, 한풀 꺾인 기운으로 그녀를 대한다. 제법 상냥하게.

"알려줘야 할 것 같아서. 네가 널 방에 감금하고 있잖아. 날 피하려고."

"그런 적 없거든!"

결국 이끌리듯 몸을 돌린 여자는 붉어진 눈으로 그를 잔뜩 쏘아봤다. 겨우 여자의 시선을 제 것으로 만든 도욱은 편한 얼굴로 즐거운 듯이 입술을 휘었다. 뭘 잘했다고 소년처럼 천진하게, 그녀가 가장 좋아했던 얼굴로 그가 말한다.

"미안하다."

이미 잔뜩 헤집고 쑤신 주제에 그게 무슨 말이야. 그런데도 제법 아픈 게 달래지는 담백한 사과였다. 그대로 먹으면 꽤나 속을 달래줄 만큼 아주 달았다. 그런데 차마 삼키지 못하는 화리는 서둘러 몸을 돌려 계단을 뛰어 올랐다. 남자의 달래는 듯한 목소리를 이기지 못한 여자는 끝내 그것을 떨어뜨렸으니까. 눈물을……

"미친놈……"

혼자가 된 도욱은 치기 어린 자신에게 마음껏 욕을 던졌다. 그러곤 제 손을 물끄러미 내려다봤다. 여자의 체온이 스며들었던 잔상이 여전했다. 그래서 피가 돌듯 전기가 오르는 손을 꽉 틀어쥐었다.

"안을 뻔했어……"

도욱은 뜨거운 한숨을 뱉어내면서 머리를 헝클었다. 그녀의 살결에 닿았던 입술, 그 얇은 점막 너머로 뜨거운 피가 도는 느낌이 아찔했다. 그녀에게 반응하지 않는다는 말은 새빨간 거짓말이다. 도욱이 그녀의 입술 근처에 스치듯 닿았던 그 위험한 순간을 겨우 주기율표를 외우면서 참아냈다는 것을 화리는 모른다. 저를 어떤 눈으로 보고 있는지 제대로 알면 까무러치겠지.

3년 하고도 7개월의 헤어짐이었다. 꽤 오랜 시간이 지났는데, 그래서 아무렇지 않을 줄 알았더니 이게 웬일. 아주 쉽게 깨어난 모든 기억이 몸을 들쑤시는 덕분에 세포 하나하나가 전부 깨어나서 발광한다. 옛 여자의 귀환을 환영하듯이.

"아으, 삭신이야."

화리는 퉁퉁 부은 눈을 꾹꾹 누르면서 침대 위에서 일어났다.

공유하실래요?

뜬눈으로 밤을 지새운 탓에 몸이 욱신거리고 정신이 멍했다. 지금, 꼴이 말이 아니겠지. 휘적거리는 걸음을 옮겨서 화장대 앞에 털썩 앉았다. 울면서 긴 밤을 이겨낸 것을 증명하듯 흰자위가 붉게 충혈되어 있었다.

"어제가, 갔어."

핸드폰 액정의 숫자가 바뀌었음을 확인하면서 참 길었던 어제가 끝났음을 실감했다. 그야말로 식겁하게 했던 공치사 사건은 도욱의 사과로 종결되었지만, 진짜 문제는 지금부터. 옛 연인과의 미친 재회는 여전히 현재 진행 중이었다.

"하아…… 이제, 어쩌면 좋아."

화장대 거울에 비친 여자의 몰골은 정말 가관이었다. 울고 또 운 탓에 눈의 붓기가 엄청났다. 입술은 터지고 피부는 까칠해서 예쁨을 잊은 얼굴이 짜증스러웠다. 인정하고 싶지 않지만 그만큼 도욱에게 감정적으로 휘둘린 탓이다. 무엇보다 더욱 눈살을 찌푸리게 하는 것은 오른 손목이었다. 그의 말대로 여지없이 자리한 붉은 자국은 악몽이라고 믿고 싶은 재회의 순간을 아주 쉽게 현실로 바꿔놓는다. 그가 사과를 했다 하여도 달라지는 것은 없다. 주고받은 모든 말과 살이 닿았던 그 순간의 촉감이 머릿속에 깊숙이 자리해서 미치도록 선명하니까.

재회의 첫날, 화리는 알고 있었다. 헤어진 간극만큼 쌓였던 미움이 폭발했을 때 순간적인 욱함이 발동했다 해도 그 끝이 삼류로 끝나지 않을 것임을 말이다. 그것은 도욱에 대한 어떤 믿음 때문이었다. 그는 결코 여자가 있는 몸으로 다른 여자를 품지 않는다. 사랑하는 여인에 대한 충성도가 나라를 지키는 장수의 그것처럼 순결한 남자가 김도욱이다. 발작처럼 다스리지 못할 수컷의 본능이 차오른다 하여도 언제나, 어떤 식으로든 스스로를 멈추고 부정을 저지르지 않는다. 그녀의 믿음이 틀리지 않았음을 보여주는 것이 바로 손목에 남은 흔적. 그는 화리를 안지 않았다. 그리고 그것은 그에게 여자가 있음을 확인시킨다.

"도대체, 언제 사라져."

하룻밤 사이에 검푸르게 변한 그 자국을 보고 있자니 다시 명치끝이 묵직해졌다.

"됐어. 생각해서 뭐해."

화리는 크게 고개를 흔들어서 어제의 기억을 털어냈다. 달력을 바라보니 '이사'라고 적힌 칸의 날짜는 이미 그저께였다. 이곳에 온 3일이 30년보다 길었는데 겨우 72시간이 지났다니, 답답해서 한숨이 나왔다. 도욱의 존재감이 너무 커서 또 잊고 있었는데, 이곳은 그와 단둘이 사는 곳이 아니다. 그러고 보니 다른 이들과 제대로 된 식사 한 번이 없었다. 대놓고 묻지는 못해도 방에 콕 박혀서 제대로 눈도 마주치지 않는 그녀의 행동이 분명 이상했으리라. 더는 다른 이들에게 자신의 개인사로 좋지 않은 기운을 전하고 싶지 않았다. 이곳은 혼자가 아닌 여럿이 모여 있는 공동공간이니까.

"씻기 귀찮은데……."

찌뿌드드한 몸을 일으켜서 정신을 깨울 만큼의 찬물 세수를 한 뒤 잠시 머뭇거렸다. 머리가 제법 심란한데 감아야 하나? 아니다. 역시 귀찮아서 거칠게 빗질만 한 뒤 단정히 묶어 올렸다. 화장은 당연히 패스, 예쁜 머리띠도 불필요하다. 어차피 잘 보일 사람도 없는데 뭐.

화리는 입술을 씰룩이면서 옷장을 뒤졌다. 대충 골라 입으려고 했지만, 아무래도 역시 팔목이 신경 쓰인다. 옷장을 뒤지고 또 뒤져서 최대한 소매가 긴 옷으로 골라 입었다. 모든 준비를 끝낸 뒤 문 앞에 섰지만 쉽게 문고리를 잡아 돌릴 수가 없었다. 그래도 이제는 피할 수 없는 일. 차라리, 다른 이들 틈에 섞여서 그들에게 신경을 분산시키다 보면, 도욱에 대한 존재감도 줄어들 테지. 그러니까…….

"살자! 아주 잘 살자!"

일부러 크게 입술을 틀어 올리며 방문을 열고 나오는 순간, 저절로 눈이 커졌다. 입안에 침을 돌게 하는 음식 냄새가 일순간 코끝을 치고 나가는 감각이 무척이나 낯설다. 그러고 보니 다들 아침을 먹고 출근 준비를 할 시간이었다. 슬쩍 아래를 내려다보니 이미 식탁 위에 앉아 있는 진호와 민한이 도란도란 이야기를 나누고 있었다. 다행히 그들 사이로 도욱은 없다. 그건, 그가 아직 2층에 있다는 뜻. 그러니 빨리 계단을 내려가야 했다.

"언니! 좋은 아침! 빨리 와서 밥 먹어요."

앞치마를 한 채 종종거리면서도 상냥한 인사를 잊지 않는 그녀, 아련이 참 귀여워 보인다.

"어, 어. 아련아. 안녕……."

사실, 다른 이에게 인사를 받는 것도, 하는 것도 익숙지 않은 아침 풍경이었다. 하지만 이 모든 게 당연하다는 듯한 이곳 사람들은 거부감 없이 화리를 환대했다. 그들에게 어떤 적개심을 표하면서 선을 그으려 했던 스스로가 속 좁게 느껴질 만큼. 그녀는 최대한 마음을 내어 진호와 민한에게 어색한 눈인사를 했다. 그러곤 바로 눈에 보이는 의자, 진호의 옆자리에 앉았다. 낯선 존재와 닿을 듯이 붙어 앉아 있다는 심란함을 가려주는 것이 있었으니, 그것은 식탁 위의 풍경.

"와, 이게 다 뭐예요?"

"아련이가 한 거. 우리 아침."

식탁 위에는 이미 고소한 버터 냄새가 밴 토스트와 깨끗하게 씻은 블루베리, 그리고 양상추가 있었다. 무엇보다 놀란 것은 아련이 취미로 항상 만든다는 리코타 치즈였다. 간단한 호텔 조식 같은 그 소담한 풍경에 화리는 눈을 굴리면서 입을 벌렸다.

"누나, 커피?"

눈짓 한 번으로 솜씨 좋은 바리스타의 커피가 금세 화리에게 건네졌다. 담배 냄새를 닮은 듯한 진한 커피의 향이 입안으로 가득 퍼지는 순간 탄성이 저절로 나왔다. 커피는 카페인이 아니라 향을 얻기 위해서 먹는 것이라던 어떤 이의 낭만적인 말을 실감했다. 그래서 민한에게 아주 고맙다는 인사를 하고 싶은데 그가 어느 틈에 사라졌다. 어디 간 거지? 주변을 두리번거리던 차에 민한은 아주 앙칼진 목소리로 다시 존재감을 드러냈다.

"백아련! 나 좀 봐. 야!"

"아, 왜! 나 바쁘잖아, 지금!"

딸기를 씻어 나오던 아련은 짜증 난다는 표정으로 민한에게 물을 튕겼다.

"내 양말. 지난번에 카페에서 누가 준 거. 그거 어디 있어?"

"그걸 왜 나한테 찾아!"

"네가 지난주에 빌려 신었…… 아, 찾았다! 됐어. 됐어!"

1층 쫑알이들은 정다운 아침을 맞이하고 있었다. 화리는 그들이 아웅다웅하는 모습이 신기해서 홀린 듯 바라봤다. 저걸 친하다고 해야 하는 거겠지? 오빠의 말대로 단순한 앙숙의 관계는 분명히 아닌 것 같은데 민한을 노려보는 아련의 눈이 제법 사나워서 참 애매했다.

"적응 안 되죠? 저것들이 보통 시끄러워야지."

"아니에요. 다들 귀여워요. 동생 같고."

"지내는 거 불편하진 않아요?"

불편하지 않도록 마음을 챙겨주는 진호다. 그와의 대화가 생각보다 버겁지 않아서 화리는 작게 웃었다.

"다들 잘해주시는데요. 불편할 게 있나요."

"잠은?"

"네?"

"잘 자요?"

커피를 홀짝이던 화리는 순간 멈칫했다. 사실 한숨도 못 잤지만, 가벼운 인사치레니까 진심으로 답할 필요는 없었다.

"네. 잘 자요."

"다행이네."

그렇게 말해주는 남자의 얼굴이 참 다정해서 그녀는 정말 '다행이다'라는 작은 생각을 했다.

"참, 좋아요. 여기……."

"응?"

"외롭지 않아서."

저도 모르게 뱉어진 진심. 그 느닷없는 말소리를, 진호는 이해한다는 듯 고개를 끄덕였다. 여전한 온기를 지닌 잔의 기운 덕분인지 느닷없이 울컥하면서 눈시울이 뜨끈해졌다. 부모님이 귀농하신 이후 한동안 혼자였던 화리의 아침은 외로웠다. 좋은 아침? 그 인사는 지나가는 길고양이에게 선심 쓰듯 먹다 남은 생선 토막을 건네주면서 할 수 있는 말이었다. 눈에 보이는 상대가 없으니 입이 붙는 게 당연했고, 시리얼 한 그릇조차 제대로 챙겨먹지 않았던 건조한 하루의 시작이 참 당연했다. 그것이 조금도 이상하다 느끼지 못할 정도로 말이다. 그런데 지금은 모든 게 다르다. 그녀는 혼자가 아니었다. 식탁 위의 포크와 컵, 접시와 작은 그릇이 모두 다섯 개씩이다. 그 사이에 자신의 몫이 당연히 섞여 있다는 것은 기분이 묘하다. 물론 아련의 말대로 엄청난 설거지가 생겨날 것이 빤히 보이지만 딱히 싫지 않다는 생각이었다.

'오길 잘한 건가?'

사실 후회했다. 이곳에 온 이후로 즐거운 일이 하나도 없어서. 무엇보다 도욱이 있다는 그 사실만으로도 이곳은 '최악' 그 이상의 의미를 지닐 수 없는 공간이었다. 그런데 여긴 도욱만 있는 게 아니다. 낯선 존재에게 텃새를 부리기는커녕 마음을 다하여 따뜻하게 웃어주는 사람들이 가득하다. 그래서 사람이 함께 산다는 온기를 다시 느끼게 해주는 공간이었다. 소란한 말소리와 어색한 눈인사로 시작되는 하루가 낯설면서도 고마워서 화리는 진심으로 따뜻해졌다. 딱 지금처럼만, 이대로만 평온하면 좋을 거라고…… 그녀는 소원했다.

"어, 도욱이 형!"

하나, 삶은 뜻대로 되지 않는다. 간절한 기도를 비웃듯 느닷없는 순간에 등장한 남자의 존재감은 무한하다. 자연히 뒷목이 뻣뻣해지고 주먹이 쥐어졌다. 각오는 여러 번 했음에도 마음이 따라주지 않았다. 도욱이 가까워지는 게 느껴질수록 온몸에 힘이 실린다. 도욱의 등장이 당연한 다른 사람들은 서로 소란하게 웃으면서 그와 자연스레 말을 섞었지만 화리는 계속 몸이 움찔거렸다. 갑자기 자리에서 일어난다면 다른 식구들이 이상하게 볼 텐데, 그렇다고 마주 앉아서 아침을 먹는 게 쉬울 리 없다. 이제 어쩌지? 그녀가 머릿속 생각과 싸우는 사이 문제적 남자가 식탁 앞에 섰다. 화리는 크게 숨을 삼킨 뒤 이를 깨물었다.

"형? 옷이…… 그대로인데?"

"오프야."

도욱은 하품을 쏟으면서 기지개를 켰다. 화리는 바드득 이를 갈았다. 하필이면, 왜 또! 오프란 말인가. 그것은 오늘도 행동반경이 제약된다는 것을 의미한다. 정말 지친다. 도대체 언제쯤! 이집을 마음껏 활보할 수 있을까? 그게 가능해지긴 할까? 슬쩍 올려본 시선이 역시 흔들린다. 테이블 위에 놓인 딸기 한 알을 집어가는 가벼운 손길조차 위협적으로 느껴졌다.

"오빠는 밥?"

"아니, 빵. 어? 녹차 스프레드 안 사왔어?"

"아, 맞다! 마트에서도 꼭 사야지 하면서도 깜박했어. 미안."

"됐어. 어쩔 수 없지."

"어제 송민한이 장 보는 거만 제대로 도와줬어도……. 하여간에 도움이 안 돼. 아무튼! 오늘 꼭 사올게."

"괜찮으니까 앉아서 좀 먹어라. 부스러기 다 떨어진다."

꽤 자연스레 섞이는 말소리가 친밀했다. 그 조합이 무척이나 낯설다. 남자 형제만 있는 도욱이 다른 여자와 말을 섞는 모습은, 게다가 저렇게 편한 차림으로 마치 신혼부부와도 같은 대화를 나누는 모습은 처음이다. 그 모습이 참, 묘하다. 괜히 입꼬리가 내려앉을 만큼.

"형. 그냥 먹어? 목 막힐 텐데."

"먹을 만해."

"백아련 건망증 때문에 형이 고생이네."

"건망증 아니거든! 잠시 잊은 거야."

"그게 그거다."

"시끄러워. 너는! 네가 마트 직원하고 노닥거리는 바람에 내가 1층에서 3층으로 혼자 돌아다니다가 까먹은 거잖아!"

화리는 하필이면 자신의 앞에서 이어지는 대화 때문에 고개를 제대로 들 수 없었다. 역시, 이대로 일어나는 게 좋지 않을까? 커피 잔에 비친 자신의 얼굴을 쓸쓸히 바라보면서 혼자 묻던 그때였다. 손에 쥐고 있던 잔의 검은 액체가 크게 흔들렸다. 드르륵! 의자가 끌리는 그 거친 소리 때문에. 다른 자리도 많건만 하필이면 도욱은 그녀의 앞에 앉았다. 어쩔 수 없이 올라간 고개 끝에서 그와 눈이 마주치는 순간, 그녀는 잔을 꽉 붙잡으면서 눈에 힘을 실었다. 눈으로 전하는 무언의 메시지가 부디 그에게 닿기를.

'아는 척하지 마.'

신기하게도 그것을 알아들은 도욱은 슬쩍 고개를 좌우로 흔들었다. 그러곤 여유롭게 웃으면서 떨림 없는 손으로 커피를 마시고, 제 손에 묻은 빵 부스러기를 가볍게 털어냈다. 마치 네가 섞여 있는 이 시간의 장면이 아주 아무렇지 않다는 듯이. 그 심란한 모습에 뒷목이 뻐근해진 화리는 주먹으로 제 어깨를 팡팡 두드렸다. 요 며칠 극단적인 스트레스에 시달린 탓인지 목 언저리가 계속 뭉치고 찌뿌듯했다.

"어깨 아파요?"

"아, 네……."

"자주 그래요?"

"가끔요. 좀 쉬면 나아지는데, 이번엔 좀 오래가네요."

"화리 씨…… 잠깐 돌아봐요."

"네?"

"잠깐이면 돼요."

진호의 편안한 목소리를 따라서 화리는 저도 모르게 등을 보였다. 이윽고 그의 손이 목 언저리, 그녀가 아프다고 말했던 그 부근에 닿았다. 그 낯선 손길에 놀랄 틈도 없이 시작된 예상치 못한 통증에 그녀는 어깨가 움츠러들었다. 진심으로 너무 아파서 신음이 터진다.

"흐윽! 아, 아파요."

"어이구, 엄청 단단하네. 제대로 뭉쳤어요."

"으윽! 지, 진호 씨. 나 안 되겠어요."

"참아봐요. 곧 끝나."

'어쭈? 이것들 봐라.'

식빵을 집어 올리던 도욱의 손이 움직임을 멈췄다. 그의 시선이 화리에게, 정확히는 그녀의 목 언저리에 닿아 있는 진호의 손에 닿는 순간 그는 뭐라 말할 수 없는 불쾌함에 사로잡혔다. 방금 전까지 무척이나 맛있게 먹던 식빵이었건만, 지금은 입안의 빵조각이 그렇게 텁텁하고 맛이 없을 수가 없다. 별다를 것 없는 대화였는데도 묘하게 야하게 느껴지는 순간이었다.

"진호 씨. 제발요. 내가, 안 되겠어."

"알았어요. 그만."

짜증 나는 두 남녀의 안마 쇼가 끝이 난 뒤에도 화리는 숨을 몰아 내쉬면서 헉헉거렸다. 그 옆에서 진호는 빙긋이 웃으면서 화리의 등을 두드렸다. 저리 치우라고 뿌리치는 게 정상이건만, 화리는 그의 사언스러운 스킨십을 피하지 않은 채 도리어 웃었다.

"세상에, 누가 때리는 줄 알았어."

"그렇게 아팠어요?"

화리는 어깨를 휘휘 돌리면서 고개를 끄덕였다. 도욱에게 보여주지 않는 상냥한 미소도 함께. 도욱의 옆에 앉은 민한은 야릇한 눈으로 소곤거렸다.

'저기 둘. 썸 타나 봐요.'

도욱은 어깨를 으쓱하면서 대수롭지 않다는 듯 받아쳤지만 들고 있던 잔이 살짝 흔들렸다. 그의 눈빛이 뾰족해진 것을 모르는 그들은 여전히 아주 정답게 지저귀고 있었다. 미치도록 시끄럽게.

"그래도 뭔가 가벼워진 것 같아요. 어? 이렇게 틀어도 안 아파요. 신기하다. 진호 씨 손이 약손인가 봐."

화리는 진심을 담아서 진호의 손을 경이롭다는 듯 바라봤다.

"하하. 약손은 무슨……. 이따 뜨거운 수건으로 찜질이라도 해요. 틈나는 대로 자주 움직이고. 실은, 나도 촬영 다니면서 어깨가 많이 뭉치거든. 그래서 알아요, 남은 모르고 나만 아는 고통."

"맞아요. 그게 제일 힘들어! 진호 씨는, 어쩜 그렇게 우리 오빠랑 달라요? 지금 홍화훈이었으면요, 일부러 내가 아픈 틈을 타서 레슬링하자고 내 목을 졸랐을 거야."

"홍 소장이? 에이, 화리 씨 앞에서는 꽤 재밌는 오빠인 모양이네. 일할 때는 사람 무섭기로 소문났던데."

"그거 다 영업용이에요! 설레발에, 무책임에, 이기주의…… 아무튼 온갖 나쁜 건 그 인간이 다 해요."

"자자, 모두 우유 한 잔씩 해요!"

그들의 정다운 대화를 막아선 것은 뜻밖에도 아련이었다. 화리가 자신의 사랑 홍화훈 소장을 욕하는 말이 내심 듣기 싫었던 그녀는 화리의 입을 막기 위해서 재빨리 화제를 틀었다. 뭔가 새로운 얘기로 화리의 시선을 낚아야 했다. 그리고 하필이면 그녀의 낚싯대 끝에 걸린 미끼가 잔뜩 뿔이 나서 누가 건드려 주기만 바라는 그자, 도욱이었다.

"참! 오빠. 언니랑 인사했어요?"

인사, 그 짧은 단어에 오만 가지 기억이 다 서려 있었다. 화리는 긴장된 표정으로 그를 주시하면서 우유를 홀짝였다. 도욱의 뚱한 표정 앞에서 아련은 고개를 갸웃거렸다.

"뭐야, 혹시? 서로 말도 안 트고 마주 앉아 있는 거예요?"

"인사할 게 뭐 있어."

말을 맺는 순간, 그의 건조한 시선이 화리에게 닿았다. 그녀는 입안에 가득한 우유를 채 삼키지도 못한 채 아주 간절히 주문을 걸었다.

'말하지 마! 말하지 마! 말하지 마!'

"이미 아는 사이인데."

"풉."

"홍화훈 동생이잖아."

간절한 주문은 통하지 않았다. 우유를 뿜어낸 화리는 창피함으로 얼굴이 시뻘게졌다. 연신 잔기침을 하면서 급하게 휴지를 찾았지만 당황한 탓인지 제대로 눈에 들어오는 게 아무것도 없었다. 그러는 와중에도 식탁 위에 흩뿌려진 하얀 액체가 무척이나 적나라하게 느껴졌다. 나이 서른에 이 무슨 경망스러움인가! '아우, 제발!'이라고 부르짖던 차에 그녀의 구세주, 진호가 얼른 휴지를 찾아와서 건넸다.

"괜찮아요? 많이 놀랐죠?"

그 언젠가 텔레비전의 누군가처럼 로봇 같은 음색은 아니었지만 목소리가 뚝뚝 끊어지는 것을 보니, 점잖은 남자도 적잖이 놀란 눈치였다. 화리는 거친 숨을 몰아쉬면서 입가를 닦아냈다.

"괘, 괜찮아요."

이 난리를 제공한 주제에 강 건너 불구경하듯이 지켜보는 도욱의 얼굴에는 표정이 없었다. 커피 잔을 들었다 놨다 의미 없이 움직일 뿐.

"아는 사이였구나. 그런데 둘이 왜 그렇게 데면데면해요?"

"아주 어릴 때! 가끔 보던 사이야. 그것도 워낙 오래된 일이라 까마득해. 그래서 친한 척하기가 좀⋯⋯."

화리는 손 아래로 휴지를 가득 움켜쥐면서 겨우 웃었다. 굳이 쳐다보지 않아도 도욱의 찌릿한 눈의 기운이 여실히 전해졌다.

오래된 연애를 '가끔'이라는 쉬운 표현으로 정리하는 여자 때문에 자극을 받은 도욱의 표정이 제법 굳었다.

"그랬구나. 그래도 이렇게 한집에서 다시 만나는 거 재밌는 상황인데, 이번 기회에 둘이 친구 해요!"

"치, 친구?"

화리는 진땀이 났다. 슬쩍 도욱을 살피니, 그의 입술이 툭 불거져 나왔다. 흡사 오리처럼 삐죽거리는 것을 보아하니, 심술보가 터지기 직전이다. 저걸 어쩐다? 무슨 말을 해도 좋으니, '사실은 사귀었다'라는 그 미친 소리만은 제발 참아주길! 화리는 제 속을 닮은 쓴 커피를 삼켰다. 다행히도 1층 종알이들은 제법 주제에서 벗어난 대화로 열을 올리고 있었다.

"형이 곧 떠나니까, 같이 지낼 시간도 얼마 안 되지 않나?"

"아, 맞다! 오빠 곧 결혼하지! 아쉽다. 오랜만에 다시 봤는데. 정 들다 보면 떠나겠네요?"

"에이, 누나! 쓸데없이 너무 친해지지 마요. 어차피 남녀 사이에 친구는 없어."

"야, 섭섭하게 그게 무슨 소리야."

"그렇잖아. 곧 유부남 될 남자랑 무슨 친구 놀이야."

민한이 농담처럼 건넨 말이었다. 도욱은 순간적으로 주먹을 움켜쥐었다. 충동대로 한다면 민한의 노란 머리를 콱 쥐어박고 싶다. 그런데 주먹에서 힘을 잃게 하는 것은 눈앞의 여자, 화리의 하얀 얼굴이다. 뭔가 생각하는 듯 표정을 잃은 희미한 얼굴이 불안했다. 그러고 보니 다시 마주한 지 고작 3일인데, 그 짧은 시간 동안 너무 당연하다는 듯이 그의 결혼을 받아들이는 여자다. 뭐가 저렇게 쉽고 빠르단 말인가?

'정 들다 떠나는구나. 저 남자는…… 항상…….'

화리는 순간 멍울지는 마음을 달래기 위해서 쓴 커피를 한 모금 또 삼킨다. 입안에 고인 떫은 기운에 기대어 겨우 답하는 얼굴이 부디 괜찮기를 바란다.

"그러네. 너무 친해지면 안 되겠다. 김도욱 씨랑은."

제대로 마주친 두 눈, 먼저 피한 것은 도욱이다. 생글거리면서 웃는 얼굴이 이토록 미워 보일 수가 있나? 스치듯 흘겨보면 분명히 예쁜 얼굴인데도 미워 죽겠는 마음이 드는 건, 역시 상황을 바라보는 눈이 비틀린 탓이다. 여유가 없으니까. 도욱은 저 혼자만의 외로움으로 흐려진 두 눈을 들키기 싫어서 꾹 내리감았다. 감긴 두 눈 너머로 전해지는 여자의 웃음소리가 뾰족하게 심장을 긁는다. 그녀는 '결혼' 그것이 논해지는 순간의 어떤 불쾌함도 없는 듯이 다른 이들과의 시시껄렁한 대화를 꾸준히도 이어갔다.

'정말, 괜찮나?'

혼잣말조차 속 시원히 입 밖으로 뱉어내지 못하는 남자의 얼굴 위로 쓸쓸함이 내려앉았다.

"아련이 준비 다 됐니?"

"네. 가요. 가!"

출근 준비를 마친 아련의 표정이 활짝 피어 있었다. 그 이유는 간단하다. 입은 옷이 무척이나 마음에 든 탓이다. 그녀가 입고 있는 옷은 지난번, 뉴욕에 갔던 화훈이 사다준 파란색 후드티였다. 물론 그는 다른 이들에게도 각자의 취향에 맞는 선물을 하나씩 했기에 그녀만을 위한 특별한 의미가 담긴 것은 아니었다. 그럼에도 화훈이 직접 주었다는 그 사실만으로도 행복한 여자, 아련은 잔뜩 신이 나서 통통거렸다. 그 모습을 물끄러미 바라보던 민한은 뭔가 불만 섞인 표정으로 고개를 내저었다. 항상 생각하는 건데 아련의 후드티 사랑은 좋게 보이지가 않는다. 마치 맹목적으로 화훈을 좋아하는 것처럼 특별한 이유도 없는 어떤 집착 증세로 보인 달까? 그래서 싫다.

"으휴. 이놈의 후드티!"

민한은 옷 자랑을 멈추지 않는 아련의 후드티, 정확히는 그녀가 가장 아끼는 부분인 모자를 잡아당겼다. 그가 가장 좋아하고 그녀가 제일 싫어하는 짓이다.

"맨날 등짝에 뭘 매달고 다니면 안 무겁냐? 그래서 키가 이렇게 쪼그라들었나?"

"하나 사주고 말이나 해! 이 노랑 대가리야."

아련은 앙칼지게 쏘아붙이면서 몸을 크게 돌리더니 붙잡힌 모자를 빼냈다. 민한은 덕분에 허공에 붕 뜬 자신의 손을 꽉 움켜잡으면서 작은 여자를 노려봤다. 생선도 아니고 사람한테, 그것도 아주 잘생긴 피조물한테 대가리라니? 감히!

"말 좀 예쁘게 못 하냐?"

"상대가 예뻐야 말이 예쁘게 나오지."

"너, 혹시 대가리와 머리의 차이를 모르는 건 아니고?"

"알아. 너무 잘 알아. 고등어도 대가리고, 너도 대가리야!"

"너 누나 옆에 있다고 너무 막 간다? 정도껏 까불지? 슬슬 짜증 나는데."

"그리기에 왜 건드려. 네가 먼저 시작했어. 이 좋은 출근길에!"

처음엔 장난으로 보였는데 서로를 향한 목소리가 제법 거칠어졌다. 긴장한 화리는 큰 눈을 굴리면서 진호를 찾았다. 이 집에 오고 나서 가장 먼저 간파한 두 개가 있었다. 하나는 1층 쫑알이들이 휴화산처럼 얌전히 있다가, 예측할 수 없는 시점에 느닷없는 싸움을 한다는 것이다. 다른 하나는 이 발작 같은 싸움을 막아줄 상대가 바로 진호라는 것. 역시나, 사감 선생님을 닮은 얼굴로 신발장 앞에 서 있던 그가 조용히 입을 연다.

"5초."

딱 5초 뒤에 너희를 버리고 나 혼자 가겠다는 점잖은 남자의 경고였다. 정신을 차린 쫑알이들은 앞다퉈 현관으로 뛰어나오면서 연신 조잘거렸다.

"아! 빨리 신어. 무슨 남자애가 이렇게 굼떠."

"이 계집애야. 다 너 때문이잖아. 내 신발 밟지 마!"

진호의 차를 타고 커피숍에 출근해야 하는 이들은 다급하게 신발을 챙겨 신었다. 방금 전까지 거칠게 포효하던 그 여자, 아련은 언제 그랬냐는 듯 생글거리면서 화리의 손을 잡아 쥐었다.

"언니, 미안해요."

"응?"

"설거지요. 좀 많죠? 내가 하고 가면 좋은데, 역시 아침은 좀 시간이 빠듯해서."

"아니야! 괜찮아. 출근하는 것도 바쁜데, 다른 사람 밥 차려주는 게 보통 일이니. 그것만으로도 대견하지."

지금껏 춘향가는 아침 설거지를 저녁에 했다. 오전에는 이곳의 모든 이가 출근 준비로 정신이 없는 탓이다. 그런데 화리는 사정이 달랐다. 학교에 휴직계를 내고 쉬는 탓에 그녀는 낮 동안 이집에 머물러야 했다. 그러니, 점심을 차리거나 오후의 커피 한 잔을 위한 식기 설거지는 자연스레 화리의 몫이 되었다. 딱히 누가 시키지 않아도 그녀가 자청한 일이다. 눈 뜨고 뻔히 왔다 갔다 하면서 쌓여 있는 설거지를 그냥 보고 지나치는 건 그녀에게 납득할 수 있는 상황이 아니었으니까. 그게 당연한데도 아침 준비를 했던 아련은 뒤처리를 제대로 못 하고 가는 것이 영 미안한 눈치였다.

"정말! 신경 쓰지 마. 내가 편하자고 하는 일이고 너무 당연한 거야. 나야, 남는 게 시간이잖아."

"아무래도…… 이건 아닌 것 같아요. 그냥, 저녁까지 두면 내가 와서 할게요."

화리는 다정하게 웃으면서 아련의 등을 떠밀었다. 살가운 아가씨가 마냥 부담스러웠는데 제법 편해진 정도가 아니라 참 좋아졌다. 사람 마음이라는 게 생각하기에 따라서 쉽게 달라진다는 것을 새삼 실감한다.

"아무튼 얼른 가! 저기 진호 씨 기다린다. 5초 지났어. 빨리!"

"네, 언니. 그럼, 부탁해요. 갑니다!"

"잘 다녀와."

제 입으로 뱉은 말이 참 낯설었다. 누군가의 아침을 배웅한 것은 정말 오랜만의 일. 그래서 참 좋은 아침의 시작이었는데, 한가지 걸리는 것이 있다면 도욱의 존재였다. 부디 제 방으로 좀 올라가면 좋으련만 1층 소파에 앉아서 떡하니 존재감을 드러내는 남자 때문에 화리는 한숨이 나왔다. 그녀는 최대한 그의 신경을 자극하지 않기 위해서 살금살금 식탁 위의 식기들을 치웠다.

'오프면…… 데이트라도 갈 것이지. 뭐가 저렇게 한가해.'

하필이면 오픈형 주방인 탓에 설거지하면서도 그를 쉽게 바라볼 수 있었다. 등이라도 지고 있다면 조금 편할 터인데 홍화훈은 주방을 왜 이따위로! 화리는 변치 않는 원망의 대상을 씹으면서 고개를 푹 숙였다. 그와 눈을 마주치지 않기 위한 노력이었다. 물소리와 세제를 묻힌 그릇을 달그락거리는 마찰음 사이로 도욱이 신문을 넘기는 소리가 섞였다. 그는 그녀와 함께 있는 이 순간에 대한 어떤 거부감도 없는 듯 평온했다. 그녀 역시 그릇이 깨끗해지는 모습에 집중하면서 조금씩 긴장된 마음을 지워가던 차였다.

"너……."

느닷없이 부르는 목소리에 화리의 손길이 우뚝 멈춰졌다.

"학교…… 그만뒀다며."

단번에 얼굴이 굳었다. 그녀는 찬 기운이 서린 표정으로 도욱을 올려다봤지만 시선이 부딪지 않았다. 그는 신문에 고정된 눈길을 거두지 않은 채 느릿하게 한 장 더 넘기면서 말을 이었다.

"형한테 들었어."

오빠의 실루엣이 둥실 떠오르는 순간, 그녀는 이를 꽉 깨물었다. 순간 뱉을 뻔한 욕설을 겨우 삼켰다. 오라버니라는 이름의 화근 덩어리는 뭘 그리 시시콜콜히 제 여동생의 근황 보고를 했단 말인가. 그것도 김도욱한테! 누가 시켰다고! 순간 밀려드는 짜증 때문에 화리는 신경질적으로 그릇을 박박 문질렀다. 감정이 고스란히 실린 손동작을 바라보면서 도욱은 최대한 건조한 목소리를 흘렸다. 아주 담담한 듯이.

"무슨 일인데."

"쉬는 거야."

할 수 있는 최대한의 답변이었다. '학교' 얘기가 거론되는 순간부터 평정심을 잃기 시작한 여자는 점점 불안해졌다. 여유를 잃어서 설거지를 하는 손이 급해진다. 빨리 끝내고 그를 외면하는 게 역시 최선이다. '학교', 그것은 툭 건드리는 순간 '악!' 소리와 함께 아픔을 호소할 그녀의 아킬레스건이니까.

"그러니까, 뭐 때문이냐고."

하지만 도욱은 끝내 그녀의 아픈 부분을 찌르고 들어온다.

"이유가 있을 거 아니야."

결국 평정심을 포기한 화리는 거품이 묻은 고무장갑을 벗어던졌다. 그리고 어제의 분노까지 함께 끌어내서 그를 노려본다.

"이유. 있다 해도…… 네가 들을 얘기 아니야. 해줄 말 없어."

"왜? 우린 끝나서?"

도욱은 심드렁한 표정으로 그녀의 차가움을 쉽게 받아쳤다. 그래서 제법 대견한데…….

"어."

칭찬할 틈도 없이 쿵! 머리가 울린다.

"그러니까 선 넘지 마."

말 한마디로 '선'을 긋는 여자의 재주 덕분에 그녀의 울타리 밖으로 튕겨나간 도욱은 속이 꽉 얹히는 것처럼 답답해졌다.

"홍화리. 무턱대고 가시를 세울 게 아니라, 상황 똑바로 봐. 네가 지금 발 딛고 서 있는 곳이 어딘지."

단조로운 목소리가 잘 꾸며져서 나왔다. 그는 부단히 애를 쓰고 있었다. 읽히지도 않는 활자를 보는 척하면서 말을 잇는 동작이 몹시도 편해 보였지만 실상은 물 한 잔이 절실할 정도로 입안이 버석거렸다. 그만큼 꺼내기 쉽지 않은 이야기였다. 그래도 꼭 알아야만 하는 일이었기에 도욱은 긴장되는 마음을 누르고 눈빛을 가라앉힌다.

"여긴, 함께 사는 곳이야."

"……."

"그래서 이 집에 사는 모두가 자질구레하게 서로의 일상을 공유해. 가족 관계, 하다못해 전 여친의 이야기, 짝사랑하는 상대에 대한 모든 것을 시시콜콜하게 나눈다고. 그게 불쾌한 게 아니라 당연한 일이야. 그건 우리가 서로를 의지하고 살아가는 네트워크니까. 그러니까 너는! 속을 감추고 껍질로만 살 거였으면 차라리 혼자 살 집을 찾았어야지. 어설픈 마음으로 이곳에 한쪽 발 걸치고서…… 물 흐릴 게 아니라."

"알아. 나도 어설프게 발 걸칠 생각 없어. 그래서 나름, 노력하고 있다고! 네 존재조차 받아들이려고 얼마나 애쓰고 있는지 모르면서 함부로 말하지 마."

"지금 널 봐! 대놓고 적개심을 표하면서, 뭘 노력한다는 건데? 인사도 못 한다. 말하기도 싫다…… 아는 척도 마라! 나랑 하는 모든 건 전부 다…… 못 한다고 돌아서는 네가! 어떻게 살려고? 여기서, 나랑."

"그래서 부탁하잖아. 선 넘지 말라고! 그러니까 묻지 마."

순간적으로 도욱의 눈이 번뜩였다. 너무 실감 나게 다가와서 명치를 막히게 하는 그 말이 바로 '선'이다. 그래서 뒤집히는 속으

로도 도욱은 애써 담담하게 묻는다. 그래, 참자. 딱! 한 번만 참
아주자. 그는 어제와 같은 유치한 실수를 반복하지 않기 위해 모
든 인내를 끌어낸다.

"그래서 지금 내가 선을 넘었다?"

침묵이 답이다.

"납득이 안 가는데. 뭐 얼마나 어려운 걸 물었다고…… 선, 그
렇게 사람 목 타게 하는 말을 하고 또 하는지."

도욱은 아주 심드렁한 목소리로 말을 맺으면서 어차피 보지도
않을 신문을 다시 펴든다. 차마, 저 여자의 눈을 보고서 대화를
이어갈 자신이 없다.

"김도욱."

신문을 잡고 있는 손끝이 찌릿해졌다. 낮은 목소리로 불리는
이름, 그 끝에서 좋았던 기억이 단 한 번도 없었다는 것을 도욱
은 잘 안다. 만약 그녀가 검게 커진 눈동자로 자신을 바라본다면
역시나 최악의 상황이 펼쳐질 터였다. 부디, 그 눈이 다른 곳을
향하고 있길 바라면서 신문을 내려놓는 순간에 남자는 속으로
욕을 삼켰다.

'제길.'

그녀의 눈빛이 올곧게도 한 방향, 도욱을 향했다.

"참, 여전하네……."

그녀의 허탈한 숨소리가 남자의 귀를 파고들면서 머릿속을 찡
하게 울렸다.

"왜 그만두었냐고? 그렇게 물으면 내가 퍽이나 쉽게 답할 수 있
을 거라 생각했어? 다른 사람도 아닌, 너한테?"

분명히 힘이 실린 눈매였음에도 그 눈동자가 어쩐지 텅 빈 기운을 보이고 있었다.

"하긴, 어차피 너한테는 전부 다 쉬운 얘기네. 뭐 어려울 게 없는 너니까."

말은 할수록 거칠어진다더니 지금이 딱 그렇다. 거르지 못한 말의 덩어리가 전부 터지는 순간 모두가 상처 입을 터였다. 그런데도 이미 스위치가 눌려진 화리는 제 자신을 통제하지 못했다.

"헤어지던 그날도, 넌…… 지금처럼 덤덤한 눈으로 말했어. 할 만큼 했으면 됐다고."

"그 얘기를 지금, 왜! 또…… 꺼내는데."

씹어 뱉듯이 던지는 말끝에 피로함이 서렸다.

"전부 기억났으니까. 네가 내 세상을 대하는 방식과 태도는 언제나 사소함이었다는 거."

"비약하지 마. 그런 적…… 없어. 네가, 오해……."

목을 타고 오른 열기가 혀끝에 전해졌다. 도욱은 그 아릿함으로 인해서 침조차 제대로 삼키기 어려웠다.

"오해? 그거 너무 편한 말이지."

"말 끊지 말고 들어. 좀 제발!"

"너야말로 분명히 들어! 내가 택한 가치가 언제나 너한테는 해도 그만, 안 해도 그만인 별거 아닌 일이었어. 그래서 김도욱 너는! 항상 그 정도의 무심함으로…… 내 자존감을 할퀴었다고. 헤어지는 날도 지금도 똑같아. 달라진 게 없어."

"홍화리. 선, 넘지 말라는 말은 …… 이제 내가 하고 싶은데?"

도욱의 눈에서 거친 기운이 돌았다. 화리는 폭주하는 스스로를 꽉 붙잡았지만 소용없다. 이미 저만치 달아난 이성을 대신하여 모든 감정이 들끓었다. 덕분에 진작부터 곪은 상처가 잔뜩 터져 버렸다.

"한때 전부였던 세상에서 등져 있는 나야. 그걸 알면서도 너는 끝내 물었잖아. 지나가는 개한테 말 걸듯이 학교 얘기를 꺼내는 건, 해선 안 되는 일이었어! 그게 바로, 내가 너한테 아주 쉽다는 증거야. 그 이상의 이유는 없어."

얹힌 무언가를 토해내듯 쏘아붙인 여자는 속이 텅 비었다. 그만큼 마음이 시려지는 것은 어쩔 수 없는 일. 도욱은 그녀와 똑닮은 쓸쓸한 눈으로 여자를 마주한다. 그녀가 작정하듯 뱉어낸 모든 감정의 넝마가 도욱에게로 쏟아졌다. 그래서 속수무책으로 당한 남자는 허탈한 숨소리로 상처 받은 마음을 달랜다. 남자도 아프다. 싸우면……

"그래, 뭐. 네가 끝내 그렇게 느낀다면…… 이미 귀가 닫혔다는 뜻이지. 그래서 본의 아니게 할퀴어진 네 마음, 그게 미안해서라도 무릎 정도는 꿇어줄까 생각도 했는데, 역시 싫어. 안 할 거야."

입이 열리는 순간과 닫히는 시점의 마음이 일치하지 않았다. 반전, 그 역전된 마음의 근원은 그 역시도 생각난 어떤 기억 때문이다. 그녀가 앙칼지게 속을 후벼 판 덕분에 잘 묶어둔 과거의 주머니가 툭 터져 버렸다.

"덕분에 나도, 생각이 났단 말이지. 너란 여자는 언제나, 그 빌어먹을 독립심으로 날 미치게 했다는 거. 방구석에 틀어박혀서 혼자 정리하면 다 끝이지. 그저 네가 정한 게 옳다고 여기면 올인. 오직 그 하나! 그 외에 다른 건 전부 하잘 것 없잖아. 너한테 반하는 얘기는 전부 상처고 그 말을 하는 사람은 무조건 적이지. 바로 나처럼."

노골적인 힐난 앞에서 화리의 눈이 붉어졌다. 그의 말에 화가 난 것이 아니라 되받아칠 수 없음을 인정하니까.

"오해든 뭐든 그딴 게 쌓인 건! 귀가 닫힌 네 탓이야. 난 너한테! 변명, 그딴 걸 해본 적이 없어. 넌 언제나 나한테 시간을 주지 않으니까. 그러니까 사과? 그건 내 몫이 아니지. 다 고집쟁이 네가 자초한 일인데. 지금도 봐. 듣기 싫은 건 끝내 안 듣잖아!"

하는 말마다 감정이 서려서 말을 잇는 순간순간이 고비였다. 얌전히 제 말을 듣고 있는 여자의 모습을 보고 있자니 더욱 화딱지가 난다. 진작 좀, 이럴 것이지. 헤어지는 그날도 좀! 내 말을 들어주지. 그거야말로, 뭐 그렇게 어렵다고.

"너는, 그 빌어먹을 마지막 날에도 네 마음 하나만 추슬러서 도망갔어. 안녕이라고, 잘 살라고…… 웅변처럼 네 말만 쏟아 뱉는 네 앞에서 끝내 나는 입이 막혔어. 네 영역 밖으로 쫓겨난 내가…… 악쓰면서 매달릴 시간조차 없었다고."

이별의 그날이 발가벗겨지듯 알몸으로 눈앞에 던져진 순간이었다. 화리는 터지는 울음을 이를 깨물어 삼킨다. 운다고 뭐가 달라지나. 울음으로 정신이 흐려지면 분명히 저 남자한테 내 눈물을 닦아달라고 투정을 부릴 것이다. 약해진 마음으로는 못 할 짓이 없으니까. 그러니 참아야지. 아주, 힘겹게.

"나는…… 당했어. 이별을, 너한테."

'당하다' 그 심란한 단어가 무거운 공기 사이로 흩어지는 순간, 과거의 연인은 동시에 상처 받았다.

"너야말로 아주 쉬웠던 거야. 사랑이…… 해도 그만, 안 해도 그만인 일처럼. 아주 편하게 끝났으니까."

화리는 턱이 아플 정도로 이를 깨물었다. 그렇지 않다. 진정으로 사랑했다. 사랑이 깊어서 끝내 하나가 되고 싶은 유일한 상대가 화리에겐 도욱이었다. 하지만 그들은 결정적으로 속도…… 그게 맞지 않았다. 그는 빨랐고 그녀는 느렸다. 그래서 도욱은 자신에게 오는 지름길을 제시했지만 화리는 그가 보여준 길을 택하지 않았다. 가고 싶은 또 하나의 길, 그걸 멈출 수 없었으니까. 애석하게도 도욱은 그녀의 길을 응원하지 않았고 붙잡아 멈추려고 했다. 속도가 맞지 않는 불균형 속에서 남자는 여자를 이해하지 못했고 화리는 그를 원망했다. 그래서 그의 이해를 포기한 여자는 사랑을 잃었고 가던 길을 마저 걸었다. 그것이 이별의 이유다.

"그래. 맞아. 나는 너를 택하지 않았어. 그 덕분에, 이렇게 날 세우면서 노려보는 게 너랑 나야. 마주하는 시간이 길면 길수록, 좋을 게 없는 사이라고."

화리는 이 지독한 시간의 흐름이 빨리 끊어지기를 바라면서 가해자임을 자처했다.

"그러니까 분명히 기억하라잖아. 우린 상냥한 사이가 아니라는 거. 시시콜콜한 근황 보고, 그런 거 도란도란 눈 보고 얘기할 만큼 결코…… 친하지 않다는 거."

또박또박 질릴 만큼 정확한 문장이었다. 뭐라 받아칠 티끌 하나가 없어서 도욱은 복장이 터진다. 참 똑똑해서 어렵다, 저 여자. 그게 너무 답답하고 허탈하다. 고개를 뒤로 꺾은 남자의 입술이 통제력을 잃고서 힘없이 툭, 벌어졌다. 아주 지친다는 듯이.

그 모습에 눈이 젖은 여자는 그를 외면하듯 몸을 틀어서 계단으로 향했다. 도욱이 붙들지 않았기에 화리는 아주 쉽게 계단 한 칸을 오른다. 그러고 보니 이 계단, 도대체 언제쯤 웃으면서 편히 오갈 수 있을까. 지난 3일, 그들 사이에 벌어진 모든 일의 증인은 바로 이 나무 계단이다. 언젠가, 남자가 떠난 이후 혼자가 될 여자에게 이 계단은 그가, 한때 이곳에 함께였음을 증명하는 유일한 증인이 되어줄 것이다. 비록 들려주는 이야기가 달콤하고 따듯하기는커녕 거친 힐난과 원망이 섞인 치정극이라 할지라도 후일엔 꽤나 웃을 일이다. 그가 발작처럼 생각나는 날에는 분명히 그조차도 그리워질 터였다. 화리는 나무 계단의 난간을 천천히 쓸어내렸다. 마치 위로하듯이 다정하게. 그가 떠나는 날까지 계단, 이 녀석이 입을 닫고 감추어줄 모든 시간의 장면은 앞으로도 그다지 신나지 않을 터였다. 그러니 뾰족하게 찌르는 소리를 무방비로 고스란히 듣는 이 녀석도 무척이나 고달플 테지.

'나처럼……'

화리는 울음이 비집고 나오지 않도록 입술을 깨물었다. 그 파괴적인 힘에 의지해서 다부지게 계단을 올랐지만, 자꾸 걸음이 느려진다.

'앞으로 나는……'

얼마나 더, 가시 돋친 혀를 움직여야 하는 걸까. 그 생각만으로도 너무 싫어서 온몸에 소름이 돋는다. 도욱에게 결코 상냥해질 수 없다고 목 아프게 소리쳤지만, 실은 확신이 없다. 이게 정말로 할 수 있는 유일한 짓인지 말이다. 숨이 끊어지는 듯 고통스럽고 파괴적인 말싸움이 무척이나 버거웠지만 한편으론 다행이란 생각도 든다. 잔뜩 쏟아낸 만큼 텅 빈 탓에 맺힌 마음도 없어질 테니까. 그래서 빈 공간은 새로운 추억이 스미면 된다. 그러니, 그가 홀가분히 떠날 수 있도록 웃으면서 손 흔드는 짓은 정말 못할 일인가? 그게, 그렇게 어렵나? 어쩌면 아주 멋진 여자가 될 기회를 놓치는 것은…….

'나인가…….'

희미하게 웃는 여자의 눈꼬리에 작은 방울이 맺혀서 반짝이다. 그것이 조금씩 둥글게 커지면서 마침내 볼을 타고 흐르는 순간, 화리를 일부러 제대로 보지 않았던 제 마음을 끝내 보고야만다. 그녀는 역시, 도욱이…….

'보고 싶었어.'

화리는 일순간 입 너머로 터져 나오려는 제 말을 삼키면서 다급히 계단을 뛰어 올랐다. 쾅 소리가 크게 울리면서 닫힌 문 너머로 화리는 주저앉았다. 입을 틀어막은 손가락 사이사이로 부서지는 호흡, 목 막힌 울음소리와 함께 머릿속으로 바람이 분다. 그와 마주했던 모든 시간들이 회색빛의 먼지를 털어내고 생생하게 튀어 오르기 시작했다. 그러니 어쩌면 좋을까. 정들다 헤어진다 해도, 그래서 남겨진 시간이 한없이 외로울지라도, 그의 눈을 다정히 마주 보고 싶은 것을…….

틱틱틱.

제대로 시간이 흐르고 있음을 보여주는 것은 꾸준하게 움직이는 시계 초침이었다. 언뜻 보기에 도욱은 마치 아무 일도 없었다는 듯 고고한 표정이었다. 묵념처럼 입을 꾹 닫은 채 2층의 닫힌 문을 바라보던 남자는 느닷없이 이를 드러냈다.

"적당히 멈출 것이지…… 끝내 다 헤집어. 또…… 차인 기분이 잖아! 이런, 망할!"

순식간에 쏟아진 거친 호흡, 씩씩거리는 여운으로 입 언저리가 후끈해진다. 물을 마셔도 몸을 타고 도는 뜨거운 기운이 가시질 않았다.

"이번엔…… 또 몇 시간을 틀어박혀 있으려고……."

흩뿌려지는 한숨과 함께 소파 위로 털썩, 힘없이 앉았다. 그렇게 당했으면서도 자존심도 없이 또 그녀의 잔상을 좇는다. 굳게 닫힌 방문을 바라보고 있자니 여자가 쏟아낸 모든 말들이 다시 귀를 타고 돈다.

"쉽게 보긴…… 누가, 어려워 죽겠는데."

도욱은 미간을 좁히면서 머리를 헝클어뜨렸다. 말싸움만으로도 가진 기운이 전부 소진되어 몸이 녹진녹진했음에도 무릎에 힘을 주고 몸을 일으켰다. 그가 망설임 없이 향하는 곳은 부엌, 싱크대 앞. 그녀가 벗어던진 고무장갑에 손을 밀어 넣는 순간, 미약한 온기가 느껴졌다. 아마도 화리의 체온이 서려 있는 탓이리라. 그게 제법 따뜻해서 마음이 풀리는 스스로가 참 우습다.

"누굴 탓해. 내가 미쳤지. 차인 주제에, 보고 싶었던 내가……."

그녀는 헤어지는 순간, 사랑을 끝내는 중이라고 말했다. 그 심란한 소리가 진심임을 알아서 도욱은 그 순간에 미쳐서 죽을 뻔했다. 지금도 대견하다. 그때 죽지 않은 스스로가. 그만큼 세상이 쪼개지는 고통 속에서 시작된 이별, 그 이후의 감정 정리가 헤어진 남녀에게 숙제처럼 던져졌다. 성실하기로는 남에게 뒤지지 않는 김도욱이건만 그는 숙제를 대하는 마음이 아주 나태했다. 하기 싫어서 안 했으니까. 정석의 1장, 집합을 사랑하는 마음을 닮아서 끊임없이 이별, 그 첫날의 시작점으로 되돌아갔다. 그 사이, 홍화리는 이별 그 짓도 무척 열심히 한 모양이다. 힘들어도 두 눈을 부릅뜨고, 밑줄 그으면서 또렷이 기억하고, 끝내 타박타박 단계를 넘어서 분명히 매듭지은 게 분명하다. 그래서 끝난 모양이다. 숙제가, 사랑이…….

'나보다, 먼저.'

도욱은 긴 한숨을 천장 위로 뻗어 올렸다. 그 더운 숨 사이로 그의 허탈한 마음이 흩어진다.

"그래. 내가 졌다."

푸념을 실어서 피식거리는 목소리의 기운에 힘이 없었다. 그러면서도 화리를 대신해서 설거지통에 손을 넣는 동작은 자연스러웠다. 도욱이 물을 크게 트는 순간, 화리의 방문이 아주 조용히 열렸다가 다시 닫혔다. 그래서 듣지 못했다. 물소리 사이로 거칠게 흩어지는 여자의 처연한 슬픔을 말이다.

"우리 왔어요!"

아련의 경쾌한 목소리에 반응한 화리의 방문이 벌컥 열렸다. 화리는 퇴근한 이들이 반가워서 한달음에 1층으로 내려갔다. 하필이면 부엌에 있던 도욱과 정통으로 눈이 마주친 탓에 화리는 움찔했다. 그를 스쳐 지나는 순간, 화리는 살짝 시선을 비틀면서 주먹을 쥐었을 뿐, 대놓고 불편한 표정은 짓지 않았다.

도욱은 본능적으로 뭔가 달라진 여자의 기운을 파악한다. 분명히 뭔가 있는데, 그게 제대로 감이 안 와서 조금 불쾌하다. 저 여자는 방심할 수가 없으니까. 도욱이 불퉁한 눈으로 화리의 위아래를 훑어내리는 와중에도 그녀는 그를 의식조차 하지 않는 듯 시선을 받아치지 않았다. 그저 진호가 사온 떡볶이를 그릇에 옮겨 담으면서 아련과의 대화에 집중했다.

"가게는? 많이 바빴어?"

"네. 오늘따라 유독. 그래서 좀 늦었는데 평소에는 지금보다 한 시간쯤 빨리 와요. 혹시 밥 먼저 먹었어요?"

"아니. 혼자 먹기 싫어서, 올 때까지 기다렸어."

"아, 그랬구나. 잘됐다. 이 떡볶이, 진호 오빠 스튜디오 근처에 있는 맛집 거예요. 진짜 맛있어. 그래서 내가 언니 온 기념으로 사다 달라고 했어요. 잘했죠?"

화리가 웃으며 칭찬할 시점을 가로챈 민한은 아련의 동그란 이마를 살짝 쥐어박았다.

"잘하긴! 일하는 사람한테 톡을 보내고 또 보내고. 염치없이!"

"웃기네. 이거, 네가 제일 잘 처드시는 거예요. 오빠가 사다준 다는 말에 입 찢어졌던 게 누군데! 이씽!"

또 싸움의 싹이 보인다. 그리고 진호는 아주 자연스럽게 그 싹을 사뿐히 즈려밟았다.

"먹을 거 앞에서 싸우지 말라고 했지. 자꾸 떠들면 떡볶이, 다 버린다!"

강력한 한 방이었다. 신기하게도 입을 꾹 닫은 아련과 민한은 손에 쥔 포크를 무기처럼 생각하는 듯 서로를 노려봤다. 그러곤 아주 얌전히 식탁에 앉는 모습에 화리는 입을 가리고 웃었다. 애네, 정말 귀엽다.

"배고프니까 얼른 먹자. 화리 씨도 이쪽으로 와요. 얼른!"

화리는 일부러 도욱이 식탁 어딘가에 앉기를 기다리면서 주방을 어슬렁거렸다. 그가 왼쪽 끝에 자리하자 화리는 그 대각선 식탁 모서리 옆에 슬쩍 자리를 잡았다. 도욱을 피해서였지만 진호의 옆자리였다.

"내 옆이 좋은가 봐요?"

"네?"

"자꾸 내 옆에 앉잖아요. 역시 호감의 표현?"

"어머, 들켰네. 큰일 났다."

조금 놀란 듯한 진호와 시선이 마주치자 화리는 장난이라는 듯 입꼬리를 휘면서 웃었다. 그 웃음에 진호도 가볍게 응수했다. 그녀는 자연스레 이곳의 일상에 스며들고 있었지만, 그것이 불편한 것은 오직 도욱뿐이다. 그는 떡볶이를 입안에 쑤셔 넣으면서 꽉꽉 떡을 씹어 삼켰다. 아릿한 혀에도 불구하고 일부러 고통을 주듯 매운 떡을 삼키는 도욱이다. 붉은 소스보다도 그의 안에 서린 열기가 더욱 맵고 뜨거웠으니까.

"매워……."

그 애타는 목소리에 모두의 시선이 집중되었다. 화리는 인상을 찌푸리면서 연신 물을 들이켰다. 매운 음식을 잘 먹지 못하는 그녀에게 불맛으로 유명한 떡볶이는 애당초 무리였다. 이를 너무 잘 아는 남자가 피식 웃으면서 조용히 자리에서 일어났다. 도욱이 냉장고에서 흰 우유를 집어 들던 그때였다.

"마셔요."

"에?"

"우유. 안 마신 거니까 마셔도 돼요. 나도 매운 건 잘 못 먹거든요. 그래서 진작부터 한 잔 따라놨지."

"어? 저랑 같네요. 저도 매운 거 먹을 때 우유 있어야 하는데."

"그러니까! 어찌나 다행스러운지."

"다행이요?"

"입맛이 통하는 동지가 생겼잖아. 이 집 식구들은 캡사이신의 화신들이거든요. 덕분에, 온갖 반찬이 전부 '빨개요'를 외쳐서 먹을 게 없었어요. 졸지에 다이어트한 세월이 벌써 3년이네."

하진호가 웃었다. 하필이면 눈웃음 대마왕으로 정평이 난 그 남자. 그의 마력에 화리 역시도 무장해제된 듯 붉어진 볼이었다. 사실 그것은 어떤 애정 신호가 아니라 정말 너무 매워서 몸에 열이 오른 탓이었다. 이유가 무엇이든 그저 뿔이 난 도욱은 집어 들었던 우유를 탁 소리가 나게 다시 내려놨다. 거기까진 좋았는데, 거친 동작을 이기지 못한 우유팩에서 튕겨 나온 액체가 손등을 적신다. 정말, 짜증 나게.

뚝뚝 흐르는 액체를 대충 털어낸 도욱은 화리의 시선을 얻으려는 듯 아주 쾅 소리가 나게 냉장고를 닫았지만, 역시 실패. 화리는 여전히 그를 쳐다보지도 않은 채 모여 앉은 이들과 웃고 떠들면서 이야기꽃을 피우고 있었다. 특히 하진호를 볼 때마다 쓸데없이 웃음이 커진다. 남의 속도 모르고, 신경질 나게. 그녀의 옆얼굴을 쏘아보는 시선을 느낀 듯 화리는 살짝 옆으로 고개를 틀었다. 쉽게 마주친 두 눈, 도욱은 움찔해서 눈에 힘을 실었지만 그녀는 살짝 미소 지었다. 그러곤 다시 진호와의 대화에 집중한다. 아무 것도 아니라는 듯 편하게.

'뭐야? 뭐 하는 건데?'

그녀가 웃었는데 기분이 나쁘다. 뒷목이 서늘해질 정도로 말이다. 결국, 답답한 속을 이기지 못한 도욱은 모두의 무관심 속에서 2층 계단을 올랐다. 방문을 잡아 뜯듯이 열어젖힌 뒤 쓰러지듯 침대 위로 넘어갔다. 왜 이렇게 짜증이 나지. 정확히는 불안하다. 홍화리, 저게 분명히 뭔가 있는데!

"아우!"

괜히 베개를 두들겨 패면서 짜증을 풀던 그때였다. 똑똑 소리와 함께 문이 열리더니, 문제적 그녀가 고개를 내밀었다. 그 예상치 못한 등장에 도욱은 적잖이 놀랐으면서도 애써 담담한 척 목소리를 꾸몄다.

"왜."

혹시? 베개 때리는 걸 보진 못했겠지. 그 추한 꼴만은 제발!

"설거지……."

그녀가 기어들어가는 목소리로 웅얼거렸다.

"뭐라고?"

"서, 설거지!"

불퉁했던 도욱의 표정이 살짝 풀렸다. 뭔 뜬금없이 설거지? 잠시 생각하던 도욱은 두들겨 팼던 베개를 내려놓은 뒤 몸을 일으켰다. 아무래도 이 여자가 또 속을 헤집을 것 같다는 어떤 예감이 번쩍이며 머리를 스친다. 요망한 여자한테 휘둘리기 전에 준비를 해야지. 내가, 먼저. 도욱은 일부러 그녀의 눈을 보고 묻는다.

"그래서, 설거지 뭐?"

"왜 그랬어?"

도욱은 멈칫하면서 침을 삼켰다. 화리의 짧은 물음에는 꽤 많은 뜻이 숨겨져 있었으니까. 그것을 풀어헤쳐 내면, 공치사 운운하면서 속 뒤집은 김도욱 네가, 왜! 내 설거지를 대신했냐? 또 뭘 바란다는 말을 꺼내면 진짜 죽일 거다…… 와 같은 섬뜩한 의미였다. 영리한 도욱은 이를 아주 쉽게 알아챘다. 다행히도 그녀의 눈에서는 공격성 없는 선한 빛이 느껴졌지만 도욱은 긴장을 풀 수 없었다. 느닷없이 달라진 눈의 기운, 그 의미를 읽을 수 없어서.

"무슨 말을 하고 싶은 건데? 왜…… 냐니?"

"다시 하려 했는데 전부 치워져 있어서 조금 놀랐어. 역시, 대신 해줄 사람은 너밖에 없는데, 제대로 말은 해야 할 것 같아서. 미안. 내 몫이었는데."

들을수록 소름이 돋는 다정한 목소리였다. 그래서 심장이 쿵쾅거리는 도욱의 표정이 살짝 찌푸려졌지만 화리는 여전히 편한 얼굴이었다. 그것도 부족해서 어떤 적개심도 없이 불쑥 손을 뻗어 왔다.

"이거 줄게……."

"뭐, 뭔데……."

순간 흠칫한 도욱은 뒤로 물러섰다가 티 나지 않게 다시 걸음을 되돌렸다. 그녀의 손에 들린 물체가 제법 익숙했다.

"계속 울리는데…… 네 핸드폰이라고……."

그녀는 말끝을 흐리면서 핸드폰을 내밀었다. 이제 생각난다. 급하게 올라오는 바람에 1층 식탁에 두고 온 터였다. 그녀의 손에서 계속 울리는 핸드폰 액정에서는 '선아 씨'라는 이름이 선명했다. 도욱은 떨떠름한 표정으로 그것을 받아들었다. 최대한 조심한다고 했는데도 화리의 손가락이 자신의 손끝을 스치고 지나는 짧은 순간, 너무 쉽게 동공이 확장되었다.

"나는 갈게. 통화…… 해."

화리가 몸을 돌리자 도욱은 마음이 급해졌다. 이대로 보내면 안 될 것 같아서 뭐라도 해야만 할 것 같은 순간, 절묘하게도 벨 소리가 끊겼다. 그래서 도욱은 선물 같은 틈을 얻어낼 수 있었다.

"너, 뭐야?"

무뚝뚝한 목소리가 잡아끌듯이 걸음을 묶는다. 화리는 순간 긴장되는 마음을 꾹 찍어 누르고 덤덤하게 그를 돌아본다.

"뭐냐니?"

"내 핸드폰. 이걸 왜 네가 가져와?"

"그러면…… 안 돼? 내가 무슨 실수했니?"

시치미를 떼는 여자의 미소 때문에 도욱은 이성의 마디마디가 끊어진다.

"이건 또 무슨 수작인데!"

거칠게 뻗어지는 호흡, 초점을 잡지 못하는 눈동자의 흔들림이 꼴사납고 우스워도 상관없다. 아무리 다짐을 하고 스스로를 다그쳐도 저 여자, 홍화리를 마주하는 순간에 결국 또 이렇게 감정적인 동물이 되어버린다. 도욱은 그녀에게 벗어날 틈을 주지 않겠다는 듯 말의 꼬리를 물면서 몰아붙였다.

"고작 반나절 전이야. 잊었다고 하지 마. 너랑 내가, 무슨 대화를 하며 독을 뿜고 날을 세웠는지 네가 알아. 그런데 왜 이래?"

'불안해서 미치겠다고.'

"그래서 뭐."

"뭐?"

정말, 진심으로 목 막힌 소리가 나왔다.

"그냥, 가벼운 다툼이었잖아. 별거 아닌 일이야."

단정한 미소로 전하는 그 말이 진심임을 알아서 도욱은 입술이 비틀렸다. 왜? 도대체 왜? 별거 아닌 일이 되어버린 건가. 그렇게 물어뜯을 듯이 서로를 할퀴었음에도 저 여자가 지금 왜 저렇게 담담한가. 마치 아무 일도 없었다는 듯이 말이다.

"다들 잘 싸우잖아."

화리가 웃을수록 도욱의 눈에는 힘이 서린다. 그는 노려보듯 확인했다. 눈앞의 실루엣이 진정, 홍화리인가 싶어서.

"아련이랑 민한이도 하루에 몇 번씩 싸워. 그래도 금방 화해하더라. 물론 또 싸우지만, 그래도…… 맺힌 마음은 없어 보였어."

"그래서?"

"우리도 그렇게 해. 어려울 거 없잖아. 화해하는 거……."

"와, 진짜 얘가 왜 이래."

헛웃음을 토하던 도욱의 눈이 금세 어두워졌다. 다스리지 못할 불안이 발끝에서부터 밀려와 무릎을 꺾는다. 도욱은 힘이 풀리는 다리에 꽉 힘을 주면서 험한 눈으로 그녀를 가둔다. 그 앞에서 여전히 여자는 제 눈에 힘을 싣지 않는다. 어쩌면, 그녀의 초연함은 이 공간에서 영원히 사라지겠다는 어떤 결심에서 비롯되었을지도 모른다. 왜 생각을 못했을까? 그녀가 이곳을 떠날 수 있다는 것을 말이다. 아주 미련 없이, 헤어지던 그날처럼 횅하니 사라질지도 모른다는 것을 왜 알아채지 못했을까. 짧은 시간 동안 정말 지독하게도 싸웠으니 떠나는 게 당연할지도 모른다. 그래서 그녀가, 가버리면……

'나는, 어쩌라고.'

머릿속을 헤집는 생각이 엉키고 또 엉켜서 정신이 흐려졌다. 때마침 눈치도 없이 다시 울리는 벨소리에 겨우 의식을 되찾은 남자는 흐려진 생각 속에서 분명해진 하나를 머릿속에 새긴다. 저 여자가 떠나는 뒷모습을 처량하게 바라보는 짓은 한 번으로 족하다고 말이다.

"화해? 웃기기 마. 말이 돼! 너하고 내가!"

급해지는 마음만큼 목소리가 높아졌다. 그래서 남이야 듣건 말건, 이제 아무 것도 신경 쓰고 싶지 않았다. 홍화리, 저 요물 같은 여자를 상대하기에도 벅차니까.

"목소리 좀 낮춰. 아래층에 다른 식구들 있잖아."

화리는 순간적으로 그의 방문이 닫혀 있음을 확인했다. 아예 문을 잠그는 게 조금 더 안심이 될 것 같아서 문고리로 손을 뻗던 그때였다. 그녀가 도망치는 것으로 생각한 도욱은 강한 힘으로 그녀를 끌어당겼다. 그가 만들어냈던 붉은 자국 위로 또 하나의 아픔이 새겨진다. 화리는 욱신거리는 손목의 통증에 입술을 질끈 깨물었다.

"무슨 생각이야?"

아무래도, 도욱에게서 쉽게 벗어나는 것은 어려울 듯싶었다.

"미쳤어?"

도욱은 제 손 아래 가득 들어찬 여자의 존재감을 확인하면서 다그친다. 입을 꾹 닫은 채 붙잡힌 팔을 빼내려는 여자의 저항은 조금 더 큰 불안감이 되어서 그를 자극했다.

"말하라고. 왜 이러는지!"

"너랑, 친해져 보려고."

화리는 농담을 건네듯 가볍게 말하면서 도욱을 똑바로 바라봤다. 차라리 째려보는 게 낫다. 예쁜 웃음에 홀려서 반하기는커녕 머릿속이 쾅 울리면서 소름이 돋았으니까.

"정들다…… 가기 전까지."

그녀가 이를 보이며 웃는 순간 도욱은 저도 모르게 벌어졌던 입술을 다시 틈 없이 다물었다. 욕이 튀어나오지 않도록 아주 꽉.

"그래서 연습하는 거야. 친한 척하는 거."

악을 쓰면서 받아치고 싶은 마음을 꾹 누른다. 보아하니, 방문을 두드리기 전까지 참 많은 준비를 한 모양이다. 그녀가 쓴 시나리오의 결말을 알 수 없으니 섣불리 대응하지 않고 말을 아낀다. 그것은 이 상황이 꽤나 복잡하고 지겨운 심리전이 될 것임을 예고했다. 물론 그녀가 준비한 시나리오에 생각 없이 웃으면서 바보처럼 고개를 끄덕이면 꽤나 쉽게 결말을 볼 수 있을 터였다. 하지만 도욱은 안다. 자신이 해피엔딩을 기대하는 순간에 저 여자는 비웃듯 슬픔을 던지면서 돌아선다는 것을 말이다. 그런 치욕은 이미 한 번 겪은 것으로 충분하다. 그는 뭔가 결심한 듯 붙잡고 있는 여자의 오른팔을 확인하면서 거칠게 화리의 옷소매를 끌어 올렸다. 하얀 팔목 그리고 검푸른 자국이 눈에 띄는 순간 화리는 옆으로 고개를 틀었고 도욱의 눈은 더욱 가혹해졌다.

"이거 봐. 아직도 그대로야."

화리는 흔들리는 동공의 떨림을 감추기 위해 눈을 내리깔았다.

눈으로는 그를 외면했지만 힘없는 몸은 여전히 도욱의 지배 아래 있었다. 잡힌 팔목이 하필이면 그곳, 남자의 숨결이 스몄던 곳이라서 화리는 입술이 뜨거워졌다. 일순간 떠오르는 기억 때문에 호흡이 급해지는 탓에 잠시 숨을 참았지만, 그 순간에도 맥박은 멈추지 않고 빠르게 파들거렸다. 살이 맞닿은 탓에 너무 쉽게 전해지는 여체의 떨림, 그 틈을 발견한 도욱은 머뭇거리지 않았다.

"홍화리. 방구석에 틀어박혀서 생각해 온 게 고작 기억상실증 놀이냐?"

끝내 모른 척하겠다는 듯 고개를 숙인 여자의 턱을 붙잡아서 다시 끌어 올린다.

"3년 하고도 7개월 전의 일을! 오늘 아침 일처럼 생생하게 만드는 게 너야. 그런 네가, 잊어? 웃기지 마. 이따위로 계속 모른 척하면서 헛소리를 하면…… 미쳤다는 말도 과하지. 너는 그냥 어이가 없어. 사람을 뭐로 보고 헤실거리면서 장난질이야. 진짜…… 열 받게. 너 하는 짓이 너무 빤히 보여서 환장하는 사람한테!"

힐난처럼 퍼붓는 목소리가 전부 갈라졌다.

"나, 너한테 안 놀아나. 그러니까 정도껏 하고 입 열어. 너, 지금 나랑…… 뭐 하자는 짓이야?"

어색한 틈이 벌어지지 않도록 기계처럼 재빨리 말을 받아치는 게 좋을 터였다. 그런데도 알아서 벌어지지 않는 입술이 야속하다. 도욱은 지독하리만큼 영리하고 촉이 좋은 남자다. 그냥 좀 이상하고 어이없어도 모른 척해주지…… 끝내 파고들어서 속을 들춘다. 아파서 죽겠는 마음도 모르고.

"말해. 진짜 미쳐서 억지로 열기 전에, 똑바로 말하라고!"

"미안해."

도욱은 들은 말의 충격 때문에 멍하니 입을 벌렸다.

"정말 미안해. 도욱아."

일순간 그녀를 붙잡았던 손에서 툭, 힘이 풀린다. 귀를 타고 도는 목소리가 무척이나 부드러웠지만 도욱에게는 칼끝처럼 뾰족하게 느껴졌다. 미안이라니, 정작 그 말을 할 사람이 누군데……. 잔인한 여자는 사과의 말을 빌미로 가까이 다가설 그 작은 기회조차 잘라낸다. 그래서 그를 내리누르는 절망감이 얼마나 깊은지도 모르고 그녀는 여전히 상냥한 미소를 지었다. 저 입술이 다시 조잘거리는 순간이 두렵게 느껴진다. 분명히 듣기 싫은 소리를 할 테지. 만약 '나는 이 집에서 나가. 너는 여기서 잘 살아' 그 따위 신경 사나운 말을 한다면 도욱은 정말이지 폭발할 터였다. 그러니, 손을 뻗어서 그녀의 입을 막아버릴 생각이었는데 늦었다. 그녀가 다시 미안하다는 말을 입에 담는다.

"사실, 헤어지던 날…… 하고 싶은 말이었어. 그런데 못 했어. 등 뒤에 남겨진 너, 돌아볼 수 없었으니까."

그녀는 담담하게 숨겨진 생각들을 천천히 풀어냈다. 표정을 굳히고 얼굴이 붉어지지 않았다 해서 정말 괜찮은 건 아니다. 마음이 새어나갈 때마다 그 벌어진 틈이 욱신거리지만 다른 방법은 없다. 화리는 그를 웃으면서 보내기 위해 과거, 그 지독한 넝마를 전부 털어낼 작정이었다.

"네 말대로 나는, 내가 선택한 것 그 이외는 보지 않아. 그게 전부인 듯 다른 건 다 무시해. 그래서 내 결심이 흐려질까 봐…… 내 마음만 챙겨서 도망갔던 거 인정해. 정말로 너는, 예의 없는 나한테 당했네. 이별을……."

그의 눈이 찌푸려졌다. 정말로 듣기 싫다. 지난 시간을 되새기는 것도, 마지막 인사를 하듯 단정한 목소리도 전부 다 내키지 않았다. 그리고 저 손이 참 안타깝다. 무언가를 참아내는 듯 꽉 쥐어진 여자의 주먹이 너무 작았다. 그래서 손 아래 가두고 토닥이고 싶은데 할 수 없어서 틀어쥔 주먹의 마디마디가 욱신거렸다.

"그러니까…… 이번엔 제대로 사과할게."

화리는 크게 숨을 한 번 삼킨 뒤 도욱을 올려다봤다.

"말 한마디로 전부 덮을 수 없다는 거 알아. 그래도 전부 지났잖아. 어제 한 이별도 아니고, 이미 시간이 많이 흘렀어. 그렇게 흐려진 일 붙잡고 악 쓰는 거 소모적이잖아. 무슨 의미가 있어. 이미 끝났는데…… 그러니까……."

'잘 가. 도욱아.'

여자는 소리 없이 또 한 번의 이별을 맞이한다.

"잘…… 지내…… 같이."

화리는 찢어지고 흩어지는 마음으로도 예쁘게 웃었다. 표정조차 미우면 너무 불쌍하니까. 혼자 하는 사랑이…….

한편, 도욱은 심장이 크게 요동쳤다. 정말이지 꼴사납게 울고 싶은 기분이 든다. 이건, 뭔가 아니다. 사실, 자신이 저지른 유치한 뒷수습에 골몰하던 남자에게 '잊자'는 여자의 배려는 절을 하고 싶을 정도로 환영이다. 어차피 매순간 부딪치는 게 당연해진 상태라면 말 그대로 잘 지내는 게 좋은 일이다. 그런데도 그 합리적인 생각이 저 여자한테서 나왔기에 납득할 수가 없다.

"네가 그랬지?"

어디선가 아주 큰 총알이 날아들 것만 같은 극도의 불안감으로 흔들리는 남자의 눈동자 안에는 그 옛날처럼 다정하게 웃는 여자가 있다.

"잊은 듯이…… 편하게, 이 집에서 살게 해주려 했다고. 너랑 싸우던 순간에는 그보다 훨씬 나쁜 말만 귀를 건드렸어. 그런데 몇 시간씩 방에 혼자 틀어박혀 있다 보니, 신기하더라. 잊은 듯이, 편하게. 그 말만 계속 귀에 맴돌아. 그래서 그렇게 살려고."

"……."

"잊은 듯이 편하게."

이제야 분명히 알 것 같다. 화해, 그것의 진짜 의미를 말이다. 그것은 지금껏 벌어진 모든 것을 지난 시간으로 덮는 것을 의미했다. 사랑도, 이별도, 재회도, 그리고 다시 시작된 심장의 울림도. 그게 가능하단 말인가? 도욱은 명치를 주먹으로 꽉 찍어 누르면서 이를 사리물었다. 그녀가 의미 없이, 이미 끝난 일이라던 모든 기억의 한가운데 자신이 있었다. 그런데도…… 저 여자는, 쉽게 잊는단 말인가. 나는, 할 수가 없는데, 그게 너무 어려운데…….

화리는 고개를 푹 숙인 탓에 도욱의 어깨가 힘없이 툭 떨어지는 것을 보지 못했다. 그래서 그가 얼마나 쓸쓸한 눈으로 자신을 보고 있는지 알 수 없었다. 그녀는 도욱의 슬리퍼에 시선을 고정한 채 고개 아래로 말을 쏟았다.

"그래서 말인데."

도저히 그의 눈을 보고서는 할 수 없는 힘든 이야기가 꼬리를 물고 이어졌다.

"더는…… 옛 기억 되살리지 않아. 어쩔 수 없이 내가 기억하고 있는…… 네 습관, 취향, 표정 그 모든 것을 전부 무시할 거야. 아는 척 안 해. 너는 나한테, 가까이 알던 사람…… 아니야. 이제."

그녀가 천천히 고개를 들어 올리는 순간 여자의 맑은 눈 안으로 '잊은 듯이 편하게' 그 짜증 나는 문장이 스쳐 지난다. 도욱은 바드득 이를 갈았다. 정작 자신은 그 말을 뱉은 기억조차 없는데 왜, 저 재수 없는 말에 지배되어야 한단 말인가. 그는 버석하게 마른 입안으로 겨우 침을 삼켰다. 알고 있다. 이미 가슴에 총알이 박혔고 숨이 껄떡거린다. 그러니 죽은 거와 다름이 없음에도 여전히 죽고 싶지 않은 절박함을 담아서 묻는다.

"그럼, 이제 뭔데."

"……."

"내가, 너한테…… 뭐가 되는 건데."

먹먹한 상황 속에서 이 서러움을 끝낼 수 있는 열쇠를 가진 여자가 손에 쥔 그것을 망설이는 듯 매만지면서 숨을 고른다.

'만약에…….'

자꾸만, 현실이 아닌 상황을 가정하게 된다. 그의 곁에 다른 여자가 없었다면 넘지 말아야 하는 선이라는 게 존재하기는 할까. 모르면 몰라도 한 가지 단언할 수 있는 것은, 그를 마주한 첫날에 그리웠던 남자의 목을 끌어안고 엉엉 울었으리라. 분명히 그리했으리라. 하지만, 그조차도 부질없는 생각. 이미 각자의 세상, 서로의 울타리 밖에 놓인 그들이었다. 그래서 화리는 조금 더 분명하게 높다란 담을 쌓고자 했다. 그래서 느닷없이 발작처럼 튀어 오르는 마음이 결코 그를 향해 넘어가지 않도록 아주 높게. 그 담을 제 손으로 쌓고 또 쌓는 손이 얼마나 아픈지도 모르고, 철없는 남자가 투정부리듯 답을 재촉한다.

"말하라고! 도대체 너는…… 지금, 나한테 어떤 의미를 부여하고 있는 건데."

"그냥……."

'여전히.'

"이 집에 사는 사람."

'좋아하는 사람.'

"그래서, 조금 정들다 갈 사람."

웃는 얼굴로 할퀴는 손톱이 도욱의 작은 기대를 찢어발긴다. 덕분에 도욱은 얻어맞은 듯 순간적으로 멍해졌다. 졸지에 그냥, 이 집에 사는 사람이 된 남자는 진심으로 후회했다. 차라리 물어보지 말 것을. '정말 그러냐'고 울부짖고 싶은 마음을 '젠장'이라는 욕과 함께 겨우 삼킨다.

"나 있지. 실은, 여기 온 거 후회했어. 너랑 같이 살 자신이…… 너무 없어서."

화리는 잠겨드는 목소리를 꾹 누르면서 겨우 말을 이었다.

"그런데 지금은 괜찮아. 악쓰면서 싸운 게 제법 익숙해진 탓인지, 너랑 마주 보고 있는 것도 어렵지 않아. 제법 잘 살 수 있을 거야. 나는 분명히……."

'너를 볼 수 있으니까…….'

"집도 마음에 들어. 여럿이서 복작이다 보니까 외롭지도 않고. 사람들도 다 친절해. 그래서…… 다 좋아."

하필이면 이 순간, '네가 좋아'라고 말하던 그 옛날의 여자, 스물셋의 그녀가 다시 눈앞을 채운다. 그래서 손을 뻗어 꽉 끌어안고 싶은데, 그러면 이 모든 지옥이 끝날 것만 같은데 느닷없이 여자의 웃는 얼굴이 달라진다. 이미, 끝이라고 소리치면서. 결국 이것이 현실임을 인정하는 도욱의 두 눈에는 화가 서린 것처럼 힘이 실렸다. 순간, 하루가 너무 길다는 생각이었다. 이대로 눈을 감고 잠들어 버리면, 지금 마주한 미친 현실이 꿈처럼 사라져 버릴까? 그런 싱거운 생각조차 기도처럼 간절했다.

"사실, 나는 어쩔 수 없이 여기서 살아야 해. 너도 들었으니까 알잖아. 나 지금 백수야. 묶어놓은 적금은 깰 수도 없고, 고정적인 수입도 없으니, 월세 내기도 빠듯한 처지거든. 말이 좋아 공무원이지 쉬고 있는 탓에 가진 게 없어. 그런데 여긴…… 홍화훈 동생 자격으로 꽤 오래 비빌 수 있더라고."

화리는 멋쩍은 웃음으로 제 처지의 서글픔을 살짝 포장했다. 각오는 했어도 역시 힘들다. 그에게 자신의 초라함을 들키는 게 말이다. 분명히 위로받고 싶을 테니까. 그런데 그러면 안 되니까. 그리고 그 생각이 옳다고 증명하듯 핸드폰 벨소리가 다시 울린다. 그치지 않는 소리 사이로 도욱의 작은 욕설이 흩어졌다. 결국 그는 시끄러운 핸드폰을 침대 위로 내던졌다. 거추장스러운 기계를 치워낸 덕분에 자유로워진 양손. 그래서 도욱은 아주 손쉽게 그녀의 어깨를 잡아 흔들 수 있었다. 마치, 투정을 부리듯이.

"너 이러려고…… 연막 친 거지? 미안하다는 말…… 그거 다! 너 혼자 편하자고 하는 말이잖아."

"들켰네."

뭐 좋은 소리를 한다고 환하게도 웃는다. 그 웃음에 피가 솟구치는 것도 모르면서.

"제 버릇 못 숨기고, 또 일방적으로 통보해서 미안한데…… 지금은 어쩔 수가 없어. 네가 나 좀 도와줘."

이제 끝이다. 어렵고 힘겨웠던 두 번째 이별을 종결시키기 위해서 화리는 모든 진심을 생략시키고 수도 없이 내뱉었던 그 말을 시처럼 읊조린다.

"인사하자."

도욱의 검은 동공 안으로 하얀 손이 가득 들어찼다. 그는 순간 흠칫했으면서도 아무렇지 않은 척 시선을 비틀었다.

"뭐 하는 짓인데?"

"부탁한다는 의미야. 네 협조가 있어야만 내가 여기서 지낼 수 있으니까."

내밀어진 손이 빚쟁이의 독촉처럼 숨을 급하게 한다. 그녀가 이 집에서 계속 살겠다고 마음먹은 것만은 칭찬해 주고 싶은데 그게 다가 아니라서 머리가 돈다. 같이 사는 전제조건이 무척 신경 사납다. 그러니까 저 손을 잡으면, 그냥 이 집에 사는 사람이 되어버리는 거다.

"왜? 여자친구 손 아니면 안 잡아?"

화리는 장난처럼 웃으면서 도욱의 손등을 가볍게 툭 건드렸다. 그 별거 아닌 손장난에 전류가 흐르듯 눈앞이 아찔해진다. 마치 그녀의 작은 손이 심장을 잡아 쥐었다가 단번에 놓은 것처럼 한꺼번에 '펑!' 하고 피가 쏟아졌다. 그러니, 잊은 듯이 편하게…… 뭐 그따위 것이 가능할 리가 없다. 그런데 저 여자가 살고 싶다니 어찌해야 하나. 도욱은 풀지 못하는 수학 문제를 앞에 둔 것처럼 끙끙거렸다.

"역시? 안 돼?"

"내가…… 너처럼 편하게 못 잊는다고 하면? 그래서, 네가 바라는 대로 그냥 이 집에 사는 사람, 그거 안 하다고 하면…… 넌 어떻게 되는 건데?"

"못 살지…… 여기서…… 너랑."

그녀의 떨림이 입술 끝으로 번져 오르는 순간이었다. 도욱은 무언가 우드득 끊어지는 기분과 함께 눈빛이 식었다. 어떤 결심과 함께 망설이지 않고 손을 뻗었다. 여자의 처량한 손 대신, 동그랗고 귀여운 작은 머리가 그의 손에 닿았다. 한 번 두 번 쓰다듬던 손길이 이내 거칠어졌다.

"아, 진짜…… 뭔데. 머리 부스스해지잖아!"

도욱은 화리의 푸념에도 아랑곳하지 않고 계속 그녀의 머리를 헝클었다. 제법 거친 동작이었지만 여자를 바라보는 눈은 분명히 다정했다. 그녀에게 닿는 손가락 하나하나가 저릿해지는 것을 보니 역시 이게 현실이다. 정말이지, 꿈이면 좋을 텐데…… 도욱은 붉어진 눈을 꽉 내리 감았다.

"왜 이러냐고! 정말!"

"인사하자며! 인사! 그래서 하잖아."

"누가 이런 걸 인사라고 해!"

"너는 네 식대로 해. 난 내 마음대로 할 테니까."

꿍얼거리는 남자의 손에 의해서 단정하게 묶인 머리가 단번에 풀어헤쳐졌다. 아주 쉽게 그녀의 머리끈이 그의 팔로 옮겨지는 순간, 화리는 치솟는 울음을 목구멍 안으로 겨우 밀어 넣었다.

"끈 줘."

"싫어."

도욱이 그녀의 긴 머리칼을 손가락으로 말아 쥐는 순간, 화리는 잠시 숨을 멈추었다. 같은 시점, 남자의 눈은 어떤 그리움을 말한다. 기억 너머로 밀어 넣었던 익숙한 손장난이었다. 그 마지막이 언제였는지 기억조차 없건만 몸이 닿았던 순간에, 당연하다는 듯 쉽게 손이 움직였다. 그 순간, 느닷없이 화리의 존재감이 너무 크게 다가온다. 그리고 그 만큼의 현실감이 함께 돋아난다.

'이별'.

그 숨 막히는 단어에 화리의 미친 제안이 다시 상기되었다.

'잊은 듯이. 편하게.'

"아, 진짜 좀 비켜봐! 나 숨 막히잖아."

"나만 하겠냐."

푸념처럼 중얼거리며 가까이 닿은 그녀의 향취를 들이마셨다. 그저, 이곳에…… 거짓말처럼 존재했으면 좋겠다. 이 여자, 홍화리가. 지금처럼 손만 뻗으면 닿을 거리에……. 지금은 오직 바라는 게 그뿐이다. 도욱은 결국, 악마의 속삭임과도 같은 그녀의 제안을 아프도록 마음에 새겼다.

"그래…… 살자. 같이…… 나랑."

입술을 꽉 깨문 여자의 얼굴이 순식간에 붉어졌다. 들은 말이 마치 청혼의 말처럼 다정해서…….

"도욱아. 안에 있어?"

문밖 너머에서 진호의 목소리가 들려왔다. 덕분에 겨우 정신을 차린 화리가 얼른 도욱의 팔을 풀어낸 뒤 헝클어진 머리를 손으로 쓸어내렸다. 그녀가 자리했던 공간만큼 공백이 남은 탓에 도욱은 가슴 언저리가 휭해졌다. 허공에 붕 뜬 손을 천천히 거두어 들이면서 진호에게 답할 시간을 늦춘다. 어쩐지, 둘만 있는 이 시간이 이대로 끝나는 게 아깝다. 그래서 머뭇거리는 마음도 모르고 잔망스러운 여자는 벌컥 문을 열어젖혔다. 아주 활짝.

"응? 화리 씨, 어디 갔나 했는데, 여기 있었어요?"

진호가 화리를 발견하는 순간 도욱은 슬쩍 옆의 여자를 살폈다. 그녀가 환히 웃는다. 아주 반가운 듯이 말이다. 그래서 도욱은 조금 씁쓸해졌다. 낯가림도 심한 여자가 안 본 사이에 많이 변했는지 제법 친근하게 이 집 사람들과, 특히 하진호와 잘 어울려 지낸다. 그게 뭔가 참 마땅치 않다.

"둘이 비밀 얘기 하는데 내가 방해한 건가?"

"아니요! 오빠 친구한테 비밀은 무슨…… 그런 거 없어요. 핸드폰 주러 올라왔다가 홍화훈 일로 잠깐 상의할 게 있어서 말이 길어진 것뿐이에요."

아주 술술 거짓말을 하는 화리의 얼굴이 제법 밝아서 도욱은 황당했다. 정말, 작정을 한 모양이다. 잊은 듯이 편하게 살기로.

"그럼 말씀 나누세요. 저는 내려갈게요."

그대로 방을 빠져나가려는 화리를 다시 불러 세운 것은 진호였다. 그것도 입으로 부른 게 아니라 손으로. 팔을 붙든 진호 때문에 화리의 눈이 잠시 커졌다가 다시 웃음으로 휘어졌다. 도욱의 눈이 타오르듯 붉어졌다.

"뭐, 더 하실 얘기라도……."

"민한이 장 보러 간다는데…… 화리 씨도 같이 가요. 암막 커튼 사야 하잖아?"

"암막 커튼이요?"

그제야 진호의 손이 화리에게서 떨어졌다. 도욱은 그 순간을 모조리 놓치지 않고 바라보면서 분명한 생각을 얻는다. 역시, 이 둘은 같이 있으면 안 된다.

"응. 화리 씨는 밝으면 못 잔다던데? 홍 소장이 말하고 갔어요. 그런데 이사하면서 쓰던 커튼 찢어졌으니까 새로 바꿔주라는 말도 같이. 화리 씨 온 첫날에, 기억은 하고 있었는데 뭔가 말할 틈이 없었어. 화리 씨가 방에서 나오질 않더라고. 아무래도 낯선 공간이 힘든 것 같아서 적응할 때까지 그냥 지켜보자는 생각이었는데 늦은 거 아니죠?"

"아니요! 정말 죄송해요. 괜히 신경 쓰이게 해서."

"에이, 그런 소리 듣자는 건 절대 아니고! 아무튼, 우리랑 가요. 아련이 지금 되게 들떠 있어. 언니 커튼, 예쁜 거로 골라줄 거라고."

마치 이 자리에 화리와 진호 둘만이 있는 듯했다. 존재감을 잃은 도욱은 뿔난 표정으로 두 남녀를 번갈아 힐긋거렸다. 부글거리는 마음도 모르고 여전히 새 식구에게 인자한 미소를 짓는 그 남자, 하진호는 도욱을 향해서도 즐거운 듯이 말을 걸었다.

"그래서 말인데 도욱아, 내 차 타이어 펑크 났는데…… 차 좀 빌리자. 혹시 나가? 선아 씨 만나러?"

진호의 입에서 아무렇지 않게 그 여자 '선아'의 이름이 뱉어지는 순간 도욱도, 화리도 단번에 동공이 확장되었다.

'저 인간은 왜! 하필, 지금…….'

도욱은 진호의 목을 움켜쥐고 싶은 마음을 후일로 미루면서 고개를 가로저었다.

"그래? 아까부터 계속 전화 오기에…… 혹시나 했네. 잘됐다. 그럼 차키 가져간다. 아! 너도 갈래? 마트?"

"잘 거야. 아무 데도 안 나가."

최대한 힘주어 답한 목소리가 그녀에게 전해지기를 바란다. 도욱은 옆눈으로 슬쩍 화리의 표정을 살폈다. 또 무슨 생각에 잠긴 건지 그녀는 살짝 멍한 눈이었다.

"그래, 그럼…… 쉬어. 아! 혹시 필요한 거 있으면 전화해라."

도욱은 답하는 것조차 귀찮아서 벌레를 치우듯 손을 흔들었다. 어서, 빨리 나갔으면 좋겠다. 저 거추장스러운 남자가. 정작 도욱의 까칠함을 익숙하게, 귀엽다는 듯이 받아주는 진호는 연신 벙글거릴 뿐이다. 그 바보 같은 웃음에 잠시 방심했던 순간 또 기습이 이어진다.

"화리 씨."

"네?"

"왜 그렇게 멍해? 혹시, 어디 아파요?"

"아, 아니에요. 마트 가서 뭘 살까 생각했어요."

화리는 떫어진 표정을 잘 숨기면서 웃었다. 사실 그녀는 '선아' 그 이름을 되뇌던 참이다. 핸드폰 액정을 통해서 흘겨보던 순간에는 설마 했는데, 역시 그게 그 여자의 이름이란다. 도욱의 결혼 상대자. 그러니, 분명히 기억해야 했다. 그의 여자와 관련한 모든 순간에 절대로 실수하면 안 되니까. 후우, 작은 한숨이 이어졌다. 이제부터 본격적으로 시작되는 이 집 생활이 살얼음판이라는 것을 온몸으로 실감했다. 고작, '선아' 그 이름 하나에 말이다. 그래서 버티기 힘든 상황 속에서 구원투수의 몫을 톡톡히 하는 진호가 그녀를 이끌었다.

"우린 그만 가죠. 도욱이는 잔대."

"아…… 그래요?"

"사실 저 자식, 지금 제정신 아닐 거야. 화리 씨 오기 전까지 근 일주일? 계속 두세 시간밖에 못 잤어. 심포지엄 준비하느라. 마지막 이틀은 날밤을 새고 출근했던가?"

화리의 입술이 놀람으로 벌어졌다. 싸우는 상황에만 집중해서 눈치채지 못했지만 도욱은 사실 육체적으로 꽤나 힘든 모양이었다. 그러고 보니 저 남자의 입술이 제법 까칠하게 부르텄다. 제대로 쉴 시간을 싸움으로 소비했으니 오죽이나 피곤할까. 파리한 남자의 모습에 울컥해진 여자는 흑기사 진호에게 기대어 울음이 터지려는 순간을 모면한다. 진호가 화리의 팔을 아무렇지 않게 붙잡듯 그녀도 진호의 팔을 별 의미 없이 잡아 흔든다.

"우린 빨리 가요, 진호 씨."

도욱은 여자의 작은 손을 노려보면서 주먹을 틀어쥐었다. 더 이상 힘이 실릴 수 없을 정도로 아주 꽉! 그렇게 움켜잡아도 끝내 전부 빠져나가는 공기처럼 화리가 조금씩 멀어진다. 스르륵 닫히는 문을 다시 열어젖히고 싶다는 충동을 누르던 그때 문틈 사이로 여자의 목소리가 흘러든다.

"잘 자."

그 다정한 말의 여운을 느낄 사이도 없이 쾅! 문이 닫혔다. 그 소리가 유독 크게 들린다. 완전히 혼자가 된 도욱의 얼굴 위로 짙은 피곤이 내려앉았다. 진호의 말대로 극단적인 육체적 피로를 느끼고 있었기에 화리와 부딪히는 매 순간이 고비였다. 쓰러지지 않은 게 대견할 정도로. 그런데도 그녀가 종종거리면서 집안을 왔다 갔다 하는 모습이 나쁘지 않아서 가만히 보고 있노라면 제법 기운이 나곤 했다. 물론 하루에도 수십 번씩 천국과 지옥을 오가는 듯 감정이 오르내렸지만 말이다. 그리고 지금은 지옥이다. 화리가 그저께 본 남자를 졸졸 따라나섰으니까.

"잘 자……. 그게 가능할 것 같아? 홍화리, 이 반푼아."

전 남친에서, '그냥, 이 집에 사는 남자'로 신분이 급 하락한 도욱은 그녀의 인사를 입안에 가둔 채 빠드득 이를 갈았다. 발코니에 나가서 맑은 공기라도 마실 작정이었는데 그조차도 여의치 않다. 까르륵거리는 아련의 웃음소리와 함께 외출하는 이들의 뒷모습이 그의 눈에 들어왔다. 아련은 화리의 팔짱을 끼면서 폴짝거렸고 그 옆에서 진호는 민한과 뭐라고 주고받으면서 즐거운 듯이 웃고 있었다. 마치 한 가족처럼 보이는 친밀한 모습이었다. 그 속에서 혼자 빛을 받은 듯 아련하게 반짝이는 그 여자, 화리가 웃는다. 정말, 편하게.

"웃기는…… 속도 좋아."

도욱은 화리에게서 뺏은 머리끈을 손가락으로 휘휘 돌리면서 입을 삐죽거렸다. 조금 서운한 감정이 든다. 화리가 다른 이들과 사이좋게 어울리는 것은 다행스러운 변화였지만 그게 허전한 것은 어쩔 수 없다. 그녀가 자신에게는 보여주지 않는 친밀함을 저들에게만 보이고 있으니까.

"홍화훈. 너 때문에…… 됐다고."

차마, 제 입으로 '그냥, 이 집에 사는 사람'이라는 거추장스러운 타이틀을 그대로 옮기 싫었다. 그래서 생략과 뛰어넘기로 말을 맺는 게 할 수 있는 전부다.

"어디 간 거야. 형…… 이 뜯어먹을 인간아!"

화훈을 생각하면서 치솟는 짜증 때문에 닫힌 입술 사이로 빠득빠득 이가 갈렸다.

"커튼 걱정할 시간에 내 걱정이나 해라. 좀! 내 속이…… 찢어진다, 찢어져……."

이 모든 일의 시작은 화훈이었다. 처음에 그가 제 동생인 화리와 같이 살아보는 게 어떠냐고 물었을 때 도욱은 '미쳤냐'고 되물었다. 그리고 그 대답을 한 지 딱 1분 뒤에 자신의 결정을 뒤집었다. 화리를 집에 들인 이유는 한 가지였다.

'그냥 한번 보고 싶어서…….'

그 흔해빠진 이유가 유일한 답이었다. 제 집에 꼭꼭 숨어서 모습을 보여주지 않는 달팽이를 다시 보기 위해서는 함께 살아야 했다. 그 위험한 결정은 결혼을 위해서였다. 김도욱은 이제 정말 홍화리를 극복했는가와 같은 O/X 문제의 끝에서 정답을 내리기 위함이었다. 그리고 확신했다. 아마, 잊었으리라. 꽤 오랜 시간이 지났으니, 그리고 그 시간만큼 미움도 무럭무럭 자랐으니…… 다시 본다 해도 그 전처럼 애정이 터지지 않으리라 자신했었다.

그런데 정말 욕이 나올 정도로 그녀의 모든 것에 반응했다. 그래서 화리를 몰아붙였다. 지금, 마주하고 있는 이 순간의 뜨거움과 예민한 살갗의 반응이 미치도록 이해가 되지 않아서. 분명히 미운데, 왜? 입술이 피식거린단 말인가. 그렇게 시험하듯 여자의 팔을 붙잡고 가까이 마주하면서 서로의 숨결이 섞였던 그 짧은 시간의 장면, 그 속에서 답이 나왔다. 결과는 X. 이별의 숙제를 성실히 행하진 못한 남자에게는 당연한 결과였다. 그저, 인정하기 싫었을 뿐이지.

"누구 좋으라고…… 그냥, 이 집에 사는 사람이야. 차라리 친구를 하자고 해…… 망할! 하아, 다 싫어. 다! 으흑!"

도욱은 머리를 쥐어뜯으면서 절규했다. 물론, 그 길고 짜증 나는 타이틀은 요망한 여자가 제 마음이 편하자고 만들어 낸 방패다. 도와줘…… 그 간절한 목소리에 홀려서 엉겁결에 인정했지만 아무래도 상관없다. 싫은 건, 역시 무시하면 되니까. 끊었던 담배가 생각날 정도로 속이 새카매진 도욱은 털썩 침대 위로 엎어지듯 드러누웠다.

"늦게 온 주제에……"

커다란 흰색 인형에 머리를 파묻으면서 웅얼거리는 그의 표정이 삐친 아이처럼 뚱했다.

"왜, 더 예뻐졌는데……"

도욱은 화리와 한 공간에 있었음을 기억하며 크게 숨을 들이쉬었다. 무향의 공기 속에 섞여든 여자의 잔향이 전부 제 안으로 삼켜지는 기분이 나쁘지 않았다. 그 미약한 향이 도욱의 숨결로 바뀌는 순간 남자의 안에 깊게 잠들었던 청개구리가 기지개를 켠다. 그는 알고 있다. 제대로 봄이 오는 날, 발광하는 봄빛 아래에서 시작될 청개구리의 각성은 결코 멈출 수 없다는 것을.

PAGE : 둘.
공유의 의미

"와, 벌써 3월이네."

화리는 달력 한 장을 넘기면서 감회에 젖었다. 오늘은 3월 1일. 벌써 셰어하우스에서의 한 달이 지나갔다. 도욱과 함께하는 일상은 어느 정도 익숙해졌지만, 여전히 그와 마주하는 상황은 조금 껄끄러웠다. 물론 도욱은 '그냥, 이 집에 사는 사람'에 충실하겠다고 했지만, 도대체 어느 지점에서 발작이 생기는 것인지 느닷없이 사람을 긴장시키고 놀라게 했다. 과거를 품은 그의 입은 화리에겐 시한폭탄과도 같았다. 여차하면 같이 터질 준비를 하고 있었기에 화리는 이유 없이 뿔이 난 그의 요구대로 지난주 설거지 당번까지 대신한 참이었다.

"흠흠. 어? 커피…… 냄새잖아?"

문틈으로 들어오는 커피 냄새가 제법 진했다. 달력을 내려놓은 뒤 화리는 얼른 방문을 열어젖혔다. 슬쩍 1층을 살펴보니 역시 민한이 커피를 내리고 있었다. 그러고 보니 어제는 일주일마다 돌아오는 원두 로스팅 날이었다. 그것은 곧 오늘 마실 커피가 무척이나 신선하다는 뜻. 커피 향에 제대로 홀린 여자는 아주 가벼운 걸음으로 계단을 뛰어 내렸다.

"민한아! 냄새 진짜 좋아!"

"어? 누나! 얼른 앉아요. 나, 솜씨 발휘 좀 하게."

화리의 칭찬에 민한은 콧바람을 숭숭 내면서 어깨를 으쓱했다. 올해 스물여섯, 나이는 어리지만 바리스타 대회에서 대상으로 입상한 경력이 두 번이나 있는 민한이다. 그의 커피는 마셔본 중 최고라는 말조차 부족하다. 화리가 이곳에 입주한 이후 가장 마음에 드는 부분도 그것이었다. 원하면 언제든 아주 맛있는, 그것도 예쁜 그림의 라테를 한 잔 얻어 마실 수 있다는 것.

"술? 커피에 술 넣으려고?"

"네. 이번에 신메뉴 개발."

"아, 신기하다. 커피 이름이 뭐야?"

"코레또. 사실, 이탈리아에서는 흔하게 마셔요. 한국에서는 생소하지만. 에스프레소에 위스키를 섞은 건데 먹을 만해요?"

처음 먹어보는 맛이었지만 입에 은은한 알코올 향이 풍기는 것이 색다른 느낌이었다. 홀짝거릴 때마다 무언가 중독되듯이 혀가 커피의 쓴맛을 다시 요구했다. 화리가 엄지손가락을 치켜들자 민한은 기분 좋아진 듯 소년처럼 웃었다. 슬쩍 맛을 본 아련도 군말 없이 고개를 끄덕였다. 사실 커피 취향이 까다로운 아련은 민한의 커피를 제일 좋아하지만 그에게 단 한 번도 말한 적이 없다.

물론, 앞으로도 말할 계획이 없다.

"역시, 대상은 대상이구나. 우리 오빠는 너 없으면 가게 어떻게 한다니? 연봉 올려달라고 해! 다른 데로 옮기겠다고 협박하면서."

"와, 동생이 오빠 뒤통수를 치라네. 그거야말로…… 은혜를 원수로 갚는 건데?"

"뭐 어때! 어차피 너한테 다 떠맡기고 딴짓하고 다니는데. 너무 방치해서 얄밉지 않니?"

"아니요. 믿어주잖아요. 형이…… 그래서 고마운 거고. 아무튼, 누나 말은 듣고 기분 좋은 거로 끝낼래. 나는 못 떠요. 연봉, 그런 건 별로 문제가 안 돼. 커피 내릴 공간, 그 하나면 충분하니까."

언제나 장난스러운 민한의 웃음이 제법 진중하고 신실했다. 그게 참 멋지고 대견한데 역시, 조금 걱정스럽다. 그가 의대를 포기한 이유가 그리 가볍지 않다는 얘기를 진호에게서 들은 적 있다. 진호는 민한의 개인사를 깊게 전하는 대신 그의 성실함을 칭찬하는 것으로 얘기를 끝냈지만…… 화리는 조용히 짐작했다. 분명히 부모님과 의절한 것과 관련이 있을 것이라고 말이다. 만약 그렇다면 저 아이가 저리 웃어도 얼마나 속이 아플까. 화리는 그를 달래주고 싶다는 생각에 아주 조심스럽게 묻는다.

"의사는…… 싫어서, 안 하는 거니?"

싱글거리던 민한의 얼굴이 역시 굳어졌다. 그 표정 변화에 화리는 흠칫 긴장했지만 민한은 이내 편안해진 얼굴로 괜찮다는 듯 웃어 보였다.

"네. 싫어서…… 정말, 싫어서……."

말끝을 흐리는 그 표정이 무척 쓸쓸했다. 그는 한 번도 진지하게 꺼내놓지 않았던 이야기의 실체를 다시 확인한다. 민한은 국립대학의 의과대학 학생이었다. 그의 조부모와, 부모님, 삼촌 그리고 두 형은 모두 굴지의 대학병원 의사다. 집안에 의사만 일곱. 그 잘난 후광 덕분에 어린 시절 민한에게는 스스로 꾸는 꿈이라는 것이 없었다. 그것부터가 비극의 시작.

"진로 상담 노트 있잖아요. 거기에, 언제나 '의사'가 적혀 있었어요. 이유도 없이…… 그냥. 해야 한다고 하니까. 그냥……."

언제나 민한의 말에 태클을 걸던 아련은 지금 이 순간만큼은 입을 꾹 닫고 있었다. 민한이 말을 멈춘 그 침묵 사이로 알코올이 섞인 진한 커피 향기가 은은하게 퍼져 나갔다. 상처 입은 아이의 마음을 위로하듯이. 그 커피향에 기운을 얻은 듯 민한은 작게 웃으면서 말을 이었다.

"정작 나는 모르겠더라고. 왜, 무엇을 위해 되어야 하는지. 그이유도 모르면서 그냥 학생은 공부하는 게 일이라니까, 그것만하면서 시간을 보냈어요. 그런데 빌어먹을, 해도 너무 잘했어. 차라리 얻어맞더라도 설렁설렁 했으면 됐을 텐데…… 털컥, 진짜 의대에 붙어버린 거지. 하필이면 우리 아버지 감시를 받는, 그 대학으로. 빼도 박도 못하게. 그건, 정말 다시 생각해도 젠장이었어."

민한은 애써 장난스럽게 웃으며 붉어진 눈의 기운을 이겨낸다. 안 좋은 이야기를 꺼내게 해서 미안해진 화리는 잔을 내려놓은 뒤 민한의 손을 달래듯 토닥였다.

"민한아, 힘들면 얘기 안 해도 돼. 응? 누나가 괜히 말 꺼냈다. 미안……."

"아니에요. 그냥, 익숙지 않아서 그래. 내 얘기 하는 거…… 사실 누가 묻지도 않아요. 저 노란 머리는 무슨 생각으로 저러고 사나? 한심한 눈빛이 전부였지."

그는 제법 마음이 가라앉은 듯 편한 표정으로 덤덤하게 제 이야기를 다시 시작했다.

"생리학 수업 같은 건 들을 만했는데…… 해부학, 진짜 그게 사람 환장하게 하지. 포르말린 냄새만 맡으면 토하는데 카데바 실습하는 날은…… 정말, 기절하지 거지. 농담이 아니라 실신한 적도 여러 번 있었어요. 밤에 잠? 당연히 안 오지. 메스로 살 자르던 감각이 계속 생각나서……."

민한은 잔상이 떠오르는 듯 잠시 눈을 찌푸리며 손을 떨었다.

"나는 그게 정말 미칠 것 같은데 남들은 다 쉽게 말해. 그렇게 겪으면서 되는 거라고…… 의사가. 뭐 나도 처음에는 그러려니 했어요. 그런데 그게 끝도 없이 반복되니까, 끝내 안 괜찮아지니까 할 수 없는 거지. 차라리, 내가 도욱이 형처럼 진짜 의사가 되고 싶은 거였다면 어떻게든 악을 쓰면서 참아보겠는데, 나는 또 그게 아니니까. 참아야 할 이유를 못 찾는 거지. 내가 메스 못 잡고 벌벌 떠는 날, 하필이면 아버지가 오셨는데 모두가 보는 앞에서 날 때렸어요. 정신 차리라고……."

가족들의 냉대와 강요 속에서 원하지 않은 길을 걸었던 민한은 결국 본과 1학년으로 올라가는 겨울 방학 때 무작정 자퇴 원서를 냈다. 그것이 채 처리되기도 전에 집으로 전화가 갔고 집안은 발칵 뒤집혔다. 이유는 의미가 없었다. 결과를 납득할 수 없다는 것만이 부모님을 분노케 했다. 그날, 사람을 고친다던 아버지의 손은 아들의 얼굴에 거친 상처를 남겼다. 입안으로 피가 퍼지는 고통 속에서 민한은 그대로 집을 뛰쳐나왔다. 살려고…….

"부모님은?"

"보시다시피. 안 보고 살아요. 꼴도 보기 싫다고 해서."

"형들도?"

"그 사람들도 마찬가지지. 아버지 아들인데. 그들은, 의사가 천직이야. 그냥 나만 별종이에요. 그래서 나 하나쯤 없다고 해도 아쉬울 게 없어요. 우리 집은……."

여전히 얌전하게 입을 닫고 있는 아련은 슬쩍 민한에게서 등을 돌린 채 창밖을 바라봤다. 그녀의 눈이 제법 붉어져 있었다. 이 렇게 대놓고 민한의 이야기를 듣는 것은 또 처음이다. 대충 귀찮 고 재미없어서 학교를 그만둔 걸로만 알았지, 저렇게 속 쓰린 과 거가 있었을 줄이야. 맨날 틱틱거리면서 가벼운 척하니까 모르는 게 당연하지. 아련은 입술을 삐죽이면서 저 혼자 조용히 노란 머 리 청년을 위로했다. 지금 참, 잘 살고 있다고…….

"집 나와서 갈 곳 없을 때, 술이 아니라 커피가 너무 마시고 싶 은 거야. 그냥, 맛도 필요 없고 아주 쓴 거로! 연달아 마시면서 정 신 번쩍 차리고 싶었어요. 그 집을 드디어 벗어난 기분을 실감하 고 싶었거든. 그런데 그때가 이미 새벽 두 시였죠. 커피 한 잔, 그거 하나 마실 곳이 없는 게 너무 짜증 나서 욕 뱉으면서 휘적거 렸죠, 그런데 딱 한 군데, 불 켜진 곳이 있었어요. 바로 화훈 형 카페, 우리 가게. 딱히 장사할 생각도 없어 보이는 사람이 새벽 두 시까지 불 켜놓고 앉아서 도대체 뭘 하는 건가 싶었죠. 그런데 도면 그리더라고. 내가 들어가도, 그 앞에 앉아도 정신을 못 차리고. 테이블 위에 있던 커피 그거 내가 다 마신 뒤에야 '너 뭐 냐?'라고 화훈 형이 웃었어요. 그때부터 시작이죠. 내 삶은……."

민한은 싱긋 웃으면서 자신의 진짜 시작점인 그날로 기분 좋게 되돌아갔다. 그 인연으로 화훈의 카페에서 아르바이트를 시작한 게 계기가 되어 그는 바리스타가 되었다. 남다른 재능과 소질을 발견한 직후 처음으로 하고 싶은 게 생겼다. 그것은 쓴맛으로 쓰린 속을 위로하는 커피를 만드는 일. 가족을 잃었다는 상실감조차 잊을 만큼 민한은 그 좋은 머리로 커피 공부에 매진했다. 그러니 당연히 결과가 좋을 수밖에. 하고 싶어서 열심히 했으니까.

"내가 여기 처음 오던 날, 진호 형이 그랬어요. 남들이 뭐라고 하든…… 하고 싶은 거 하면서 살아야 사는 게 고마운 거다. 알고 보니 그게 형 경험담이더라고요. 알죠? 대단한 변호사께서 지금은 옷 벗고 카메라 잡아서 미쳤다는 소리를 한동안 자기 앞에 달고 살았잖아요. 그래서 더, 형이 고마웠어요. 진심으로…… 생각해 주는 것 같아서. 그런 거, 또 처음이었거든…… 누가 나를 응원하면서 등 두드리는 거. 눈 보면서 이해해 주는 거……."

무겁게 가라앉은 분위기 속에서 민한의 어깨가 가늘게 떨렸다. 붉게 충혈된 그의 눈가에 대한 보상으로 도대체 무엇을 해줘야 할까 생각하던 화리는 자신의 상처를 들여다본다. 그러고 보니 민한은 자신과 마찬가지로 '학교'라는 공간이 주는 서러움을 상처로 간직하고 있었다. 그와 비슷한 듯 비슷하지 않은 그녀의 과거가 아주 또렷이 시간 순서로 재생되는 느낌이 아찔했다. 그래서 제 입으로 읊어내기에는 너무 힘든 일이지만, 그래도 말하고 싶었다. 언제나 외로이 혼자 간직했던 그 기억을 제 입으로 뱉

어내는 순간, 저들이라면 분명히 등을 두드려 줄 것 같아서. 그
동안, 참 힘들었겠다…… 그렇게 토닥이는 손길을 받다보면 조
금씩 가벼워지지 않을까. 목을 죄는 힘든 기억도 말이다.

"민한아. 누나는…… 하고 싶은 걸 하는데도 참 힘들게 살았
어. 그러니, 너는 오죽했겠니…… 하기 싫은 걸 참았으니."

민한은 작게 웃으며 쓴 커피 한 잔을 테이블 위로 밀어 건넸다.
그것이 화리의 말에 대한 답례이자 그의 위로였다. 화리는 상냥
하게 웃으면서 남의 상처를 보듬을 줄 아는 여자다. 그런데도 결
정적인 순간, 정작 자신의 이야기는 남이 볼세라 꼭 숨긴 채 희미
한 미소를 짓는다. 그런 여자에게 깊은 상처가 새겨 있다는 것은
이곳의 모두가 알았다. 잘 다니던 직장을 때려치울 땐 분명히 심
란한 이유가 있다. 다만, 먼저 묻지 않고 기다렸을 뿐이다. 그녀
가 먼저 마음을 열기를…….

"고시, 4년 6개월이었어. 참 길었네. 정말……."

화리는 진한 커피 너머에 비치는 자신의 모습을 바라보면서 잠
시 말을 멈췄다. 잔에 담긴 검은 액체처럼 어둡고 쓴 시간들이 조
금씩 터져 나온다.

"단번에 붙었으면 좋았을 테지만 나는 운이 없었어. 그래서 보
고 또 봤지. 그 지독한 것을 버텨야만 나는, 하고 싶은 일을 할
수 있다기에…… 그냥 계속 버틴 시간이었어. 유배된 마음으로
살았던 거 같아. 다른 데 눈 안 돌리고 하라는 것만 했거든. 한
번 두 번 떨어지는 시간이 반복될 때마다 조금씩 자신감을 잃었
어. 그래서 불안한 마음을 달랠 수 있는 건 공부하는 시간을 계
속 늘리는 일이었지. 종일 누구랑 말 한 번 섞지 않고 스톱워치

12시간을 찍었는데도 집에 가서 또 책을 봤어. 또 떨어질까 봐 무서워서. 그렇게, 세상에 할 수 있는 일이 고시, 그거 하나밖에 없는 듯이…… 죽자고 매달렸어. 그렇게 내 청춘의 절반을 도서관에서 갇혀 보냈지. 그래도 그게 너무 당연하다 싶을 만큼 간절하게 원한 곳이었어. 학교는……."

아련은 말없이 가늘게 떨리는 화리의 손을 잡아 줬다. 따듯한 기운이 금세 화리의 손으로 스몄다. 그녀는 아련의 손 아래에서 겨우 떨림이 잦아든 뒤에야 조금씩 자신의 이야기를 다시 시작할 수 있었다.

"잘할 수 있을 줄 알았어."

화리는 지난 시간의 힘겨움이 떠올라 목구멍이 따끔거렸다.

"내가 하고 싶으니까…… 그러니, 시험에만 붙으면 모든 게 끝일 거라고 생각했어. 그런데 내가 너무 안이했던 거지. 학교, 거기는 정글이었는데도…… 그래서 제대로 살아남으려면, 합격증이 아니라 순수한 열정…… 그게 있어야 하는데도 나는 정작 그걸 갖지 못했지. 처음, 학교에 발을 디뎠던 그 순간에, 이미 없었어. 열정은커녕 내가 아이들 앞에 서고자 했던 이유, 간절함, 다정한 애정…… 그 모든 게 타오르던 불꽃이 이미 꺼져 있었어. 역시, 너무 지쳤나 봐. 시험, 그 지겹고 독한 놈한테 너무 오래 시달려서 불꽃보다 더한 게 생겨났으니까. 지겹다, 힘들다, 제발 끝났으면 좋겠다, 그렇게 온갖 푸념의 덩어리가 커지는 동안 불꽃은 설 자리를 잃었겠지. 그래서 아주 외롭게 꺼졌는데도 몰랐어. 나는……."

교사라는 직업군은 단순히 시집 잘 가려고 택한 직업이 결코 아니었다. 학창시절, 친구들한테 선생님 흉내를 내면서 수학 문제를 풀이해 주는 게 참 재밌었다. 장난처럼 시작한 그 일이 해를 거듭할수록 조금씩 진지해져서 목소리 톤조차 정말 선생님을 닮아갔다. 그리고 생각했다. 내가 아는 뭔가를 남에게 가르쳐 주는 삶은 제법 즐거운 일이라고. 그 작은 생각이 확신이 되었을 때 화리는 사범대에 진학했다. 진로에 대한 확신은 흔들리지 않았기에 졸업 이후 고시생이 되는 것은 그녀에게 당연한 수순이었다.

"인정하기 싫지만, 교단에 처음 섰던 그날부터 나는, 선생님이 아니라 공무원이었던 거야. 하필 일하는 공간이 학교였을 뿐이고. 공문을 작성하는 시간이 질린다 싶은 순간에 마치 한눈팔러 가듯이 수업에 들어갔어. 복도 걷다 보면 아이들 말소리가 제법 즐겁게 들릴 때도 있었는데 그게 5분을 못 가. 수업 시작하면 그만한 소음이 없어. 조용히 해! 그 말을 5분 간격으로 하던 어느 날 그조차도 말하지 않게 됐어. 내가, 포기했거든. 아이들을…… . 정다워하는 마음도 잃었지. 그러니, 당연한 일이었지. 그날 일도…… ."

화리는 천장으로 시선을 둔 채 그날의 쓰린 기억을 펼쳐낸다.

"생물 시간이었는데…… ."

유독 학생과의 라포르가 형성되지 않은 반의 수업이었다. 그런 반 수업이 있는 날이면 아이들에게 휘말리지 않기 위해서 더욱 차가운 목소리로 수업에 임했다. 게다가 문제의 그날은 임신과 출산에 대한 수업이 있는 날. 자칫 삼천포로 빠질 수 있는 주제였기에 작은 농담조차 받아주지 않고 몰아치듯 수업에 임하던 그때였다. 이를 불만스레 지켜보던 한 학생이 손을 드는 순간, 화리의 교단 생활은 한계를 맞이했다.

"초경이 언제예요?"

"오우, 쌤 얼굴 빨개진다!"

"조용히들 해! 지금부터 입 여는 사람 태도 점수 깎는다."

"에이, 쌤. 더 깎을 점수도 없어요. 솔직히 애 만드는 데 이론이 무슨 소용이야. 몸 쓰는 경험이 중요하지."

"입 닫아! 맞아야 조용히 할래?"

"왜 그렇게 화를 내요. 혹시 만드는 법 모르시나? 제가 가르쳐 드려요?"

"저 새끼 가슴 작은 거 싫어하는데?"

"하하하하하!"

"이 새끼들이 정말! 너희 다 나와. 당장!"

"야야야, 나가 나가. 더럽게 좋알댄다. 어차피 못 때려."

  노골적인 성적 모욕과 교사에 대한 불손함을 참지 못한 화리는 결국 문제 학생들에게 체벌을 가했다. 손바닥 한 대씩. 이 사건이 여러 입을 통해서 일파만파 퍼져나가며 계속 부풀려지자 학교 측에서는 문제 학생들의 전학 수속을 진행했다. 하지만 부모들이 거부했고 화리도 원하지 않았다. 그 아이들은 이미 여러 학교를 전전해 온 탓에 선뜻 받아주는 학교조차 찾을 수 없다는 것을 누구보다 잘 아니까. 그녀는 그 순간에 아이들을 힐난하는 것보다 미숙한 자신의 대처 방법을 탓했다. 미성숙한 인격을 대하는 방식이 결코 성숙하지 못했으니까.

  "학교가 쑥대밭이 됐지. 정말 대단했어. 성추문…… 그것도 여교사와 남학생. 몇 가지 단어만 뱉어내도 엄청난 소문은 금세 만들어지더라."

체벌 금지 조항을 어긴 것을 문제 삼은 학생의 부모들은 도리어 탄원서를 제출했고 교육청에서는 화리와 학교를 상대로 시정 명령을 내렸다. 그날의 일에 대해서 학생들은 그 어떤 사과조차 하지 않았고 웃으면서 버젓이 학교에 다녔다. 그 속에서 조롱거리가 된 화리를 위로하는 이는 아무도 없었다. 심지어 같은 동료인 교사들조차도 신입 주제에 너무 크게 일을 벌였다고, 성질 죽이라면서 한마디씩 힐난했을 뿐이다.

"그 사건 이후로…… 곧장 학교를 그만둔 건 아니야. 그래도 계속 찾고자 했지. 내 안의 어딘가에 조그맣게 숨어 있을 불씨, 그 녀석만 다시 찾으면, 그래도…… 아이들을 다시 볼 수 있을 것 같았어. 그런데 끝내 찾을 수 없더라. 내가 자길 잊어 먹었다고 삐쳐서 도망갔는지…… 아예 얼굴도 안 보여줘."

꼭꼭 숨겨 두었던 그녀의 진심이 봇물 터지듯 쏟아져 나왔다. 펼치면 펼칠수록 혀끝이 아릿해지는 그 이야기가 2층까지 전해졌다. 기둥 뒤에서 이를 듣고 있는 남자가 있었으니, 바로 도욱이었다. 그가, 여자를 충동질해서까지 듣고자 했던 그 이야기를 손 한 번 대지 않고서 아주 쉽게 듣고 있지만 그의 표정이 아주 떫었다. 마치 화가 서린 듯이 어두웠다. 그동안 알 수 없었던 그녀의 세계가 밀려들고 있었고 그것은 생각보다 훨씬 나쁜 이야기였다. 그녀가 그 모든 것을 혼자 감당했다는 것을 생각하면 저절로 주먹이 쥐어진다. 화리가 외로웠던 모든 순간에 자신이 없었던 이유를 생각하면 화가 치솟는다.

청혼, 그게 결정적 실수다. 화리에게 모든 것을 그만두고 결혼하자고 했었다. 막연하게 고시 생활을 지속하는 여자를 지켜보는 것이 힘들기도 했지만, 그때는 그것이 화리를 위한 일이라고 단정 지었다. 그녀가 반복되는 실패 속에서 얼마나 스스로에 대한 자존감을 상실하고 있었는지, 그것을 어떻게 버텨내고 있었는지 알려고 하지 않았다. 병원 일이 바빠서 죽겠다는 말을 면죄부처럼 입에 달고 살면서 그녀의 시험 날짜조차 제대로 기억한 적이 없다. 그런 주제에 그저 자신의 여자로 만들어서 집에 들이겠다는 욕심, 그것만 앞섰다. 스스로는 그렇게 할 수 있다는 교만함도 분명히 있었다. 그래서 마치 선구자라도 되는 듯이 내밀었던 손을 그녀가 거부했을 때의 상실감이 모멸감으로 바뀌는 순간 도욱은 그녀를 이별의 가해자로 만들어 버렸다. 정작 그녀가 자신이 모르는 시간 속에서 어떤 짐을 지고 침잠하는지도 모른 채.

"소문, 창피한 거? 그런 건 아무것도 아니야. 문제는 내가 알아버렸다는 거지. 나한테 더는 불꽃이 없단 거…… 그런 내가 아주 불손하게 학교에 있었다는 게 조금 충격이었어. 일찍 알았으면 좋았을 텐데, 모든 일이 벌어진 뒤에야 제대로 알았지. 그걸 알면서도, 인정하지 않은 채 계속 학교에 남으면 끝내 직업적인 수단…… 그거 하나만 남게 되는 거야. 그렇게 되면 내가 쏟았던 4년 하고도 6개월의 시간은 그냥, 직업을 얻는 데 소비된 시간으로 끝이겠지. 그게 나쁘다는 건 아니야. 직업, 당연히 애써서 얻어야지. 돈, 제대로 벌어야 살지. 그걸 아는데도…… 역시, 너무 싫더라."

감정이 복받친 화리는 잠기는 목소리를 내뱉으면서도 희미하게 웃었다.

"스물셋, 내가 처음 시작점에 섰던 그 나이에, 나는 분명히 꿈을 꾸면서 걸었으니까. 그런데도 끝내 서른의 나는 그 시절의 나를 배신하려 했어. 기계처럼 표정을 잃고서 교문에 들어서는 날, 결국 억지로 멈춰야 했어. 내가 더 미워지기 전에……."

스스로 모든 것을 멈춘 뒤 이제 6개월의 시간이 흘렀다. 여전히 너무도 선명하고 지독한 그날들이 조금은 원망스럽고 억울하기도 하다. 그럼에도 그녀는 아이들에 대한 미움, 그것만은 끝내 다시 머릿속을 지배하도록 방치하고 싶지 않았다. 그래서 학교를 벗어난 공간에서 찾아야 했다. 도망간 불씨를…… 다시, 돌아가기 위해서. 학교, 그곳으로.

말을 마친 화리가 홀가분한 듯 편히 웃었지만, 그녀의 눈가는 잔뜩 젖어 있었다. 그럼에도 끝내 엉엉 울지 못하는 여자를 대신해서 울어주는 것은 노란머리 청년과 살가운 아가씨다. 그들을 바라보면서 조용히 눈 끝에 맺힌 눈물을 닦아내던 화리는 느닷없이 화훈이 보고 싶었다.

'춘향가.'

봄의 향기가 난다는 이 집을 화훈이 지어준 덕분에 향을 잃고 건조했던 화리의 삶도 향긋해졌다. 그러니, 참 고마운 일이다. 호랑말코, 홍화훈이……. 이곳에 온 이후 매일 같이 세상의 모든 욕을 끌어 모아서 제 오빠에게 쓸어 보내던 여동생은 아주 오랜만에 그를 떠올리며 웃는다. 사실, 그가 동생 몰래 저지른 앙큼한 일에 대해선 여전히 맺힌 마음이 있었지만 그건 잠시, 한편에 치워두고서라도 분명히 화훈에게는 신세를 졌다. 그 덕분에 사람을 얻었으니까. 혼자 삼켰던 모든 기억을 기꺼이 함께 들어주는 이가 가득하다는 것은 먹은 게 없어도 배부른 일이니까. 그뿐인가? 자기 일처럼 아파하고 함께 울어주니 정말 얘기할 맛이 난다. 언제나 서로의 삶을 껍질 없이 바라보고 오롯한 알맹이를 인정해 주는 사람들이 사는 곳이 바로 여기다. 그것이 현실에서 제법 어려운 일인데도 이곳에서는 당연하다. 살아온 이력이 다른 사람들이 얽히면서도 관계의 매듭이 꼬이지 않은 채 평정을 유지하는 이유는 간단했다. 그것은 마음이 담긴 대화가 언제나 가능하다는 것. 의견이 좁혀지지 않는 상황에서 제법 말이 길어진다 해도 '너는 왜?'라고 다그치지 않고 '그럴 수 있지'라며 고개를 끄덕인다. 그렇게 서로를 이해하는 대화, 그것이 이 공간의 법칙이며 진정한 Share……. '공유'를 이끄는 힘이었다.

"아련아. 왜 울어."

"그냥, 지금은 그러고 싶네요……."

그 목 막힌 소리에 가슴이 울리면서 찡해진다. 화리는 제 품 안에서 훌쩍거리는 아련의 등을 토닥이면서 붉어진 눈으로 2층을 올려다봤다. 지금, 도욱이 들었을까? 그의 방문이 굳게 닫혀 있었으니 아마도 못 들었을 테지. 그가 다그치듯 물었던 이야기였지만 끝내 할 수 없었던 말이 전부 튀어나왔다. 혹시 자기만 빼고서 비밀 얘기를 했다고 삐치진 않겠지. 화리는 슬쩍 속눈썹을 벗어나려는 눈물을 소매로 닦아내면서 고개를 흔들었다. 역시, 도욱은 안 듣는 편이 낫다. 그를 택하지 않은 삶 속에서 예쁘게 반짝이기는커녕 아주 초라하게 시들었다고, 그래서 무척이나 외로웠다는 고백은 참, 서글프니까. 그러면 분명히 내 등을 토닥이며 위로해 달라고 칭얼거릴 터였다. 그게 가능할 리 없는 현실.

그러니 그냥, 이 집 어딘가에 도욱이 존재한다는 사실만으로도 작은 위안을 얻는 화리다.

"후우……."

고개를 푹 숙인 남자는 바닥으로 숨을 뿌리듯이 뱉어냈다. 도욱은 부엌에 있던 이들이 산책을 위해 한꺼번에 나간 이후에야 제대로 된 숨을 쉴 수 있었다. 정말, 숨 막히는 시간이었다. 오랜 시간 굳은 자세로 있던 탓에 저리는 다리 근육을 주무르면서 그는 터덜터덜 계단을 내려왔다. 텅 빈 집안이 참 고요했다. 이곳에 화리가 있었음을 증명하는 것은 그녀의 흔적이 남아 있는 커피 잔이 유일하다. 이를 집어 든 도욱의 표정이 착 가라앉았다. 잔에 묻은 화리의 립스틱을 무덤덤한 시선으로 바라보던 남자는 잔에 남아 있던 코레토를 단숨에 입안으로 털어 넣었다. 쌉싸래한 알코올 향이 일순간 혀를 스치고 목 뒤로 번져가는 느낌이 생생했다.

"아…… 속 쓰려."

자신의 입술에 여자의 립스틱이 옮겨졌다는 심란한 사실은 커피의 쓸쓸함으로 보기 좋게 가려졌다. 어둠 속에서 여자의 얘기를 훔쳐 들은 탓에 감히 위로조차 건넬 수 없는 처지다. 그러니, 빈속에 마시는 커피에 쓰린 것은 위장이 아니라 마음이다. 오늘은 옛 여자에게 '그냥, 이 집에 사는 사람'을 부탁받은 지 꼬박 한 달째의 날이었다.

"아, 손목 아파. 사람이 꼬리를 무네."

금요일 오후 1시였다. 누적된 피로를 이기기 위해서 습관처럼 커피를 찾는 사람들이 한꺼번에 밀려드는 시간이다. 그래서 계산하느라 죽어나고 있는데도 뭐가 그리 좋은지 민한은 계속 방긋방긋 웃고 있었다. 아련은 그게 몹시도 신경이 거슬린다.

"그만 처웃어라."

눈을 흘기면서 한 핀잔에도 민한은 더 크게 웃었다. 그가 유독 즐거운 이유는 '그녀' 때문이다. 벌써 1년째 매일 오후 1시면 어김없이 민한의 '그녀'가 찾아온다. 마치 등교하듯 꽤나 성실히 가게를 찾는 여자를 민한은 분명히 인지하고 있었다. 같은 시간, 같은 메뉴, 같은 자리는 무언의 신호다. 나를 기억하라는 것. 그래서 똑똑히 기억하고 있는 민한은 오늘도 혼자 커피를 마시고 조용히 떠날 여자를 위해서 아주 정성껏 커피를 내린다. 그런데 주문서가 조금 이상했다. 언제나 마시는 라테 큰 잔 이외에 아메리카노가 추가되어 있었다.

"일행이 있나? 남자?"

경계심이 섞인 민한의 눈빛이 그녀의 자리, 창가로 향했다. 여자는 웃으면서 누군가와 전화를 하고 있었다. 그녀에게 고정된 시선을 거두지 않으면서도 민한은 손을 움직여서 아주 쉽게 라테 아트를 완성했다. 언제나처럼 커다란 하트가 자리한 커피를 조심스레 쟁반 위로 옮긴 뒤 진동벨을 힘주어 눌렀다. 이제 3초 뒤 그녀가 웃으면서 다가올 것이다. '감사합니다'라는 맑고 고운 목소리를 기대하면서 마음의 준비를 하는 민한의 앞으로 그녀가 다가왔다. 거리가 좁혀질수록 동공이 커진다. 정말이지 보면 볼수록 보기 드문 미인이다. 도대체 이런 여자를 어떤 남자가 감당할 수 있을까? 보고만 있어도 심장병 걸린 기분인데. 커피를 가져가면서 오늘도 참한 인사를 건네는 여자를 향해 민한은 전매특허의 보조개 웃음으로 응대했다.

'지랄도 참, 가지가지야.'

이를 아니꼽다는 듯이 바라보던 아련이 입을 삐죽거렸다. 언제나 티격태격하지만, 그들은 서로에 대해 너무 잘 안다. 사람들은 주변에 여자가 끊이지 않는 민한에게 장난처럼 의자왕이라고 했지만 그건 아니다. 정작, 민한은 진지하게, 제대로 오래 만나는 상대가 없다. 길어봐야 한 달이니까. 이를 지켜보면서 아련은 저 혼자 한 확신이 하나 있다. 질보다는 양으로 승부하는 습자지처럼 가벼운 민한의 연애사가 역시 '넘사벽 그녀' 때문일 거라고.

"참, 요상하네."

"뭐가?"

"벌써 일 년이잖아. 시답잖게 하트나 그리면서…… 몰래 훔쳐보는 게. 번호 딸 시간이 지나도 한참 지나지 않았나?"

아련은 입술을 삐죽이면서 여자가 봐도 참 예쁜 그녀를 힐긋거렸다.

"왜? 부끄럽냐? 내가 대신 말해줘?"

"입 열지 마. 저 여자한테 말 붙이기만 해!"

"허, 어이없어. 진짜 왜 그래? 누가 보면 꽤나 순정남인 줄 알겠다! 도대체 뭐 하는 짓이래."

"야 마귀! 저 여자는 사귀고 말 트는 그런 대상이 아니야. 그녀는 나한테 좀 특별한 의미라고. 십 년에 한 번 나올까 말까 한 저런 여신은 결코 한 남자가 소유할 수 없는 거야. 왜냐고? 그럼, 남겨진 이들이 너무 슬프니까. 그러니 결코 함부로 건드릴 수 없는 존재라고!"

"그딴 게 어디 있어. 괜히 자신 없으니까 연막 치는 거지. 그냥 차이는 게 무섭다고 해!"

"아니래도! 뭐랄까. 만인을 위한 공중도덕? 그래, 그거지."

민한은 가슴에 손을 얹으면서 경건한 표정으로 말했다. 그게 참 꼴 보기 싫어서 아련은 아주 힘껏 입술을 비틀었다. 잠시 그쳤던 정문의 풍경 소리가 다시 울리는 순간 아련은 가늘게 흘겨 뜨던 눈을 거두고 일순간 환한 미소를 지었다. 이른바 업무 모드. 아주 자유자재로 표정을 갖고 노는 여자를 바라보면서 민한은 소름이 돋았다. 음란마귀인 것도 부족해서 지킬박사라니. 게다가 모태솔로, 19금 작가다. 화려한 이력서를 가진 이 여자한테 누가 장가를 갈지, 참 걱정이다.

"어서 오세요!"

상냥하게 인사를 건네던 아련의 눈이 조금씩 커졌다. 어쩐지 익숙한 실루엣이 점점 가까워졌다. 가게에 들어온 여자는 분명히 한집에 사는 그녀다.

"어! 언니!"

높게 울리는 아련의 목소리에 세 사람이 동시에 반응했다. 화리와 민한, 그리고 창가에 앉아 있던 이름 모를 그녀의 시선이 한데 얽혔다. 화리는 잘 아는 사람들에게 눈짓으로 인사한 뒤 곧장 창가 앞자리, 민한의 그녀 앞에 앉았다.

"어라? 왜 저기 앉지?"

"친구?"

민한과 아련은 어벙한 표정으로 서로를 쳐다봤다. 캐시어 데스크에서는 나누는 대화가 들리지 않았다. 웅얼거리는 입 모양밖에 보이지 않았지만 서로를 대하는 눈으로 보아, 뭔가 친밀한 사이인 것은 분명해 보였다.

쫑알이들의 초미의 관심사인 그녀는 화리의 지인이었다. 화리가 세령을 처음 만난 것은 〈상선모: 상처 받은 선생님의 모임〉이라는 인터넷 카페에서였다. 세령은 화리보다 나이가 한참 어렸지만, 졸업과 동시에 임용에 합격한 탓에 경력으로는 화리의 선배교사였다. 이런저런 일들로 여러 고민을 나누던 멘토와 멘티였던 그녀들은 마음이 잘 맞아서 오프라인상에서도 자주 만나고 있었다. 처음 화리가 학교에서의 일로 고민했을 때 '잠시 쉬어가라'고 조언했던 것도 세령이었다. 그녀 역시 학생들과의 문제로 오랜 시간 휴직 중이었는데 다음 학기 복직을 준비한다고 전했다. 오늘의 만남은 바로 그 때문이었다. 세령을 응원하기 위한 것.

"오 쌤! 내가 좀 늦었죠? 미안."

"괜찮아요. 그보다 쌤이 미리 시켜놓으라고 해서 그러긴 했는데…… 역시 다 식었죠? 맛없을 것 같아. 다시 시킬까요?"

"아뇨! 괜찮아. 마시기 딱 좋게 식었는데 뭐. 커피는 수단이고 내 목적은 오 쌤 만나는 거니까 상관없어요."

"세상에! 이게 뭐야. 그런 얘기는 썸 타는 남자한테 해요!"

"애석하게도 그럴 상대가 없는데? 아무래도 여자의 기운이 뚝 떨어졌나 봐요. 남자가 안 붙네."

"흐응…… 제가, 사람 좀 알아볼까요? 홍 쌤 스타일은 웬만큼 아는데?"

"하하. 아니야. 됐어! 그냥, 푸념이야."

"이것 봐. 쌤은 항상 이래. 말은 생각 있는 듯이 하면서 꼭 결정적인 순간에 발 빼더라. 솔직히 말해요. 누구 만날 생각 없죠? 아직도?"

세령의 핀잔에 화리는 커피를 홀짝이며 눈을 찡긋거렸다.

"역시…… 예전에 만나시던 분, 못 잊었어요?"

"처음 하는 이별도 아닌데 처음처럼…… 어려워요. 마치 잊는 방법을 까먹은 것처럼 손 놓고 아무것도 못 하고 있네요. 흐려지는 기억, 붙잡아 돌려세우지 않고 가만히 흘려보내면 되는 일이라 여겼는데, 그걸로는 영 부족한가 봐. 이번에는 좀 센 상대를 만난 모양이에요. 내 이별이. 그래서 버겁네."

화리는 가볍게 웃으며 서러움에 짓눌린 마음을 겨우 다독인다.

"다시, 잘될 수는 없어요?"

"전혀."

화리는 힘주어 고개를 가로저었다.

"혼자가 아니에요."

"아……."

세령의 어깨가 힘없이 툭 떨어졌다. 모든 것이 함축된 화리의 말에서 그녀의 멍울지는 슬픔을 쉽게 읽어냈다. 그래서 재빨리 위로를 해야 하는데 할 말이 없었다. 아주 가볍게 던질 수 있는 '시간이 약이다'라는 말조차 꺼내기 힘들었다. 사랑의 주인조차 어쩌지 못하는 심란한 감정을 제삼자의 입으로 쉽게 논하는 것은 역시 예의가 아니란 생각이었다. 그래서 할 수 있는 게 고작 진심 어린 눈으로 보내는 무언의 파이팅! 화리는 세령이 내민 주먹을 툭 받아치면서 가볍게 웃었다. 사는 게 어려우니 웃어야지, 웃는 거라도 쉽게 해야지. 다행히도 무거운 분위기를 단번에 끌어올려 줄 비장의 아이템이 화리의 가방 속에 있었다. 그것은 궁극의 19금 책, 백아련 작가의 〈마성의 엘리스〉 친필 사인본이었다. 역시 세령은 단번에 미끼를 물어서 금세 파닥거렸다.

"어머나! 이거 백아련 작가님 책이잖아요. 난 이거 초판본 있어요. 내 남편 될 사람이 나 이런 거 본다고 얼마나 놀렸게요! 세상에 사인본이라니……."

책을 받아 든 세령은 아이처럼 까르륵 웃었다. 화리는 세령이 고마웠다. 잃었던 불씨를 찾는 일에 많은 도움과 조언을 주고 있는 존재가 그녀였으니까. 자신의 상처도 완전히 아물지 못했음에도 나이 많은 후배 교사의 아픔을 그냥 지나치지 않는 세령이었다. 그래서 항상 보답하고 싶었는데 취향 저격의 선물을 할 수 있어서 참 다행이었다.

"쌤. 이거 사인 어떻게 받았어요?"

"아, 그게…… 아는 사람이 출판사에 있어요."

엉겁결에 지어낸 거짓말이었지만 세령은 의심하지 않았다. 밀려들어 오는 손님 때문에 파절이가 되어가고 있는 캐시어가 백아련이라고 하면 세령은 난리가 날 터였지만 화리는 그 이상의 정보를 줄 수는 없었다. 나름 업계에서는 신비주의를 고수하는 백아련의 작가적 입지를 지켜주기 위해서.

"입 닫아."

"내 입이야. 닫는 거까지 네 허락 맡아야 해?"

"지랄하네. 진짜! 샷에 침 떨어지잖아."

아련의 독설에도 민한의 얼굴에서는 미소가 사라지지 않았다. 역시, 저 여자는 그냥 멀리서 바라보는 정도가 딱 좋다. 아주 예쁜 그림을 감상하듯이 말이다. 19금 소설을 품에 안은 세령의 웃음에 흘려 있는 민한의 가슴이 크게 부풀어 올랐다.

세령이 먼저 카페를 떠나고 난 뒤 화리가 데스크로 걸어온 순간 본격적인 호구조사가 시작되었다.

"누구예요?"

"남자친구 있어요?"

"몇 살?"

"이름이 뭐예요?"

한꺼번에 쏟아지는 물음에 놀라서 눈을 깜박이던 화리는 들은 질문 가운데 딱 두 개를 겨우 기억했다. 그것은 이름과, 남자친구에 대한 것.

"오세령 선생님은 곧 결혼하셔."

민한이 딱 알고 싶어 하던 물음 두 개가 간결하게 정리되었다. 만족스러운 답변이 되었으리라 생각한 화리가 싱긋 웃었지만 민한의 입꼬리가 툭 내려앉았다. 결혼이라니, 도대체 어느 놈이 공중도덕을 어기고 여신을 혼자 차지한단 말인가.

한편 화리는 그의 시무룩한 표정을 이해할 수 없어서 고개를 갸웃거렸다. 축 처진 민한을 향해서 끌끌 혀를 차던 아련은 심드렁한 표정으로 턱을 괴었다.

"저 자식이요, 언니 친구분 꽤 오래 지켜보고 있었어요. 거의 1년? 항상 같은 시간에 카페 찾아오는 넘사벽 여자가 방금 언니랑 있던 그분이에요."

"아, 정말?"

"그런데도 답지 않게 순정남 놀이하면서 멀찍이서 지켜보더니, 제대로 당한 거지. 사랑은 역시 너무 오래 재면 안 돼요. 탁! 이거다 싶을 때 눈감고 찔러야 돼."

모태솔로에게서 제법 철학적인 연애 이론이 튀어나왔다. 그 말에 조용히 감동한 화리는 조금 쓸쓸해진 눈으로 도욱을 생각한다. 그와의 관계가 요즘 나쁘지 않다. 식탁 옆자리에 앉아서 밥을 먹는 것도 익숙해졌고 은근슬쩍 좋아하는 반찬을 가까이 밀어주는 것도 크게 이상한 일이 아니었다. 어차피 다른 이들과도 전부 그렇게 하니까. 그런데도 역시 단둘이 있는 상황만은 피하고 싶다. 숨소리가 고스란히 들리는 적막은 사람의 정신을 흐릿하게 만든다. 그래서 마치 술에 취한 듯 실수하고 싶다는 미친 마음도 커진다. 그래서 홀린 기분으로 이거다 싶어서, 찌르면 그가 무슨 표정을 지을까? 아마, 모르면 몰라도 미쳤냐는 힐난은 쉽게 들을 터였다. 내가 여자 있는 거 알면서 왜 이러냐고 쏘아붙인다면 진짜 창피해서 할 말이 없어질 테지. 그러니 역시 찌르지 않는 게 정답이다. 그런데도 찌르고 싶어서 손이 간지러우니 역시 미쳤다는 생각이 든다.

"아, 술 마시고 싶다."

"엥? 언니 술, 잘 안 마시잖아요?"

"맞아. 누나는 맥주 한 캔도 잘 안 하죠? 하긴, 화훈 형도 누나 술 약하다고 절대 억지로 마시게 하지 말라고 했어. 분명히 술기운에 실수할 거라고……."

"하하. 오빠 말이 맞아. 나 취하면 허튼 소리 잘해. 그래도……
한잔하고 싶네. 오늘은…… 그냥, 그런 날이네."

화리는 쓴웃음과 함께 술 대신 물을 삼켰다. 역시, 이런 건 소
용이 없다. 아주 독하고 진한 고량주 정도는 마셔야 픽 쓰러져서
잠이 올 것 같은 날이었다. 오늘은…… 그렇게 기분이 떫다. 함께
사는 식구들에게 마음을 열고 상처를 내보이면서 놀랄 만큼 친
밀해졌고 의지하게 됐다. 그런데도 역시, 도욱과 관련한 모든 일
은 여전히 혼자서 감당해야 하는 일이었기에 화리는 그게 참 벅
차다. 하필이면 세령과의 대화로 인해서 조금 더 분명해진 터였
다. 그에 대한 사랑이 생각보다 너무 깊다는 것 말이다. 하루에
도 수십 번씩 마음이 들썩이는 요즘이다. 그가 빨리 떠났으면 싶
다가도 조금 더 천천히 그녀의 곁을 떠나기를 바란다. 그래서 말
못할 마음이 쌓이고 잔뜩 고여서 머리에 가득해진 게 벌써 꽤 오
래된 일. 그게 참, 좋지 않은 징후였다. 생각이 많아지면, 분명히
다시 시작될 일이다. 불면증이…….

PAGE : 셋.
네 여자친구를 만난 날

"언니, 우리 뭐 먹을까요?"

"너 먹고 싶은 거 먹자. 말해 뭐든. 언니가 사줄게."

"에이, 아니야. 오늘은 내가 쏠게요! 지난번에도 언니가 샀잖아. 어리다고 매번 얻어먹는 무염치가 아니랍니다. 백 작가는요!"

아련은 생글거리면서 화리의 팔짱을 꼈다. 여동생이 없었기에 마치 자매처럼 아련과 시간을 보내는 것은 색다른 재미가 있었다. 게다가 오늘은 더욱 특별했다. 사실 그녀들은 아련의 '일'을 위한 19금 영화를 조조로 보고 나온 뒤였다. 모태솔로 아가씨의 19금 소설 영감은 살색의 향연으로 점철된 영상에서 비롯되고 있었다. 그걸 인정하는 탓에 흔쾌히 따라나섰지만 역시, 뭔가 낯 뜨겁다는 생각이었다. 다행히도 이른 시간인 탓에 관람객이 적었지만 아련은 맨 앞자리를 고집했다. 그래야 제대로 '일'을 할 수 있으니까. 이른바 '신'을 집중해서 눈에 담는 그 표정이 무척이나 진지하고 전문적이라서 화리는 내심 놀랐다. 그러면서도 어쩐지 귀여워서 입을 막고 혼자 웃었다.

"어!"

식당을 찾던 와중이었는데 갑자기 멈춰선 아련 때문에 걸음이 묶였다.

"언니. 저기요."

"응?"

화리는 별 의심 없이 아련의 손끝이 가리키는 곳을 따라 시선을 옮겼다. 그리고 후회했다. 도욱이다. 크게 떠졌던 눈이 천천히 다시 제자리를 찾으면서 마른침이 겨우 목 안으로 넘어갔다. 이대로 돌아설까? 긴장한 눈빛으로 그가 있는 곳을 바라보던 그때 시선을 느낀 듯 느닷없이 고개를 돌린 도욱 때문에 제대로 눈이 마주쳤다. 화리는 크게 숨을 삼키면서 얼른 돌아섰지만, 아련이 눈치도 없이 도욱에게 아는 척을 했다. 아주 반가운 듯이 손을 흔들면서 그를 부르는 통에 저절로 시선이 집중된다.

"오빠! 도욱이 오빠!"

그 소리에 답하듯 도욱이 점점 가까워졌다. 그 뚱한 표정을 마주하면서 화리는 시선을 비틀었지만 그조차도 여의치 않아서 고개를 푹 숙였다. 그야말로 미칠 노릇이다. 어느 틈에 가까이 다가선 도욱의 구두굽이 보였다. 그녀는 쿵쿵 뜀박질을 하는 심장을 다스릴 여유도 없이 아주 심란한 상황에 무방비로 노출되었다. 그의 바로 옆, 빨간색 구두가 아주 선명히 보인다. 그것은 그가 혼자가 아니라는 것. 곧 여자친구가 함께 있음을 뜻했다.

'젠장.'

정말 욕이 터진다. 결국 만났다. 그녀를……. 수도 없이 생각했던 장면인데도 막상 눈앞에 펼쳐지자 역시 뚫고 나갈 답을 찾을 수 없었다. 이제 어쩐다. 화리는 화장실을 가는 척하면서 자리를 벗어나려고 했지만 아련은 무슨 이유인지 화리의 팔을 붙잡은 손에 힘을 실었다.

"도욱 오빠. 결혼 상대자 맞죠?"

"네. 최선아예요."

여자가 낭랑한 목소리로 자기소개를 했다. 그 소리에 이끌리듯 고개를 든 화리는 여자를 분명히 눈에 담았다. 화려하고 강해 보이는 인상이었지만 분명히 미색이 있는 여자였다. 게다가 부의 향기가 느껴진다. 언젠가 아련에게 들은 바로는 도욱의 결혼 상대자가 유명한 미술학원의 원장이라고 했었다. 저렇게 잘나고 예쁜 여자가 도욱의 상대자라니 김도욱, 참 여자 잘 만났다. 화리는 어쩔 수 없이 인정하면서 또 힘이 꺾이는 고개에 겨우 힘을 주었다. 그래, 피한다고 뭐가 달라지나. 차라리 제대로 보고 똑바로 인사한 뒤 깔끔히 돌아서는 게 최선이었다. 그 생각은 도욱도 마찬가지인 듯 제법 간단한 문장으로 화리와 아련을 묶어서 소개했다. 그것은 함께 사는 사람들이라는 것. 고개를 끄덕이면서 웃는 여자가 화리를 향해서도 짧은 묵례를 했다.

"만나서 반가워요."

"아, 네…… 아, 안녕하세요."

"그럼, 다들 결혼식 오시는 거죠?"

"그, 그럼요. 가…… 야죠."

화리는 기어들어가는 목소리로 겨우 답했다. 마주친 시선이 어색하지 않도록 입꼬리를 틀어 올리는 순간이 너무 힘들다. 정말 진땀이 났다. 구 여친과 현 여친의 역사적인 회담의 현장을 지켜보는 도욱의 미간은 잔뜩 찌푸려졌다. 그건 화리 때문이었다. 죄지은 사람처럼 잔뜩 의기소침해진 모습이 보기 싫었다. 그러고 보니 오늘 아침, 청량리로 향한다던 이들의 말을 흘겨들은 게 실수다. 제대로 귀에 새겼다면, 선아의 행선지가 이곳이라 하였을 때 분명히 피했을 터였다.

"오빠, 오늘 늦어요?"

"아마도."

도욱은 제 옆에 있는 여자의 존재에도 불구하고 눈을 데굴거리면서 시선을 흩뿌리는 화리의 뒤통수를 바라본다. 새삼 저 여자 머리가 저렇게 작았나 싶어서 조금 안쓰럽다. 저 조막만 한 머리로 갖은 애를 쓰면서 쏟아낸 생각으로 스스로를 지키고 경계를 넘지 않는 여자다. 덕분에 도욱은 그냥, 이 집에 사는 남자 역할이 제법 익숙해졌다. 그렇다고 인정한 것은 아니다. 마음만 먹으면 관계의 평형을 언제든 박살낼 준비가 되어 있었다.

"저녁 먹고 올 거죠?"

아련의 물음에 그제야 도욱은 다시 시선을 돌려서 선아를 내려다봤다. 그녀가 작게 웃으면서 도욱의 의사를 묻던 그때였다. 화리의 벨소리가 아주 시끄럽게 울렸다. 마치 신의 종소리처럼 이를 반기는 화리는 얼른 옆으로 몸을 틀어서 전화를 받았다. 당연히 도욱의 귀는 아련이 조잘거리는 말소리가 아니라 화리의 즐거운 목소리에 집중이 된다. 도대체 누구 전화이기에 저리도 신이 난 걸까? 내심 궁금하던 차였는데 화리의 작은 목소리가 답을 준다. 입을 가리고 조그맣게 답했지만 '예, 진호 씨'라는 또렷한 목소리가 도욱의 귀를 찌르듯 파고들었다. 그러니 표정이 굳고 또 굳는 게 당연하다. 통화를 이어가는 순간이 길어질수록 도욱의 눈썹에 가득 힘이 실리면서 꿈틀거렸다.

"네, 마음껏 쓰세요. 뭐 어때요. 한집에 사는 사이인데요."

도욱은 잠시 멍했다. 한집에 사는 사이? 진호도? 나처럼? 물음을 잇다보니 느닷없이 깨달았다. 그것은 현재, 계급 구조의 피라미드에서 진호와 도욱이 동급이라는 사실이다. 정말이지 어이가 없다. 이게 고작 두 달 남짓 만난 남자와 한때는 결혼을 논했던 상대가 같은 취급을 받다니? 아, 헤어졌으니 그조차도 과분한가? 아니다. 역시, 이건 아니다. 결코 쉽게 인정할 수 없는 사실 앞에서 도욱은 옆에 있는 이의 존재를 잊은 듯 인상을 구겼다.

"진호 오빠예요?"

"어. 진호 씨 빗을 마당 고양이가 가지고 놀다 전부 깨물었대. 그래서 내 방 욕실에 있는 거 써도 되냐고. 그런 거 안 물어봐도 되는데, 허락 구하지 않고는 못 쓴대. 진호 씨는 참 반듯해."

"아, 그게 오빠 매력이죠. 절대로 남한테 욕 안 먹는 신사."

"맞아. 정말 그래. 신사야."

"가만, 언니 혹시 오빠한테 관심 있어요?"

그 뜬금없는 질문에 동공이 확장된 것은 화리도, 도욱도 마찬가지였다. 물론 남자의 눈이 조금 더 거칠고 매서웠다. 그 눈빛을 눈치챌 만도 한데 아련은 알면서 무시하는 건지, 정말로 모르는 건지 아주 편하게 미묘한 대화의 흐름을 이어갔다.

"오빠 괜찮지 않아요? 내가 보기엔 둘이 잘 어울리는데."

"괘…… 괜찮기야 하지. 나한테 과분해서 그렇지. 그러니까 어울리지 않을 텐…… 데."

"무슨 소리예요! 과분하긴커녕 진짜 딱 잘 맞지. 나이차도 좋네. 진호 오빠가 다섯 살 많죠? 맞아. 게다가! 언니 이상형이 전구 잘 갈아 끼우는 남자라면서요. 그거 진호 오빠 전문이잖아!"

"그, 그런가? 하, 하하."

"어머, 둘이 운명인가 봐."

아련은 발을 구르면서 호들갑을 떨었다. 순간 도욱은 웃기지 말라면서 악을 쓰고 싶은 마음을 겨우 누른다. 슬쩍 눈치를 살피는 화리의 얼굴에서 핏기가 사라졌다. 역시, 이 상황을 오래 끄는 건 서로에게 좋지 못한 일이다. 그래서 빨리 상황을 종료시키고자 하는데 아련은 또 한 번 도욱의 속을 박박 긁는다.

"진지하게 생각해요. 더 늦으면 안 돼! 올해 시집가야지!"

"시, 시집이라니…… 느닷없이, 그게 무슨……."

화리는 정말 까무러치는 기분으로 말을 흘린다. 벽시계를 흘겨보니 고작 7분이 지났는데 왜 이리도 길단 말인가. 그것은 백작가의 입에 브레이크가 걸리지 않은 탓이다. 그녀는 무한한 상상력으로 계속 말을 쏟았다. 그건 어떻게든 참을 수 있지만 정작 그녀를 진짜 힘들게 하는 것은 버젓이 그녀의 앞에서 버티고 있는 도욱이다. 인사했으면 끝이건만 왜! 제 여자와 휘리릭 돌아서지 않는단 말인가. 뭐 그리 재밌는 얘기를 듣는다고. 화리는 뚝뚝 끊어지는 웃음과 함께 도욱과 그의 여자 눈치를 함께 살폈다. 선아는 자신을 앞에 둔 채 오가는 대화에도 전혀 불편한 기색이 없었다. 도리어 흥미로운 이야기를 듣는다는 듯 작은 미소로 고개를 끄덕이면서 남의 대화에 집중하는 듯했다. 와, 이 여자, 성격도 좋은 모양이다. 그러고 보니 넓은 아량만큼 가슴도 참 크다. 한 손에 들어차지도 않을 만큼 풍만한 볼륨감을 바라보면서 슬쩍 자신의 몸을 살피던 화리는 어쩐지 천한 기분이 들어서 얼굴이 붉어졌다. 아무튼 보면 볼수록 괜찮은 여자라서 참 다행인데 화리는 그 생각을 하면 할수록 마음이 따끔거린다.

"언니, 그러지 말고 조금 더 적극적으로 덤벼요. 그냥 밤에 그방으로 가!"

화리는 더 이상 놀랄 기운도 없어서 입만 크게 벌렸다.

"진호 오빠가 무성욕자인 듯이 보여도 은근히 야해요. 그 사람은 그냥, 귀찮아서 안 하는 거야. 마땅한 상대를 만나면 그래도 우리 중에 제일 실속 있을걸? 내가 오빠 손을 봐서 알지. 예사롭지 않았어. 분명히! 탐이 나는 남자야."

'그렇게 탐이 나면 네가 그 방으로 가. 아련아. 제발……'

화리는 간절한 기도를 뱉어내지 못한 채 입술을 깨물었다. 차라리 피가 났으면 싶다. 그 핑계로 뛰어가면서 도망치게.

"그냥 애부터 만들어요. 어차피 둘 다 급해지는 나이인데. 진호 오빠가 은근히 실해서 마음만 먹으면 한 방에 끝일걸?"

받아칠 힘을 잃은 화리는 천장을 바라보면서 기도하듯 눈을 감았다. 역시 이 아이를 막는 게 쉬운 선택이다.

"아무튼, 아련아! 가자. 응? 제발…… 밥 좀……."

조잘거리는 여자의 팔을 슬쩍 잡아끌면서 대화를 마무리하려던 그때였다. 아주 갑작스럽게 도욱이 먼저 움직였다. 그리고 아주 자연스럽게 선아의 어깨 위로 그의 팔이 둘러졌다. 화리는 크게 요동치는 동공의 흔들림을 고스란히 들키면서 도욱의 손, 정확히는 선아의 가슴 언저리에 스치듯 닿아 있는 남자의 손을 바라봤다. 그게 뭐라고 참 자극적이다. 방금 전까지 아예 옷이 없는 남녀의 몸짓을 실컷 보고 왔는데도, 왜 그보다 더 속이 찌릿해지는 걸까. 그녀는 손에 들었던 핸드폰을 주머니에 쑤셔 넣으면서 덜덜 떨리는 손을 감추는 데는 성공했지만, 입술이 파르르 떨리는 것까지는 어쩔 수 없었다. 이를 놓치지 않고 지켜본 도욱은 아주 만족스럽게 입술을 휘면서 선아를 좀 더 가까이 끌어당겨 안았다. 진정한, 연인의 모습으로.

"오빠도 지금 밥 먹으러 가요?"

도욱은 일부러 화리를 바라보면서 고개를 끄덕였다.

"같이 갈까요?"

겨우 정신을 차렸나 싶었는데 또 미친 소리다. 결국, 얘를 때려야 하나? 화리는 차마 쥐어박을 수 없는 여자를 거칠게 흔들었다. 제발, 이성을 찾아! 이 음란마귀야!

"아련아! 우리 눈치를 찾자! 응? 김도욱 씨는 데이트하러 나온 거잖니!"

"상관없어. 같이 가도……."

도욱이 자신의 의사를 묻지 않은 채 무심하게 내뱉은 말에도 선아는 웃으면서 고개를 끄덕였다. 덕분에 화리의 눈이 더욱 동그랗게 치떠졌다. 이게 무슨 막장이야. 신구 대통합도 아니고, 겸상이라니 말도 안 될 일이다.

'다들 미쳤어. 도대체 왜들 이래!'

데이트 나와서 줄줄이 사탕처럼 친구들을 달고 다니는 꼴을 제일 싫어하는 도욱이다. 그런데 그가 아무렇지 않게 그러자 하고 그의 여자는 참 인자하게도 모든 것을 받아준다. 환상의 콤비라고 칭찬해 줄 터이니 제발 좀 썩 꺼지라고 주문을 외우는 화리다.

"오! 잘됐다. 오빠한테 비싼 거 얻어먹어야지."

아련은 웃는 얼굴로 손뼉을 치면서 화리의 주문을 박살냈다. 그래서 속이 터지는 여자가 바드득 이를 갈면서 처음으로 아련을 아주 사납게 쏘아본다. 얘를, 정말 때리고 싶은데 어쩌지? 어느 틈에 아련은 앞서 걷는 도욱과 그녀의 뒤를 따르고 있었다. 겨우 벌어진 틈을 기적처럼 여기면서 화리는 금방이라도 도욱과 나란히 걸을 기세인 아련의 팔을 꽉 붙잡았다. 다시는 미친 소리 말고 정신 차리라는 의미를 담아서 아주 꽉!

"아, 아련아. 너, 아까 돈가스 먹고 싶다고 했지? 김도욱 씨는 돈가스 싫어해. 입에 대지도 않아!"

"어? 그럴 리가 없는⋯⋯."

사실 김도욱은 돈가스가 없어서 못 먹는다. 아련도 이를 잘 안다. 하지만 진실이 중요한 게 아닌 순간이다. 지금은, 미친 상황이니까.

"아무튼! 어쨌든⋯⋯ 그냥, 제발 우리끼리 좀 가자. 응? 언니 배고파! 제발!"

도욱을 향한 그녀의 눈빛이 말하고 있었다.

'제발⋯⋯ 가.'

허둥대는 그녀의 몸짓에 도욱의 입술이 잔뜩 비틀어졌다.

'애쓴다. 애써⋯⋯.'

계속 억지로 웃다 보니 너무 힘이 실린 듯 입술 끝이 살짝 우둔할 정도였다. 진짜로 점심을 함께할 생각? 그딴 거 없다. 그게 가당키나 한가. 홍화리가 밥 먹다가 졸도하는 꼴을 보고 싶은 게 아니라면 애당초 해선 안 될 일이었다. 그냥, 심술이었다. 하진호와 홍화리가 감히, 너무 자연스럽게 결혼으로 묶이고 애까지 낳는 상황이 만들어지는 것에 대한 불쾌함이 이미 통제 불능이었다. 그래서 그 듣기 싫은 말을 고스란히 듣게 만든 여자, 화리를 놀려주고 싶었다. 다행히도 쇼를 하는 보람을 얻을 수 있을 만큼 그녀의 반응이 상상 이상으로 재밌었다. 그런데, 지금 마치 금방이라도 울 것 같은 여자의 표정이 재밌기는커녕 딱하다. 그리고 무섭다. 이 여자가, 하필…… 지금 울까 봐. 그는 여자의 울음을 직접 받아낼 수 없는 처지니까 말이다. 그러니 끝내자. 놀 만큼 놀았다.

"아련아."

"네?"

"미안한데 오빠는 오늘 돈가스 안 먹어. 그러니까 그건 저기, 언니한테 사달라고 해라."

"엥? 오빠…… 그냥 따로 가게요?"

"어. 나야 너희가 익숙하니까 생각을 못 했는데, 아무래도 선아 씨는 역시 불편할 것 같아. 예의가 아니야."

"칫."

입술을 삐죽이는 아련을 달래듯 다정하게 웃는 순간에도 도욱의 팔 안에는 여전히 선아가 있었다. 화리는 옷의 먼지를 터는 척 고개를 숙여서 차마 오래 지켜볼 수 없는 이 시간의 장면을 외면한다. 그런데도 너무 분명하게 도욱과 여자의 구두가 나란히 놓여 있는 모습이 보인다. 순간, 밀려드는 생각이 하나 있었으니 조만간 춘향가의 현관에서는 도욱의 구두가 전부 사라진다는 사실이다. 누군가 훔쳐가듯이 어느 날 전부 사라진 그 구두가 아마도 저 여자의 빨간 구두 옆에 놓이는 날이 곧 올 것이다.

"아무튼, 집에서 보자. 선아 씨…… 그만 가요. 우린……."

'우리' 아주 예쁜 그 말이 정해주는 경계가 명확했다. 그의 테두리 밖에 놓인 처지를 직시하는 화리의 눈이 잔뜩 붉어졌다. 그래도 웃어야 한다. 도욱의 울타리 안에 당당하게 들어서 있는 선아를 향해서. 만약 그녀 앞에서 도욱을 향한 흐릿한 표정을 보인다면 분명히 들킬 터였다. 감히 임자 있는 남자를 상대로 상도덕도 없이 몰래 하는 사랑을 말이다. 그러니, 마주했던 상황을 아주 평범한 일처럼 잘 포장해야 한다.

"저희가 소란하게도 떠들었죠. 데이트하시는데 방해만 한 것 같아요. 어쩌죠?"

"아니에요. 친한 모습이 보기 좋아서 한참 봤어요. 도욱 씨가 참 좋은 사람들하고 같이 지내는 것 같아서 안심이에요."

"이해해 주셔서 감사해요."

"다음에 또 봬요. 그땐 꼭 같이 식사해요. 제가 대접할게요."

선아는 자신을 이끄는 남자를 따라나서면서 사랑스럽게 웃었다. 사랑을 받아서 그런가? 그냥, 참 사랑스러워 보인다.

"그럼, 안녕히 가세요. 선아 씨……."

말을 맺는 목소리가 흩어졌다. 한때는 도욱의 체온이 서렸던 입술로, 그의 여자 이름을 만들어내는 것은 역시 조금 어려운 일이다. 그러니, 목소리가 살짝 갈라진 것쯤은 어쩔 수 없는 작은 실수로 다독이고 싶다.

"언니, 눈이 빨개요. 피곤해서 그래?"

"아, 아니야. 안구 건조증이야. 요즘 건조해서 그런가 봐⋯⋯."

'마음이⋯⋯.'

"아련아. 우리도 가자. 역시 오늘 밥은 언니가 사는 게 맞는 것 같아. 다 골라! 김도욱이 사주는 돈가스보다 훨씬 더 비싼 거 사 줄게."

여지껏 백치처럼 헤실거리던 아련은 도욱이 사라지자 전혀 다른 표정을 짓는다.

"언니, 정말 모르는구나."

뜻 모를 소리를 하는 입술의 움직임이 제법 차가웠다.

"말했잖아요. 나, 얻어먹는 거 안 좋아한다고!"

"아련아⋯⋯."

"그냥, 핑계였고 수단이었어. 오빠 옆에 붙어 있는 여자, 보는 사람마다 최고의 신붓감이라는 저 여자의 얼굴을 제대로 벗겨내기 위한 쇼였다고. 뭐, 아주 조금 심술이 돋아서 데이트 방해하고 싶은 마음도 있었어요. 그냥 딱 보는 순간에 좋았던 기분이 '싫어요'로 바뀌대. 역시 별로예요. 저 둘이 같이 있는 모습은⋯⋯."

아련의 팔을 크게 흔들었던 화리의 손에서 툭, 힘이 풀렸다.

"대놓고 말한 적, 없었는데요. 사실 나 최선아 씨 안 좋아해요. 감이라는 게 있잖아. 저 여자 오빠한테 안 어울려. 그리고 내가 아는 오빠는 저런 여자랑 결혼할 사람이 아니에요. 그런데 하겠대. 어느 날 갑자기 찬물에 밥 말아 먹듯이 너무 쉽게, 자기를 넘긴대요. 옛 여자를 못 잊어서 수절 과부처럼 살던 남자가 웃기게도 변했어. 아마, 떠난 여자가 주고 간 데인 상처 때문에 꽤 정신이 흐려진 모양이에요. 여자 보는 눈도 동태가 된 걸 보면."

미처 생각지도 못한 애기였기에 제대로 받아칠 수도 없었다. 무엇보다 '데인 상처' 그 말이 주는 여운이 너무 뾰족해서 되새길 때마다 가슴이 쿡쿡 찔린다.

"내가 모솔이라도 글 쓰는 사람이에요. 여러 인물 내 손끝으로 다루면서 다양한 이야기를 수집하다 보니까, 사람 보는 눈도 같이 자랐어요. 그래서 결론은! 김도욱 제법 괜찮아요. 하진호 그 이상으로……. 아마, 지금 도욱 오빠가 솔로였다면, 나는 진호 오빠보다 김도욱 쪽을 응원했을 거야. 언니의 상대가 될 수 있는 사람으로. 그러니까 더 짜증이 나요. 괜찮은 사람들이 잘 엮여서 괜찮게 살았으면 좋겠는데…… 묘하게 타이밍이 어긋나네."

차라리 아련이 바보인 척 미친 소리를 할 때가 훨씬 괜찮았다. 눈앞에 있는 상대가 정말 지금껏 알던 '쫑알이' 백아련이 맞는가 싶을 만큼 건조하고 서늘한 눈으로 뱉어낸 모든 이야기가 화리에게는 전부 화살이 되어 박혔다. 그래서 제대로 정신을 차릴 수 없는 여자는 하얗게 질린 손을 겨우 움켜쥐었다.

'데인 상처.'

그 말의 여운을 기억하겠다는 듯 읊조리는 여자의 입술이 핏기를 잃었다.

"아, 맞다. 창문!"

후회가 너무 늦었다. 이미, 열린 창문 너머로 도욱의 목소리가 잔뜩 흘러 왔으니까. 환기를 위해서 잠시 열어둔 것도 잊어 먹은 채 눈이 풀려 있던 화리다. 설핏 잠이 들락 말락 아슬아슬했던 순간, 그녀를 깨운 건 마당을 들어서는 도욱의 목소리였다.

"으, 추워."

열린 틈으로 밀려든 찬 공기가 방 안에 가득해서 화리는 이불을 잔뜩 끌어당겼다. 문을 닫고 싶어도 차마 손을 뻗을 수가 없다. 드르륵! 마찰음 소리로 도욱의 시선을 붙잡을까 봐. 살짝 몸을 일으켜서 창문 너머를 훔쳐보니 도욱은 출근할 때 차림 그대로였다. 벌써 열 시가 넘었는데 이제야 퇴근한 모양이다. 이곳에 살면서 자연히 알게 된 사실로는 도욱의 귀가가 생각보다 불규칙하다는 것. 정해진 진료 이외에도 이런 저런 공부를 하면서 제 자신의 커리어를 꾸준히 높이다 보니 칼퇴근은 당연히 무리였다. 그렇게 제 일을 열심히 하는 남자가 연애를 꾸준히도 이어간다. 피곤할 텐데도 곧장 침대 위로 쓰러지긴커녕 저리도 다정한 목소리의 전화 통화를 이어가니 말이다. 얼핏 화이트데이 어쩌구 하는 목소리에 귀가 쫑긋거린다. 그날, 어디에서, 다시 연락…… 으로 뚝뚝 끊어지는 통화의 흐름만 봐도 어렴풋이 감이 온다. 더 안 들어도 된다. 분명히 그 여자일 테지.

"엄청 애틋하시네."

화리는 살짝 입술을 비틀었다. 잊은 듯이 살 것이라 호언장담한 것은 도욱이 아니라 그녀였다. 그런데 그 호기가 부끄러워질 만큼 정작 제일 힘든 것도 화리다. 그를 보는 순간이 애틋하지만 그만큼 버겁다. 그러니 더는 욕심 부리지 않는다. 역시, 그가 되도록 빨리 결혼해서 이곳을 떠나주는 게 정신 건강에 도움이 될 것이라는 결론이었다.

"시간이, 약이려나."

화리는 베개 위로 웅얼거리면서 다시 잠을 청했다. 어느새 도욱의 목소리가 그친 것으로 보아하니 그가 제 방으로 올라간 모양이다. 그래서 창문을 닫는 일이 어려울 게 없었지만 아무 것도 하지 않았다. 그냥, 조금 귀찮은 기분이었다. 어차피 잠도 안 온다. 그러니, 찬 기운으로 뜨끈해진 볼의 열기를 식히는 게 더 이로운 일이었다. 그렇게 찬 공기 속에서 뒤척이다 보니 벌써 12시가 넘었다. 이미 잘 타이밍을 놓쳤단 뜻이다. 그녀가 어제와 오늘의 경계에서 잠들지 못하는 이유는 분명하다. 머리가 복잡하니까. 그녀의 불면증은 선아를 마주한 날을 기점으로 조금 더 심해졌다.

"오늘도, 또…… 부엉이네."

화리는 피곤이 서린 두 눈을 문지르면서 몸을 일으켰다. 어차피 자는 것을 포기했으니, 이제는 뭔가를 하면서 시간을 보내야 한다. 그래서 결정된 그녀의 행선지는 부엌. 늦은 시간이었지만 달달한 주전부리라도 먹으면 지금의 떫은 기분이 조금은 가라앉을 터였다. 그녀는 헝클어진 머리를 대충 쓸어 묶었다.

"아, 맞다."

머리끈을 잡아당기다 보니 문득 생각난 것이 있었다. 그녀가 가장 좋아하는 고양이 펜던트의 머리끈 말이다. 도욱이 장난치듯이 빼앗아 간 이후로 그녀도 잊고 있었고 도욱도 딱히 별말이 없었던 그 머리끈의 존재가 새삼 궁금해진다. 어쩌면 그가 가지고 있지 않을지도 모른다. 하긴, 옛 여자의 머리끈 따위가 무슨 의미가 있을까. 그래서 혹시 가지고 있냐고 물어볼 엄두도, 용기도 낼 수 없다. 이미 버렸다고 말하면서 그가 웃을까 봐.

"제일, 좋아하던 거였는데……."

화리는 샐쭉한 표정으로 눈을 내리깔았다. 역시 달달한 게 필요하다. 정신을 놓으면 언제나 딴 생각이 비집고 들어오는 탓에 얼른 몸을 움직였다. 슬쩍 문을 여니 맞은편 도욱의 방에서는 불이 꺼진 듯 빛이 새어나오지 않고 있었다. 혹시 마주칠까 봐 걱정했던 마음을 내려놓고 계단 쪽으로 걸음을 옮기던 그때였다. 벌컥! 문이 열리는 소리에 발이 붙었다. 등 뒤에서 느껴지는 사람의 기척에 그녀의 눈동자가 정신없이 흔들렸다. 도욱이면 어쩌지? 화리는 이가 부딪치는 입안으로 끊임없이 '제발'을 되뇌었다.

"화리 씨?"

진호다. 순간 안도한 탓에 맥이 탁 풀려서 솟았던 어깨가 툭 떨어졌다.

'후우…….'

뜨거움이 비교적 덜한 숨소리가 흩어졌다.

"안 자고 뭐 해요?"

진호가 하품을 하면서 말을 붙여왔다. 화리는 고개를 끄덕이면서 도욱의 방을 주시했다. 다행히 불은 여전히 꺼져 있었고 별다른 인기척이 느껴지지 않았다. 누구는 잠도 못 자고 어둠 속을 서성이는데 저 인간은 참 잘 잔다. 하긴, 일도 연애도 육체적으로도 많은 에너지를 소진하니까. 혹시? 오늘 병원일이 아니라 여자친구랑 꽤 오랜 시간 뒹굴…… 그 다음을 떠올리기 싫어서 생각을 멈춘다. 그녀의 곁에 가까이 다가선 진호는 갑자기 멍해진 화리의 표정을 살폈다. 그 시선의 종착역이 도욱의 방임을 알아차린 진호는 소리 없이 입술을 휘었다.

"땡!"

어깨를 쿡 찍어 누르는 진호의 손가락 덕분에 화리는 겨우 헛된 망상에서 깨어났다. 혹시 진호가 보았나? 야릇한 눈으로 도욱의 방을 노려보는 것을 말이다. 그가 제법 편한 표정으로 옆에 서 있는 것을 보니 그건 또 아닌 것 같은데 역시 얼굴이 붉어진다. 혼자 한 생각이 참 저속했다.

"흠흠. 진호 씨는 왜 나왔어요?"

"1층 가려고."

"아, 저, 저도……."

"잘됐네. 같이 내려가요."

진호는 가볍게 손짓을 하면서 앞장섰다. 그를 따라서 계단을 내려오니 역시 늦은 시간이라서 고요했다. 방문 틈을 비집고 나오는 불빛이 하나도 없는 것으로 보아, 1층 식구들도 모두 잠든 듯했다.

"맥주 할래요?"

그녀가 고개를 끄덕이자 진호는 냉장고에서 맥주 두 캔을 꺼냈다. 그러곤 따라오라는 듯 앞서 걸으면서 빛이 없는 어둠 속 길을 먼저 만들어 준다. 마치 길잡이처럼.

언제나 느끼는 거지만 진호는 참 사람을 편하게 하는 배려심이 있었다. 덕분에 화리는 천방지축 오라버니 홍화훈에게서는 느낄 수 없는 어떤 온화함을 진호에게서 느끼고 있었다.

"이 집의 핫플레이스."

주춤주춤 그를 따라 나온 곳은 거실과 이어지는 발코니였다.

"그냥 발코니인데요?"

그 생각이 틀렸음을 보여주겠다는 듯 진호는 빙긋이 웃으면서 손끝으로 밤하늘을 가리켰다. 무심결에 고개를 들어올린 화리의 두 눈이 잔뜩 커졌다. 커다란 동공 안으로 별이 쏟아진다.

"와……."

하늘이 이렇구나. 하루하루가 위태로운 탓에 감히 올려다볼 여유도 없었다. 이토록 예쁘게 반짝이는 세상이 있다는 것도 잠시 잊은 듯이 살았다. 미처 몰랐는데 도욱을 열심히 잊으면서 삶의 소소한 재미도 함께 사라졌던 모양이다. 그래서 조금 더 외로워질 뻔했는데 다행히도 옆자리 남자의 존재감은 제법 훈훈하다.

"자연주의라고 했던가?"

"오빠 집 짓는 철칙이요?"

"응. 그거! 그게 참 좋아요. 분명히 도심 한가운데 있는 집인데도, 꼭 시골에 있는 기분이 들게 해. 홍 소장이 역시 집은 잘 지어. 그래서 좋겠어요. 그런 사람이 오빠라……."

"에이, 그냥 호랑말코예요. 우리 할머니한테는 후레자식이고."

"세상의 천재가 집에서는 공공의 적일 줄은 몰랐네. 하하."

표정을 꾸미지 않는 진호의 목 울림이 참 듣기 좋았다. 그의 미소는 참 신기하리만큼 언제나 화리의 복잡한 마음을 달래준다. 잠이 안 오는 밤, 지금 옆에 그가 있어서 다행이다. 맥주 한 모금을 홀짝이면서 그의 옆얼굴을 힐끗거리는 순간, 그에게 시집가라던 아련의 철없는 목소리가 귀를 때리고 지나쳤다. 저도 모르게 소름이 돋아서 화리는 얼른 입안의 쓴 액체를 꿀떡 삼켰다.

'진호 씨랑 결혼이라니…… 말이…… 안 될 것도 없나?'

말의 시작과 달리 끝이 조금 애매해졌다. 사실 진호는 정말 좋은 남자다. 그래서 위험한 생물이다. 저렇게 따스한 기운을 가진 남자가 오직 너한테만 보여주겠다는 듯 상냥하게 입술을 휘면 홀리지 않을 여자가 몇이나 될까. 그렇게 여자 후리는 게 잠자는 것보다 쉬울 것 같은 남자가 도통 아무도 안 만난다. 굳이 입 열어서 묻지 않아도 뭔가 엉킨 속이 뭉쳐 있음을 짐작하는 화리다. 그러니 어찌, 저 남자의 방문을 열고 뛰어들어 심란한 짓을 할 수 있겠는가. 물론 그녀 역시도 여유가 없다. 도욱을 잊어버리는 일조차 제대로 하지 못하는데 새로운 상대가 눈에 들어온다 해도 분명히 성에 차지 않을 터였다. 멈춘 사랑이 더 반짝이고 예뻐서.

"홍 소장이요. 지금 어디 있대?"

"몰라요. 아무리 욕, 아니…… 안부 문자를 날려도 답이 없어요. 톡도 확인 안 해요."

"걱정, 되겠네."

"별로 그렇진 않아요. 회사 직원들한테는 비밀 접선하듯이 연락이 오거든요. 그것들이 한패라서 나한테 알리지 않는 것뿐이에요. 홍화훈은 일할 때, 다른 거 못 봐요. 하다못해 자기 여자, 부인조차 귀찮아서 커튼 뒤에 숨어서 도면 그리던 인간이에요. 그러니 동생? 안중에도 없죠."

"하긴, 그만한 집중력은 있어야 천재 소리 듣겠지. 그게 쉽나."

"그래서 지금은, 그냥 가만히 기다려요. 어느 날 깜짝쇼처럼 손에 선물 들고 나타나는 날. 차라리 이번엔 또 뭘 사다주려나? 그렇게 생각하면서 웃으면 조금 덜 불안하더라고요. 사실, 애타게 기다렸는데 정작 빙글거리면서 무슨 일이 있었냐는 듯 태평한 얼굴 보면 화나요. 걱정한 게 아까워서 무사히 돌아온 기쁨도 못 느껴. 사실 안심할 틈도 없어요. 느닷없이 또…… 떠날 테니까."

화리는 불만스럽게 입을 삐죽이면서 달을 바라봤다. 그 커다란 달 속으로 천연덕스럽게 웃는 화훈의 얼굴이 가득 차오르는 순간 화리는 피식 웃어버렸다. 역시, 오빠가 보고 싶다. 보는 순간 도욱과 관련한 모든 분노가 터져서 거친 육탄전을 펼친다고 해도 좋으니, 부디 오빠의 커다란 웃음소리가 듣고 싶었다.

"지금은 그 방랑벽이 꽤 익숙하지만 그래도 이제 그만 좀 정착했으면 싶어요. 그렇게 쏘다녔는데도 여전히 볼 게 있다는 게 참 신기하고."

진호는 눈을 찡긋하면서 화리의 손에 들린 캔에 자신의 것을 부딪쳤다.

"난 당연한 거 같은데. 너무 좁지 않나? 그 천재가 그림을 그리기에는, 서울 하늘이."

"와, 동생 앞이라고 너무 극찬인데요?"

"하하, 정말인데. 머릿속에 넘치는 생각을 다 그리려면 온 지구의 하늘 정도는 캔버스로 가지는 게 당연하다고 생각해요."

화리는 잠시 멈칫했다. 화훈의 세계를 깊숙이 알지 못하는 타인조차 이해하고 인정하는데 정작 자신은 오빠를 제대로 인정하고 있었던가? 그게 조금 분명치 않아서 새삼 가족이라는 이름이 부끄럽다. 남보다 못한 여동생이 된 기분이었다.

"사실…… 우리 오빠, 대단하다는 생각은 해요. 그런데 아무래도 그쪽 계통이 아니다 보니 딱히 실감할 만한 계기가 없었어요.

오빠가 그렇게 상을 받아와도, 제대로 된 축하도 해본 적 없고."

"왜? 부끄러워서?"

"네."

"정말?"

"웃기죠? 그런데 정말이에요. 잘했어. 고생했네…… 그게 뭐 그렇게 어렵다고 오빠 눈만 보면 입이 딱 붙어요. 괜히 막 몸이 간지럽고 얼굴도 붉어지고. 그래서 홍화훈이 좋아하는 케이크 하나 덜렁 건네주고 제 방으로 올라갔어요. 말 한 마디쯤 어려운 것도 아니었는데 왜 그렇게 비싸게 굴었나 몰라."

"아, 그래서 홍 소장이 무뚝뚝한 내 동생, 사내자식 같다고 했구나."

"언제 또 그런 말을 했대요? 와, 그 말 들으니까 순간 미안했던 마음이 싸악 사라지네."

진호가 장난스럽게 웃으면서 화리의 어깨를 툭 쳤다. 그게 참 어색하지 않아서 좋다. 그래서 진호는 너무 편하다…… 남자로 대하기에는.

"그래도 홍 소장이 화리 씨 걱정 엄청 하던데? 사실, 그 말 나온 것도…… 내 동생 잘 부탁한다는 말끝에서 나온 거니까. 기억 나요? 입주하던 첫날? 그날 화리 씨가 초인종 누르기 전까지 우린 귀에 딱지 앉는 줄 알았어. 다 불러 앉혀놓고 얼마나 으름장을 놨다고. 모르는 사람이 보면 화리 씨가 헤어진 전 여친이라도 되는 줄 알았을 거야. 얼마나 구구절절이 부탁을 하는지."

"그 첫날 이후로 연락 두절이라니까요? 구구절절한 부탁이 무슨 소용이야."

"그건 자유로운 예술가의 인생에서 어쩔 수 없는 일이래도. 아무튼, 난 좋아 보이던데. 두 사람? 닮은 구석도 많고."

"에헥. 제가요? 정말 그 호랑말코랑?"

"어디 보자."

진호는 닮은 구석을 찾겠다는 듯 화리의 얼굴을 살폈다. 그의 진지한 눈빛에 화리는 진호의 어깨를 밀어내면서 키득거렸다.

"역시 화리 씨가 훨씬 예쁜데! 두 사람은 서로를 같은 눈으로 보고 있잖아."

"눈이요?"

"그냥, 말하지 않아도 보이는 게 있어요. 내 동생, 우리 오빠 건드리기만 해. 가만 안 둬. 뭐 그런 무언의 의지? 그래서 티 나지 않게 조용히, 은근히 챙기는 스타일이잖아. 둘 다."

"아, 그런가? 그래도 오빠, 대놓고 바랄걸요. 애교 있고 살가운 여동생. 마치 진호 씨 동생 같은⋯⋯."

"내 동생?"

"네. 진호 씨 여동생은 주머니에 넣고 다니고 싶을 만큼 깜찍하대요."

"하하, 그거야말로 정말 몰라서 하는 소리인데."

"여기 한 번 온 적 있다고 하던데? 오빠가 그날, 진호 씨랑 동생분 같이 있는 모습을 보고 되게 충격 받았나 봐요. 할 수만 있다면 바꾸고 싶대요. 나하고 진호 씨 여동생하고. 어쩌면 그렇게 목소리도 사랑스러운지 보고만 있어도 기분이 좋아졌다고."

화리는 입을 샐쭉하면서 오빠의 빙글거리던 얼굴을 생각했다. 그리고 또 한 가지 떠오른 생각이 입 밖으로 튀어 나갔다.

"아, 맞다! 오늘 동생분 상견례하셨죠?"

"네."

진호는 그게 힘들었다는 듯 한숨을 쏟으면서 희미하게 웃었다.

"아무래도 아직 안 친하잖아. 말이 뚝뚝 끊기는데 그때마다 침묵이 감당이 안 돼. 어찌나 어색하던지 밥 한 공기를 겨우 먹었어요. 우리 아버지도 긴장하셔서 술 한 잔을 안 하시더라고. 혹시 실수할까 봐."

"하긴, 새 가족을 맞이하는 일이 쉽진 않죠."

"뭐, 나쁘지 않았어. 청순함이라곤 찾을 수 없는 저 왈가닥 아가씨를 누가 데려가나 했는데, 제 짚신의 짝은 잘 찾아왔더라고. 괜찮은 남자였어요. 우리 서영이…… 결혼할 사람이."

"다행이다. 참, 아련이가 엄청 부러워하면서 기대해요. 결혼식, 정말 예쁠 것 같다고."

"부러울 게 뭐 있나. 생각만 있으면, 누구나 하는 결혼인데."

어느새 맥주 한 캔을 다 비운 진호는 캔을 찌그러뜨렸다. 그러곤 커다란 화분 앞으로 다가서서 뾰족한 잎사귀를 천천히 쓸어내렸다. 화리는 별 생각 없이 그 행동을 눈에 담고 있었는데 서서히 눈이 커졌다. 바람을 타고 온 향기가 무척이나 산뜻했다.

"어? 저 나무에서 나는 향이에요? 와, 좋다. 신기해요."

진호는 한번 해보라는 듯 고갯짓을 했다. 그가 시키는 대로 잠시 비비기만 했는데도 금세 향긋한 허브 냄새가 퍼졌다.

"우와, 손바닥에서도 냄새가 나요."

"이 향내를 맡으면 스트레스가 해소된대요."

들은 말 때문인지 정말로 향을 맡는 순간에 제법 기분이 상쾌해졌다. 손에서 나는 냄새를 킁킁거리던 화리는 조금 더 힘을 주어서 나무를 쓸어내렸다. 그녀의 손끝이 닿는 곳마다 반응하듯 나무는 좀 더 진한 향을 뿜어냈다.

"와! 그런데 왜 좀 전까지는 아무 향도 나지 않았던 거예요?"

"자기 방어."

"자기 방어요?"

"얌전히 잘 있었는데 누군가 건드리면 그만큼의 향기를 내뿜어요. 향이 진하면 진할수록 많이 놀랐단 뜻이고 그래서 아프단 의미죠."

흠칫 놀란 화리는 얼른 손을 거두어들였다. 냄새가 마음에 들어서 저도 모르게 쓰다듬고 또 쓰다듬은 터였다.

"실은, 나도 몰랐는데…… 홍 소장이 알려주고 간 얘기예요. 아마 그대로 몰랐다면 내 욕심대로 향을 취하려고 계속 건드렸을 텐데, 그 얘기 듣고 난 뒤로는 손도 못 대겠더라고. 사실, 그전에 화분 하나가 죽었어요. 내가 쓰다듬고 또 쓰다듬었거든."

"혹시, 얘도 내일 죽는 건 아니겠죠?"

진심으로 울상이 된 표정에 진호는 아주 오랜만에 소리를 내면서 웃었다.

"어쩌다 몇 번 건드리는 걸로는 안 죽어요. 걱정 마."

화리는 진호의 말에도 여전히 걱정 가득한 표정이었다.

"진호 씨는 다 알면서…… 왜, 그냥…… 안 건드리는 게 좋았잖아요. 쟤가 힘들다는데……."

"그래도 치사하게 의지하고 싶은 날이 있거든. 오늘처럼…… 그냥, 힘든 날. 그런 날은 아파서 소리 지르든 말든 우선 내가 편해지고 싶어서 이 녀석을 또…… 어쩔 수 없이 쓸어내리게 돼. 졸지에 화리 씨는…… 내 공범이 됐네. 향 도둑단."

진호는 재미난 농담을 건넨 듯이 가볍게 웃었다. 분명히 여느 때와 다름없는 같은 얼굴인데 뭔가 이상한 것은 기분 탓일까? 그의 옆얼굴로 드리워진 그늘 때문에 분명히 보이지 않았지만 스치듯 눈에 담긴 그의 표정이 조금 스산했다.

"아무튼 저 녀석한테 미안하긴 한데…… 뭐, 따지고 보면 자업자득이야. 아프면 아프다고 독한 냄새를 피울 것이지, 왜 쓸데없이 향긋한 척인데. 괜찮은 척 허세 떨다가 곪는 것도 모르면서."

진호가 다시 화리를 향해서 고개를 내리는 순간 그녀는 얼른 눈을 깜박였다. 그를 물끄러미 몰래 살피는 동안 흐려졌던 초점도 다시 금방 되돌렸다. 그녀가 본 것이 착각인 것처럼 그늘을 벗어난 진호의 얼굴은 특유의 온화함으로 펴져 있었다. 그래도 뭔가 떫은 마음이 가시지 않아서 화리는 슬쩍 율마 화분으로 시선을 두었다. 나무의 진한 향기는 여전히 가시지 않고 있었다. 속도 모른 채 무턱대로 건드린 거친 손길에 정말 많이 아팠던 모양이다. 율마가…….

"어? 벌써 1시네. 화리 씨 안 들어가요? 밤공기가 아직 차."

"진호 씨 먼저 들어가세요. 저는 조금 더 있다가 들어갈게요."

"왜? 율마 때문에?"

단번에 속을 읽어내는 진호 때문에 잠시 멈칫했지만 이내 웃으면서 고개를 끄덕였다.

"아프다잖아요, 얘가……. 그러니까, 안 아플 때까지 곁에 있어주고 싶어요."

손이 시릴 만큼 밤공기가 차가웠지만 발이 떨어지지 않았다. 마치, 율마의 향이 그친 뒤에 돌아서는 것이 어떤 예의라도 되는 듯 계속 화리를 머물게 했다.

"화리 씨, 참 착하구나. 역시, 누구 말대로."

"누구?"

"아, 그게…… 홍 소장. 동생 착하다는 말도 무한 반복했거든."

화리는 증발한 오빠를 떠올리며 코를 찡긋거렸다.

"칭찬, 제대로…… 받고 싶은데요. 역시 못 받겠어. 착하지 않아요. 나는, 정작 소중한 사람한텐…… 한없이 이기적이에요. 내가 편하려고…… 힘든 것도 엄청 강요하고. 되게 독한 사람이에요. 알고 보면 내가……."

제가 뱉은 말이 감당하기 어려웠던 화리는 결국 말끝을 흐렸다. 그 사이의 침묵을 채우려는 듯 그녀는 율마의 잔향을 깊게 들이마셨다. 가슴에 맺힌 생각이 참 많은 듯한 여자를 진호는 물끄러미 바라봤다. 입을 떼었다가 다시 붙이기를 두서너 번 반복한 뒤에야 진호는 조금 무거운 목소리로 화리를 불렀다.

"화리 씨."

바라보는 눈도 역시, 평소보다 가라앉아서 화리는 괜히 긴장이 되었다.

"내가, 좀 망설였는데…… 역시 말을 해야 할 것 같아."

"뭐, 를…… 요?"

"화리 씨. 잠, 못 자는 거…… 꽤 오래되지 않았나?"

화리는 말을 이을 수 없었다. 그냥 조금 멍한 기분으로 눈만 깜박였다. 아무한테도 들키지 않은 줄 알았는데, 이토록 쉽게 들켰단 말인가? 누군가 제 어려운 처지를 인지해 주었다는 사실이 신기하면서도 조금 기분이 묘했다. 하필이면 상대가 이해할 수 없는 스산함을 지닌 진호라서.

"나한테도 그런 날이 꽤 많거든. 그냥, 이유 없이 잘 수 없는 날. 그럴 때면 잠들려 애를 쓸수록 환장하게 눈이 또릿해지잖아. 생각은 계속 커지고……. 화리 씨랑 살다 보니 자연스레 알게 됐는데…… 그런 날이 꽤 겹치는 거 같더라고. 나랑."

"진호 씨랑요?"

"응. 내 방 불이 켜 있는 날은, 화리 씨 방 불도 켜 있거든."

"그럼 혹시 오늘…… 일부러 나와주신 거예요?"

화리의 눈은 어떤 기대감이 투영된 듯 반짝였다.

"그냥 느낌이지 뭐…… 어쩐지 화리 씨일 것 같았어. 문 열리는 소리가."

역시, 이 남자는 진국이다. 그래서 왜 그는 잠들지 못하는가. 그 다음을 생각하는 사고가 잠시 멈춘 새 진호의 말이 이어졌다.

"그래서 말인데…… 역시, 나랑…….'"

긴장된 표정으로 진호의 입술만 주시하던 그때였다.

"뭐야?"

느닷없이 미닫이문을 열어젖히면서 그 존재감을 드러내는 남자가 참 익숙했다.

"둘이?"

예기치 못한 실루엣은 도욱이었다. 그가 한 발 내딛는 순간, 허옇게 상기된 얼굴이 달빛 속에서 선명해진다. 그 뜬금없는 등장에 진호는 허탈한 웃음을 지으면서도 편하게 도욱을 대했다.

놀란 화리는 급하게 숨을 삼키면서 크게 떠진 눈으로 도욱을 훑어내렸다. 보아하니 여태 자다 나와서 또 뭐가 불만인 것인지 도욱의 입술이 삐죽하니 툭 불거져 있었다. 저렇게 불량스러운 표정을 짓고 있을 때면 정말이지 오리 같다. 말은 지지리도 안 듣고 꽥꽥거리는 오리.

"홍화리."

"왜?"

뚱하게 받아치는 목소리가 마땅치 않아서 찌릿 화리를 흘겨보는 도욱이다. 그리고 조금 커진 눈이 일순간 번뜩였다. 그녀의 손에 들려 있는 맥주캔을 보는 순간 열이 치솟아서 귀 끝이 붉어졌다. 그녀가 마신 것은 도욱이 주문한 수제 맥주였다. 그 도수가 무려 7.5%다. 그녀가 한 캔 다 마신다면 제대로 정신이 흐려져서 무릎이 꺾이는 게 이상하지 않을 만큼 꽤 독한 술이다. 그런데도 왜! 저 여자가 이 야심하고 심란한 새벽에, 저 술을 뻔뻔히 들고 있단 말인가. 그것도 저 위험한 하진호 앞에서. 헤실거리는 눈웃음에 취하고 술기운에 고꾸라져서 정말, 안겨 버리면 어쩌려고. 도욱은 생각하기도 싫은 듯 고개를 흔들면서 화리를 쏘아봤다.

"형이랑 마셨어?"

"응."

입을 떼지 않고 할 수 있는 유일한 답변이었다. 겨우 두세 모금 마신 것뿐인데 도욱을 본 충격 때문인지 살짝 눈이 풀리고 몽롱해졌다. 그녀는 최대한 눈빛을 흐리지 않으려고 애쓰면서 진호를 향해 고개를 틀었다.

"진호 씨. 아까 저한테 뭐라고……."

"아, 그거…… 다음에. 오늘은 시간도 늦었으니까…… 어? 화리 씨 혹시 취했나?"

"네? 저요?"

"응. 살짝 혀가 꼬이는데? 아, 맞다! 술, 약하다고 했지?"

"에이, 거의 안 마신 거나 다름없는데요. 맥주 한 캔 정도는 해요. 저, 그러니까 괜찮아요……."

'괜찮기는! 저게, 지금 말 꼬이는데…….'

도욱은 치솟는 화를 다스리기 위해서 눈을 질끈 감았다가 다시 떴다. 하필이면 다시 뜬 눈 안으로 진호를 향해서 방긋 웃는 여자의 옆얼굴이 담기는 순간 그야말로 독한 술이 간절해졌다. 화리가 살짝 감기는 눈으로 저도 모르게 진호 쪽으로 몸을 굽히는 순간 도욱은 눈을 번뜩이면서 여자의 팔을 꽉 붙들었다.

"올라가."

"누구? 나?"

"그래, 너!"

짜증이 치받쳐서 말이 곱게 나올 리가 없다. 그녀가 아주 싫어하는 제대로 된 명령조였다. 그에 대한 거부감에 화리는 반쯤 감긴 눈으로도 아주 뾰로통한 표정을 지었다.

"싫어."

일부러 그를 자극하기 위해서 거칠게 팔을 뿌리치는 순간 하필이면 몸의 방향이 진호가 있는 쪽으로 틀어졌다. 일순간 마주친 시선에 어쩐지 낯이 뜨거워서 화리는 그를 향해 멋쩍은 듯이 웃었다. 하진호를 향해서 웃는 여자, 그것이 제대로 된 도욱의 스위치임을 화리는 몰랐다. 그래서 이미 도욱의 뚜껑은 잔뜩 열렸는데도 화리는 진호를 향한 시선을 멈출 수 없었다. 진호를 보지 않으면 도욱을 봐야 하니까. 하지만 도욱은 보기 싫다는 그녀의 뜻을 외면하듯 다시 그녀의 어깨를 붙잡아 당겼다.

"성가시게 하지 마. 조용히 말 들어. 가서 자! 밤중에 눈 풀려서 쏘다니지 말고."

화리는 제 통제 영역을 벗어난 눈꺼풀을 손가락으로 들어 올리면서 입을 씰룩였다.

'성가셔? 쳇.'

"신경 꺼! 눈이 풀리든 말든, 네가 무슨 자격으로 참견이야!"

술기운이 슬슬 올라오고 있음을 이곳에 있는 모두가 알았다. 그런데도 저 혼자 모르는 화리는 어쩐지 제 안에서 어떤 용기가 샘솟는 기분이었다. 몸 안쪽이 뜨끈한 기분은 제법 의지가 된다. 지금이라면 도욱에게 하고 싶었던 모든 말들을, 최선아 때문에 짜증 났던 모든 불쾌함도 다 쏟을 수 있을 것만 같았다. 왜 결혼하냐고 따져 물을 수도 있을 것 같다는 생각이 크게 번지는 순간, 위장이 뒤집히는 것처럼 쓴 기운이 목을 타고 올랐다. 그 쓰라림이 무척 뜨거워서 화리는 제 티셔츠의 목 언저리를 잡아 늘였다. 물론 의식이 시키는 짓은 아니었다. 그녀의 손에 의해서 자연스레 모습을 드러내는 여자의 쇄골로 진호의 시선이 닿기 전 도욱은 급해진 마음으로 여자를 닦달한다.

"아무튼 가. 형한테…… 할 말 있으니까! 넌 좀, 가서 자라고! 제발!"

정말 제발이다. 유독 화리의 쇄골은 뼈가 도드라진 탓에 선이 진하다. 그건 도욱이 무척이나 좋아하는 그녀의 포인트. 그러니,

절대로 하진호한테 저 쇄골을 들키면 안 된다. 정작, 진호에게 정말 들키지 말아야 할 것을 전부 들킨 것도 모른 채 도욱은 그녀를 흘겨보는 눈을 되돌리지 못했다.

"진짜 말 안 들어. 자는 게 뭐 어렵다고 꾸물거리는데. 빨리 가라고!"

무언가 구조를 요청하는 듯한 절박함이 담긴 도욱의 외침이었다. 이를 웃으면서 듣고 있는 진호는 그 구조 신호를 받아들이듯 피식 웃으면서 화리에게 한 발 다가섰다.

"화리 씨."

"네."

똑같은 이름, 그저 부르는 상대가 달라졌을 뿐인데 그녀의 목소리가 한층 부드러워졌다. 그게 정말 어이없어서 도욱은 멍하니 입을 벌린다. 그의 열기를 증명하듯 까만 허공으로 하얀 입김이 연기처럼 퍼져나갔다.

"입술 파랗게 질렸어. 역시 추운 모양이네. 먼저 올라가요. 아무래도, 그게 좋을 것 같아. 도욱이도 정말…… 할 말이 있는 것도…… 같고."

화리는 그제야 샐쭉이던 입술의 움직임을 미소로 바꾸었다. 그 순간에 절묘하게도 도욱을 쏘아보면서 말을 이었다.

"네. 잘게요. 진호 씨. 오늘, 정말 고마워요."

"고맙기는…… 나도 심심해서 노닥거린 거뿐인데. 가서 푹 자요. 눈, 제법 풀렸어. 생각 없이 잘 수 있을 것 같네."

진호는 화리의 눈가를 가리키면서 장난스럽게 웃었다. 진호의 말을 어떤 경전처럼 맹신하는 화리는 다부지게 고개를 끄덕이면서 몸을 틀었다. 순간 크게 땅이 흔들리는 기분이 이상해서 피식 웃었던 순간에도 그녀는 자신이 아주 살짝, 딱 귀여워 보일 만큼 취했음을 인지하지 못했다. 그래서 그게 도욱에게는 아주 큰 문제다. 그녀가 더 귀여워지기 전에 저 술을 뺏어야 한다.

"뭔데. 자라며. 자러 가잖아!"

도욱은 여자의 앙칼짐에도 아랑곳하지 않고 그녀의 걸음을 막아섰다. 그러곤 손에 들려 있던 맥주를 낚아채듯이 빼앗았다. 그 거친 동작에 의해서 거품이 서린 액체가 화리의 목과 볼로 뿌리듯 튕겨졌다. 도욱은 의도치 않은 상황에 적잖이 당황했으면서도 치켜뜬 눈에서 힘을 풀지 않았다. 미안하다는 말을 영혼 없이 하는 것도 힘들었다. 지금, 짜증이 너무 나니까. 마치 두 연인의 밀회를 몰래 훔쳐본 듯한 불쾌함이 좀처럼 사라지지 않고 있었다.

"너…… 지금, 뭐 하는……."

화리는 몸에 튄 액체를 손등으로 닦아내면서 바드득 이를 갈았다. 덕분에 풀렸던 눈에도 다시 조금씩 힘이 들어갔다.

"그냥 자라. 이걸 왜 챙겨서 들어가. 주정뱅이처럼 혼자 뭘 또 마시려고."

"주정뱅이? 하아, 뭐래. 뭘 얼마나 마셨다고! 겨우 맥주 몇 모금이었어!"

"7.5도야. 네가 마신 몇 모금이 이미 네 주량의 절반이야. 뭘 알고나 까불어."

"까불든 노래를 하든 상관 마. 이리 내. 내 거잖아!"

"싫어! 이거 어차피 내가 사다 넣은 거잖아. 이게 말 안 하고 넘어갔더니만, 모를 줄 알았나. 너 은근슬쩍 자꾸 내 간식 탐해

라. 어젯밤에 없어진 마들렌, 그 껍질이 네 방에서 나온 거 오늘 버젓이 봤다!"

순간 뜨끔한 화리는 이를 꽉 깨물면서 입술을 두툼하게 내밀었다. 젠장, 받아쳐야 하는데 할 말이 없다. 그게 사실이라서. 춘향가는 공용 냉장고 두 대를 사용했는데 그중 키가 작은 흰색 냉장고가 간식 창고였다. 딱히 누가 말하지 않아도 제 몫의 과자나 음료수를 사면서 다른 사람들 것도 같이 채워 넣는 게 이곳의 정다움이었다. 그리고 그건 낮 시간 동안 무료하게 시간을 보내는 화리에게 큰 즐거움을 주고 있었다. 특히 도욱과는 주전부리 스타일이 예전부터 잘 맞았기에, 그가 사다놓는 것이 무언인지 묻지 않아도 분명히 알았고 일부러 골라 먹곤 했었다. 그렇게 즐거운 일을 지금 이토록 치사하고 유치하게 물어뜯는단 말인가! 저는 지 여자친구랑 맨날 맛있는 거 먹으면서, 고작 마들렌, 그거 하나 먹었다고 이따위로 서럽게 할 수 있느냐 말이다! 화리는 입안에 가득 고이는 침과 함께 복수의 말을 준비했다.

"그리고, 너! 이게 가당키나 한 짓이야? 새벽에…… 그것도 속옷 다 비치는 얇은 티 차림으로! 얼굴 시커먼 남자랑 단둘이 술이 입에 들어가? 뭐가 이렇게 자연스러워. 너, 혹시 나 안 보고 사는 동안 이러고 살았어? 그래서 남자가 너무 쉽냐!"

호흡이 거칠어서 무슨 말을 떠들었는지 되짚지도 못할 만큼 빠르게 문장이 완결되었다. 그래서 넘지 말아야 할 선을 넘은 것도 모르고 도욱은 그저, 재미난 구경을 하는 듯 크게 눈을 치뜨는 시커먼 남자를 흘겨볼 뿐이다. 정작, 화리가 얼마나 찬 시선으로 자신의 목을 틀어쥘 준비를 끝냈는지 눈치챌 수 없었다. 맨 정신에도 감정적으로 쏘아붙이는 남자보다 취기가 올랐어도 이성이 앞서는 화리다. 그게 참 아이러니한 순간, 화리는 진심을 다하여 그에게 토해내듯 뱉어냈다. 입에 가뒀던 그 말을…….

"야, 김도욱……."

"왜!"

"이 짜증 나는 소금마귀야!"

거칠게 뻗어지는 목소리가 정말 진심이라는 듯 아주 크게 울렸다. 하필이면 산의 울림을 타고 메아리치듯 허공을 도는 그 말, 소금마귀가 이 순간에 너무 적절해서 진호는 명치를 내려쳤다. 방금 전까지는 잠이 안 와서 죽을 것 같았는데, 지금은 웃겨서 죽을 것 같다. 한편 들은 말의 충격을 상쇄시키지 못하는 도욱의 표정의 잔뜩 일그러졌다.

'소금마귀?'

차마 쉽게 삼킬 수 없는 말의 덩어리를 꿀떡 넘기는 순간 그의 목울대가 아주 크게 움직였다.

"너, 너 지금 나더러…… 소금…… 도대체 뭐라 했냐?

"소금마귀! 짠내 뚝뚝 떨어지는 소금마귀! 넌 아련이 음란마귀보다 더 몹쓸 놈이야. 그 애는 사람을 위로하기라도 하지, 넌 진짜 치사한 잡귀야. 쳇!"

화리는 일부러 침을 뱉듯 '쳇'을 힘주어 뱉어냈다. 무방비로 당한 도욱의 얼굴은 자는 동안 하이에나에게 엉덩이가 뜯긴 사자의 얼굴을 닮아 있었다. 그만큼 어처구니가 없다는 표정이었다. 멍한 기운이 가시니 이젠 화가 난다. 왜 하필 다른 이도 아니고 하진호 앞에서 이따위로 저급한 놈이 되어야 한단 말인가. 이젠 모르겠다. 그냥 되는 대로 치고받고 싶은 기분이 든다.

"다신 네 거 안 먹어…… 두고 봐! 입에 넣어줘도 뱉을 거야!"

"먹지 마! 누가 먹으래! 말도 없이 전부, 다! 네 입으로 밀어 넣을 때는 언제고, 이제 와서 감히 은혜를 원수로 갚아? 이거 진짜, 상종 못 하겠네."

"그건 내 말이지! 나도 너 상대하기 싫어. 누군 너 좋대!"

"이 와중에 좋고 말고가 무슨 상관이……."

도욱은 거친 목소리를 끝까지 이어갈 수 없었다. 재밌는 연극의 싸움 장면이 진짜 혈투로 변하는 순간, 적절한 시점에 들어선 진호가 소금마귀의 입을 꽉 틀어막았다. 도욱보다 검지 손가락 마디만큼 키가 더 큰 진호는 버둥거리는 그를 손쉽게 제압했다.

"가요. 얼른."

화리는 진호의 말에 처음으로 거부를 표했다. 결코 물러설 수 없다는 듯 고개를 크게 흔들었다. 입이 막힌 상태로도 눈을 흘기는 도욱을 씩씩거리면서 똑같이 노려봐야 지금껏 답답했던 마음이 아주 조금 풀리는 것 같았으니 말이다.

"화리 씨. 왜 화났는지 알겠는데 오늘은 참자. 자꾸 이러면 1층에 애들 다 깨. 그러면 일이 복잡해져."

화리는 그제야 겨우 이해한다는 듯 뻐딱하게 고개를 끄덕였다. 그러곤 아주 씩씩거리면서 거실을 가로질렀다. 말 잘 듣는 강아지와도 같은 모양새에 도욱은 열이 치받는다. 그녀가 계단을 뛰어오르는 모습을 힘주어 주시하면서 도욱은 진호의 팔을 거칠게 뿌리쳤다. 그 순간적인 동작 때문에 진호는 볼 수 있었다. 도욱의 오른쪽 팔목에 채워져 있던 작은 끈을 말이다. 언뜻 팔찌처럼 보이는 그것에 진호의 호기심 가득한 눈이 따라붙었다.

"팔찌 샀냐?"

"그냥 끈이야."

"뭐하러 그런 걸 갑갑하게 몸에 채워?"

"그냥, 한다. 좀! 그냥!"

도욱은 혀끝을 차면서 진호를 보는 눈을 곱게 뜨지 않았다. 편안한 얼굴을 보는 순간 저절로 주먹이 쥐어졌다. 왠지 이 달밤의 모든 소란이 다 저 점잖은 노친네의 계략인 것만 같다.

"빨리 해라."

"뭘?"

"할 말 있다며. 오밤중에 내려와서 날 찾을 땐, 뭔가 있어서 그런 거 아니야."

도욱은 충격으로 허한 속처럼 입안도 비어서 말을 잃었다.

"없어?"

있는데…… 입이 안 터진다. 사실은 묻고 싶다. 도대체 둘이 뭐하는 짓들이었냐고. 형은 어쩌다 술 못하는 여자의 술친구가 되었냐고. 전부 따지고 싶은데 진이 빠진 탓인지, 입술조차 들썩이지 않았다. 그를 대신해서 대화의 물꼬를 튼 것은 진호였다.

"잠을 못 잔대."

"누가?"

"화리 씨."

독이 서렸던 눈이 점점 풀리고 검은 동공에 잔물결이 졌다. 급박했던 호흡도 조금씩 느려졌다.

"맥주는, 그래서 내가 한잔하자고 한 거야. 그게 그렇게 독한 줄은 또 몰랐네."

도욱은 깔깔해진 입안으로 그녀에게서 뺏은 그것, 독한 맥주를 쏟아 부었다. 탄산이 사라진 탓에 목 넘김이 쉬웠다. 그것은 그녀와 진호가 꽤 오랜 시간 함께 있었단 뜻일 테지. 울컥 튕겨 오르는 짜증을 누르기 위해서 단번에 액체를 쏟아 부은 덕분에 금방 빈 캔이 되었다.

"화리 씨. 항상 웃으면서 괜찮은 척해도 역시, 뭔가 편하지 않은가 봐. 이 집이…… 잠을 못 잘 만큼 힘든가 봐. 그래서 걱정이야. 홍 소장이 그렇게 부탁한다고 말했는데 면목 없다고."

도욱의 손 아래에서 아주 쉽게 캔이 찌그러지는 모습을 보면서 진호는 눈을 가라앉혔다. 역시, 김도욱과 홍화리에게 뭔가 있다. 하지만 진호는 지금 이 순간이 몹시 힘겨운 듯 어깨에 힘을 잃은 도욱을 다그치지 않는다. 그저, 싸우는 방법이 너무 유치한 동생을 아끼는 마음으로 꾸짖는다.

"너는, 인마! 제대로 살피지는 못할망정, 아까 그게 뭐 하는 짓이야! 애들처럼."

"저게 나더러 소금마귀라잖아! 그게 나한테 할 소리냐고!"

칭얼거리는 서른셋 남자의 목소리에 진호는 또 숨이 막힌다. 정말이지 제대로 아주 크게 웃고 싶은 밤이다. 하지만 진정 하고 픈 대로 했다가는 도욱에게 제대로 한 대 맞을지도 몰랐다.

"그러게 왜…… 안 하던 짓을 해. 네가 언제부터 냉장고 속 물건 편 가르기 했는데. 우리, 네 거 내 거…… 그런 거 없잖아. 그거 제일 잘하는 게 우리 중에 너였어! 그런데 왜 화리 씨한테는 못하는 건데. 너, 뭐 있냐?"

"갱년기야."

"으이그! 웃기려면 좀 더 그럴듯한 소리를 하시지."

남자의 뻔한 거짓말을 자비롭게 넘겨주는 진호다. 뭔가 있다 해도 말할 준비가 되어 있지 않다면 따져 묻지 않는 게 옳다. 그는 조금 무거운 표정으로 2층 쪽을 올려다봤다. 그러고 보니 그들이 있는 발코니는 2층 계단에서 제일 잘 보이는 위치였다. 말하는 표정까지 읽을 수 있을 정도로 시야가 트여 있는 탓이다. 그러니 도욱도 분명도 보았을 터였다. 진호와 화리의 정다움을. 그게 잘생긴 남자의 얼굴을 잔뜩 구길 만큼의 이유라면 역시 이 장정이 조금 딱하다는 생각에 진호는 위로하듯 그의 어깨를 툭 친다. 제발, 아니었으면 좋겠다. 진호가 조용히 짐작하는 하나가 말이다.

"너, 자다 나온 거 아니지?"

"잤어."

"그래? 웬일이야. 네가 까치집을 안 짓고 잠드는 날이 다 있네. 뭐, 아무렴 어때. 물이나 한 잔 마시고 올라가라. 속 더울 텐데."

진호가 2층으로 올라간 뒤 혼자 남겨진 도욱은 피곤한 두 눈을 문지르면서 벤치 위에 털썩 주저앉았다. 순간 좀 전까지 이곳에 있던 두 남녀의 시끄러운 지저귐이 다시 재생된다. 그것이 빡! 목을 치고 오르는 순간의 뻐근함이 불쾌해서 도욱은 손으로 뒷목을 꽉 잡아쥐었다.

"잠이나 잘 것이지, 뭐 잘하는 짓이라고…… 팔랑거리면서 돌아다녀. 하여간에 마음대로 안 돼. 단 한 번도!"

늦은 귀가의 피로함에도 불구하고 입가에 작은 웃음이 지어졌던 이유는 그녀의 방문 사이로 새어드는 작은 불빛 때문이었다.

도욱은 곧장 제 방으로 가지 못한 채 화리의 방문 앞에서 한참을 서성였다. '샴푸 있냐?'는 편한 핑계로 방문을 쉽게 열어젖힐 수도 있었지만 문고리를 붙잡지도 못했다. 일순간 선아를 마주했던 그날의 화리가, 그 놀란 표정이 갑자기 눈앞을 채워서.

사실, 그날 일은 유독 도욱에게도 불쾌한 잔상이었다. 어쩐지 주객이 전도되어서, 화리에게 선아와 몰래 바람을 피운 것을 들킨 기분이었으니까. 그날 이후 화리는 특별히 선아에 대한 어떤 것도 묻지 않았고 마치 보지 않은 것처럼 행동했다. 그래서 뭔가 이어갈 대화의 고리가 없다는 것이 도욱은 무척 답답했다. 그래서 계속 음악을 들으면서 뒤척이다가 결국 오늘 하루는 불면을 선언했다. 같이 부엉이가 되어줄 수 있는 진호와 함께 맥주 한 잔으로 쓴 속을 달래고자 했는데 그가 없었다. 설마? 혹시나 싶어서 화리의 방을 열어젖혔는데 또 없다. 이것들이 혹시, 같이? 치밀어 오르는 어떤 불안감으로 계단을 뜀박질하듯이 내려왔더니 역시나…… 신경 쓰이는 투샷이 절찬리에 상영 중이었다. 둘의 조합이 가능한 이유를 상상조차 할 수 없어서 목구멍이 턱 막혔건만, 제법 간단한 원인이었다.

"잠을 못 잔다고…… 네가……."

도욱은 떫은 웃음을 지으면서 2층에 있는 여자를 더듬듯 다시 기억하면서 그녀의 머리끈을 손가락으로 튕겼다. 새끼손톱 크기의 고양이 펜던트는 팔목 안쪽으로 숨겨져 있었다. 그녀가 잊은 듯이 찾지 않고 있기에 돌려주지 않았지만 다시 원한다고 했어도 선뜻 주지 못했을 것이다. 마치 종교적인 징표처럼 간직하는 머리끈은 그녀에 대한 마음이 끊어지지 않았다는 증좌이기도 했다.

"이깟 게 뭐라고…… 숨겨서, 보이지도 못해. 짜증 나게."

가벼운 듯 피식거리는 얼굴의 기운은 사실 허무함을 표하고 있었다. 분명히 사랑을 하고 있는데도 외롭고 슬프다. 같이 사랑하고 싶은 여자가 좀처럼 틈을 벌리지 않은 채 사랑, 그게 없다는 듯이 눈을 치뜨니 말이다. 그런데도 사랑, 그게 끝내 다시 시작될 것만 같은 야릇한 예감이 자꾸 짙어지는 이유는 무엇인가. 도욱은 높은 곳을 향해서 답을 구하듯 고개를 뒤로 꺾었다. 밤하늘이 참 예쁘다. 이걸, 같이 보았으면 좋았을 텐데 이 좋은 시간에 싸웠다. 또…….

"정신 차려라. 김도욱. 시간이 없다. 네가……."

결국 도욱은 갑갑한 속을 달래기 위해 그 이후로도 한참을 더 발코니에 머물렀다. 2층에 올라온 뒤에도 머뭇거림은 계속됐다.

"자나?"

그녀는 분명히 신경 쓰지 말라고 단단한 눈을 내보일 터지만 어쩔 수 없다. 신경이 쓰이는데 안 쓰이는 척하는 건 분명히 미친 놈이다. 제정신으로 할 수 없는 허세니까. 결국 참지 못하고 화리의 방문을 열었다. 잠이 든 모습만 확인하고 나갈 생각이었다. 다행히 끼릭! 문이 열리는 소리에도 화리는 움직임이 없었다. 그녀는 불 꺼진 방 안에서 얌전히 누워 이불을 끌어안고 있었다. 도욱은 달빛의 기운에 의지해서 천천히 발소리를 줄이면서 그녀에게 다가섰다. 가까워진 기척에도 벌떡 일어나서 눈을 흘기지 않는 것으로 보아 제대로 잠이 든 듯했다. 그래서 도욱은 마음껏 그녀를 내려다 봤다.

"야…… 주정뱅이."

심사를 건드리는 말에도 그녀는 답이 없었다. 앙칼지게 소리치면서 깨어나면 곤란하다고 생각하면서도 도욱은 내심 그녀가 일어나 주길 바랐다. 술 그리고 달의 기운으로 몽롱해졌다는 핑계로 하고 싶은 말이 있었다. 그것은 잘 자라는 다정한 말. 하지만 화리는 여전히 평온한 표정으로 눈을 감은 채 새근거리는 숨소리를 내고 있었다. 조금 허탈한 기분으로 도욱은 입술을 휘었다.

"잠만…… 잘 자면서…… 무슨. 어울리지 않게 불면증이야."

어둠 속에서 반짝이는 남자의 눈이 쓸쓸했다. 잠든 모습을 마치 기록하듯 훑어내리던 도욱의 시선이 한곳으로 멈췄다. 이불 밖으로 잔뜩 뻗어 나온 그녀의 두 다리에 한참 동안 눈이 머문다. 이불을 차내듯이 자는 버릇이 있는 화리였다. 그 여전한 습관에 도욱은 어떤 반가움과 함께 쓸쓸함을 느꼈다. 그는 손을 뻗어서 그녀의 두 다리를 이불 속으로 밀어 넣었다. 그러곤 다시 빠져나오지 않도록 꼼꼼하게 이불을 정리했다.

"자라."

들어줄 이가 없는 말은 역시 외롭다. 그래서 되돌아오는 답을 듣지 못하는 남자의 얼굴에 그림자가 가득 서린다. 그는 뭔가 아쉬운 낯빛으로 한 번 두 번 더 이불을 토닥인 뒤 제대로 몸을 일으켰다. 그가 문을 닫고 나간 이후의 적막함을 감당하는 것은 잠든 척했던 화리의 몫이었다. 어둠 속에서 크게 흔들리는 두 눈동자의 주인은 떨리는 호흡 때문에 제대로 숨을 쉬기도 어려웠다.

"뭐야. 저 인간. 또…… 사람 헷갈리게."

혹시 또 도욱이 들어올까 봐 벌떡 일어나고 싶은 마음도 누르면서 이불을 머리끝까지 끌어 올렸다.

"자라면서, 왜…… 왜! 잠을 깨우고 가는데."

뜨겁고 들뜬 숨소리는 전부 이불 안으로 쏟아내듯 뱉어냈다.

"아, 역시 못 자. 오늘도."

도욱과 거친 목소리를 섞으면서 술이 깬 탓에 하필이면, 방에 들어온 순간 두 눈이 또랑또랑해졌다. 그래서 그냥 침대 위에 누워만 있었다. 그리고 얼마 뒤 진호가 제 방으로 들어가면서 하품을 하는 소리를 들었고 뒤이어 도욱의 발소리도 함께 들릴 것이라 생각했지만 들리지 않았다. 그 이후로도 꽤 오래. 뭔가 이상하다 싶은 생각에 걱정도 들었지만 '내 맥주'를 운운하던 치사한 남자의 얼굴이 얄미워서 그대로 무시하고자 했다. 그런데도 어쩔 수 없이 쓰이는 마음, 혹시 무슨 일이라도 생긴 게 아닌가 싶어서 조용히 동태만 살피고 오려던 그때였다. 계단을 오르는 그의 발소리에 재빨리 침대 위로 뛰어들었다. 되는 대로 이불을 잔뜩 끌어안은 채 거친 숨을 다스리던 순간, 문이 열렸다. 벌컥! 그 작은 소리에 꽉 죄어드는 심장을 움켜잡는 순간부터 화리는 전쟁이었다. 잠든 척 숨을 속이고 흔들리는 눈꺼풀의 떨림을 참아내기 위한 내전. 그 치열함을 모르는 도욱은 꽤 오래 시간을 끌었고 쓸데없는 친절을 베풀었다. 오랜 시간 찬 바람을 맞은 탓인지 그의 차가운 손이 발목에 닿는 순간 화리는 저도 모르게 떴던 눈을 얼른 내리 감았다. 다행히 도욱이 눈치채지 못한 탓에 그 이후로도 들키지 않고 계속 잠든 척했지만 숨이 끊어지는 것처럼 명치가 아팠다. 아마 도욱이 십여 초만 더 시간을 끌었다면 화리는 이불을 박차고 일어나서 씩씩거렸을 터였다. 마치 지금처럼.

"후우……"

몸을 일으킨 화리는 여전히 뻐근한 명치를 두드리며 달랬다. 그러곤 슬쩍 이불을 걷어서 하얀 두 발을 물끄러미 바라봤다. 그의 손이 닿았던 곳은 흔적도 없는데 눈에 보이는 것처럼 아찔한 기분이다. 화리는 갑자기 퍼지는 전율에 몸을 동그랗게 말았다.

"왜, 쓸데없이…… 다정해."

푹 숙인 고개 아래로 투정처럼 혼잣말을 중얼거렸다.

"샘나게. 그 여자."

누가 듣지 못해서 다행인 말이었다. 스스로가 너무 속되게 느껴져서 붉어진 볼을 꽉 감싸 쥔 채 머리를 흔들었다. 그렇게 거친 동작으로 생각을 흩어지게 하던 순간 그녀의 눈이 멈칫했다. 무심결에 시선이 닿은 곳은 침대 옆 협탁 위. 화리는 작은 스탠드의 불을 켜고 달력을 집어들었다. 그러곤 빨간색 펜으로 선명하게 표시된 그날을 다시 기억한다. 한 번으로는 부족해서 두 번 세 번 진하게 테를 두른 그날은 화리가 이 집에 온 지 꼬박 서른세 번째의 날이었다. 하필이면 도욱의 나이를 닮아서 유독 깊게 기억되는 그날은…….

"네 여자친구를 만난 날."

문자가 입을 통해서 말이 되는 순간 신기하리만큼 떨림이 사라진다. 제법 마력이 좋은 주문이었다. 하긴, 사랑을 대가로 바치고 이별을 얻고자 애써서 만든 주문이니 당연히 효과가 좋아야지. 힘없이 옆으로 쓰러진 여자의 눈에서 스스륵 서러움이 흘렀지만 화리는 이를 무시하는 마음으로 닦아내지 않았다. 어차피 닦아도 또 흐르니까. 그래, 흐를 때까지 흘러야 멈출 일이라면 그냥, 흘러라.

"시간도, 사랑도……."

"앉아. 할 얘기…… 해봐."

선술집에서 화훈과 마주한 도욱의 표정이 심각했다. 화리 몰래 비밀 회동을 한 그들은 그녀에 대한 이야기 중이었다.

"왜 말 안 했어?"

졸지에 화훈의 죄를 같이 뒤집어쓰고 있는 도욱은 그 몫으로 작정하고 화훈을 다그쳤다.

"한 번도 그런 티 낸 적 없잖아. 애가 그렇게 힘들어했는데도! 왜, 그 모든 순간에 웃으면서 날 봤냐고. 형은!"

그것은 화리가 학교에서 겪었던 일에 대한 채근이었다. 평소와 달리 화훈도 웃음기 없이 어두운 표정이었다.

"그럼, 울어?"

"형!"

"말? 하면, 뭐가 달라졌을 것 같아? 아니지. 그때 둘은 이미 끝난 뒤였어. 홍화리가 제 입으로 끝내자고 한 남자한테 뭘 바랄 수 있었을까? 없어. 아무 것도. 이유는 간단하지. 홍화리니까."

반박할 말이 없었다. 도욱은 그 모든 것이 답답해서 거친 손짓으로 넥타이를 풀어헤쳤다. 화훈은 쓸쓸하게 웃으면서 술을 따랐다. 그 잔이 도욱에게로 건네졌지만 그는 마실 생각조차 못하는 듯 가만히 들고만 있었다. 그리고 꼭 물어야 하는 그 물음 하나를 겨우 되새기면서 쓴 술을 목 안으로 넘긴다.

"어째서야?"

"뭐가?"

"걔가 잠을 못 자."

한집에 사는 여자의 존재를 인정하고 받아들이다 보니 자연스레 몰랐던 사실들도 알아가고 있었다. 그동안 사귀면서 누구보다 많이 알고 있다고 생각했던 스스로가 무색할 만큼 화리의 모습은 신선했다. 잠에서 깨어 헝클어진 머리, 부은 얼굴과 잠옷 차림의 그녀를 보는 것은 일상의 소소한 재미였다. 무엇보다 근래에 그의 신경을 제일 자극하는 것은 진호의 입을 통해서 분명해진 화리의 불면증이었다. 인지한 탓에 눈여겨보다 보니 역시 충격이다. 화리가 잠을 이루지 못한 채 저 혼자 집안을 서성이고 이불 위에서 뒤척이는 모습은 그를 미치게 한다. 도와줄 수가 없어서.

"역시 그거야? 학교?"

도욱은 치밀어 오르는 화를 참으면서 겨우 말을 이었다. 그녀 앞에서 내색할 수 없었지만 화리가 학교에서 겪은 일을 곱씹고 또 곱씹으면서 도욱은 자신을 파괴하듯 주먹을 내려치곤 했다.

"아니라고 할 순 없지…… 분명히 그때부터 조금 더 심해졌으니까. 보다 근본적인 이유는 그게 고질병이라는 거야."

"고질병이라니?"

"특별히 병리학적 진단을 받은 건 아니야. 그저 심인성 질환."

"……."

"홍화리는 태생적으로 독립적이야. 웃는 건 같이 해도 우는 건 혼자 하지. 자기 힘든 걸로 남을 피곤하게 하지 않는 거, 그게 홍화리의 대단한 인생 미덕이니까. 학교, 그 미친 집단의 폭력 속에서 무방비로 당하면서도 끝끝내 자기 허물을 캐고 또 캤어. 바닥이 뚫어질 때까지 전부 끌어모아서 끝내 학교를 떠나는 날……웃으면서 말하더라. 전부 자기 탓이라고. 그래서 그만한대……그 모든 지랄 같은 결정을 내리는 순간에 개입된 사람이 없어. 심지어 오빠인 나, 부모님 앞에서도 울어본 적이 없으니까. 끝내 저혼자 다 하고서 '걱정시켜서 미안해'라고 엄마 눈물 닦아주는데진짜 화딱지가 났어. 이건 도대체 사람인가 싶었지. 너무 얄미워서 볼을 꽉 잡아 뜯었는데도 안 울어. 끝내…… 왜? 이유는 쉽지. 엄마가 우니까. 그거 달래는 게 우선인 거야. 그 애는…… 언제나 자기보다 남을 먼저 봐. 그리고 자기 아픈 건, 전부 혼자해. 그러니까 잠? 당연히 잘 틈도 없겠지."

화훈은 힘없이 부서지는 웃음과 함께 술병을 또 기울였다. 주르륵 액체가 흐르는 그 잔이 화훈의 입으로 털어 넣어지는 순간, 그는 처음으로 동생에 대한 진심을 말한다.

"어쩌다가 우리 홍가네에 그런 대나무 같은 게 태어났는지. 정말 환장할 일이야."

화훈은 진짜 궁금했다. 화리는 옛날에 태어난 것이 그저 아쉬운 외할머니의 대장부 같은 기질을 닮았다. 강단 있고 잘 참고, 딱히 누구한테 귀찮게 부탁을 하는 법도 없다. '혼자서도 잘해요'가 몸에 밴 그녀의 모습은 존경스러울 정도였다. 그 때문에 맞벌이하던 부모님은 화리를 '복덩이'라고 예뻐했다. 화훈도 화리가꽤 괜찮은 여동생이라고 생각하고 있었다. 오빠가 친구들하고 놀러 나간다고 해도 '갔다 와'가 전부였다. 따라 나온다거나 가지말라고 우는 법도 없다. 그저 알아서 인형 가지고 놀고, 심심하면 자고 혼자 숙제도 다 했다. 그런데 언제부터인가 그런 동생이 조금 가여워질 무렵 아무래도 자기가 나이가 든 모양이라고 화훈은 생각했다.

"기대는 법을 몰라서 답답한 계집애야. 도대체 머릿속에 뭐가 들었는지 궁금하기도 하고…… 아무튼 그 녀석이 지금 또 잠을 못 잔다는 건 분명히 속이 시끄럽다는 뜻이겠지. 밤을 지새울 만큼 힘들다는 얘기고. 버겁다는 뜻일 거야. 그 이유는 아마도……."

화훈이 말을 맺지 못하고 멈춘 사이 그 찰나의 틈으로 생각이 몰아쳤다. 도욱은 정리되지 않은 그것들을 감당하기 어려워서 눈 앞이 아득해진다. 그는 술 대신 뜨거운 숨을 속으로 삼키면서 겨우 입을 떼었다.

"나야? 결국…… 나 때문이야?"

"내 생각은. 하지만 어떻게 알아. 홍화리 머릿속인데."

그래서 너무 어렵다. 홍화리가 좀처럼 보여주지 않아서.

"하지만 어떤 이유로든 영향은 있을 거야. 좀 더 크게 본다면 네 결혼이 문제겠지. 분명히 그 아이는 지금 네 결혼을 꾸역꾸역 받아들이고 있을 테니까. 삼키다 체할 뻔해도 끝내 꽉꽉 씹어서 제대로 사라지게 할 아이야. 걔, 한번 결심하면 끝까지 해. 고시 할 때 엄마 아빠 노후 자금 다 썼다고 자기가 쓴 돈 끝내 이자 쳐 서 다 갚았어. 그래서 완전 개털 된 애를 네 앞에 데려다 놓은 거 야. 그러니 아주 싫었을 거다. 너는 여전히 빛나는데 자기는 여전 히 초라하니까."

화훈은 돌리지 않고 직구를 날렸다. 덕분에 검은 빛을 내는 도 욱의 두 눈동자가 아주 크게 흔들렸다. 술잔을 쥔 손에는 이미 잔뜩 힘이 들어가 있었지만 한 번 더 힘주어 잡았다. 손끝의 떨림이 잔으로 전해져서 볼썽사납게 흔들렸다. 그 작은 움직임은 남자의 들뜸과 초조함을 대변했다. 화리가 자신의 결혼에 대해 너무 쉽게 받아들인다고 생각했다. 특별히 기분이 나쁜 기색도 비치지 않았고 크게 흔들리는 감정의 동요도 느낄 수 없었다. 도욱은 그래서 더욱 뿔이 났고 조급해서 유치해졌다. 일부러 자극하고 싶어서 화리의 방문을 지나치면서 선아와 전화 통화를 했고 유독 목소리를 크게 높였다. 별로 즐겁지 않으면서 매우 행복한 듯이 거짓된 표정을 짓는 순간이 반복될수록 도욱은 정말로 최저로 변하는 자신을 발견했다. 그 모든 행동에 도리어 자기가 숨이 막혀서 멈추고 싶던 차였다. 그랬는데…… 도욱의 그 모든 행동이 그녀가 잠 못 드는 이유라면…… 생각만으로도 입안에 흙먼지가 고인 듯이 기분이 텁텁해졌다.

"지금 제 상태에 대해서 나한테 절대로 말 안 할 거야. 오빠를 아주 개무시하지. 그러니까 도욱아. 네가 좀 봐……."

"보긴 뭘 봐…… 눈도 잘 안 마주친다고."

"그래도 봐. 볼 수 있을 때……."

화훈은 말끝을 흐리면서 실없이 웃었다. 그는 눈가에 맺힌 동그란 눈물방울을 눈곱을 떼는 척 티 나지 않게 닦아냈다. 항상 티격태격하지만, 누구보다 동생 사랑이 지극한 오빠 화훈은 화리가 걱정이었다. 자신과 너무 달라서. 화리는 애써서 투정부리지 않아도 알아서 사랑해 줄 남자가 필요한 아이다. 그렇게 순수하고 맹목적인 사랑을 주는 상대가 도욱이었다. 그런 남자를 그녀가 잃었을 때 오빠는 제 슬픔처럼 괴로웠다. 물론, 화훈은 현재 도욱이 결혼을 전제로 만나는 여자가 있다는 것은 알고 있다. 그런데도 그가 화리와 함께 살겠다고 했을 때 내심 기대했다. 그들이 다시 만날 수 있지 않을까 싶어서. 제대로 판은 벌여놨는데 생각만큼 주사위가 굴러가지 않아서 화훈은 심란했다.

"김도욱…… 우리 화리가 너랑 끝내면서 독종의 면모를 과시한 거 알아. 그래서 네가 꼭지 돌아서 미친 것도, 알아. 그래도 내가 분명히 아는 하나가 있어. 홍화리 걔는…… 끝나는 순간에도 너를 사랑했어. 끝나고 나서도 너를 사랑했지. 그리고 지금은……."

화훈의 호흡이 이어지는 순간마다 조금씩 도욱의 눈동자도 커졌다. 그의 동공이 만월을 닮아서 가득 커졌던 그 시점, 도욱은 가득한 기대와 함께 잔을 꽉 움켜쥐었다.

"네가 직접 물어봐라. 홍화리한테……."

미약한 기대가 너무 쉽게 사라지는 순간 도욱은 바람 빠지는 웃음으로 허탈함을 이긴다.

"너…… 그거 모르지? 홍화리한테 청혼한 김도욱이 어떤 남자였는지?"

화훈은 슬쩍 도욱의 어깨를 힘주어 잡으면서 피식거렸다.

"인생에서 남은 숙제가 결혼, 그거 하나인 것 같은 남자였어. 과장 좀 보태면 넌 그때 결혼식장 빨리 들어가려고 안달이 나 있었다. 그 순간에 걔 눈앞을 채운 건, 홍화리랑 같이 살고 싶은 남자가 아니라 결혼이 필요한 남자였을 거야. 네 진심이 뭐든 분명히 그 순간에 걔는 그게 먼저 보였을 거야."

술에 흐려진 눈을 가진 주제에, 전하는 말은 꽤 무거웠다. 화훈의 입에서 만들어진 모든 말의 덩어리가 우박처럼 묵직하게 도욱의 가슴을 때렸다.

"널 홀리면서 주변을 맴도는 시끄러운 여자들 많았다는 거. 너희 부모님께서 은근히, 계속 공부하는 여자보단 집에서 네 뒤만 봐줄 며느리를 원하셨다는 거. 그런데도 네가 홍화리만 보는 탓에 노파심이 난 어머니하고는 꽤 말다툼도 잦았다는 거…… 그래서 마지못해 쇼하듯 몇 번 선도 본 거…… 전부 다. 홍화리가 알고 있었어."

마지막 우박 한 덩이가 너무 커서 완전히 KO패다. 도욱은 아픔을 토하듯 크게 숨을 뱉어냈다. 뻥 뚫린 속 안을 훑고 지나는 술의 독한 기운으로도 정신이 멍하다. 정말 몰랐다. 그야말로 입을 닫고 사는 여자니, 알 수가 있나. 그런 주제에 뭐 그리 눈치가 빨라서 애써 숨기려던 건 전부 알고 있었단 말인가. 만약 그녀가 숨기고 있는 모든 것을 제대로 알았다면 그 순간에 그렇게 몰아붙이듯 자신의 여자가 되라고 강요하지 않았을 텐데. 이미 지나가서 불러올 수도 없는 시간이 야속하다. 그래서 그 시절의 아둔한 남자한테 욕을 하고 쥐어 패는 것도 못 하니 도욱은 이를 대신해서 주먹을 움켜쥔다. 일부러 아픔이 느껴질 정도로 아주 꽉.

"그러니까 끝내 말 못 했겠지. 자기를 좀, 기다려…… 달라고."

화훈은 동생이 이별을 맞이했던 첫날을 떠올리면서 연거푸 술을 마셨다. 여느 때보다 조금 늦은 귀가를 한 화리는 아주 피곤한 얼굴이었다. 그저 오늘도 공부가 힘들었겠거니 생각하면서 흘겨보고 말았는데 제 방으로 올라가던 여자가 스치듯이 말했다. 끝났다고. 그러니 이제 도욱의 얘기를 하지 말아달라고. 그게 전부였다. 너무 태연하고 담담해서 그 말을 전해 듣는 사람이 도리어 울고 싶어지는 희한한 이별이었다.

"넌, 그런 아이한테 결혼하자고 했다가 차인 거야. 그러니까 너무 미워하지 마. 내 동생."

"안…… 미워해."

술잔 안으로 조용히 부서지는 혼잣말은 헤어진 여자를 짝사랑하는 남자의 푸념이다. 어쩐지 오늘은 집에 가는 양손이 조금 묵직해야 할 것 같다. 그녀가 좋아하는 겨울딸기를 잔뜩 살 작정이다. 소금마귀한테 삐쳐서 정말로 주전부리를 입에도 대지 않는 여자가, 몇 알 훔쳐 먹는다 해도 티 나지 않을 만큼 아주 많이.

"형."

"응?"

"집에 올 때 각오해야 할 거야. 죽인다고…… 벼르고 있어."

"누가?"

"형 여동생이. 사람 미치게 하는 그 여자가……."

신선처럼 술을 마시던 화훈은 볼썽사납게 기침을 콜록거렸다. 쓸쓸했던 눈동자도 겁을 집어먹은 채 불안하게 흔들렸다.

"아무리 그래도 오빠인데……."

"죽일 거야."

"너, 너는 괜찮아?"

"나? 이미 한판 했지. 그래서 죽은 듯이 살잖아."

도욱은 영혼 없이 웃으면서 화훈의 등을 두드렸다. 오빠, 홍화훈은 진심으로 고민했다. 야수 같은 여동생을 어떻게 하면 달랠 수 있을까…… 생각하는데 역시 답이 없어서 빈 술잔만 만지작거린다. 그는 턱을 괴면서 심드렁하게 웃었다.

'하늘이, 돕겠지 뭐…… 천사 홍화훈을…….'

"이리 오너라!"

"형!"

"오셨어요!"

화훈의 등장이 시끄러웠다. 아련은 눈을 반짝이면서 화훈에게
서 장바구니를 받아들었다. 모두가 반가워하는 와중에도 유독
한 여자의 시선 때문에 화훈은 그리 즐겁지 않았다. 아까부터 뒤
통수가 따가웠다. 화리가 2층 계단 난간에 기대어서 그를 향해
사악한 미소를 짓고 있었다. 그녀가 소리 없이 입을 벙긋거리면
서 손을 까닥였다.

'따라와.'

"하, 하하, 하하하."

화훈은 뚝뚝 끊기는 웃음을 신음처럼 흘렸다. 그의 얼굴이 나
이에 맞지 않게 잔뜩 칭얼거리는 아이를 닮아 있었다. 화훈은 동
생의 방으로 들어서는 순간이 정말 두렵다. 피하고 싶었지만 여지
없이 '탁!' 닫히는 문소리가 현실임을 상기시키는 공간이 무척 고
요했다. 이윽고 남매의 반가운 해후가 이어진다면 참 행복할 텐
데, 화훈의 결말은 이미 예정된 새드다. 그런데도 벗어나고 싶어
서 손에 든 봉지를 아주 열심히 흔드는 화훈의 표정이 처량했다.

"이거 봐라! 홍활. 오빠가 너를 위해서…… 특제 마시멜로……."

"집어치워. 이 개&*&@야."

지금껏 남매로 살면서 들어본 중 최고의 육두문자와 함께 화훈은 명치를 맞았다. 그는 고통으로 바닥에 주저앉으면서 신음을 토했다. 아마 아련이 이를 본다면 꽤나 속이 상할 만큼.

　"야, 인…… 마. 너, 오…… 오빠를 너무 함부로…… 해."

　"함부로라니! 미쳤어. 이게 어디서 말을 진짜 함부로 해!"

　잔뜩 성이 난 화리가 그의 얼굴로 베개를 집어 던지면서 씩씩거렸다. 예상은 했지만 역시나 조금 버거운 화리의 공격이었다. 화훈은 겨우 베개를 붙잡은 뒤 크게 한숨을 쏟았다. 이미 등줄기가 식은땀으로 흥건했다.

　"너, 진짜 이러면 안 돼! 오빠가 그랬지. 이렇게 사내자식처럼 굴면 평생 시집 못 간다고!"

　"안 가! 안 갈 거야!"

　애써 벙글거리면서 상황을 무마시키려고 했지만 턱도 없었다. 결국, 화훈은 정공법을 택했다.

　"전부, 다…… 내 죄다."

　최대한 불쌍한 표정으로 눈을 내리깔았다. 그것이 효과가 있는지 화리가 한층 차분해졌다.

　"오빠가 미리 말 못 했다. 아니, 일부러 말 안 했다."

　"어쩌면 그렇게 발칙하냐? 여기 김도욱이 있어! 도대체 나를 왜 여기에 밀어 넣었어? 난 정말! 네 발상의 시작이 납득이 안 가."

　화리는 정말 개처럼 으르렁거렸다.

　"아니, 어차피 도욱이 곧 결혼할 거고, 너는 살 집이 없고…… 솔직히 급한 건 너였잖아. 도욱이는 별생각 안 하는 눈치더라. 곧 결혼…… 할…… 거니까……."

화훈은 동생의 눈치를 살피면서 더듬더듬 말을 이었다. '결혼'을 논하는 시점에서 슬쩍 눈치를 살폈지만 그녀의 표정은 자극을 받지 않는 듯 고요했다. 지나간 한 달여의 시간 동안 꽤 무던히 도욱의 결혼을 인정해 온 모양이었다.

"홍화리. 오빠 좀 봐."

갑자기 가라앉은 목소리의 기운이 이상해서 화리는 흘겨뜬 눈에서 힘을 풀었다.

"힘들어?"

"……."

"힘드냐고."

제 감정을 쉽게 토하지 않는 동생의 성격을 알아서 화훈은 재촉하듯 다시 묻는다. 부디 그녀가 이번만큼은 제대로 오빠에게 마음을 들려주길 바라면서.

"말 좀 해라. 내가 네 오빠다."

"힘…… 들어."

그녀의 눈이 크게 흔들리면서 답이 나오는 순간 화훈은 망설이지 않고 손을 뻗어서 동생의 동그란 머리를 쓰다듬었다.

"그래서 못 살겠어? 도욱이랑은…… 힘들어서?"

다정한 오빠의 목소리에 솟구치는 울음으로 눈이 붉어진다.

"아니, 살 거야. 살 수…… 있어."

"어떻게?"

"……."

"힘들다면서 어떻게 버틴 거야. 왜 버티는데? 너, 지금 도대체 뭘 하면서 참는 거야?"

감히 '사랑'이라고 말할 수 없어서 화리는 주먹을 꽉 틀어쥐었다. 화훈은 머리를 쓰다듬지 않는 다른 손으로 떨리는 동생의 주먹을 덮듯이 붙잡았다. 손 아래로 들어오는 사이즈가 생각보다 너무 작아서 놀란 화훈은 쓴웃음을 짓는다. 이토록 작고 여린 아이가 지금껏 악을 쓰면서 지켜온 철의 방패가 역시 자기 때문인 것 같다. 오빠가 너무 저밖에 모르는 철부지라서. 부모 속을 지독히도 썩이는 호랑말코니, 믿지 못할 존재이기에 저 혼자서 모든 짐을 다 지고, 괜찮다고 웃은 모양이다. 오빠 너는, 네 갈길 잘 가라고. 나한테 다 맡기고서 훨훨 날아다니라고 말이다. 그게 너무 미안해서 화훈은 사는 동안 처음으로 동생한테 눈물을 보인다.

"미안…… 오빠가, 미안하다."

화리를 고개를 푹 숙인 오빠의 뒤통수를 물끄러미 바라봤다. 미안이라니…… 오빠에게서 이런 말을 들어본 적이 있던가? 아무래도 화훈이 제가 한 짓에 대한 사과를 하는 모양이었다. 사실, 그를 몰아붙이면서 힐난했지만 그건 반갑다는 표현이 절반이었고 조금 힘든 마음에 대한 투정이었다. 그래도 전부 모른 체하면서 빙글거릴 것이라 생각했더니 이게 웬일. 화훈이 운다. 그래서 가슴이 조금 아프다. 오빠의 눈에서 떨어지는 눈물방울의 움직임이 너무 느릿해서 선명히 눈에 담겼다. 그 순간, 같이 터지려는 눈물을 겨우 끌어당기면서 화리는 그의 사과를 기쁘게 받는다. 사실 화훈에게는 고마운 일이 더 많다. 다만 그 고마움을 주머니에 넣고 다닐 만큼 깜찍하게 말하지 못할 뿐이다.

"고개 들어."

아주 단호한 말투였다. 당연히 흐르던 눈물도 다시 들어간다.

"어?"

"고개 들라고!"

맥락에 맞지 않는 그녀의 호통에 화훈은 허탈해졌다. 분명히 같이 따라 웃으면서 따뜻한 포옹이 이어지리라 생각했건만 역시, 홍화리다. 그녀는 사감선생님처럼 엄하게 삿대질을 했다.

"잘 들어!"

화훈은 다부지게 고개를 끄덕이면서 결심했다. 다시는 이 계집 애 앞에서 울지 않겠다고! 정말이지 사근사근한 맛이 없어도 너무 없다! 그래서 더 불쌍하게.

"나는, 살 거야. 여기서. 계속."

"괜찮겠어?"

"괜찮지 않을 것도 없어. 대신에 앞으로 1년 치 월세. 그거나 받을 생각 하지 마!"

"동생아. 어떻게 또 얘기가 그렇게 돼."

"일을 이따위로 해놓은 주제에 뭐? 미친 거지! 네가!"

"아무리 그래도 1년은……."

"짤 없다."

화리가 단호한 눈빛으로 흰 종이와 펜을 내밀었다. 이른바 계약서. 화훈은 남매끼리 이딴 게 무슨 소용이냐며 손사래를 쳤지만 화리는 아니었다. 결국, 화훈은 울며 겨자 먹기로 사인을 했다. 화리는 계약서를 곱게 접어서 바지 주머니에 넣고는 그제야 방긋 웃었다. 모든 것이 정리되었다는 듯 홀가분한 표정이었다.

"내려가서 고기 먹자."

화훈의 어깨를 툭 치면서 방을 나서는 그녀의 발걸음이 가벼웠다. 혼자 남겨진 화훈의 표정은 도리어 심란해진다.

"뭐야. 이대로…… 끝난 거야? 쟤는 뭐가 저렇게 편해. 아, 괜히 울었어! 젠장."

짜증을 뱉던 얼굴이 금세 누그러졌다. 화훈은 침대 맡 테이블 위에 올려둔 액자를 집어들었다. 홍 씨 남매가 어깨동무를 한 채 환하게 웃고 있었다. 춘향가에 입주한 기념으로 진호가 찍어준 사진이었는데 다정한 척하는 콘셉트가 핵심이었다.

"홍화리. 넌 우리 집에 태어나길 천만다행이야. 번지수 제대로 찾아온 황새한테 고마워해야 돼. 네가 어딜 가서 나 같은 오빠를 만나. 어림도 없지."

화훈이 푸념처럼 중얼거리던 그때 갑자기 방문이 벌컥 열렸다. 화리였다. 마주친 시선에 괜히 놀란 화훈은 먹은 것도 없이 사레가 들렸다. 콜록거리는 그를 지나쳐서 화리는 좀 전에 바닥으로 내팽개쳤던 마시멜로 봉지를 집어 들었다. 그러곤 가장 큰 덩어리 하나를 골라 먹으면서 즐거운 표정으로 웅얼거렸다.

"너 오늘 자고 간다며?"

"너라니. 오빠한테."

"오빠가 오빠 같아야지. 너는 진호 씨랑 동갑이면서 어쩜 그리 다르니? 진호 씨는 한없이 다정하고 섬세해서 절로 존경심이 들지만, 설레발 홍화훈 너는…… 가벼움이 습자지 뺨을 착착 때리지."

"너 나한테 진짜, 이러면 안 돼. 나중에 염라대왕님한테 혼나! 그땐 이미 늦어. 제대로 나한테 잘해야 할 거다."

"흥!"

화리는 코웃음과 함께 화훈의 코를 잡아 비틀었다. 이로써 도욱과 관련한 일로 맺힌 모든 앙금이 전부 가라앉는 기분이었다.

"자, 빨리 잔 채워요!"

화훈이 온 기념으로 고기 파티가 벌어지는 마당은 흥이 가득했다. 물론 유독 즐거운 것은 역시 아련이었다.

"아련아. 진짜 인간적으로 그만 마시자."

진호가 맥주잔을 받아들면서 인상을 찌푸렸다. 언제나 마음씨 좋은 아저씨처럼 '그래그래'가 입에 붙은 진호였지만 이른바 말술인 아련의 술 권하기 신공은 상대하기 버거웠다. 술이 센 아련과 한 달간 설거지를 걸고 대작하던 민한은 벌써 뻗어서 신발장 앞에 널브러져 있었다. 모두가 모인 그 자리에는 도욱이 없었다. 그는 내일까지 넘겨야 할 학술지 원고가 있다는 핑계로 맥주한 잔만 마신 뒤 방으로 올라간 참이었다.

"화리 씨."

"네?"

"그거…… 그만 녹여야 하지 않을까요?"

"그만?"

취기가 오른 화리의 혀가 살짝 꼬여들었다. 이에 진호가 부드럽게 웃으면서 눈짓을 했다. 화훈이 사온 마시멜로를 구워 먹던 중이었는데 너무 녹여서 질질 흘러내리고 있었다.

"아……."

화리는 멋쩍게 웃으면서 녹아내린 마시멜로를 얼른 입안으로 밀어 넣었다.

"앗! 뜨거워."

그대로 다시 뱉었다. 살짝 정신이 흐려진 탓에 잔실수를 계속한다. 오랜만에 느끼는 엠티와도 같은 분위기에 취한 화리는 평소보다 많은 양의 술을 받아 마신 터였다. 화훈이 셰어하우스를 한다고 했을 때, 왜 그런 귀찮은 일을 벌이느냐고 했었는데…… 그가 이 사업을 고집하는 이유를 조금은 알 것도 같았다. 저 혼자 독불장군처럼 자기중심적인 남자가 나이가 들더니 조금은 그리워진 모양이다. 사람, 그 따뜻한 온기가.

"진짜 여독이 안 풀리네. 아련아. 난 들어간다."

화훈이 비틀거리면서 자리에서 일어났다. 긴장이 풀린 탓에 평소보다 금방 취기가 오른 터였다. 다행히 술을 마셔도 정신이 말짱한 아련은 휘청거리는 화훈을 아주 쉽게 붙잡을 수 있었다. 화훈이 풀린 눈동자로 '고맙다'는 말을 하는 순간 아련의 볼이 수줍게 붉어졌다. 민한이 봤으면 분명히 지킬박사라고 또 한소리 했을 테지만 애석하게도 그는 입을 열 수 없었다. 이미 의식을 잃고 입이 닫힌 뒤니까. 집안에 들어서자 신발장 앞에 누워서 인사불성이 된 민한이 보였다. 아련은 빙긋이 웃으면서 자신이 만든 작품을 사뿐히 즈려밟았다.

"저건, 왜 또 혼자 있어."

2층 발코니에서 화리의 뒤통수를 심란하게 바라보는 남자가 도욱이었다. 같이 있던 사람들이 저마다의 이유로 뿔뿔이 흩어진 탓에 마당에 남은 것은 화리 혼자였다. 이미 취함을 온몸으로 표현하는 그녀는 마시멜로를 모닥불에 태우면서 실실거리고 있었다. 덕분에 도욱의 속도 까맣게 탄다. 저 여자가 요새 은근히 술을 잘 마신다. 그렇게 안 하던 짓을 하면서 새로운 모습을 보이면 도욱은 어쩔 수 없이 또 불안해진다. 저 잔망스러운 머릿속을 결코 들여다볼 수 없으니까. 발코니 난간을 붙잡은 손에 가득 힘이 들어갔다. 모닥불 위로 쓰러질듯 아슬아슬하게 몸을 휘청거리는 여자를 지켜보다 못한 도욱은 결국 1층으로 내려왔다.

"뭐야…… 이 자식은 또……."

도욱은 쓰러져 있는 민한의 팔을 잡아끌어서 거실 한쪽 구석에 패대기쳤다. 어디선가 적막을 깨는 기차 소리가 들린다 싶었더니, 소파 위에서 화훈이 코를 골면서 잠들어 있었다. 그 자체로 충분히 심란한데 도욱을 더욱 불쾌하게 하는 것은 잠든 화훈의 앞에서 동영상을 찍고 있는 아련의 들뜬 모습이었다.

"우리 화훈 씨는 어쩜…… 자는 모습도 경이로울까요."

경이로운 그분의 입에서는 푸드덕 새가 날아가는 소리가 새어 나왔다. 화훈의 고질병인 수면 무호흡 증세였지만 아련은 그마저도 사랑스럽다는 듯이 바라보고 있었다. 이를 지켜보던 도욱은 혀를 끌끌 찼다. 그는 화훈에 대한 아련의 마음을 일찌감치 '미친 사랑'이라고 명명했었다. 아무튼 이 집 사람들이 지금 전부 제정신이 아니다. 그리고 제일 큰일 날 여자는 밖에 있었다. 도욱은 신발을 신으면서 눈으로는 바쁘게 화리를 찾았다. 문제의 그녀 홍화리는 여전히 모닥불 앞에서 곡예 중이었다. 도욱은 일순간 고꾸라지는 여자의 팔을 거칠게 붙잡아서 흔들었다.

"정신, 차리지. 좀!"

사실 지난 번 소금마귀 사건으로 한동안 데면데면하게 지냈던 터였다. 서로 주고받았던 말이 달갑지 않았으니 바라보는 눈도 곱지 않았었다.

"어? 김도욱이네?"

화리는 정말 취한 듯 도욱을 올려다보면서 아이의 미소로 웃었다. 가볍게 부는 바람을 따라 화리의 머리칼이 흩날리자 그녀의 미소가 더욱 예뻐 보이던 참이었다. 도욱은 헛기침과 함께 날아가려는 이성을 붙잡아 돌렸다. 사실 조금 가슴이 뛰었다. 그를 향한 환한 웃음은 그녀가 이곳에 온 이후 처음이었다. 무려 38일 만의 기적이다. 그것이 설령 술김이었다고 해도 도욱은 썩 나쁘지 않다고 생각했다. 그래서 목의 긴장도 풀리고 유한 소리가 나온다.

"일어나."

그녀는 쉽게 말을 듣지 않았다.

"여기 앉아."

자신의 옆자리를 툭툭 두드리는 여자의 손짓을 따라서 흙먼지가 피어올랐다. 덕분에 도욱은 입안으로 정말 흙이 고인 듯 잔뜩 표정이 구겨졌다.

"올려다보기 힘들어. 앉으세요. 좀!"

칭얼거림을 닮은 목소리에 홀려서 결국 그녀의 옆에 앉았다. 그러면서도 무언가 결심이라도 하듯 주먹을 꽉 틀어쥐었다. 사실 그는 화리가 원래 앉으라고 한 곳에서 10㎝ 정도 더 틈을 벌려 앉은 참이었다. 그 거리가 먼 듯하면서도 참 가까웠다. 어쩔 수 없는 긴장으로 크게 숨을 들이쉬자 바람 사이로 흩어지던 술의 잔향이 그의 코끝에도 스몄다. 전부 옆자리 여자에게서 비롯된 쓴 냄새다. 냉장고 사건에 대한 복수라도 하듯 화리는 대놓고 눈을 흘기면서 그의 앞에 앉았다. 그러곤 보란 듯 소주잔을 꺾고 또 꺾는 모습을 보였다. 그런 여자와 말 한마디 섞지 않아도 목구

멍이 아팠다. 욕을 삼키고 또 삼켜서. 자신은 보든 이들이 많아
서 자꾸 고개를 뒤로 꺾는 여자의 몸에 손도 못 대던 차였다. 그
런데도 진호는 당연하다는 듯 등을 두드리는 것도 모자라 화리에
게서 잔을 뺏고 도욱의 시기를 얻었다. 순간적으로 형에게 물을
쏟고 싶을 만큼의 분노가 다스려지지 않았다. 소금마귀, 그 짜증
나는 이름을 얻고서 깨달은 교훈은 더 이상 아이처럼 유약한 모
습으로 싸우지 않겠다는 것. 그 대신 상황을 제대로 살피겠다고
다짐했다. 진호가 하듯이 말이다. 하지만 또 진호, 그 이름 앞에
서 어쩔 수 없이 질투심이 자리하는 순간 도욱은 차라리 2층으
로 피신을 갔다. 차라리 전부 무시하고 아무 것도 반응하지 않겠
다고 이를 갈았건만, 너무 쉽게 또 휘둘린다.

"도욱아……."

그녀의 나지막한 부름이 불러낸 뻐근함이 척추를 타고 올라서
뒷목을 찌릿하게 했다. 도욱은 욱신거리는 감각을 참으면서 옆의
여자를 바라봤다. 다행히 방해꾼들이 없어서 마음껏 볼 수 있었
다. 시선을 피하기는커녕 도리어 계속 방긋방긋 웃는 것을 보아
하니 역시 제대로 취했다. 그녀가 계속 얼굴을 가까이 들이미는
통에 위태로워진 도욱은 헛기침을 하듯 고개를 돌렸다. 뭐야 이
여자, 지금 나랑 뭘 하자는 거야? 어떤 기대감으로 가슴이 크게
들썩이던 순간이었다.

"너 왜 결혼해?"

쿵! 크게 심장이 요동친다.

'왜…… 라니…….'

쉽게 답할 말이 애석하게도 없다. 결혼의 이유는 별로 생각해

본 적 없었으니까.

"응? 왜?"

그녀는 반드시 답을 듣겠다는 듯 해롱거리면서도 제법 눈에 힘을 실었다. 하지만 역시 역부족, 자꾸만 눈꺼풀에 졸음이 서린다. 제대로 술에 취하면 아무데서나 쓰러지듯 잠이 드는, 그래서 도욱이 제일 싫어하는 여자의 술버릇이 나오고 있었다. 지난번 진호와 맥주 한잔을 하던 순간에도 아슬아슬했는데 오늘은 정말 최악이었다. 진호가 없는 단둘의 조합이 제법 마음에 들었지만 그녀의 상태가 점점 심해진다. 그래서 당장 들춰 업고서 방으로 끌고 가고 싶은데 그게 가능한 일인지 잠시 생각하던 차였다.

"정말 궁금해서 그래. 너는 도대체 결혼, 그게 왜 하고 싶어?"

아무리 되물어도 줄 답이 없다. 그래서 고작 튀어나온 말이 하필이면…….

"묻지 마. 넌 들을 자격 없어. 일어나. 주정 부리는 여자 싫어."

자꾸만 버티는 화리의 팔을 잡아끄는 데 집중했기에 도욱은 눈치채지 못했다. 자격, 그 말은 꽐라가 된 주제에 맨 정신에 들을 소리를 하지 말란 뜻이었다. 그런데도 다른 의미로, 가장 나쁜 뜻으로 알아들은 화리는 조금씩 웃음을 잃었다. 그것은 서서히 술이 깬다는 뜻.

"그래, 그럼."

"뭐?"

"말하지 마."

좀 전의 기세와 달리 그녀가 쉽게 포기했다. 그러곤 자신을 향해서 내밀어진 도욱의 손을 무시했다. 술의 기운이 사라진 탓에 정신이 돌아왔으면 상황 파악을 제대로 해야 한다. 지금은 남자의 손에 이끌리듯 일어나면서 투정부릴 때가 아니다. 흩어지는 마음을 잘 주워서 타박타박 똑바로 걸어야 하는 타이밍이었다.

"읏차! 와…… 흙투성이였네."

순순히 몸을 일으켜서 바지에 묻은 흙을 탈탈 털어내는 여자의 손가락이 가늘게 떨렸다. 그녀는 전신으로 퍼지는 몸의 떨림을 아주 편하게 추위 탓으로 치부한다.

"와, 입김 봐. 역시 아직 춥네. 난 들어갈래. 손 시려."

여자의 어깨를 붙잡아 돌려세우는 손길이 다급했다.

"홍화리. 내 말 안 끝났어. 멋대로 맥 끊지 마."

도욱의 검은 눈이 크게 빛났다. 그 눈의 기운을 보아하니 쉽사리 벗어나지 못할 흐름이 느껴졌다. 입술의 떨림이 어깨로 내려앉을까 봐 화리는 슬쩍 몸을 틀어서 도욱의 손을 제 몸에서 떨어뜨렸다. 그의 눈은 여전히 깊었다.

"결혼, 왜냐고? 그래, 그거 답은 못 하겠는데…… 하나 묻자."

"……."

"그게…… 왜 궁금해? 네가?"

답을 갈구하는 도욱의 목소리가 묵직했다. 때문에 여자의 눈동자가 초점을 잡지 못한 채 황망히 흔들렸다. 순간, 왜 그런 멍청한 질문을 했던가 싶다. 아무래도 술에 취했으니, 취중진담 뭐 그런 망측한 마음이었던 모양이다. 그가 답을 안 한 것이 차라리 다행이었다. 만약 선아를 떠올리는 표정으로 구구절절이 어떤 이유를 논했다면 그건 또 지금보다 더 가슴이 욱신거릴 일이었으니까.

"묻잖아. 왜냐고!"

빠져나갈 틈이 없으면 직구를 던지고 끝내는 게 편하다.

"행복해졌으면…… 싶어서. 네가."

그것은 달을 보며 소원했던 여자의 진심. 처음 들려주는 마음이라서 더 깨끗하고 아픈 마음.

"헤어지던 날, 좋은 여자 만나서 결혼…… 그거 해도 아주 잘하라고 했던 말, 객기 아니야. 진심이었어. 너는, 참 괜찮은 남자니까. 그런 너를 내 손으로 놓고 가는 순간에, 아쉬워하는 대신 진심으로 바랐어. 네 행복을. 적어도 가해자인 나보다 피해자인 네가 조금 더 빨리 후유증을 털어내길 바랐어. 그래야, 나도 어떤 부채감 없이 살지. 다른 사람이랑."

어려운 이야기를 쉬운 듯이 내뱉기 위해서 마치 남의 이야기를 전하듯 목소리에 감정을 싣지 않았다. 사실, 지금…… 울고 싶다. 그래도 참는 거 하나는 특기인 탓에 오직 그거 하나만 믿고 화리는 이 어려운 상황을 또 이겨낸다. 언제나 말을 막고 도망친다는 도욱의 말을 아프도록 되새기면서.

"그래서 참, 다행이야."

그녀가 웃으면서 한 말이다. 도욱은 주머니에 손을 찔러 넣은 뒤 꽉 주먹을 쥐었다.

"선아 씨. 괜찮아 보여. 의사한테 시집가려면 필요하다던 열쇠 3개. 그게 뭐야, 30개는 더 해줄 수 있을 텐데. 그렇게 대단한 조건에 얼굴도 예뻐…… 역시 찾기 힘든 여자를 김도욱은 용케도 찾았네. 정말 잘된 거지. 그런 여자가…… 너의 신부라서."

화리가 시의 구절처럼 아련하게 '신부'를 입에 담는 순간이었다. 아주 절묘하게 확장된 남자의 동공 안으로 눈앞의 여자가 가득 들어온다. 순간 느닷없이 눈이 시려서 눈꺼풀을 힘주어 감았다. 그 사이로 분명하게 되새겨지는 말이 있다.

'신부.'

빠드득 이가 갈리면서 턱이 비틀어졌다. 그 평범한 단어가 도대체 뭐라고 기분이 언짢다. 그 이유를 몰라도 곱게 받아쳐 줄 수가 없다. 자연스레 화리를 내려다보는 시선이 또 까칠해졌다. 왜 이러지? 생각하면서 심술이 터지는 시간을 늦추던 그때, 잔망스러운 여자가 또 혀를 놀린다.

"그러고 보니, 네 결혼은…… 내가 알아서 떨어져 나간…… 덕분이구나."

빠직! 봉인했던 기억이 제대로 터졌다. 도욱은 그녀를 향해 눈에 힘을 주었던 그 짧은 순간에 전부 깨달았다. 결혼의 이유…… 한동안 잊고 있었던 그 녀석의 실체를 말이다. 그래서 남자의 눈빛이 더욱 험악해졌다. 그 사나운 눈길 끝에 서 있는 여자는 다행히도 조금씩 눈앞이 흐려졌다. 마주한 상황의 긴장감 때문일까? 겨우 깨어났던 취기가 신기하게도 다시 오른다. 아마, 가장 마지막에 홀짝였던 막걸리 한 병의 취기가 이제야 한꺼번에 쏟아지는 모양이었다. 차라리 다행이다. 지금, 정신이 흐려져서.

"그러니까, 나한테 좀 고마워하라, 고. 눈썹 씰룩거리지 말고."

잠투정을 하듯 웅얼거리는 여자가 중심을 잃고 휘청거리는 순간 도욱은 그녀의 팔을 단번에 낚아챘다. 손의 힘을 통제할 수 없기 때문에 제법 거친 손길이었다. 아픔으로 찡그려진 여자의 얼굴을 바라보면서 슬쩍 힘을 풀어주었지만, 도욱은 그녀를 놓지 않았다. 때문에 화리의 동공도 잔뜩 확장되었다. 도망칠 틈도 없이 붙들린 시선, 여자의 맑은 눈을 오롯하게 제 것으로 가져가는 순간 도욱은 이성을 포기한다. 감히, 이 여자가 결혼의 고마움을 논했다. 어떤 마음으로 그 미친 짓을 진행시키고 있는지 하나도 모르는 주제에 감히 고마워하라니? 고맙기는커녕 복장이 터진다. 역시 어쩔 수 없다. 이 요망한 여자를 대하는 순간에 감정이 앞서지 않으면 사람이 아니다. 신이지.

도욱은 어둠의 기운을 빌려온 듯한 차가운 얼굴로 그녀를 다그친다.

"착각하지 마. 내 결혼에 대해서, 네가 뭘 알아."

힐난처럼 쏟아 붓는 날카로운 목소리가 갈라지고 흩어졌다.

"조건 괜찮은 여자? 열쇠 3개. 그딴 거 누가 필요하대…… 나는 오직 눈이면 돼."

화리는 처음 듣는 소리였다. 그녀는 들은 말을 되새기면서 멍한 눈을 깜박였다. 그런데 아무리 생각해도 뜻 모를 말이라서 계속 눈빛이 흐려진다. 덕분에 도욱의 얼굴도 잔뜩 찌푸려졌다.

'얘가 또…… 왜, 초점 없이 나를 봐! 사람 환장하게. 진짜! 지금, 내가 무슨 말을 하는지 정말 몰라?'

도욱은 답답한 마음만큼 손에 힘을 실어서 그녀의 어깨를 잔뜩 뒤흔들었다. 제발, 정신 좀 차리고 나를 똑바로 보라는 듯한 거친 몸짓이었다.

"잘 들어! 홍화리. 나는! 내가 온전히 비치는 맑은 눈이면 충분해. 그 속에 비친 나를, 넋 놓고 바라보다가…… 순간 머리가 돌아서 남이 보든 말든, 안고 싶은…… 마음이 들게 하는 여자면 된다고. 그렇게 나를, 미친놈으로 만든 것도 모자라서 또 바보처럼 웃게 만드는 게…… 내가 같이 살고 싶은 여자고 내 신부야."

화리의 어깨를 붙잡은 도욱의 손에는 잔뜩 힘이 들어갔다. 마치 그 신부가 너라는 듯이. 그런데도 여자는 남자가 전하는 의미를 제대로 알아채지 못한 채 여전히 답답한 소리를 한다.

"아, 그런 눈이 취향이구나."

"뭐?"

쥐어짜듯이 뱉어낸 말에는 더 이상의 짜증이 실릴 공간도 없었다. 이미 가득 들어차서. 사실, 화리는 한동안 머릿속을 맴돌았던 아련의 말을 다시 떠올린 터였다. 도욱이 데인 상처 때문에 찬물에 밥 말아 먹듯이 결혼한다고 했던 그 말…… 혹시나 했지만, 역시 그건 아닌 모양이다. 화리는 그 여자, 선아 씨의 눈이 참 예뻤다는 것을 되새기면서 희미한 미소를 지었다.

"하긴, 선아 씨 눈매가 참 고상하긴 하더라. 좋겠네. 곧 같이 살게 돼서. 눈 예쁜 여자랑, 네 바람대로."

도욱은 벽을 상대하는 기분이 들었다. 치밀어 오르는 답답함으로 목이 막히는 와중에도 진심으로 묻고 싶다. 너는 지금 날 죽일 작정이냐고. 그래서 제대로 묻지도 못했는데 그녀는 웃으면서 총을 손에 쥔다.

"축하해."

방심한 순간에 당겨진 방아쇠, 미처 피하지 못하고 총을 맞은 남자의 가슴이 뻥 뚫린다. 단번에 숨이 죽은 심장을 되살리기 위하여 악을 끌어 모은다. 선한 기운으로는 도무지 정신을 차릴 수 없으니까. 뻥하니 텅 빈 마음 안으로는 금세 못된 생각이 스몄다. 역시, 저 여자 꼭 한 번은 울리고 말 거다.

"고맙네."

곱게 받아넘기라고 한 말이 결코 아닌데도 끝까지 사람 잡는 여자가 손을 내민다.

"잘 살아. 예쁘게."

'빌어먹을.'

총 쏜 주제에 잘 살라고 악수를 권하는 여자의 얼굴이 그에게는 여전히 제일 예뻐서…… 정말 죽는 기분이 든다. 명치가 막히고 호흡이 뚝뚝 끊겨졌으니까. 아, 역시 이 여자랑 같이 사는 게 아니었다. 이렇게 숨을 빼앗기고 답답하게 시간을 허비할 줄 알았다면 그녀를 다시 보는 게 정말 아니었다. 도욱은 모든 거친 생각을 담아서 화리의 손을 노려봤다. 그러고 보니 이 여자는 사람 속을 뒤집을 때 꼭 손을 내민다. 허공에서 흔들리는 가는 손가락이 마치 나뭇가지처럼 약해 보인다. 죽으라고 물에 빠뜨려 놓고서 선심 쓰듯 던져준 아주 약한 나뭇가지. 결국 그 손을 외면하지 못하는 남자는 눈을 감고 여자의 손을 잡았다. 아주 꽉. 살고 싶다는 마음을 간절히 담아서.

"김도욱 씨. 너 이런 식으로 여자 손잡으면 차여."

화리가 얼굴을 찌푸리면서 잡힌 손을 빼내려고 했지만, 도욱은 빠져나가는 나뭇가지를 아주 부서져라 움켜잡았다.

"괜한 걱정이야. 선아 씨는 이런 거 좋아해."

빈정거리는 말이 제대로 통한 듯 화리의 입술이 파르르 떨렸다. 그 틈을 놓치지 않은 도욱은 승리의 흐름이라도 읽은 듯이 그녀를 몰아붙였다.

"다행이지 않아? 결혼할 여자가 취향이 맞아서."

이만하면 울 때도 됐으니, 제발 울어라. 좀! 그리고 매달렸으면 좋겠다. 그 여자랑 결혼하지 말라는 말을 들으면 이 여자한테 세상의 전부라도 줄 수 있을 거 같다. 그런데…….

"그러네…… 정말, 다행이다. 김도욱이 여자 잘 만나서."

화리는 진심을 얹어서 담담하게 받아쳤다. 감정의 동요가 없는 차분한 모습에 도욱은 이를 꽉 깨물면서 욕지거리를 삼켜냈다. 역시 또 졌다. 옅은 미소를 짓는 여자를 바라보는 그의 눈빛은 텅 빈 채 떨림도 없이 그저 허전했다.

'이게 뭐라고.'

마음이 전해지지 않는 악수, 그 부질없는 살결의 스침이 못마땅하다. 스르륵 잡았던 손에서도 툭 힘이 풀렸다.

"결혼 선물 뭐 해줄까?"

'이게 진짜…… 끝까지. 내가 정말 죽어야, 이 미친 짓을 안 할 건가? 저게 은근히 그걸 바라나?'

도욱은 한계에 도달했다. 하지만 그녀는 어렵게 준비한 진심이었다. 이제, 정말 그를 보낼 수 있을 것 같다. 차라리 조금 더 빨리 도욱의 결혼에 대해서 제대로 물었다면 마음 정리가 쉬웠을 터인데 쓸데없이 외면하면서 시간을 끌었던 스스로가 참 덧없다. 시간 끈다고 해결되는 일은 결국 없다. 차라리, 말…… 힘들어도 그걸 하는 게 상처 치유가 빠르다는 것을 화리는 조용히 깨닫는다. 그 교훈을 가슴에 새기는 게 너무 아파서 악을 쓰며 주저앉고 싶은 기분인데도 화리는 웃으며 그의 앞날을 진정으로 축복한다.

"선물, 생각해 봐. 그건 꼭 해주고 싶어. 역시 결혼식은 못 갈 것 같거든. 네 주변 사람들이 다 내 존재를 아는데도 정작 네 짝이 나를 몰라서 웃는 거, 그거…… 사람이 할 짓은 아닌 것 같아. 너무 예의가 없지."

'사람이 못 할 짓으로 예의가 없는 건 너잖아. 홍화리!'

이 집 사람들 모두가 들도록 소리치고 싶은 마음을 누르면서 얼굴을 굳힌다.

"술 깼지? 잔망스럽게 계속 지껄이는 걸 보니까 다 깼네. 그러니까…… 내가 널 더 상대할 이유도 없어. 너 혼자 걸어. 헛소리 떠들지 말고."

그의 힐난이 갈고리가 되어서 마음을 긁는다. 정감이라고는 찾아볼 수 없는 차가운 목소리가 지치지도 않고 여자를 할퀸다.

"너……."

"……."

"휴직하고 시간이 남아돌아?"

"무슨 뜻이야?"

"남아도는 시간 있으면 생산적으로 놀아. 네가 걷어찬 남자 결혼 걱정 따위 주제넘어. 아! 차라리 이참에 네 주사 다 받아주고 잔망 떠는 것도 예쁘다 해줄 괜찮은 남자 찾아서 시집이나 가버려라. 그런 바보 같은 남자가 있을 리 없지만…… 잘 찾아봐."

"그랬으면 좋겠다."

"뭐?"

"찾을 수 있으면 좋겠다고. 내가 시집가고 싶은 남자……."

화리는 진정으로 궁금해서 생각에 잠긴다. 한때 시집가고 싶었던 남자를 너무 쉽게 떠올린다. 지금, 바로 그녀의 앞에 있으니까. 시집가고 싶어도 이제는 못 가는 남자, 김도욱. 그를 계속 바라보고 있자니 어쩐지 절박해지는 마음이다. 아련의 말대로 역시, 진호에게 구원이라도 청하듯 뛰어들어야 하나? 분명히 그러면 아픈 마음을 어루만져 줄 것도 같은데…….

"정말, 필요해. 그렇게 괜찮은 남자. 내 주사도 받아주고…… 예쁘다 해줄…… 다정한 남자."

그녀의 말이 맺어지는 순간 도욱은 탄식을 닮은 숨을 쏟았다. 순간, '진호 씨처럼'이라는 말의 꼬리로 붙을까 걱정했다. 다행히 아닌데 그녀의 말이, 아련한 숨소리가 정말 진심으로 들려서 속이 멍울진다. 진짜 새로운 짝을 찾고 싶은 눈치다. 감히, 그렇게 바보 같은 남자를 버젓이 제 앞에 두고서 눈치도 못 채는 주제에!

"아! 전생에 나라를 구했으면 정말 내 몫이 되려나? 그렇게 괜찮은 남자?"

대단한 발견이라도 한 듯이 웃는 여자를 보면서 확신한다. 요즘 들어 사라지지 않는 만성 피로와 근육통은 전부, 저 반푼이 때문이라고. 정말이지 단 한 번도 원하는 반응을 주지 않는다. 이제는 짜증이라는 말조차도 부족했다. 화딱지가 나는 마음으로는 그녀의 볼을 잔뜩 잡아 쥐고서 뒤흔들고 싶다. 너 때문에 너무 아파서 수명이 단축되는 기분이라고 악을 쓰면서. 그런데 못하니 어쩌랴. 저 여린 볼이 아파서 붉어지는 것은 또 볼 수가 없다. 그러니, 그냥 속없는 새끼라고 투덜대는 게 할 수 있는 전부.

"뭐, 두고 보면 알겠지. 네가…… 나라를 구했는지, 팔았는지."

도욱의 심드렁한 눈빛에도 화리는 환한 웃음을 유지했다. 사실 조용히 결론지은 생각이 있었다. 그것은 분명히, 과거의 어느 때에 나라를 팔고 못된 짓을 했으리란 것. 그래서 그 죗값으로 놓친 남자가 눈앞에서 계속 어른거리는 탓에 마음이 멍울지지만 괜찮다. 그를 눈에 담을 수 있는 시간도 이제 얼마 없으니까.

"아무튼 열심히 찾아라! 너 시집가는 날…… 기대할 테니까. 나는 꼭 갈 거다. 거기! 네 결혼식장."

도욱은 아주 허세 가득하게 웃었다. 그걸로 끝이면 좋은데 여자를 향했던 거짓된 웃음은 화살처럼 되돌아와서 속을 찌른다. 결국 더는 연기를 할 수 없어서 아픈 남자가 힘없이 여자에게서 돌아섰다.

한 걸음씩 멀어지는 도욱의 뒷모습을 바라보면서 화리의 입가에도 씁쓸한 기운이 서렸다.

'시집가는 날…… 내 옆에 누가 있으려나. 너 말고, 누가…….'

혼자 남겨진 여자가 쓰러지는 것처럼 바닥에 주저앉았지만 도욱은 알 수 없었다. 그저 뒤를 돌아보고 싶은 충동을 억누르면서 현관문 손잡이를 붙잡았다. 사실 이것도 어렵다. 문고리 하나 돌리는 게 뭐 어렵다고 손에서 힘이 빠진다.

'제길, 또 말려들었어. 으흑! 김도욱. 왜 이러냐. 멋없게…….'

겨우 손잡이를 당겼지만, 또 마음이 붕 뜬다. 자신의 질척거림에 화가 치밀어 오르는 순간 도욱은 현관문을 쾅 소리가 나게 닫았다. 닫힌 문을 바라보는 화리의 눈에서 그제야 툭, 도욱이 보고 싶어 했던 그것이 떨어진다. 그녀의 등 뒤에서 이를 말없이 바라보는 진호의 입에서도 툭, 담배가 떨어졌다. 도욱의 방 쪽 창을 올려다보는 진호의 표정이 아주 쓰고 떫었다.

"김도욱, 미쳤네. 아주……."

일요일 아침, 모두 늦잠을 자는 이른 시각이었지만 부엌에는 이미 두 남자가 서성이고 있었다. 오늘의 식사 당번인 진호와 도욱. 어딘지 모르게 피곤에 절어서 파리한 두 남자는 하품을 쏟아내면서 서로의 등을 두드렸다. 그 사이로 서로를 향한 무언의 위로가 전해진다. 사실, 진호와 도욱의 사이는 나름 돈독하다. 어쩌면 그들은 이 집에서 유일하게 말하지 않아도 다 아는 사이다.

"뭔가 이상해."

아련의 부탁대로 화훈을 위한 된장찌개를 끓이던 진호가 떫은 표정을 지었다.

"왜 이렇게 쌀뜨물 같지? 원래 이런 맛인가. 된장찌개가?"

한 숟갈을 삼킨 도욱의 표정은 무던했다. 삼키기도 전에 '맛있다'고 고개를 끄덕이는 몸짓에는 어쩐지 영혼이 빠져나간 듯이 보였다. 그 순간에 진호는 만들던 음식을 포기했다. 사실 된장찌개는 안 끓여도 그만이다. 어차피 제대로 아침 식사할 만큼 정신 있는 사람이 이 집에 없었으니까. 그리고 망한 찌개보다 더 신경을 쓰이게 하는 것은 도욱이다. 그는 30분째 쌀을 씻는 중이었다. 쌀을 씻는 것인지 손을 닦는 것인지 알 수 없는 그 답답한 몸짓에 혀를 차던 진호는 어제저녁에 내린 다 식은 커피를 잔에 따라서 도욱에게 건넸다. 된장찌개를 끓이는 냄새에 파묻혀 커피 향이 제대로 묻어나지도 않은 식어빠진 커피에 도욱은 인상을 찌푸렸다.

"이따가 민한이 일어나면……."

"어쭈? 내 커피는 무시하는 거야?"

"어젯밤 기계가 내려준 커피를 무시하는 거지."

"된장찌개 맛도 모르면서 까다로운 척하기는…… 맛 필요 없고! 정신 차리라고 주는 거니까 그냥 마셔! 너 멍 때리고 있잖아. 어제 술은 내가 다 마셨어. 그런데 왜 2층으로 피신 갔던 네가 후폭풍인데."

진호의 손에 들린 커피 잔을 내려다보는 도욱은 쓴웃음을 지었다. 정말 저걸 마셔야 하나 싶다. 정신이 너무 흐려서.

"그러고 보니 화리 씨도 된장찌개 좋아하나?"

다행히도 단번에 정신이 돌아왔다. 그런데도 쌀을 씻던 도욱의 손은 그대로 멈췄다. 감정적으로 굴지 않는다면…… 아무렇지 않은 물음이었고 대수롭지 않게 답할 수 있는 얘기였다. 분명히 그렇다. 그런데도 그렇게 쿨하게 진호를 대할 수 없는 도욱은 그냥 싫다. 이 모든 상황이, 그리고 무방비로 던져진 자신이. 그래서 쌀뜨물에 손을 담근 채 또 멍하니 가만히 있었다. 그 힘없는 몸짓을 물끄러미 바라보던 진호의 눈이 검은 기운으로 가라앉았다.

"너는 그런 거 모르나? 아, 둘이 그다지 친한 건 또 아니지."

"……."

"아무래도 내가, 화리 씨한테 직접 물어봐야겠다."

"좋아해."

정신을 차린 도욱은 그제야 쌀뜨물에서 손을 꺼냈다. 불어터진 손을 바라보면서 한심하다는 듯한 표정을 지었다. 나름 빛나는 뇌를 가졌다고 자부했는데 뭘랄까 요즘은, 참 바보 같다. 그것도 사랑에 빠진 바보…… 그러니, 명의 편작도 못 고칠 테지. 정말 불치병이니까. 용하게도 그 바보 증세를 제대로 파악하고 있는 진호가 일부러 가벼운 목소리로 도욱을 다그친다.

"그래? 아는구나. 의외네. 하긴, 둘 다 안 친하다고 말만 그렇게 하지. 홍 소장 통해서 건너 건너 아는 사이치고는 꽤 아는 게 많은 것 같았어.”

점잖은 노친네가 도욱의 사랑병을 고치기 위해서 직접 나서는 순간이었다.

“그래서 묻지 않을 수가 없는데…….”

진호가 말을 멈추는 순간의 긴장감을 도욱은 맛없는 커피로 달랜다. 비어 있는 위장에 커피를 흘려보내는 순간의 쓰라림으로 정신을 차린 뒤 뭔가 자꾸 캐내려 하는 진호를 차갑게 바라본다.

“도대체 뭐냐? 너랑 화리 씨는.”

진호가 넌지시 물었다. 때문에 도욱의 눈빛이 초조하게 흔들렸다. ‘무슨 뜻이야?’라고 물을 사이도 없이 진호의 직설적인 물음이 이어졌다.

“분명히 홍 소장 동생으로 그냥 아는 사이, 그 이상일 거야?”

진호가 확신한다는 듯 눈을 찡긋거렸다. 그러곤 아주 인자한 미소로 도욱을 찌른다.

“그래서…… 네가, 화리 씨한테 한눈파는 건가?”

도욱은 미쳐 날뛰는 속을 누르면서 눈빛을 가라앉힌다. 그리고 아주 차분하게 씹어뱉듯이 답을 준다.

“거기까지 하지. 아무리 형이라도, 선 넘으면 곤란해지는데.”

도욱의 노골적인 적개심에도 진호는 그의 속을 헤집는 말을 멈추지 않았다. 병 고치는 치료는 원래 아픈 법이니까.

“너 요새 선아 씨 자주 안 보잖아. 뭐 원래도 서로 바빠서 드문드문 봤지만, 더 띄엄띄엄이 되었잖아. 화리 씨 온 이후로.”

“하아, 진짜 술이 덜 깨셨네. 우리 노친네가 오늘따라 미친 소리를 왜 이렇게 잘해."

"어제…… 들었어."

도욱은 찬물을 맞은 것처럼 소름이 돋았다. 그리고 그만큼 서늘해진 두 눈으로 진호를 바라봤다. 그의 눈이 제법 신실해서 도욱은 빠져나갈 수 없음을 직감한다.

"감은 채고 있었어. 화리 씨 온 첫날, 네가 선아 씨랑 약속도 어기고 집으로 뛰어왔으니까. 그뿐이야? 얼굴 시키면 나랑 술 마시는 화리 씨. 그게 싫어서 악쓰던 네 모습도 전부 다 힌트였어. 납득할 수 없는 일이잖아. 결혼 앞둔 네 두 눈이 틈날 때마다 화리 씨한테 향하는 거. 그 여자가 아닌 이상……."

도욱의 '그 여자'에 대해서 진호는 알고 있었다. 도욱이 처음 이 집에 왔을 때 그는 목각 인형처럼 딱딱했다. 쉽게 곁을 내주지 않던 그와 처음으로 단둘이 술 한잔을 했을 때 도욱은 헤어진 옛 여자의 이야기를 하면서 울었다. 그 모습이 꽤 충격적이고 순수해 보여서 진호는 도욱에게 조금 더 마음을 내주었다. 친해진 이후 이따금 진호는 그날의 도욱을 놀리곤 했다. 삐치는 게 귀여워서 조금 더 머리를 헝클이고 싶은 아끼는 동생, 도욱을 진호는 말없이 주시했다. 도욱은 여전히 멍하니 커피 잔을 내려다볼 뿐 말이 없었다. 그것이 안타까워서 진호는 제 일처럼 속이 답답했다.

"도욱아."

"한눈 안 팔아. 걱정 마."

진호는 진심을 다해서 한숨을 내쉬었다. 언제나 단정한 김도욱을 흐트러뜨리는 한 여자가 같은 집 안에 있다는 사실은 받아들이기 힘든 충격이었다. 제대로 알고 나니까 더욱 그 파괴력이 크게 느껴진다.

"왜 이렇게 무모해. 어쩌자고 화리 씨를 집에 들인 건데."

인자하고 점잖은 남자는 정말로 어른의 눈이 되어서 소년처럼 마음이 어린 도욱을 다그친다.

"잊으려고. 그래서 잊는 중이야."

"장난해, 김도욱! 내가 널 몰라서 지금…… 농담 따먹자고 하는 소리야? 못 잊었으면서…… 앞에서 두고 보는 게…… 얼마나 미친 짓인지 몰라? 형 보면서도 잘도 그딴 짓을…… 네가 왜 해! 너는, 하지 말아야지!"

진호도 무언가 억눌러 온 것이 터지는 듯 그답지 않게 목소리가 거칠었다.

"그럼 어떡하라고! 저 반푼이 같은 게…… 잊은 듯이 살아달라는데…… 미치지 않고서야 어떻게 버텨."

"너…… 선아 씨는……."

진호의 목소리가 흔들리면서 잠겨들었다. 그가 제대로 말을 맺지 못하던 그때, 절묘하게도 2층에서 달칵 소리가 났다. 방문을 열고 나온 것은 화리였다. 속으로 한숨을 삼킨 진호는 말없이 도욱의 뒤통수를 툭 쳤다. 정신 차리라는 뜻이다. 그러곤 이내 평소의 얼굴대로, 아무렇지 않게 화리를 향해 웃어 보였다.

"일어났어요? 나 오늘 된장찌개 끓였는데…… 걱정이야. 화리 씨한테 요리 못하는 남자로 찍히고 싶진 않은데."

"그래요? 제가 한번 먹어볼까요?"

화리는 유명한 TV 프로그램의 진행 장면을 따라하면서 천연덕스럽게 웃었다. 계단을 내려오면서 주방의 풍경을 훑어내리던 그녀는 부르튼 입술을 꾹 깨물었다. 도욱의 존재를 확인한 탓이다. 때문에 화리의 시선이 잠시 흔들리는가 싶더니 이내 제대로 초점을 잡았다. 이제 딴생각 안 한다. 절대로!

"오늘, 도욱이도 당번이었구나?"

그녀는 도욱을 향해서도 가벼운 미소를 지었다. 지난밤 일은 모두 잊어버리자는 듯 무언의 압력과도 같은 웃음에 도욱의 눈빛은 더욱 심란해졌다. 그녀는 도욱과의 무거운 분위기를 이어가지 않기 위해 부단히도 애를 쓰고 있었다. 도욱은 얼굴을 가린 잔 너머로 그녀가 계단을 내려오는 몸짓을 좇으면서 단번에 입안으로 커피를 들이부었다. '털어 넣었다'라는 표현이 더 적절할지도 몰랐다. 입안에 퍼져 가는 쌉싸래함을 빌려서 인상을 찌푸리면서 그는 계단 쪽으로 걸음을 옮겼다. 서로 스쳐 지나는 순간, 화리가 먼저 그에게 말을 붙였다.

"밥은?"

아무렇지 않게 건넨 한마디였지만 화리는 조금 긴장했다. 어쩔수 없이 떨리는 주먹은 자연스럽게 헐렁한 티 앞주머니에 넣으면서도 그 얼굴은 평온했다. 마치 나는 괜찮다고 시위라도 하는 듯 단단한 이목구비에 도욱의 무뚝뚝한 시선이 닿았다.

"안 먹어."

"왜?"

"일찍…… 나가야 해."

'너 때문에.'

도욱은 화리의 얼굴을 찬찬히 살폈다. 조금 부은 듯한 눈가에 시선이 닿자 손끝이 저릿해지는 느낌이 들었다. 그런 얼굴을 한 주제에 화리는 웃고 있었다. 도욱은 파르르 떨리는 눈가를 감았다 떴다. 이 여자 울었구나. 끝내, 저 혼자서. 그래서 멀어지는 여자를 붙잡아 세웠다. 그녀는 팔에서 느껴지는 남자의 힘에 잠시 숨을 멈추었지만 편하게 웃었다.

"할 말 있어?"

"밖에 나가서 샌드위치 사 먹어."

"응?"

"저 인간 미각 세포가 없어. 넌 된장찌개 지옥에 빠지게 될 거야. 3일 밤낮으로 양치해도 부족할 테니까 잘 생각해."

"뭐야. 이 자식아! 아까는 맛있다며!"

진호가 잔뜩 소리쳤지만 도욱은 대꾸도 하지 않은 채 계단을 올랐다. 그가 팔을 놓아주는 순간 화리는 숨을 내쉬면서 얼른 진호의 곁으로 다가갔다. 그 재빠른 움직임을 도욱이 어떻게 해석하는지 그녀는 알 수 없었다. 그것은 이 관계를 다시 되돌리고 싶지 않다는 어떤 다짐이 되어 도욱을 아프게 스치고 있었음에도.

"그럼, 제가 먹어볼게요."

진호는 은근히 초조한 표정으로 화리를 응시했다. 한 숟갈 넘긴 그녀의 표정이 너무 빨리 찌푸려지는 순간 진호는 맛의 구원자 빨간 봉지의 그분을 소환했다.

"와, 신기하다. 못 먹을 게, 먹을 걸로 바뀌네요. 진작 조미료 넣지 그랬어요! 솜씨 없을 땐 믿을 게 이거밖에 없는데."

"웃는 얼굴로 은근히 독설가네. 나도 이제 화리 씨 요리를 신랄히 비평해야겠다."

내심 섭섭한 듯 풀죽은 표정을 짓는 진호의 어깨를 툭 치면서 화리는 눈짓을 했다.

"잊었어요? 진호 씨! 우린 캡사이신의 화신들 틈에서 동맹 맺은 사이라는 거? 나한테 등 돌려서 좋을 게 없을 텐데요?"

"아, 맞다. 그런가?"

장난스럽게 떠진 눈이 마주치는 순간 둘은 동시에 웃었다. 마치, 율마처럼. 아파도 향긋하게. 그녀의 낮은 웃음소리가 그에게도 닿는다. 그래서 가까운 듯 멀어지는 여자를 물끄러미 바라보면서 그는 주문처럼 읊조렸다.

"김도욱은…… 한눈 안 팔아. 여자 있으면……."

"어후, 잠 안 와…… 미치겠네."

자려고 누웠지만 이렇게 누워도 저렇게 누워도 전부 다 불편했다. 어둠 속에서 화리는 말똥말똥한 눈을 깜빡였다. 시계를 보니 11시 반이었다. 그녀는 침대 위에서 2시간을 맥없이 뒹군 꼴이었다. 더는 불면의 밤을 보내지 않겠다고 작정한 탓에 오늘은 좋아하는 드라마도 일부러 보지 않았다. 신경을 분산시키는 음악도 듣지 않고, 평소보다 한 시간 빨리 침대에 누웠건만 모든 노력을 비웃듯 야속하리만큼 또 잠이 오지 않는 밤이었다. 결국, 더는 답답해서 누워 있지 못하고 침대에서 몸을 일으킨 그녀는 뭐라도 마실 생각으로 조심스럽게 방문을 열고 나왔다. 모두 자러들어간 탓에 1층은 조용했다. 아무래도 어두운 실내가 겁이 나서 조심스럽게 불을 켜려던 그때였다.

"뭐 해?"

"엄마야!"

"애냐? 좀 참신하게 놀랄 수 없어?"

문이 열리는 소리도 없었는데 언제 나온 것인지 도욱이 피식거리면서 계단을 내려오고 있었다. 구김이 없는 잠옷에 머리가 말끔한 것으로 보아 그는 아예 침대에 눕지 않은 눈치였다. 화리는 계속 하품을 하면서 기지개를 켜는 그의 나른한 동작 하나하나를 따라갔다.

"안 잤어?"

"자다 깬 거야."

거짓말. 도욱은 계속 불이 꺼지지 않는 화리의 방에 내내 좌불안석이었다. 결국, 그녀가 방문을 열고 나오는 순간 저도 모르게 몸이 먼저 반응을 했고 정신을 차려보니 이미 그녀를 마주하고 있었다. 도욱은 스위치에 손을 가져다 대는 화리를 저지했다.

"불 켜지 마."

"왜?"

"잘 밤에 빛에 너무 노출되는 거 안 좋아."

화리의 불면증을 염두에 둔 말이었다. 불을 켜는 대신 도욱은 식탁 위에 놓여 있는 향초의 불을 켰다. 민한이 카페에 찾아온 손님에게서 받아온 향초였다. 자랑스럽게 식탁 위에 올려놓은 그것에 대해서 아련은 먼지 쌓여서 싫다고 질색을 했다. 그녀가 민한 몰래 버리려고 했지만, 그것을 저지한 것은 도욱이었다. 향초는 불면증 해소에 좋은 천연 라벤더 향을 지니고 있었으니 말이다. 화리는 은은한 향초의 붉은 빛에 의지해서 걸음을 옮겼다.

어쩌면 다행이었다. 환한 백열등 아래에서 그를 마주 봤다가는 금세 붉어지고 달아오르는 얼굴빛을 전부 들켰을 테니까.

"향이 나쁘지 않네."

"응. 안 버리길 잘했다."

"라벤더는 신경 안정 작용이 있어. 자기 전에 켜두면 좋아."

"그렇구나."

화리는 작은 미소와 함께 향내를 들이마셨다. 어쩐지 그 신경 안정 작용이 자신에게만 듣지 않는 것 같다는 생각이었다. 오히려 은은한 향내와 붉은 빛 사이로 비치는 남자의 모습에 심장 박동이 더욱 빨라졌다. 요즘 들어 도욱은 일부러 옛 기억을 끄집어 내거나 화리의 신경을 콕콕 쑤시는 발언은 하지 않고 있었다. 그 대신 일상적인 대화가 가능해졌다. 밥 먹었느냐는 물음을 자연스럽게 건넬 수 있었고 아무렇지 않게 답할 수 있었다. 화리는 그것이 내심 고마웠지만, 동성 친구를 대하는 듯한 그의 무던한 행동은 또 다른 허전함을 불러냈다. 화리는 아까부터 뭘 하는 건지 주방을 서성이는 남자를 물끄러미 바라봤다.

"뭘 그렇게 쳐다보는데?"

"내가?"

"그래. 빤히 봤잖아. 괜히 심장 뛰게."

도욱이 심장 언저리에 손을 가져다 대면서 장난스럽게 웃었다. 그 농담에도 화리는 웃을 수 없었다. 타오르는 불꽃에 기대어, 피어나는 향이 점점 짙어지는 향초 때문에 그야말로 분위기가 야릇했다. 화리는 손가락 마디마디가 간지러워서 입술이 비틀렸다. 그녀가 이상해 보였는지 도욱은 고개를 갸웃거렸다. 눈을 한 번 깜박였을 때는 어느새 그의 얼굴이 가까워져 있었다. 흠칫 놀란 화리가 고개를 홱 돌리면서 다시 계단 쪽으로 몸을 틀었다. 휘둘리지 말자, 반응하지 말자, 피하지 말자…… 그 수많은 다짐이 전부 흐려지는 게 못마땅하다고 다그칠 마음의 여유도 없었다.

"뭐 가지러 온 거 아니었어?"

"아냐. 그냥 내려온 거야."

"그냥?"

"으응. 너는 볼일 봐. 졸리네. 자야겠다."

다급하게 계단을 오르려는 찰나 도욱이 그녀의 팔을 붙잡았다. 그러곤 다시 1층 바닥으로 끌어내렸다. 가만히 얼굴을 살피는 그의 정직한 시선에 화리는 꿀꺽 침을 삼켰다. 그리고 뒤이어진 말에 눈이 커졌다.

"거짓말하지 마."

"어?"

"너 지금 잠 안 오잖아. 눈에 졸음은커녕 빛이 나는데?"

화리는 그의 숨결이 가까이 닿자 흠칫 몸을 떨었다.

"어, 어…… 그냥 좀…… 커피를 늦게 마셨어."

화리는 마주친 시선을 거두고는 잡힌 팔을 빼내려고 했다. 마침 도욱의 주머니에서 전화벨이 울렸지만 그는 신경 쓰지 않았다.

"전화 받아. 선아 씨일지도 모르잖아."

"……"

"밤에 오는 전화면 급한 일 아니야? 어디 아픈 걸지도 모르잖아. 받아."

도욱의 미간이 좁혀졌다. 언젠가 그녀가 싫어한다던 그 표정이었다. 그도 그럴 것이 걱정의 포인트가 달라도 너무 달랐다. 그의 눈에는 오직 제 앞을 서성이는 작은 여자만이 걱정스러울 뿐인데 저 여자는 옛 남자의 현 애인을 걱정한다. 이게 무슨 미친 상황인지 전부 마음에 들지 않았다. 그는 주머니에서 핸드폰을 꺼내서 발신인을 확인했다. 그러곤 핸드폰을 진동으로 바꿔서 테이블 위에 올려놓았다. 그 무심한 몸짓에 화리의 흔들리는 시선이 따라붙었다. 도욱은 그녀가 걸려온 전화에 대해 더는 묻지 못하도록 재빨리 화제를 틀었다.

"너 지금 배란기지?"

직설적인 물음에 얼굴이 확 달아오른 화리의 동공이 확장되면서 입이 벌어졌다.

"왜 그런 걸 물어봐!"

"넌 또 뭘 그렇게 놀라. 이 정도 물음도 못 하는 의사가 있을 거로 생각해?"

듣고 보니 그런 것도 같긴 한데 지금 상황에 맞지 않는 질문이잖아…… 라고 생각하던 찰나였다.

"그나저나…… 내가 알고 있던 그 주기가 아직도 일정하네? 설마 했는데…… 어쩐지 가슴이 커진 것 같더라?"

"야!"

"농담이야."

"환자한테도 이런 식으로 굴어?"

"아니. 너한테만."

"왜 나한테만?"

"글쎄다. 놀리는 재미? 하하."

천진한 웃음 앞에서 화를 낼 수가 없었다. 사실 화리는 여자의 야릇한 속내까지 전부 알고 있는 남자 때문에 가슴이 뛰었다. 향초의 뜨거운 기운을 핑계로 붉어진 얼굴을 감싸 쥐었지만 다리에 힘이 풀리는 건 숨길 수가 없었다. 결국, 화리는 제 발로 식탁 의자에 털썩 앉았다. 그 멍한 얼굴을 바라보면서 도욱은 작게 웃었다. 그녀의 머리를 쓰다듬고 싶은 충동을 억누르면서 주방을 가로질렀다. 화리가 전자레인지가 돌아가는 소리도 듣지 못한 채 향초만 바라보고 있던 그때였다. 그녀의 시야에 작은 컵이 들어왔다.

"우유야."

"나 주는 거야?"

도욱은 고개를 끄덕이며 컵을 그녀 쪽으로 좀 더 가까이 밀어 건넸다. 사실 그동안 화리의 불면증에 대해 직접적인 언급을 하지 못한 채 끙끙거리는 동안 복장이 터질 뻔했다. 그리고 오늘은 그 한계선이었다. 아예 그녀의 맞은편에 앉은 도욱은 그동안 참았던 말을 전부 쏟아냈다.

"마셔. 따뜻한 우유는 멜라토닌의 분비를 유도해서 잠이 잘 오게 해. 도파민이 제대로 분비되기 위해서는 낮에 햇빛도 많이 쐬고. 규칙적인 생활 리듬도 찾아야 해. 스트레스 받으면 세로토닌이 감소하니까 그것도 조심해야 하고…… 수면유도제, 되도록 먹지 마. 차라리 마그네슘 섞인 영양제를 먹든가."

심각한 표정으로 의학 지식을 전하는 도욱을 물끄러미 바라보던 화리가 피식 웃었다. 제법 의사 티가 나는 모습이 생경했지만 나쁘지 않았다. 헤어질 때만 해도 훨훨 나는 그와 달리 앞날이 보이지 않았던 제 처지만이 서글펐는데…… 연인이 아닌 사이로 마주했기 때문일까? 그것도 아니면 지나간 시간만큼 무뎌진 걸까? 지금은 그가 자신의 분야에서 자리를 잡아가고 완성된 세계를 만들어가는 모습이 보기 좋았다.

"왜 웃어?"

"다정해서."

"왜? 그래서 반했어?"

도욱은 턱을 괸 채 빙긋이 웃었다. 화리는 따라서 웃지 못했다. 제 앞에 앉은 남자를 바라보는 순간 찡한 감각에 가슴이 욱신거렸다. 싱그러운 눈매, 예쁘게 올라가는 입꼬리, 잔잔한 목소리…… 장난을 칠 때면 휘어지는 눈썹, 그 모든 것의 주인이 한때는 자신이었다. 그런데 지금은…….

"선아 씨 말이야."

화리가 현실감을 되찾은 덕분에 싱글거리던 도욱의 얼굴에서는 일순간 빼앗기듯이 웃음이 걷혔다.

"방금 전화…… 온 거 맞지? 그냥 받아도 되는데 왜 끊었어. 네가 날 배려하는 거 알아. 그런데 하지 마. 그럴 필요 없잖아."

화리의 입에서 독침이 뿜어져 나왔다. 하필이면 가장 아픈 곳을 찌르고 들어온 탓에 도욱은 더는 여유 만만한 척 웃을 수 없었다. 이대로 정신을 놓으면 그대로 독이 퍼질 테니까. 그는 살짝 풀렸던 눈에 가득 힘을 실으면서 독침을 뽑아낸다. 그러곤 보란 듯이 거칠게 내던졌다.

"전화 안 받는 거? 그런 게 배려야? 왜 그걸 배려라고 생각해?"

순간 도욱은 눈에서 확 열이 올랐다. 몸과 마음이 흐르는 대로 내버려 둔다면 이들 사이에 어떤 새로움이 피어날지도 모를 상황이었다. 그런데도 저 단단한 여자는 이 미묘한 공기의 흐름을 단번에 거두어냈다. 그러니 짜증이 안 나고 버틸 수 있나. 한동안 잘 재워두었던 심술이 슬쩍 고개를 내밀고 있었다.

"아까 선아 씨 아니었어. 받을 필요가 없으니 안 받았던 거야."

"그랬구나. 다행이네."

여자의 옅은 미소에 도욱은 제대로 심사가 뒤틀렸다. 그는 싫었다. 언제부터인가 이 여자와 자신 사이에 놓인 경계가 몹시도 껄끄럽다. 그리고 끊임없이 그 경계를 확인하는 수단은 그에게 여자가 있다는 것이었다. 굳이 말하지 않아도 알고 있어서 미칠 노릇인데, 눈앞에 있는 얄미운 여자는 시도 때도 없이 그 경계를 확인하고 그를 들쑤신다. 화훈과의 만남 이후 그녀의 불면증이 걱정스러웠고 한편으론 들떴다. 저 여자의 작은 머릿속에 가득 들어차서 잠들지 못하게 하는 존재가 자신이라는 생각에 제법 마음이 조급해졌다. 어쩌면 무언가 달라질 수도 있다는 기대에 마음이 붕 떠올라서 잠들지 못한 건 이쪽도 마찬가지였다. 그녀가 결혼하지 말라고 붙잡고 매달리면 뛰어가서 안고 싶은 마음을 누른 채 오만하게 웃으면서 생각해 볼게…… 라고 재수 없게 답하는 상상도 하면서 저 혼자 웃었었다. 그랬는데…….

"나도 만나볼까 해. 새로운 사람."

"뭐?"

잘못 들었다고 하기에는 너무 또렷한 말소리에 도욱은 정신이 번쩍 들었다. 뜻하지 않았던 방법으로 당한 기습이었다. 언제나처럼 저 여자는 방심할 틈이 없다.

"이제는 가능할 것도 같아. 다른 사람 만난다는 거……."

"너, 누구 있어?"

'혹시 하진호야?'

순간 도욱의 눈에서 붉은 빛이 스쳐 지났다. 경계심이 가득한 뜨거움이 불꽃처럼 타올라서 도욱은 주먹을 꽉 틀어쥐었다. 저도 여자가 있건만 화리의 옆에 다른 남자가 멍청하게 웃는 꼴은 상상조차 하기 싫었다. 이기적인 새끼라고 욕해도 상관없으니까 홍화리 너만은, 네 옆자리를 너무 급하게 채우지 말라고 다그치고 싶다. 다시, 그 빈자리를 되찾을 수 있도록 말이다.

"말해. 누구 있냐고."

"아니."

그 답변에 안도할 사이도 없이 그녀가 조잘거렸다.

"내 마음이 그렇다고."

있는 대로 사람을 들쑤신 주제에 눈앞의 여자는 예쁘게 웃었다. 물론 화리는 어색한 상황을 벗어나기 위해 바보처럼 웃고 있던 참이었다. 도욱의 결혼은 기정사실이었고 그가 곧 떠난다는 것도 변함 없었다. 새로운 남자가 주는 신선함에 기대서 억지로 지난 사랑을 잊고 싶진 않았는데, 그래서 그를 완전히 지워낼 때까지는 아무도 만나지 말자고 했건만 그것이 쉽지 않았다. 도욱을 매일 마주하는 지금과 같은 상황에서는 더욱 불가능. 그러니, 끊임없이 정신을 차려야 한다. 그 열쇠는 바로 눈이 예쁜 선아. 또렷이 각인된 여자의 얼굴을 떠올리면서 흐려졌던 초점을 되돌리는 순간 하필이면 남자의 짙은 눈동자를 마주했다. 어둑한 실내에서도 반짝이는 그 눈빛이 어디를 향하는지 화리는 분명히 알 수 있었다. 그것은 자신이었다. 그 시선이 버거워서 우유만 홀짝이던 그때 의자가 끌리는 소리와 함께 도욱이 몸을 일으켰다. 이대로 그가 아무 말도 하지 않고 2층으로 올라가 주길 바랐건만 도욱은 오히려 그녀의 앞에 섰다. 그러곤 망설이지 않고 물었다.

"네 마음이 어떤데?"

"……."

"도대체 무슨 마음을 먹고 있으면…… 잠을 못 자는 건데? 너 왜 그러는데?"

대놓고 따지는 물음 앞에서 화리는 아무 것도 답할 수 없었다. 대답을 갈구하는 남자의 눈빛은 타오르는 촛불을 닮아서 뜨겁게 일렁였다. 화리는 컵을 꽉 붙잡은 채 천천히 몸을 일으켰다. 혼란스러운 제 표정을 감당할 수 없었기에 우유를 홀짝이면서 컵으로 얼굴의 반을 가렸다. 그러곤 컵 안으로 제 말을 웅얼거렸다.

"겁이 나."

"뭐 때문에?"

"비밀."

"왜? 그냥 이 집에 사는 남자한테는 할 수 없는 얘기야?"

"응."

할 수 있는 대답의 전부였다.

"어련하시겠어."

시무룩한 표정의 남자가 푸념처럼 중얼거렸다. 이윽고 허탈한 마음을 토해내듯 힘없이 입술이 터진다. 사실, 순간적으로 튀어나올 뻔한 물음은 따로 있었다. 지금, 너는 이 상황이 정말로 괜찮은 거냐고 물을 뻔했다. 묻는다고 해도 돌아올 답은 분명히 뻔할 텐데도. 그래서 무언가 달라지지 않을 것을 아는데도 자꾸 흔들고 싶다. 그때마다 여자는 지독하리만큼 현실을 일깨운다. 딱 여기까지라고. 한 공간에 묶인 지 벌써 한 달 하고도 그 이상의 시간이 흘렀다. 그 시간 동안 그들은 화리의 바람대로 제법 괜찮게 지내고 있었다. 모여 앉아서 밥을 먹을 때면 은근슬쩍 그의 옆자리를 피하고 눈이 마주칠 때면 스리슬쩍 다른 이에게 말을 거는 것만 제외하면, 그래서 화리가 이 집의 다른 식구들에게 좀 더 많이 의지하고 있는 것에 기분이 나쁜 것만 참아내면……그럭 저럭 잊은 듯이, 편하게 흘러가는 일상이었다. 물론 도욱은 이따금 발작처럼 이 모든 평화를 박살내고 싶은 충동과 싸운다.

"나 올라갈게. 너도 자."

제법 담백한 저녁 인사였다고 스스로를 칭찬하면서 화리가 몸을 일으켰다. 걸음을 막고 서 있는 그의 등 뒤로 잘 닦인 나무 계단이 보인다. 그 반질거리는 난간을 바라보는 순간 가슴이 또 들썩인다. 느닷없이 상기되는 어떤 장면이 머릿속에서 반짝였다. 그것은 처음으로 서로를 마주한 날의 기억. 그날도, 마치 지금처럼 그녀는 도욱의 옆을 스쳐 지나려고 했었다. 그리고 채 한 걸음도 떼기 전에 붙잡혔고 그대로 휘둘렸었다.

'잊은 듯이. 편하게.'

마치 주문처럼 되뇌는 말과 함께 화리는 그날의 모든 것을 또 덮는다. 걸음을 따라서 작은 바람이 일렁이는 순간의 틈, 여차하면 전부 벌어질 순간…… 화리는 눈을 질끈 감은 채 그를 스쳐 지났다. 순간적으로 계단에 발을 디디면서 멈칫했지만, 다행히 도욱은 그 자리에 있었다. 끼리릭 나무 계단에 체중이 실리는 소리에도, 타박타박 느린 발소리가 이어지는 모든 순간에 도욱은 그녀의 주문에라도 걸린 듯 그대로 제자리에 묶여 있었다. 덕분에 무사히 2층으로 올라온 화리는 조금 더 편하게 그를 돌아볼 수 있었다. 하지만 2층에서 내려다본 도욱의 뒷모습은 도리어 가슴을 먹먹하게 한다. 물리적으로 벌어진 거리감 탓일까 그가 무척이나 멀고 아득하게 느껴졌다. 혹시 그가 돌아볼세라 잠시나마 머물렀던 눈길을 재빨리 거두어들이는 제 처지가 너무 처량하다.

'사실은……'

스쳐 지나는 순간, 그가 붙잡아주길…… 내심 바랐었는지도 모른다. 그렇지 않았다면 이토록 가슴이 쓰리고 눈이 시릴 이유도 없을 테지. 그 속되고 무른 마음이 너무 천하게 느껴져서 화리는 더는 망설이지 않고 힘주어 문고리를 잡아 돌렸다. 탈칵! 문이 닫히는 소리가 유독 크게 느껴져서 더욱 맥이 빠라진다. 어두한 주방에서 향초 하나를 사이에 두고, 서로의 눈을 반짝였던 시간이 주는 그 여운이 생각보다 너무도 컸다. 화리는 문을 짚고서서 다리의 떨림을 참아내고 두 눈을 감았다. 하나, 둘 시계 초침이 열을 세는 시간이 지난 뒤에야 그녀는 천천히 눈을 뜨고 크게 숨을 내쉬었다. 조금씩 문 안쪽과 밖의 경계가 명확해진다. 시계 초침이 멈추지 않고 움직일수록, 닫힌 문 밖에서 벌어졌던 모든 시간의 장면은 서서히 과거가 되어버린다. 십여 초의 시간이 더 흐른 뒤, 손을 뻗어서 스위치가 켜지는 순간, 텅 빈 공간에서 혼자 마주하는 외로움은 현재의 시간이었다.

"이제…… 됐어."

제법 익숙해진 탓에 처음과 같은 울적함은 많이 가라앉았다, 지난 한 달여간 화리는 이런 식으로 도욱과의 경계를 지키고 있었고 추억을 가장한 서러운 시간을 차곡차곡 쌓고 있었다.

"여전히 따뜻하시네."

온기가 남은 우유 잔에 빗대어진 것은 도욱의 성품이다. 화리는 잔의 온기를 도욱의 체온처럼 느끼면서 걸음을 옮겼다.

잔을 꽉 쥔 채 털썩 침대 위로 주저앉아 몸을 의지하던 그때였다. 똑똑 소리와 함께 방문이 열리고 도욱이 들어왔다. 그의 등장에 긴장한 화리는 들었던 컵을 내려놓고 눈에 힘을 주었다. 잔뜩 실린 힘이 무색할 만큼 눈동자가 흔들린다.

"왜, 왔어?"

그는 화리의 물음에도 아무 말도 하지 않았다. 그저 뚜벅뚜벅 멈추지 않고 그녀의 곁으로 다가왔다. 멀뚱히 서서 뒷짐을 쥔 모양새가 수상했다. 등 뒤에는 무언가 숨기고 있는 눈치였다. 뭔가 이상한 감을 느끼면서 화리가 고개를 갸웃거리자 그는 무뚝뚝한 표정과 함께 감추고 있던 커다란 인형을 내밀었다.

"받아."

"이거 줄스…… 네 거잖아?"

귀여운 머리칼이 달린 하얀 하마 인형은 항상 도욱의 침대 위를 지키고 있는 그 녀석 줄스와 똑같았다. 같은 캐릭터를 좋아하는 아련이 벌써 1년째 달라고 조르고 있던 그 인형이 분명했다. 얼핏 냄새를 맡아 보니 부엌에서 나던 향초 냄새와 비슷한 향이 인형에서 풍겨왔다.

"줄스한테…… 냄새가 나는데?"

"빨았어. 섬유유연제 냄새야……."

자신을 물끄러미 올려다보는 여자의 맑은 시선에 도욱은 뭔가 쑥스러워져서 고개를 옆으로 돌렸다. 사실, 이왕이면 새 인형을 사줄까 했었다. 분명히 저 여자가 받을 이유가 없다면서 엄한 표정을 지을 게 뻔했기에 도욱은 어쩔 수 없이 제 방에 있던 녀석을 선택했다. 빨랫감을 가져다주러 온 그녀가 쥴스를 쓰다듬는 모습을 여러 번 봤었다. 그 이유는 몰라도 화리가 제법 이 녀석은 마음에 들어 하는 눈치였기에 도욱은 쥴스를 불면증 퇴치 요원으로 삼았다. 사실 인형한테서 풍기는 냄새의 정체는 세제가 아니라 숙면에 좋은 효과를 보인다던 아로마 오일이었다.

"쥴스를 나한테 주는 거야?"

"응."

"왜?"

"너 요새 잠 못 잔다며…… 그거…… 안고 자면 잠 잘 와. 봤지? 나 그 녀석한테 머리만 대고 있어도 잠드는 거."

"신경 쓰지 마. 나 괜찮아."

화리는 인형을 다시 그에게 내밀었다. 망설이지도 않는 그 몸짓에 도욱은 인상을 찌푸리면서 다시 억지로 인형을 안겨줬다.

"이거 네가 아끼는 거잖아. 없으면 잠 못 자는 거 아냐?"

"내가 애냐! 인형 없으면 잠 못 자게!"

정말 한 번을 제 마음대로 행동해 주질 않아서 얄미운 여자다. 그럼에도 신경 쓰여서 미칠 것 같고 잠들지 못하면서 하는 고민이 궁금해서…… 참 많은 생각을 하게 하는 여자다.

"어쨌든…… 받아. 예의 없게 돌려주지 말고."

"네 건데……."

"할 말이 그것뿐이야? 고마워. 신경 써 줘서. 잘 안고 잘게!

뭐, 그런 얘기 하면 너는 일찍 죽어?"

"그런 거 아냐……."

화리는 웅얼거리면서 쥴스를 쓰다듬었다. 물론 고맙다. 라벤더 향내로도 가려지지 않은 그의 체향이 옅게 풍기는 인형 때문에 작은 미소도 지어졌다. 도욱이 방에 없을 때면 그를 대신해서 끌어 안고 쓰다듬은 적이 여러 번이기에 쥴스는 잠들지 못하는 밤…… 마음을 의지해서 정을 줄 수 있는 인형으로 더할 나위 없었다. 어쩌면 도욱이 떠난 뒤에도 한동안 기댈 수 있을 것 같다는 생각에 화리는 쥴스를 좀 더 꽉 끌어안았다. 마치 도욱을 안고 있는 것처럼 포근한 감촉과 은근한 향에 묘한 안정감이 들었다.

"깨끗하게 빨았어? 세제 냄새가 너무 많이 나는 거 아냐?"

"으이그!"

도욱은 여자의 머리를 잔뜩 헝클어뜨렸다. 그가 가장 좋아하는 장난이었다. 오랜만에 느껴보는 그 감촉에 화리도, 도욱도 잠잠하던 심장 박동이 빨라졌다. 이미 임자 있는 남자와 할 수 있는 스킨십 치고는 그 수위가 지나치게 높았다. 화리는 마치 불륜이라도 저지른 듯한 양심의 가책으로 인하여 심장이 꽉 죄어들었다. 안 그래도 그가 보여주는 모든 행동에 흔들리고 있었는데 이 이상은 정말이지 버틸 수가 없었다. 화리는 얼른 그의 팔을 치운 뒤 눈에 힘을 주고서 단호하게 말했다.

"하지 마."

"왜? 나는 그냥 이 집에 사는 사람이라서?"

그녀가 답하지 않았고 도욱의 눈빛이 짙게 가라앉았다. 입을 꾹 닫은 채 자신을 똑바로 바라보는 여자의 눈동자는 감추어진 속내만큼이나 검고 아득했다. 도욱은 이참에 그녀의 생각에 대한 모든 것을 묻고 싶었지만 쉽게 입이 열리지 않았다. 함부로 몰아붙였다가 겁에 질리기라도 하면 저 여자는 꼭꼭 숨어서 끝내 고개를 내밀지 않을 테니까. 도욱은 그저 이대로 그녀의 방을 나서야 하는 것이 아쉬워서 손등으로 여자의 머리를 살짝 튕겼다.

"자라. 그럼."

"어. 너도 자."

결국 무덤덤한 저녁 인사가 전부였다. 도욱이 '역시나'라고 생각하면서 허탈한 표정으로 그녀의 방문을 닫았다. 뭔가 찝찝하고 껄끄러운 느낌에 문고리를 붙잡고 있던 그때였다. 닫힌 문 너머로 들려온 소리에 도욱의 눈동자가 잔뜩 커졌다. 그의 얼굴을 첫사랑 하는 소년처럼 붉어지게 한 한마디는 간단했다.

"고마워. 신경 써 줘서. 잘…… 받을…… 게."

도욱은 화리의 방 불이 꺼지는 걸 확인한 뒤에야 침대 위에 누웠다. 대자로 누워서 멍하니 천장을 바라봤다. 언제나 머리맡에서 제 곁을 지키고 있던 줄스가 지금 그녀의 품에 있다는 사실에 작은 미소가 지어졌다. 그녀가 정말로 줄스를 싫다고 거부하면 어쩌나 내심 걱정이었다. 오래된 인형 하나 건네는 게 몇날 며칠을 고민하고 마음 졸일 일이라니……. 도욱은 제 신세가 한심하고 딱해서 한숨이 나왔다.

사실 그는 화리와 사귀는 동안 언제나 묻고 싶은 말이 있었다. 왜 언제나 너는 세상에 너 혼자인 척 나를 배제하느냐고. 어째서 그 빌어먹을 독립심은 언제나 나를 외롭게 하느냐고 말이다.

화리와의 연애는 담백했다. 잠들기 전 배터리를 갈아 끼면서까지 이어지는 긴 통화 따위는 없다. 밤마다 굿나잇 세레나데를 바치는 친구 녀석을 보면서 미친놈이라고 코웃음을 쳤지만 화리가 한번 해달라고 하면 해줄 요량도 있었다. 그런데 한 번도 못 했다. 날 사랑하느냐고 묻는다든가, '내 어디가 예쁘냐'든지, 오늘은 무슨 날인데 기억해?…… 와 같은 알콩달콩한 연인들 사이의 공식적인 질문도 그들 사이에는 없었다.

그러고 보니 도욱은 화리에게 제대로 된 선물이라는 것을 해본 적이 없다. 만난 지 1년 된 기념으로 남들이 혼수로 갖는다는 가방을 사줬을 때 그는 살면서 처음으로 돈지랄한다고 온갖 욕을 먹었다. 그날의 화리는 마치 화훈을 대하듯 아주 거칠었다. 결국 문제의 가방은 화리의 뜻대로 도욱의 어머니 품에 곱게 안겼고, 그는 아들 잘 키웠다는 어머니의 칭찬을 듣고 또 들으면서 얼굴이 화끈거렸다.

단적인 표현으로 화리는 돈이 드는 여자가 아니다. 그녀는 도욱에게 물질적인 뭔가를 바라는 게 없었다. 필요한 건 내가 산다는 주의였으니까. 시험 떨어질까 봐 생일 미역국조차 먹지 않는 여자한테 선물을 바치는 이벤트도 불필요했다. 어차피 화리의 수험 생활이 본격화될 무렵은 도욱도 인턴, 레지던트 생활을 연달아 시작한 탓에 제대로 챙겨줄 여유도 없었다. 그래서 그녀의 생일은 그저 '축하해'라는 전화 한 통이 전부였다. 물론 화리는 그 전화조차 못 받을 때가 있었다. 하지만 서로 어떤 불만도 없었다.

그런데 의외로 당시에 많은 병원 식구들은 그놈의 생일 문제로 찢어지고 있었다. 사실, 생일은 아주 표면적인 이유일 뿐 근본적인 원인은 따로 있었다. 이른바 제 짝을 만날 시간을 제대로 확보

하지 못하는 삶, 보고 싶어도 볼 수 없는 극단적인 시간의 한계가 시작된 탓이다. 레지던트는 말 그대로 병원에 매인 몸이니까. 꽤 많은 이들이 레지던트 시절에 결혼을 하는 것도 같은 이유였다. 옆에 있는 상대를 놓칠지도 모른다는 불안감을 다스리고자 법적인 구속력의 힘을 빌리는 것이다. 물론 도욱도 그랬다. 문서를 만들어서 화리를 제 여자로 묶어둔 뒤 보고 싶을 때마다 마음껏 보려 했는데 그게 욕심이었다. 삶은 뜻대로 되지 않아서 그녀를 놓쳤고, 삶은 또 예측할 수 없어서 도욱은 그녀를 다시 만났다. 그런데 그녀가 그를 반갑지 않다 했고 그냥 이 집에서 사는 사람으로 지내라고 하니, 남자의 속이 뭉그러지는 것도 당연하다.

'하아, 김도욱. 어디 가서 또 저렇게 속 뒤집는 재주가 있는, 예쁜 요물을 만나. 아, 그래서 내가 못 잊고 있었나……. 그런 여자는 세상에 홍화리 하나라서.'

도욱은 뜻하지 않았던 깨달음과 함께 흐릿한 미소를 지었다. 그는 오지 않는 잠을 청하면서 한참을 뒤척였다. 핸드폰에는 '도욱 씨 전화 못 받아요? 무슨 일 있어요?'라는 선아의 문자가 반짝이고 있었지만 도욱은 이를 눈치챌 여유가 없었다. 그 무뚝뚝한 여자가 '고마워'라고 내뱉으면서 엄청 쑥스러운 표정을 지었을 것을 생각하자 가슴이 싸르르하면서 뻐근해졌다. 그리고 화리가 만들어낸 그 감각을 지워내기 싫어서 가만히 눈을 감았다.

"꼭…… 잊어야 하나……."

PAGE : 넷.
그냥, 이 집에 사는 남자

"비 오네."

"그러게요. 금방 그칠 것 같지가 않은데?"

"진호 씨는 우산 가져갔나?"

"아, 맞다. 형 오늘 운전하기 피곤하다고 차도 안 가져갔는데. 아마 우산 없을걸요?"

역시나 양반은 못되는 진호의 전화가 걸려 왔다. '우산 좀 가져다줘'라는 절박한 목소리에 응답한 것은 화리였다. 아련은 출판사 사람들을 만나러 갔고, 민한은 퇴근하는 도욱을 기다리고 있었다. 다음 주 식사 당번인 민한은 도욱과 함께 장을 보러 갈 예정이었다. 애석하게도 다 잘난 송민한이 하필이면 운전면허가 없는 탓에 그는 언제나 차가 있는 두 형들에게 도움을 청하곤 했다.

"누나 뭐 먹고 싶은 거 있어요?"

"음…… 나는 장조림?"

"장조림? 누나, 그건 너무 난이도가 높은데?"

"나 할 줄 알아. 내가 할게."

민한이 의외라는 듯 눈을 찡긋거렸다. 화리는 싱긋 웃으면서 장화를 신었다. 사실 그녀는 굴지의 광고기획사 차장이라는 바쁜 직업을 가진 엄마 때문에 여섯 살 때부터 가스 불을 켰고 달걀 프라이도 혼자 해먹었다. 주말에는 엄마가 있었지만 칭얼거리면서 놀아달라 청한 적이 없다. 일주일을 애쓰며 보낸 엄마가 잠든 모습이 그저 보기 좋아서 말없이 바라볼 뿐이었다. 그때마다 원님 행차라도 하듯 시끄럽게 소리치며 엄마의 잠을 깨우는 게 화훈이었다. 이유는 간단했다. 배가 고프다는 것. 그럴 때면 화리는 언제나 오빠의 입을 틀어막으며 부엌으로 끌고 갔다. 그러곤 재빨리 요깃거리를 만들어 줬다. 엄마를 위해 고사리 손을 바쁘게 움직이면서 자연스럽게 몸에 밴 레시피가 춘향가에서 제법 쏠쏠하게 쓰이고 있으니 그다지 서러운 어린 시절은 또 아니었다. 물론 어머니는 그 시절의 어린 소녀에게 언제나 미안한 마음을 표하지만.

"누나, 그냥 내가 갈까요? 밖에 어두운데?"

"아니야. 너, 장 보러 가야 하잖아. 요 앞인데 뭐. 다녀올게."

화리는 민한을 향해 손을 흔들며 싱긋 웃었다. 빗속을 뚫으면서 걷는 것이 김도욱과 함께하는 장보기보다 훨씬 낫다는 말은 차마 할 수 없었다. 제법 거센 빗줄기 속에서 10분쯤 걸었을까? 저 멀리 정류장에서 익숙한 남자를 쉽게 찾았다. 진호가 카메라 가방을 가슴에 꼭 안은 채 서 있었다. 제 목숨보다 소중한 카메라가 젖을까 전전긍긍하는 모습에 화리가 얼른 그의 곁에 다가섰다.

"어! 화리 씨가 왔네요?"

"혹시 싫은 건 아니죠?"

화리가 장난스러운 표정으로 눈을 가늘게 뜨자 진호가 얼른 손을 내저었다.

"그럴 리가. 참, 생각해 봤어요? 내가 한 얘기?"

진호는 우산을 살짝 흔들면서 눈짓을 했다. 그것은 지난 밤 도둑 때문에 제대로 맺지 못했지만 그 이후에 완성된 이야기였다. 진호는 화리에게 자신의 일을 도와줄 것을 제안한 터였다.

"아직도 시간이 필요해요?"

화리는 잠시 머뭇거리다가 입을 떼었다.

"그게, 조금 걱정이 돼서요. 저는 취미 수준으로 배운 사진인데…… 진호 씨 작업에 폐가 될까 봐."

"에이, 그런 거 걱정했으면 애당초 말도 안 꺼내지. 내가 도와 달라고 한 거잖아. 그 가벼운 제안에도 일주일이나 뜸 들이는 거 보면서 생각했는데, 화리 씨 성격 하나는 제대로 알 것 같다고. 심사숙고. 맞죠?"

"하하, 그렇게 좋은 성격은 아닌데."

"좋긴. 생각하다 병나면 고치지도 못하는데. 앞으로 화리 씨 망설임은 동의의 뜻으로 들을 테니까, 다음 주부터 내 스튜디오에 나와요. 남는 게 시간이라며? 그 시간 나랑 같이 좀 씁시다."

"그럴…… 게요."

화리는 수줍은 표정으로 고개를 끄덕였다. 나란히 우산을 받쳐 쓰고 걷는 두 남녀는 제법 이야기가 잘 통했다. 오빠인 홍화훈이 좀 가벼운 설레발에 가깝다면 진호는 좀 더 진중하면서도 뭔가 신비로운 빛이 있었다. 그런 그를 향해 도욱은 '노친네'라고 부르고 있었다. 그 언젠가 그렇게 부르지 말라고 한소리 했다가 화리는 그녀가 가장 싫어하는 죽과 같은 진밥을 온종일 먹어야 했다. 식사 당번이었던 도욱의 소심한 복수였다.

"진호 씨, 집에 쌀도 없는데 저거 먹고 갈래요?"

화리는 포장마차에서 팔고 있는 떡볶이를 가리켰다. 매운 음식에 취약한 진호가 잠시 머뭇거렸지만 화리의 기발한 제안을 듣고는 그도 흔쾌히 고개를 끄덕였다. 그들은 편의점에서 흰 우유 한 팩씩을 사서 포장마차로 향했다.

"아마 우리가 최초이지 않을까요? 포장마차에서 떡볶이 먹으면서 우유 마시는 사람?"

"크크크. 그렇겠죠?"

우유 한 잔과 함께 소담한 이야기를 나누며 빗속에서 먹는 떡볶이가 어떤 저녁보다도 마음을 풍요롭게 했다. 그건 상대가 진호이기 때문이다. 사실 화리는 아련에게서 도욱의 상견례가 얼마 남지 않았다는 사실을 전해 들은 터였다. 예상은 하고 있었지만, 막상 그 날짜가 채 십여 일도 남지 않았다는 사실은 괜히 마음을 조급하게 하고 엉덩이를 들썩이게 했다. 책을 보면서도 괜히 손이 떨려서 책장을 제대로 넘기지 못할 때면 진호는 조용히 옆으로 다가와서 말없이 같이 책을 본다. 물론 그가 무언가 눈치채고 있으리라곤 생각지 않는다. 그런데도 화리는 진호의 별 의미 없는 행동에 마음이 진정되곤 했다. 어쩐지 그 역시도 복잡한 마음을 누르기 위해서 억지로 책을 보는 것만 같다는 희한한 생각이 들 때면 조금씩 활자에 집중할 수 있었다. 사실, 화리는 진호와 친해질

수록 그에게서 자신과 비슷한 분위기를 읽고 있었다. 딱히 이유는 모르겠는데, 어쩐지 온화하고 따뜻한 미소 뒤에는 서러운 사랑의 잔상이 고여 있을 것만 같다. 그래서 유심히 살피는데 도무지 실마리가 잡히지 않아 화리는 오늘도 고개를 갸웃거릴 뿐이다.

"진호 씨. 배도 부르는데 우리 이제 그만 갈까요?"

"그래요. 얼마지? 계산은 내가……."

화리는 지갑을 꺼내는 남자의 손을 저지했다.

"제가 살게요."

"에이, 왜! 나 이 정도 살 돈은 있는데? 나, 거지 아니야."

"하하. 알아요. 진호 씨 부자인 거! 홍화훈 못지않게 엄청 잘나가는 남자인 것도 다 알아요. 아무튼, 오늘은 제가 낼게요. 그래야 진호 씨한테 다음에 더 비싼 거로 얻어먹죠."

"아무리 그래도……."

"하 작가님. 나 지금 돈 만 원 내면서 되게 약은 짓 하는 거니까…… 눈치껏 받아주시죠?"

화리는 장난스럽게 눈을 찡긋거리면서 끝내 자기 돈으로 계산했다. 진호는 어쩔 수 없다는 듯 고개를 끄덕이면서 다음을 약속했다. 소박한 떡볶이 한 그릇은 사실, 작은 답례의 표현이었다. 진호의 일에서 화리는 큰 도움이 못 될 터였다. 이를 분명히 알면서도 선뜻 손을 내밀어준 것이 지금, 여자의 보폭에 맞춰서 느릿하게 걸어주는 배려남, 바로 진호다. 그동안 마땅히 세상으로 나갈 만한 계기가 없어서 매일 집에 있는 게 하루 일과의 전부였는데, 진호 덕분에 조금은 삶이 바빠질 것 같다. 그러면 도욱이 떠난 자리에서도 멍하니 울면서 보낼 시간이 제법 줄어들 테지. 어쩌면 조금은 봄날을 기대할 수도 있을 것 같다.

화리가 고마움을 담아서 진호를 바라보던 그때였다. 두 남녀의 옆으로 검은색 차 한 대가 지나갔다. 아주 거칠게 흙탕물을 튀기면서 지나치는 바람에 진호가 얼른 화리의 팔을 잡아끌었다. 하지만 제대로 물이 튄 탓에 화리의 옷은 이미 엉망이었다.

"괜찮아요?"

"앗! 진짜, 운전을 뭐 이따위로 해!"

차번호가 5296이었다. 화리는 몰랐지만 진호는 알 수 있었다. 김도욱의 차였다. 괜한 심술을 부리면서 운전을 하는 그 남자 김도욱의 눈에서는 불꽃이 튀었다. 저 멀리 건널목 앞에서부터 한눈에 보였다. 홍화리가, 그리고 그 옆에 붙어 있는 느끼한 하진호가. 몹시도 신경 거스른다.

"후우……."

신발장 앞에 선 도욱은 훅훅 숨을 내쉬었다.

"형, 왔어요?"

도욱은 대답은커녕 표정 없는 얼굴로 거실을 가로질렀다. 벌컥 냉장고 문을 열어젖힌 뒤 손에 잡힌 생수통의 뚜껑을 거칠게 뜯어냈다. 그러곤 컵도 쓰지 않고 그대로 물을 벌컥벌컥 들이켰다. 생수통에 그대로 입을 대고 마시는 것을 제일 싫어하는 도욱이다. 때문에 민한이 간혹 귀찮아서 생수통째 물을 마시면 어디선가 알고 달려와 뒷목을 때리는 것도 도욱이다. 그런 그가 저런 짓을 하다니. 민한은 순간 형의 뒷목을 때리고 싶다는 망상을 누르고 겨우 정신을 차린다. 이유는 몰라도 지금 도욱은 경계 모드다. 사람이 안 하던 짓을 하면 제정신이 아닌 법이니까. 눈치 빠른 민한은 도욱과의 장보기를 포기하고 몸을 사리는 쪽을 택했다.

'아, 비도 오는데. 진짜, 버스 타고 가기 싫은데!'

민한이 장바구니를 들고서 뚱한 표정을 짓던 그때 마당 쪽에서 시끄러운 소리가 들려왔다. 두 남녀의 목소리가 번갈아 섞이는 것을 보아하니 진호와 화리가 분명했다. 민한은 기대감으로 커진 두 눈을 반짝이면서 현관으로 뛰어 나갔다. 열린 문틈 사이로 진호의 얼굴이 보이는 순간 민한은 '형!'을 크게 외치면서 그의 품 안으로 뛰어들었다. 마치 신이라도 본 듯이 간절하게.

"형! 어서 와. 진짜 잘 왔어."

한편, 도욱의 눈에는 능글맞게 웃는 진호의 얼굴이 아주 음흉한 늑대처럼 보였다. 그러고 보니 저 인간, 음란마귀의 말에 의하면 꽤나 실하다지. 아니, 실하다. 그걸 너무 잘 알아서 도욱은 더 짜증이 치솟는다. 하필이면 지금, 아주 절묘하게 음란마귀의 목소리가 귀를 뚫고 지난다.

"둘이 애부터 만들어요."

순간 머릿속이 찡하고 울리는 기분이었다. 저 둘이 애를 만든다? 감히, 내 앞에서? 도욱은 그 거친 생각을 물리치겠다는 듯 크게 고개를 흔들었다.

"도욱아. 너 지금 온 거지? 밥은 먹었어?"

진호는 도욱의 불편한 속내를 뻔히 보면서도 그의 시선을 잡아끌었다. 마치 일부러 보란듯이 눈으로는 화리를 바라보면서 아주 다정한 목소리로 말을 이었다.

"집에 쌀이 없다 그래서 화리 씨랑 나는 먹었어. 방금. 정류장 앞 포장마차에서."

굳이 시끄럽게 말하지 않아도 안다. 그러니까 지껄이지 말라고 소리치고 싶은데 입이 안 떨어진다. 그렇게 교양 없이 말하면 홍화리가 험악한 표정으로 삿대질할 테니까.

'진호 씨한테 버릇없이 굴지 마!'

혼자 한 생각인데도 이미 들은 기분이다. 그래서 하고 싶은 욕도 삼키고 기특할 만큼 바른 눈으로 쳐다봐 주고 있었더니만, 진호는 웃는 얼굴로 기습을 한다.

"그런데 있지? 지나가던 차가, 사람을 뻔히 보고서도 흙물을 튀기는 거야. 그래서 화리 씨 옷이 아주 엉망이 됐어. 쯧쯧."

진호는 혀를 차며 도욱을 바라봤다. 순간 저지른 일이 생각나서 뜨끔한 도욱은 헛기침을 하면서 그의 뜨거운 시선을 외면했다.

'설마? 저 노친네가 내 차였던 걸 아나? 젠장!'

도욱의 눈이 긴장감으로 크게 흔들렸다. 역시, 죄짓고는 못 살겠다. 그런데 그 죄, 누가 짓고 싶어서 졌나. 사랑에 미쳐서 한 짓이니 제발 좀 용서해 주길.

"누나 옷…… 하필 흰색이네. 버려야 하는 거 아니야?"

"빨면 지워지겠지. 뭐…… 괜찮아."

"진짜 몰상식한 새끼네. 눈깔을 어디 두고! 그런 새끼는 나한테 걸렸어야 해. 아예 서지도 못하게 거기를 팍 차줘야 하는데!"

도욱의 어깨가 크게 들썩였다. 순간적으로 크게 호흡이 삼켜진 탓에 놀란 마음은 딸꾹질로 변했다. 멈추지 않고 계속 터지는 딸꾹질 탓에 자연스레 말소리가 끊겼고 그 대신 모두의 집중된 시선이 한 곳, 도욱을 향했다. 그는 흔들리는 눈으로 화리와 진호를 번갈아 쳐다보면서 더욱 꽉 입을 틀어막았다.

"갑자기 왜 그러냐? 웬 딸꾹질?"

"형! 혹시, 지금 뭐 혼자 먹은 거야? 뭔데! 뭐 먹었어!"

도욱은 민한의 노란 머리를 잡아 뜯고 싶은 마음을 가득 담아서 눈을 흘겼다. 화리가 궁금증이 돋은 표정으로 고개를 갸웃거리자 도욱은 그대로 도주를 선언했다. 그래, 피하자. 걸려도 시치미를 떼자. 그는 볼썽사나운 소리를 내는 제 입을 틀어막으면서 2층 계단을 올랐다. 두 칸 세 칸씩 뛰어오르는 그 모습이 마치 방아깨비처럼 보였다. 감정을 고스란히 들키는 그 모양새가 귀여워서 진호는 불쑥 터지려는 웃음을 이를 깨물어 겨우 참았다. 뭐랄까? 사는 게 재미없는 요즘은 김도욱 놀리는 맛에 겨우 산달까? 잠깐 골려줄 생각이었는데 도욱은 상상 이상의 반응을 보여줬다. 그러니 그 답례로 작은 보답을 해야지.

"화리 씨. 아무래도 도욱이 상태가 안 좋네. 내가 민한이 따라나서야 할 것 같아."

'그러니까 삐친 오리 달래는 건 화리 씨 몫이에요.'

"곧바로 나가는 게 편하니까. 이거, 내 방에 좀 가져다줘요. 문 열고 바로 보이는 책상 위에 두면 돼요."

"진호 씨, 카메라 가방…… 다른 사람한테 안 맡기잖아요. 저, 주셔도 돼요?"

"심사숙고 아가씨는 믿음직하니까. 아무튼, 잘 부탁해요. 그게 내 목숨이야."

"네. 반드시 무사 귀환시킬게요."

화리는 진호의 가방을 꽉 끌어안은 채 상냥하게 웃었다. 진호의 방에서 보게 될 그것, 아주 심란한 진실의 서막이 오르는 것도 눈치채지 못한 채.

"후우, 이제, 다 올라왔네."

산의 정상에 오른 듯 기운이 쭉 빠졌다. 진호의 목숨을 제대로 지키기 위해서 화리는 계단 하나하나를 아주 힘겹게 오른 터였다. 그녀는 한쪽 팔로 카메라 가방을 꽉 끌어안은 채 진호의 방 문고리를 돌렸다. 그러곤 조심스럽게 그의 방으로 들어섰다. 진호의 방에 들어온 것은 처음이었다. 잘 정리된 방 안은 그의 깔끔함을 보여줬다. 유독 그녀의 시선을 잡아끄는 것은 책장에 가득 놓인 병아리 인형이었다. 언뜻 봐도 수십 개는 되어 보였다.

"취미가 특이하네?"

화리는 점잖고 진중해 보이는 진호가 어쩌면 '덕후'가 아닐까 싶었다. 어쩐지 한기가 들면서 크게 몸이 떨린다. 순간 제 품 안에 카메라가 있음을 깨달은 화리는 방문 목적을 겨우 되찾았다. 진호의 말대로 그의 책상 위에 가방을 얌전히 올려둔 뒤 안심하고 돌아서던 그때였다. 바닥에 떨어져 있는 수첩이 발 끝에 채이면서 화리의 눈길을 잡아끌었다. 무심결에 집어든 진호의 수첩, 펼쳐진 페이지 안에는 아주 빼곡하게 뭔가가 적혀 있었다.

'하서영, 하서영, 하서영…….'

글씨와 펜 색깔이 달라서 하루에 적은 것처럼 보이지는 않았지만, 수첩 한 권이 전부 다 같은 이름이었다. 그것은 다음 달에 결혼하는 진호의 여동생 이름이었다. 화리는 조심스럽게 맨 뒷장을 펼쳤다. 그것을 확인한 화리의 두 눈이 잔뜩 커졌다. 하얗게 질린 여자가 떨리는 입술로 조용히 읊조리는 그것은…….

'사랑한다. 서영아.'

"어쩌면 좋아."

화리의 눈동자가 정처 없이 흔들렸다. 이걸 어떻게 받아들여야 하나? 왜 이 남자는 수첩 한 권을 온통 동생의 이름으로 채운 걸까. 어째서 사랑을 논할 수 있나? 하필이면, 자기 동생을 상대로 저 혼자서, 이토록 아프게. 왜…….

"그래, 뭐…… 홍화훈도 나한테 사랑한다고 하니까, 애정의 의미겠지. 이상한 게…… 아닐 거야."

하지만 그녀는 직감적으로 알 수 있었다. 화훈의 사랑과 진호의 사랑이 아주 다른 의미라는 것을 말이다. 수첩을 쥔 손이 바들바들 떨렸다. 한참을 멍하니 서 있던 그녀는 조심스럽게 수첩을 다시 바닥에 내려놓은 뒤 그곳을 빠져나왔다. 차라리 이 방문을 잠그고 싶었다. 혹여 다른 이가 볼 수 없도록 말이다. 그의 아픔을……. 화리가 심란한 마음을 다스리지 못한 채 어쩔 수 없이 진호의 방문을 닫던 그때였다.

"왜 거기서 나와?"

"헉!"

도욱이 머리에 물기를 털면서 밖에 서 있었다. 화리는 놀란 가슴을 쓸어내렸다.

"아우, 깜짝이야……."

그가 아주 험한 표정으로 잡아먹을 듯이 그녀를 노려봤다.

"왜 진호 형 방에서 나오는데! 거길 왜 들어가, 네가!"

"들어가고 싶어서 들어갔다! 됐어?"

놀란 마음에 괜히 목소리가 커졌다. 그것이 더욱 의심스러웠기에 도욱은 눈을 가늘게 찢었지만 화리는 아무래도 상관없었다. 진호의 비밀, 숨겨야 할 그것을 보았기에 심장이 콩닥콩닥 뛰었다. 드라마를 보면 꼭 주인공이 꼭꼭 숨기던 비밀은 참 시답잖은 우연으로 발각되던데 지금이 딱 그 순간이었다. 진호의 비밀을 손에 쥔 화리는 흥미진진한 드라마 한가운데 있는 기분이었다. 진호의 뜨겁고 아픈 사랑을 몰래 기억해야 하는 탓에 그녀의 얼굴에는 긴장된 빛이 감돌았다. 놀란 마음에 가슴이 뛰고 얼굴이 뜨끈하게 달아오른다. 이제 어쩌지? 모른 척해야 하나? 도욱은 발갛게 홍조를 띤 화리의 볼을 바라보면서 어이없다는 표정을 지었다.

'도대체 뭘 하고 나온 거야? 형 방에서!'

도욱은 입술을 잔뜩 비틀더니, 무언가 결심한 듯 수건으로 머리의 물을 탈탈 털었다. 그 바람에 화리의 얼굴로 물방울이 크게 툭툭 튀었다.

"왜 이래!"

"머리 말리잖아!"

"그럼, 네 방에서 해! 물 다 떨어지고…… 이게 뭐야. 차라리 드라이기로 말리든가!"

그녀가 잔뜩 쏘아봤지만 도욱은 뿔난 표정을 거두지 않았다. 무언가 답답함을 표하듯 큰 숨을 화리에게로 뿜어내듯 뱉어낸 뒤에야 쾅! 문을 닫으면서 제 방으로 들어갔다.

"뭐야, 저 인간. 날궂이 하나. 안 그래도 심란한데……."

입술을 샐쭉하면서 제 방으로 들어온 화리는 문을 잠근 뒤 더러워진 티셔츠부터 벗어 던졌다. 이대로 씻을까 생각했지만, 도욱과 단둘이 있는 상황이었기에 잠시 샤워를 늦춘다. 잠옷 차림, 삐친 머리, 부은 눈…… 그 이상의 험한 모습을 전부 보여줬건만 희한하게도 젖은 머리칼을 보여주는 것은 조금 꺼려진다. 그에게 젖은 머리칼을 보여준 날은 언제나 특별한 몸의 대화가 전제된 날이었으니까. 자연스럽게 떠오르는 어떤 영상에 입술이 붉어진 여자는 이를 탓하듯 제 입을 찰싹 때렸다.

"홍화리. 이제, 그만 미쳐라! 버스는 곧 간다."

깔끔히 샤워를 포기한 뒤 재빨리 새로운 티셔츠를 골라 입었다. 옷차림을 살핀 뒤 다시 문의 잠금 장치를 풀던 그때였다. 마치 기다렸다는 듯 벌컥 문이 열리더니 도욱이 아주 뾰로통한 표정으로 얼굴을 들이밀었다. 그 느닷없는 실루엣에 놀란 화리가 뒤로 물러서자 그는 망설이지 않고 그녀의 방 문턱을 넘었다. 마치 당연하다는 듯이 당당한 걸음이었다.

"뭐야. 왜 들어오는데?"

"머리 말리라며! 내 방에 드라이기 고장 났잖아."

"아, 맞다."

거짓말이었다. 그저께 산 드라이기는 포장지도 채 벗겨지지 않은 채 새것의 위용을 뽐내고 있었다.

"아후, 세포가 분열되는 기분이야."

시끄러운 드라이기 소리에 그의 푸념이 묻혔다. 아무도 듣지 못할 소리를 웅얼거리면서 신경질적으로 드라이기를 휘둘렀다. 화리는 침대 끝에 걸터앉아서 쥴스를 끌어안은 채 발을 까닥였다. 그녀의 방에 도욱이 들어온 것은 처음이 아니었지만 아무도 없는 집 안에서 방 안에 함께 있는 것은 처음이었다. 그게 몹시도 어색하고 어쩐지 불안해서 화리는 침대에서 몸을 일으켰다. 좀 전보다 활짝 방문을 열어젖히고는 조금 안심한 표정으로 다시 침대 위에 걸터앉았다. 도욱은 그녀가 왔다 갔다 하면서 의미 없는 행동을 하든지 말든지 엄한 표정으로 머리를 말리고 있었다.

"그만 말려. 너무 많이 말리면 머리 푸석푸석해지는데?"

"싫어! 바삭바삭해질 때까지 말릴 거야."

다스리지 못한 짜증이 심술로 변해서 여자를 향했다. 그의 속내를 모르는 화리는 그래도 뭔가 말을 붙이고 싶어서 겨우 입을 떼고 물었다.

"그런데 왜 굳이 내 방에서 말려? 가져가도 되잖아. 콘센트도 망가졌어?"

"머리카락 떨어지면 치우는 거 귀찮아서 그런다!"

"뭐야!"

'왜긴 왜야! 네 옆에 있고 싶으니까 그렇지. 젠장!'

도욱은 가늘게 눈을 뜨면서 야릇하게 웃었다. 일부러 머리카락을 바닥에 투두둑 흘리면서.

"치우고 가!"

"싫어. 이게 내 방이야? 남의 방은 손 안 대는 게 여기 규칙인 거 몰라?"

"너 진짜…… 말 안 듣는 청개구리 같아. 유치해!"

"그러는 너는! 눈치도 없고, 답답하고 꽉 막힌 게 말이 안 통하지. 마당 고양이도 너보다는 말이 잘 통할 거야. 그 녀석은 손짓만으로도 제 밥 주는 거 뻔히 알고 꼬리를 들더라."

도욱이 지지 않고 받아치면서 약 올렸다. 화리는 슬슬 열이 올랐다. 한동안 잘 지낸다 싶었는데 또 저런다. 아주 제대로 더 쏘아붙일 수 있었지만 화리는 그냥 입을 닫았다. 쓸데없는 소모전은 하지 않기로 작정했으니까. 그럼에도 뿔이 나서 화리는 입술을 삐죽이 내밀었다. 그 모습이 화장대 거울 너머로 비치자 도욱은 그게 또 귀여워서 피식 웃고 말았다. 그때 언제 돌아왔는지 화리의 방 안으로 진호의 얼굴이 쏘옥 들어왔다. 절묘하게 도욱의 얼굴이 굳어진다.

"화리 씨. 방에 있어요? 어라, 도욱이 여기 있었네?"

진호가 의미심장한 표정과 함께 도욱의 어깨를 툭 쳤다. 그 야릇한 웃음도 싫었지만 아무렇지 않게 화리의 방 안으로 들어서는 진호의 몸짓에 도욱은 관자놀이가 곤두서는 느낌이 들었다. 가만 보니 이것들이 서로의 방을 너무 함부로 드나든다. 이러다 정말 일 나는 거 아니야? 도욱의 눈이 전쟁을 준비하듯이 사나워졌다. 그 가혹한 눈을 보지 못한 여자는 그저 저 혼자만의 연기에 몰두한다. 진호에게 아무것도 모른다는 듯이 제대로 웃어야 했다. 진호와 눈이 마주친 화리는 쥴스를 내려놓은 뒤 얼른 침대에서 몸을 일으켰다. 주인을 반기는 것처럼 사뿐사뿐하게 다가서는 여자의 뒷모습을 좇는 도욱의 눈동자에 초조함이 가득했다.

"왜 이리 늦었어요? 기다렸는데."

"정말 나 기다렸어요?"

"그럼요!"

"차가 막혀서 좀 늦었네. 화리 씨가 이렇게 기다리고 있을 줄 알았으면 더 빨리 왔어야 했는데. 도욱이랑은 잘 있었죠?"

"네, 뭐 그냥."

여느 때와 같은 일상 대화였다. 특별히 의미를 부여하지 않아도 되건만 도욱은 그들의 대화에서 신경 사나운 단어만을 골라내고 있었다. 그것은 '기다리다'와 '그냥'이었다. 감히 저 여자가, 김도욱과 그냥 있는 동안 하진호를 기다렸단 말인가? 도욱이 얼마나 사납게 노려보는지 모르는 그들은 정다운 대화를 이어갔다.

"고기 사왔어요. 민한이가 화리 씨 시간 되느냐고 물어보라던데? 10시인데 지금 할 수 있겠어요? 아니면 그냥 고기 얼릴까?"

"안 돼요! 장조림 고기 얼리면 큰일 나요. 저 시간 많아요. 지금 내려갈게요."

"그래요. 천천히 내려와요. 가만. 그런데 김도욱은 왜 화리 씨방에서 드라이를……"

눈을 부릅뜨고 잡아먹을 듯한 표정을 짓는 도욱 때문에 진호는 말을 잇지 못한 채 큭큭거렸다. 진호는 새 드라이기의 정체를 폭로하고 싶은 마음을 찍어 눌렀다. 풋풋하고 유치한 김도욱의 애정전선에 먹구름을 드리우지 않기 위해서.

"김도욱. 머리 다 말리고 드라이기 코드 꼭 뽑아. 대기 전력이 큰 전자 제품은 꽂아두기만 해도 전력 소비가……"

"매번 뭔가 가르침을 줘야 한다는 생각은 직업병이야? 괜한 걱정이라고! 애 취급 하지 마!"

"내가 그랬어?"

도욱의 힐난에 화리는 멋쩍은 듯이 웃었다. 그녀는 비바람 속에서 헝클어진 머리를 묶기 위해 거울 앞에 섰다. 화장대 거울에 그와 그녀의 투샷이 담기는 모습이 낯설어서 도욱은 슬쩍 옆으로 걸음을 옮겼다. 아무것도 모르는 화리는 서랍에서 머리끈을 찾는 데 열중했다.

"아, 찾았다!"

손가락으로 머리를 쓸어 넘기자 선이 고운 그녀의 옆얼굴이 드러났다. 머리를 풀고 묶는 그 단순한 동작을 바라보면서 도욱은 숨을 멈추었다. 희고 가는 목덜미에 그의 시선이 닿았다. 도욱은 그녀의 목 언저리에 붉은 낙인을 찍는 것을 좋아했었다. 티셔츠 목선 너머로 보일 듯 말 듯 아슬아슬한 위치를 절묘하게 찾아서 혀를 내리던 장면이 상기되는 순간 손끝에 힘이 들어갔다. 도욱이 저 혼자만의 야릇한 망상과 함께 더운 숨을 몰아쉬던 찰나였다.

"나 있지. 지난번에 진호 씨가 그러는데 머리 푼 것보다 묶는 게 더 예쁘대. 나는 머리 뒤쪽에 잔머리가 많아서 원래 머리 잘 안 묶었잖아. 그런데 오히려 그게 더 청순해 보인대. 하하하."

'하진호. 이 노친네가……'

그녀의 천진한 웃음과 어렴풋한 홍조에 입술이 비틀렸다. 거울에 비친 줄스는 침대 위에 혼자 남겨져 있었다. 어쩐지 그 처량한 모습이 자신과 닮은 것 같아 도욱은 제대로 심통이 났다.

"나 좀 봐."

"왜?"

쉽게 눈이 마주치는 순간, 야릇한 미소를 짓던 도욱은 드라이기를 잡았던 손의 방향을 바꿔서 그녀에게 바람을 뿜어댔다. 그 바람에 애써 묶었던 머리가 전부 헝클어졌다.

"아, 진짜 왜 이래!"

"어라? 손이 미끄러졌네?"

정말 되도 않는 거짓말이다. 그런데도 도욱은 마음의 티가 없다는 듯 순진무구한 표정을 지어서 화리를 식겁하게 했다. 화리가 1층으로 내려간 뒤 혼자 남겨진 그는 쥴스의 머리를 쓰다듬으면서 쓸쓸한 눈을 내리감았다. 인형의 머리 위로 기를 불어넣듯이 후— 숨을 불면서 중얼거린다.

"힘내. 인마. 기죽지 말고!"

똑똑.

"화리 씨! 안에 있어요?"

"네. 나가요."

몇 번의 노크 끝에 화리가 다급하게 문을 열었다. 방 안이 평소와 달리 어수선했다. 방향을 잡지 못한 채 왔다 갔다 정신없는 몸짓은 그녀가 들떠 있음을 보여줬다.

"준비 다 됐어요?"

"미안해요. 딱 5분만요!"

"그래요, 천천히 해요."

진호는 사람 좋게 웃어 보였다. 오늘은 화리가 처음으로 진호의 스튜디오에 가는 날이었다. 그의 제안대로 화리는 매주 월요일과 수요일 그리고 틈나는 대로 진호의 스튜디오에서 잔업을 도와주게 되었다. 화리는 대학 때 동아리에서 사진 기술을 배운 적이 있었고 진호는 그 얘기를 귀담아듣던 차였다. 그녀에게 스튜디오 일을 권한 것은 집에서 무료하게 시간을 보내는 화리를 위한 진호의 배려였다. 몸이 바빠져야 생각도 줄어들고 조금 더 편해질 테니까. 모두가 잘했다고 하는 진호의 제안을 오직 한 사람만이 몹시도 마땅치 않아 했으니, 그자가 바로 도욱이었다.

"어이구…… 망부석 되시겠네요."

출근 준비를 마친 도욱은 말끔한 슈트 차림이었다. 그는 화리의 방문 앞에 서 있는 진호를 향해 입을 삐죽이 내밀었다. 진호는 개의치 않았다. 도욱이 비뚤어진 이유를 알고 있었으니까. 그래서 놀리기도 쉽다.

"우리 오늘 꽃놀이 갈까 하는데."

"우리라니?"

"화리 씨랑 나 말이야."

도욱의 눈썹이 꿈틀거렸고 미간이 조금 좁혀졌지만 이내 풀어졌다. 도욱은 아무렇지 않다는 듯 어깨를 으쓱했지만, 가방을 쥔 손에는 힘이 들어갔다.

"꽃도 안 핀 계절에 꽃놀이는 무슨."

"나도 그렇게 생각했는데, 화리 씨 말이 3월에 피는 꽃이 제일 좋대."

도욱은 입에 꾹 힘을 실었다. 바보같이 물어볼 뻔했다. 도대체 그 꽃이 뭐냐고. 그리고 그에 대한 답은 묻지 않아도 다정한 진호가 친절히도 알려준다.

"매화."

"취향하고는……."

"봄을 알려주는 꽃이라서 좋대. 그래서 오늘 촬영 끝나면…… 같이 길상사 가려고."

"꽃놀이 간다며?"

"아, 화리 씨가 거기로 가고 싶대. 합격하고 나서 홍 소장 따라 갔었는데 완전히 반했다지? 거기 매화가 그렇게 예쁘다면서 웃는데, 조금 놀랐어. 화리 씨 그렇게 들뜬 표정은 또 처음이라."

순간 도욱이 눈빛이 살짝 흔들렸다. 그러고 보니 화리는 매화를 좋아했지. 그런데 둘이서 그 꽃을 보러 간 기억이 없다. 최종 시험 결과가 발표되는 2월 이후는 화리에게 긴 겨울잠과도 같은 적막함을 느끼게 한다. 그리고 지금껏 3월은 언제나 새로운 시험의 시작을 뜻했고, 그만큼 잔인한 달이었다. 무거운 가방을 짊어지고 흐릿한 표정으로 도서관으로 향하던 여자였는데, 그래서 더 가여웠는데…… 오늘 그녀가 들떠 있단다. 3월은 더 이상 그녀에게 잔인한 계절이 아닌 모양이다. 그래서 다행인데 왜 이렇게 가슴이 욱신거리는 걸까. 그 통증을 무시하고 싶은 이유는 간단하다. 시간이 그만큼 흘렀다는 것을 실감하기 싫어서. 긴 겨울잠 끝에서 겨우 봄을 맞이한 여자가 기쁨을 함께하는 대상이 왜 다른 남자인가. 어쩔 수 없이 그게 샘이 나고 서운한 마음이다.

'저 자식…… 너무 쉽단 말이지.'

아주 쉽게 도욱의 허전한 눈빛을 낚아챈 진호는 야릇한 표정으로 묻는다.

"너도 가고 싶지?"

겨우 표정을 되돌린 도욱은 잘 묶인 넥타이를 괜히 또 헝클인다. 그래서 다 들키는데도.

"이것 보세요, 하 작가님. 미치지 않고서야 나한테 그런 말을 할 수 있어?"

"네 얼굴을 보고 말해. 더럽게…… 신경 쓰여…… 뭐 그런 표정이라서 계속 놀리고 싶다."

"뭐래? 아, 몰라! 비켜."

정곡을 찌르는 놀림에 도욱의 얼굴이 조금 붉어졌다. 하진호 앞에서 화리에 대한 감정의 동요를 드러내는 게 몹시도 못마땅했다. 짜증이 담긴 탓에 계단을 내려가는 발소리가 쿵쿵 울리면서 시끄러웠다.

"후……."

도욱은 물 한 잔을 마시면서 평정심을 찾기 위해 호흡을 가다듬었다. 병원 밖에서의 일을 병원 안으로 끌고 가지 않는 것은 그의 철칙이었으며 의사로서의 당연한 사명감이었다. 그는 '아, 에, 이, 오, 우'를 뻐끔거리더니 괜히 씨익 웃는 표정 연습을 했다. 웃는 입매와 달리 눈빛이 조금 서늘한 것을 제외하곤 그럭저럭 기분이 가라앉는 것 같았다.

'그래, 이제 됐어. 김도욱! 출근하자, 출근.'

오늘도 보람차고 즐거운 하루를 다짐하던 그때였다.

"이제 가요! 저 준비 다 됐어요. 많이 기다렸죠?"

준비를 마친 화리가 만들어내는 소음이 등 뒤로 들려왔다. 그것은 애써 다잡은 그의 평정심을 또 흩뜨린다.

"카메라 가방 할 만한 게 마땅치 않아서요. 한참을 찾다……. 어, 어?"

총총거리면서 계단을 내려오던 그녀가 발을 삐끗하면서 휘청거렸다. 깜짝 놀란 도욱과 진호가 둘 다 반응했지만, 그녀의 팔을 붙잡은 것은…….

"아, 진호 씨 고마워요."

도욱은 허공에 뜬 손을 거두어들였다. 진호의 품에 안겨 있다시피 한 화리를 바라보는 도욱의 입술이 비틀어 말려 올라갔다. 꽉 틀어쥔 주먹을 바지 주머니에 쑤셔 넣으면서 걸음을 옮겼다.

'말려들면 안 돼. 무시해. 무시해라! 김도욱!'

"조심해요. 나무 계단이라서 좀 미끄러워. 아련이도 한 번 구른 적 있어요."

"네. 어휴, 진호 씨가 안 잡아줬으면 큰일 날 뻔했네."

"생명의 은인이죠? 하하."

신경 쓰이는 웃음소리에 '빠직!' 하고 치밀어 오르는 것은 욕지거리였다. 도욱은 교양 있는 닥터킴의 위엄을 유지하리라 다짐하면서 눈을 질끈 감았다가 떴다.

"아련이랑 민한이는 오늘 같이 안 가요? 다들 조용하네요?"

"네. 오늘 정기 휴일이에요. 덕분에 늦잠 자느라고 얼굴도 안 비추잖아요. 무정한 자식들."

"어휴, 그럼 진호 씨 나 때문에 늦은 거네요. 얼른 가요."

"그건 상관없는데…… 제대로 걸어봐요. 발목 괜찮아요? 김도욱. 화리 씨 다리 좀 봐줘."

"아, 아뇨! 멀쩡해요."

무심결에 도욱과 시선을 마주친 화리가 다급하게 손을 저었다. 제 손이 닿으면 정말 큰일 난다는 것처럼 당혹스러워하는 그녀의 거부는 도욱의 뒤틀린 심사를 더욱 배배 꼬이게 한다.

"그래도 혹시 모르잖아요."

"자기가 멀쩡하다잖아. 뭐 그렇게 걱정되면 노친네가 업고 다니든가. 저 여자 통뼈라서 무게가 상당할걸?"

"김도욱……."

진호가 인상을 찌푸렸다. 무신경한 한마디가 화리에게 파고들었지만, 그녀는 아무렇지 않다는 듯 웃었다. 도욱은 그런 화리를 슬쩍 한 번 째려보곤 현관으로 나갔다. 오늘따라 구두가 발에 잘 들어가지 않아서 발을 쿵쿵 구르던 그가 무시할 수 없는 생각의 끝에서 우뚝 멈춰 섰다. 하필이면 현관문은 커다란 통유리였다. 그 때문에 뭐라고 꿍얼거리는 진호와 이에 작은 웃음을 짓는 화리의 모습이 비치고 있었다.

'마음에 안 들어…….'

신발장 앞으로 다가오는 화리의 걸음걸이를 살피던 도욱은 그대로 현관문을 열고 나갈까 말까 망설였다. 결국, 한숨과 함께 돌아선 그가 팔짱을 낀 채 뚱한 표정으로 그녀를 주시했다.

"왜, 왜?"

"앉아."

"어?"

"앉으라고. 발목 보게."

강압적인 말투에 진호는 한숨을 내쉬었다. 그의 툴툴거리는 모양새가 우습기도 하고, 신경 쓰이면서 안 쓰이는 척 애쓰는 모습이 안타깝기도 해서 괜히 담배가 피우고 싶을 지경이었다. 무릎을 꿇은 채 화리의 양말을 벗기는 도욱의 눈빛은 진지했다. 그가 발목 여기저기를 휘휘 돌리면서 촉진을 계속했다. 이를 가만히 보고 있던 화리가 피식 웃었다. 느닷없는 웃음에 도욱의 손길이 멈췄다. 그는 화리의 발목을 움켜쥔 채 그녀를 물끄러미 올려다봤다.

"왜 웃어? '아프다'의 다른 표현이야? 넌 그 말도 하기 힘들어?"

"아니야!"

"그럼 뭔데?"

"웃겨서 그래. 너 병원에서도 이런 식으로 진료해? 앉아! 막 이렇게 혼내듯이 말하면서?"

느닷없는 질문에 어이가 없어서 도욱은 결국 웃고 말았다. 터진 웃음을 거두어들이고 다시 엄한 표정을 지었지만 소용없었다. 반짝반짝 빛나는 여자의 눈동자를 바라보면서 가슴 한쪽이 간질간질해질 무렵 큭큭거리고 있는 하진호가 눈에 띄었다. 도욱은 헛기침을 하면서 붉어진 얼굴을 감췄다. 화리에게 양말 한쪽을 던지면서 무심하게 답했다.

"미쳤어? 엄청 다정한 김 선생님이야. 소아과 닥터킴은 만인의 연인이라고."

"믿어도 돼?"

"진짜야! 이번 달에 병동에서 받은 청혼만 세 개라고. 나의 빛나는 지성과 양심으로 전부 거절했지만!"

"상대는 꼬마 숙녀일 거 아니야? 와, 너 대단하구나."

"그래! 마성의 매력이라고."

"몰라봐서 미안하네. 하하하."

그녀의 싱그러운 웃음에 도욱의 굳어졌던 입가가 풀어졌다. 그런데도 어쩐지 놀리는 듯한 화리의 웃음이 얄밉기도 해서 손끝으로 발바닥에 줄을 확 긋자 화리가 자지러지는 소리를 내더니 얼른 잡힌 발을 빼냈다. 신생아 바빈스키 반사와 비슷한 간지럼 태우기는 예전에 자주 하던 장난이었다. 물론 맨발이 노출되는 침대 위에서. 도욱은 얼빠진 표정의 화리를 뒤로한 채 몸을 일으켰다. 뭔가 이겼다 싶은 짜릿함이 좋았다. 덩달아서 멍한 표정으로 서 있는 진호의 어깨를 도욱이 툭 쳤다.

"어?"

"뭐 해? 나와."

이들의 정다운 대화를 지켜보고 서 있던 노친네 하진호는 생각 중이었다. '저 두 사람 조금 답답한데?'라고. 그는 도욱이 '잊는 중'이라고 했던 말을 믿지 않았다. 아직도 온전한 마음으로 새 여자를 만나지 못하는 주제에 갈팡질팡하는 그가 딱하기도 했다. 이미 깨졌던 관계를 다시 붙이는 것은 쉽지 않은 일이다. 그래서 망설이는 마음의 이유를 모르지 않지만 도욱이 조금 더 용기를 내서 자신의 마음을 분명히 정했으면 했다. 말하지 못한 채 끙끙거리는 사랑이 얼마나 가엾고 딱한지 누구보다 잘 아니까. 도욱은 진정으로 그 답답한 짓을 그만두길 바란다.

"아, 참! 도욱아. 내 차 세차장에 있는데…… 우리, 역까지만 태워다줄래?"

진호는 일부러 '우리'를 힘주어 말했다. 앞서 걷던 도욱이 우뚝 멈춰서 뒤를 돌아봤다. 꽉 다물어진 입매가 '싫다. 모든 게 다 싫다'라고 말하고 있었다. 말하지 않아도 들리는 그 마음의 소리에 진호는 웃음을 삼켰다.

"아니다. 화리 씨, 그냥 우리끼리 걸어갈까요?"

"그럴까……."

"됐어. 타고 가."

도욱이 다급하게 화리의 말을 막아섰다. 내키지 않았지만 어쩔 수 없었다. 요즘 들어 부쩍 친해진 저들이 실실거리면서 역까지 걸어가는 꼴은 또 보기가 싫어서 마지못해 승낙했다.

"뒤에 타게?"

"응. 화리 씨 혼자 심심하잖아."

진호가 자신의 옆자리에 앉자 화리는 싱긋 웃었다. 노친네의 지나친 배려심에 도욱은 또 짜증이 났다. 핸들을 움켜쥔 손에도 가득 힘이 들어갔다.

'젠장, 차라리 걸어가라고 할걸.'

지하철역에 도착하는 10분이 참 길었다. 뭐가 그렇게 재미있고 좋은지 화리와 진호는 연신 쑥덕거렸다. 사실 별 얘기도 아니었다. 그들은 주로 마당으로 밥 먹으러 오는 고양이들에 대해서 노닥거린 참이었다.

"내려."

도욱이 퉁명스럽게 내뱉었다.

"고맙다! 수고!"

"고마······."

화리도 그에게 인사를 건네려고 했으나 도욱이 차를 출발시켜 버렸다. 뻘쭘해진 그녀는 입을 쭈욱 내밀었다. 뻔한 수가 읽히는 도욱의 행동에 진호는 피식 웃을 뿐이었다.

'귀여운 놈. 서른세 살이나 먹어서도 여전히 철이 없네. 어찌 보면 순수한가? 하긴, 그게 김도욱 매력이지.'

"콩밥이에요?"

"응. 아련이는 콩 싫어하니?"

"네. 저는 원래 콩 안 먹어요."

식탁에 앉은 아련은 살짝 삐친 표정으로 밥공기를 밀어냈다.

"어머, 어쩌나. 괜히 콩밥을 했네. 밥 다시 할까?"

"됐어요, 누나."

아련이 답할 새도 없이 대화의 틈을 낚아챈 것은 민한이었다. 오늘 저녁 당번인 화리에게 특별히 콩밥을 주문한 바로 그 남자.

"입맛이 초딩이라서 그래요. 저 나이에 반찬 투정은 무슨. 콩도 못 먹는 게 무슨 어른이라고 맨날 어른의 사랑을 운운해? 진짜, 웃기는 거지."

"너지! 너!"

아련은 콩밥의 실체를 눈치채고는 그를 잔뜩 쏘아봤다.

"지금까지 너 때문에 맨날 흰밥이었잖아. 저녁 한 끼에 콩 좀 넣었다고 지구가 쪼개져? 별거 아닌 거로 분위기 흐리지 마라."

"내가 콩을 괜히 안 먹냐. 알러지 있다고 말했지!"

"알러지는 무슨…… 네 말이 진짜였으면 넌 벌써 병원에 실려 갔어. 앉은 자리에서 두유 세 팩을 먹어치우는 게 어디서 순 뻥이야. 여태 속아준 우리한테 감사 인사나 해."

"저게 진짜……"

민한의 말을 제대로 받아치지 못한 아련은 씩씩거리면서 젓가락을 집어 들었다. 그러곤 제 밥의 콩을 전부 덜어서 한곳에 모아놨다. 그 심란한 모습에 진호는 큭큭거렸고 민한은 잔뜩 인상을 찌푸렸다.

"백아련. 너, 그거 버리기만 해라. 내가 꼭 너! 다음 생에 콩으로 태어나라고 밤마다 기도할 테니까."

아련을 코웃음을 치면서 보란 듯 콩을 튕겨냈다. 공용 공간에서 식사 준비를 할 때 가장 큰 문제는 입맛이 일치하지 않는다는 것. 최대한 조율해서 서로를 배려한 식단표를 짠다고 해도 어쩔 수 없는 한계가 있었다. 그래서 화리는 심란해졌다. 춘향가의 식사 시간은 제법 화기애애한 탓에 화리는 혼자 밥 먹는 적막함을 느낄 수 없었다. 그래서 함께 밥 먹는 시간을 좋아했고 식사 당번이 되면 좀 더 기운을 쏟곤 했다. 그런데 오늘은 자신이 만든 밥 때문에 민한과 아련이 날을 세우는 통에 조금 속상해졌다. 그녀의 낯빛을 읽어낸 진호는 작게 웃으면서 아련의 밥그릇을 가져갔다. 이윽고 그의 젓가락질에 모두의 시선이 붙들렸다.

"어머, 우리 오빠 천사인가 봐."

아련은 진심을 다해 진호를 찬양했다. 진호는 아련의 밥에 있던 콩을 전부 제 밥그릇 안으로 가져갔다. 어느새 하얀 쌀밥이 된 아련 몫의 밥공기가 그녀에게 다시 건네졌다.

"자, 이제 됐지? 언니가 신경 써서 준비한 저녁이니까…… 기분 좋게 먹는 거다?"

아련은 말 잘 듣는 강아지처럼 고개를 끄덕이고 또 끄덕였다. 그러곤 화리를 향해서 미안하다는 듯 눈을 찡긋거렸다.

"아, 형…… 저거 버릇 고쳐야 한다니까."

"송민한."

무게감이 실린 진호의 목소리에 민한은 소모적인 말다툼을 멈춰야 할 타이밍이 왔음을 직감했다. 언제나 너그러운 듯이 구는 진호가 진짜 어른의 모습으로 제대로 혼을 내면 또 무섭다는 것을 민한은 잘 알고 있었다.

"형이 말했지, 다른 걸 인정하는 게 진짜 어른이라고. 우린 이 공간에서 어렵게 그걸 배워가는 거라고. 그런데 우리 청년께서 다시 소년이 되시려나? 왜 말을 안 듣지?"

"소년은 무슨……."

진호는 툴툴거리는 민한이 귀여워서 그의 머리를 헝클었다. 이 모든 모습을 한눈에 담고 있는 화리는 어쩐지 가슴 한쪽이 따뜻해지는 기분이었다. 뭐랄까? 이런 게 가족이라는 기분? 그리고 그 가족 가운데 한 사람, 도욱이 빠져 있음에 조금은 섭섭했다.

"참, 도욱이 오빠는요?"

아련이 쉽게 건넨 물음에 흠칫 놀란 것은 진호와 화리였다.

"형, 저녁 약속 있대."

화리는 자연스럽게 물 한 모금을 마셨다. 그 덕분에 놀란 표정은 감췄지만, 입 안에 있던 콩이 물과 함께 알약처럼 목 뒤로 넘어갔다. 그래서 일순간 목이 막혔지만 그 정도는 대수롭지 않았다. 정작 그녀의 명치를 꽉 막히게 하는 것은 이 자리에 없는 도욱이니까. 오늘이 화이트데이란다. 그는 지금 누굴 만나서 뭘 먹고 있을까? 역시 선아 씨와 함께겠지? 꼬리를 물고 이어지는 생각이 싫어서 얼른 매운 깍두기를 씹어 삼켰다. 입안에 퍼지는 아릿함 때문에 겨우 생각이 흐려진다. 그 와중에도 도욱과 관련한 대화는 지치지도 않고 이어졌다.

"아, 맞다. 오늘 화이트데이지. 어쩌면 집에 안 들어오겠네."

"화이트데이라고 특별할 게 뭐 있나. 일 년 중 하루일 뿐인데."

"에이, 진호 오빠는 화석처럼 살아서 그래요. 일 년 중 콘돔 많이 팔리는 날이 화이트데이, 크리스마스이브 또 뭐라더라? 언니 기억나요?"

"어? 어. 글쎄. 나는…… 모르겠네."

화리는 아련의 직설적인 문장에 당황하지 않은 스스로가 대견했다. 다행스럽게도 음란마귀에게 면역이 제대로 된 탓에 도욱과 관련한 야릇한 장면도 그럭저럭 이겨낼 수 있었다. 언뜻 보기에 평온한 여자를 물끄러미 주시하는 진호의 눈빛이 조금 더 가라앉았다. 그는 이 상황에 무방비로 노출된 화리가 조금 안쓰럽다는 생각이었다. 그녀를 위해 해줄 수 있는 것은 날개를 퍼덕이는 음란마귀의 폭주를 막는 것.

"아련아."

"네?"

"오빠는 조금 속상하네."

아련은 무슨 뜻이냐는 듯 고개를 갸웃했다. 진호는 아련의 쌀밥 위에 그녀가 좋아하는 소시지를 올려주면서 다정하게 웃었다.

"우리 아가씨가 예쁘게 사랑하는 법을…… 잊은 것 같아서."

"잊…… 어요?"

"정말로 예쁜 사랑은 몸으로 하는 게 아니라 눈으로 해야지. 그렇죠, 화리 씨?"

느닷없이 건네진 물음에 넋을 놓고 있던 화리는 들은 말이 무엇인지도 모르고 고개를 끄덕였다. 화리가 엉겁결에 동의한 덕분에 음란마귀는 잠시 날개를 접고 순수한 눈을 반짝인다.

"눈으로 보여주는 거야. 내 마음이 이렇다고. 내 눈에 당신밖에 없다고. 그리고 그 다음에 상대의 눈을 봐. 그 속에 누가 있는지 제대로."

물끄러미 진호를 바라보는 아련의 눈망울이 조금 붉어졌다. 떠오르는 어떤 생각 때문에. 그것은 화훈에 대한 외사랑.

"우리 아련이는 지금껏, 잘 하고 있던 거 아닌가?"

아련은 고개를 끄덕이면서 진호가 올려준 소시지를 입안으로 밀어 넣었다.

"물론, 내가 보는 상대가 나를 보라는 법은 없지. 만약, 네 사랑이 다른 이를 보고 있다면 분명히 슬픈 일이고. 그래도 사랑할 수 있다면 그게 정말로 예쁘게 사랑하는 거야."

진호의 말에 가슴이 먹먹해진 것은 이곳에 있는 전부였다. 화리도, 아련도, 민한도 그 순간에 조금씩 외로웠다. 서로 다른 이유로 인해서. 물론 진호도 마찬가지였다. 그는 화훈을 생각하는 듯 조금 붉어진 아련의 볼을 살짝 잡아 쥐면서 튕겼다.

"그러니까 아가씨. 궁금해서 미칠 것 같은 몸의 대화는 조금 더 나중에. 알았지?"

수줍은 기운이 가득한 아련의 볼은 잠시 잦아들었던 민한의 심술보를 툭 건드린다.

"형. 얘가 말한다고 알아들어요?"

"너는 콩이나 처드세요."

아련은 미처 걸러지지 못한 채 남아 있는 콩 하나를 민한의 밥숟가락 위로 꾹 찍어 눌렀다. 당장 치우라고 소리칠 것이라 생각했는데 민한은 순순히 아련이 올려준 콩과 쌀밥 한 숟가락을 조용히 입 안으로 넘겼다. 그 고분고분함에 놀란 아련은 아무래도 이 인간이 진호 오빠한테 한 소리 들어서 기가 꺾인 모양이라고 생각했다. 그리고 단 1초도 더 민한에게 시선을 두지 않은 채 진호를 향해서 고개를 틀었다. 그리고 여전히 수줍은 붉은 볼을 감싸 쥐면서 묻는다.

"그럼, 도욱 오빠는 진짜 사랑을 하는가 봐요? 최선아 씨랑?"

진호는 마시던 물을 그대로 뿜을 뻔했다. 음란마귀가 급 추락한 탓인지 정말이지 이상한 데로 맥락이 꺾였다. 진호는 얼른 화리의 표정을 살폈다. 그녀는 넋을 놓은 표정으로 깍두기를 입에 넣고 또 넣고 있었다.

"왜? 왜 갑자기 그런…… 소리를 해?"

"예쁜 사랑은…… 몸부터 섞지 않는다면서요. 오빠요. 그 여자랑 색욕적인 관계가 아닌 거 같아요. 뭔가 촉이 그래. 두 사람. 여행 간 적도 없잖아요?"

"와 진짜 답답한 소리를 하네. 꼭 여행을 가야만 뭘 하냐?"

"그, 그건…… 민한이 말이 맞아."

진호는 계속 화리의 눈치를 살피면서 물을 마셨다. 사실, 그 어떤 것도 화리에게 좋지 않은 답이었다. 도욱이 그 여자랑 잤다는 것도, 자지 않았다는 것도…… 전부 다 껄끄러운 의미를 전하기에. 진호는 차라리 음란마귀의 날개가 다시 퍼덕였으면 좋겠다고 진정으로 바랐다.

"설마 했는데 사랑이라니? 아, 오빠한테 괜히 배신감 들어. 그렇죠?"

아련은 하필이면 옆에 있는 화리의 옷깃을 꼭 붙잡고 말했다.

"나는요. 오빠가 정말 사랑하는 사람이 최선아 씨 같은 차갑고 이기적인 기운의 여자가…… 아니었으면 싶었어요. 뭐랄까, 조금 더 작고 아담해서…… 저절로 품에 안아주고 싶은 그런 여자? 동그란 눈이 상냥해서, 말 한마디를 해도 따뜻한 사람이었으면 좋겠다 싶었는데…… 왜, 오빠는 그런 여자의 눈을 보고, 사랑을 할까요? 그냥 몸만 섞지. 어차피, 어울리지도 않는데."

진호는 진심을 다해서 한숨을 내쉬었다. 도대체 왜 이런 맥락으로 대화가 끝이 나야 한단 말인가. 더 이상 손을 쓸 수 없다는 것은 화리의 상태를 보면 알 수 있다. 그녀의 눈시울이 이미 잔뜩 붉어져서 속눈썹 끝에 맺힌 물방울이 아슬아슬하게 고여 있었다. 부디, 제발 떨어지지 않기를 바랐는데 그녀가 힘없이 눈꺼풀을 내리감는 순간 끝내 떨어졌다. 그리고 하필이면 민한이 그걸 보고 말았다.

"누나 울어요?"

"어, 어? 내가?"

"어머. 언니 왜 그래요."

"아, 아…… 깍두기가 너무 매웠나 봐. 어, 어떡하지."

당황한 화리는 얼른 손등으로 눈물을 닦아냈다. 눈빛이 식은 진호는 조용히 몸을 일으켜서 냉장고 속에 있는 우유를 꺼내 들었다. 매운 맛이 눈물의 이유가 아니라는 것을 알지만 이 상황에서 화리의 조각난 마음을 덮어줄 수 있는 것도 오직 우유, 김도욱이 매일 사다놓는 이것뿐이다.

"자요. 우유. 입에서 불 안 났어요? 이거, 도욱이 집에서 가져온 거라 제대로 매운 거였는데. 나는 젓가락도 안 대잖아. 나한테 물어보고 먹지."

"그, 그랬구나. 그냥 자꾸 손이 가서 먹었더니. 아, 우유 고맙습니다."

화리는 눈물 젖은 속눈썹을 깜박이면서 우유 잔을 받아 들었다. 우유 한 모금으로 아릿한 속을 달래면서 천천히 급해진 호흡을 되돌렸다. 사실, 눈물이 흐르는 것도 모를 만큼 혼이 나가 있었다. 완전히 통제력을 잃은 것은 처음 있는 일이었다. 화이트데이는 이렇게 사람을 초라하게 만든다.

"와, 언니. 진짜 매운 거 못 먹는구나."

화리는 계속 우유를 홀짝이면서 고개를 끄덕였다.

"어쩜 그렇게 진호 오빠랑 닮았어요. 가만 보면 둘이 되게 비슷해. 그냥 둘이 사귀어요. 난 진심으로 둘이 잘됐으면 좋겠어요."

연타석 홈런으로 정신이 없는 진호와 화리를 대신해서 마운드에 오른 것은 민한이다. 진심으로 고맙게도.

"야, 그만해라. 너는 처녀 주제에 남의 연애사에 왜 그렇게 참견이야."

"내가 언제! 그리고 처녀는 참견하면 안 돼?"

"될 만한 훈수도 아니면서 아주 조잘조잘 시끄러워 죽겠어. 어이, 처녀! 네가 사귀어라 말아라 안 해도…… 이루어질 역사는 조용히 이루어지는 법이거든?"

"이게 말끝마다 자꾸! 너야말로 오늘 진짜 제대로 역사를 만들어볼래. 아주 뒤지게 피 터지는 밤으로 얼룩져 봐?"

"뭐, 난 환영이야. 너만 괜찮다면. 언제든 네가 원하는 대로 역사를 만들 수 있지."

민한은 턱을 괸 채 젓가락으로 아련의 가슴을 가리키면서 웃었다. 그 야릇한 눈빛에 당황한 아련은 민한이 '역사'의 의미를 다르게 해석하고 있음을 눈치챘다.

"뭐래. 이 미친 게…… 무슨 음탕한 생각이야. 맞짱 뜨자는 얘기였거든."

"나도 그 소리였는데."

민한은 결백을 주장하듯 어깨를 으쓱하며 고개를 갸웃거렸다.

"아, 역사의 의미가 조금 야릇하게 들리셨나? 그래서 그렇게 놀라, 서…… 우욱."

민한은 그 이상의 말을 맺을 수가 없었다. 얼굴이 벌게진 아련이 자신의 얼굴만큼 붉은 홍고추를 민한의 입에 쑤셔 넣었기에. 민한은 켁켁거리면서 입안의 고추를 뱉어냈다. 결국 참다 못한 민한은 아련의 이름을 앙칼지게 부르면서 몸을 일으켰다. 아련은 이미 현관 앞으로 뛰어 나가 있는 상태였다.

"아, 저게 또……."

슬쩍 진호의 눈치를 살피던 민한의 손에서 젓가락이 힘없이 떨어졌다. 아련은 흥얼거리면서 손에 든 무언가를 흔들었다. 분명히 거실 테이블 위에 올려놓았던 민한의 지갑이었다.

"지갑. 내…… 려 놔라."

민한의 목소리가 제법 사나웠다. 그도 그럴 것이 백아련에게 지갑을 빼앗긴다는 것은 엄청난 재앙이었다. 이미 일 년 전에 한 번 당한 터라 민한은 그 파괴력을 잘 알고 있었다. 아련이 민한의 지갑을 처음 가져갔던 그날은 그녀가 화훈을 위해서 준비한 밸런타인데이 초콜릿을 민한이 전부 먹어치운 날이었다. 이에 제대로 폭발한 아련은 민한의 카드로 지르고 또 질러서 향수, 호텔 식당

케이크, 명품 허리띠를 화훈에게 선사했다. 물론 그가 부담스럽다고 받지 않은 탓에 전부 민한에게로 돌아왔지만. 한편 화리는 처음 보는 민한의 모습에 어쩔 줄을 몰라했다.

"진호 씨. 어떡해요. 둘이 정말 싸울 것 같은데."

"괜찮아요. 차라리 지금은 싸우는 게 고맙네."

뜻 모를 소리에 화리는 발을 동동 굴렸다. 진호는 정말 느긋한 표정으로 물을 마셨다. 후우, 정말이지 큰일 날 뻔한 순간이었다. 이대로 화리가 엉엉 울면서 제 감정을 폭발시켰다면, 상처 받는 건 오로지 그녀였을 테니까.

"저기, 아련아. 민한이 정말, 화났는데……."

"됐어요. 신경 안 써도 돼요. 언니, 나 아이스크림 사올 건데 뭐 사다줄까요?"

"내려놓으라고 했다, 너!"

"아이스크림 몇 개에 쪼잔하긴…… 난 콩 먹는 어른보다 지갑 주는 어른이 더 멋지던데. 이래선 넌 안 돼요."

아련은 눈을 내리깔면서 약 올리듯 고개를 내저었다. 제대로 자극을 받은 민한의 눈이 진정으로 마귀처럼 사나워졌다. 그는 망설이지 않고 아련이 있는 쪽으로 걸음을 옮겼다. 혼나는 건 나중이고 화가 나서 미치겠는 건 지금이니까. 뒤늦게 그 눈빛이 보통이 아님을 눈치챈 아련이 얼른 신발을 신고 현관문을 열어젖혔지만 금세 민한에게 붙잡혔다. 후드티는 이럴 때 참 안 좋다. 아련은 아끼는 후드티가 그의 손 아래에서 늘어나고 있음에 절규했다. 이젠 납작 엎드려야 할 때.

"옷 늘어나! 장난이었, 잖아!"

"모자…… 확 뜯는다. 네가 한 말 제대로 취소해라."

"너도 나 처녀라고 놀렸잖아! 언니 오빠 보는 데서! 그 말 너도 취소해."

"그건 사실이고! 너는 나를 음해했잖아."

"아, 진짜…… 이씽."

"이씽?"

"알았어. 취소. 빨리…… 모자 놔!"

아련은 찡찡대는 목소리와 함께 민한의 팔을 뿌리쳤다. 하지만 이내 곧 더욱 강한 힘으로 모자가 아닌 팔을 붙들렸다.

"취소했잖아. 왜 이래! 또!"

"아이스크림 처먹고 싶다며! 이 성가신 계집애야."

팔뚝을 움켜 쥔 민한의 강한 힘에 놀란 아련은 살짝 붉어진 얼굴로 되물었다.

"아이스크림 100개 정도는 먹어야 기분이 풀릴 것 같은데. 가능하신가 몰라?"

"그만 조잘대고 따라와라? 입을 막아버리기 전에."

"네가 무슨 수로."

"못 할 것 같냐?"

민한은 이를 드러내면서 으르렁거렸다. 마치 닿을 듯이 가까워진 그의 얼굴에 아련은 슬쩍 뒤로 물러났다.

"흥."

그녀는 입을 삐죽이고 틱틱거리면서도 순순히 그의 뒤를 따라나섰다. 그 모습을 멍하니 바라보던 화리는 헛웃음을 터뜨렸다. 순식간에 종결된 싸움이 다행이긴 한데 뭔가 허무한 기분이었다.

"맥 빠지죠?"

"조금은요."

"그것 봐요. 괜찮다니까. 정말로 싫으면…… 아예 무시하지. 저런 식으로 수고스럽게 말꼬리 잡지도 않아. 다르게 보면 그냥 둘이 노는 거예요. 지금껏 나이 많은 오빠, 형은 자기들 상대가 안 됐거든. 그래서 만만하고 눈에 보이는 게 또래지."

"그래도…… 둘이 안 싸우면 좋겠어요. 어쩔 수 없이 놀라게 돼서."

화리는 놀란 숨을 다스렸다.

"둘 다 어리다는 증거예요. 싸워도 회복력이 빠르잖아. 5분 전에 싸운 것도 잊어 먹고 둘이 깔깔거리는 거 보고 있으면 뭔가 얻어맞은 기분이야. 난 그래서 안 말려요."

"아, 진호 씨가 그래서 태평했구나."

"한편으론 부럽지. 진짜 어른이 되어버리면, 잘 안 싸우잖아요. 부딪치기 전에 먼저 생각이라는 걸 하니까. 그래서 잃을 게 많다 싶으면 한 수 접으면서도 '더러워서 피했다'고 정신 승리를 하지. 참, 누가 그러던데 나이 들수록 겁이 많아진다고. 내 앞자리가 2였을 때만 해도, 젊은 패기로 그런 말 안 믿었었는데…… 이젠 알 것도 같아요. 실은, 나도 겁쟁이거든. 지킬 게 많다는 그럴싸한 핑계로."

진호는 그답지 않은 떫은 표정으로 말을 맺었다. 그리고 그의 단조로운 목소리 하나하나가 화리의 머릿속에 고스란히 새겨졌다. 문장을 이루는 단어 하나하나가 전부 다 아프고 쓰렸다.

"아, 맞다. 화리 씨 잠깐만……."

진호는 다시 냉장고의 문을 열어젖혔다. 그가 커다란 김치통 뒤에서 꺼낸 것은 작은 상자였다.

"사탕이요?"

"아까 울 때 줄걸. 그럼 더 멋졌을 텐데. 아련이 때문에 정신이 없어서 못 줬네."

"주시는 거예요?"

"화리 씨 먹어요. 화이트데이 가기 전에."

"화이트데이에 이런 거 주시면, 제가 멋대로 오해할지도 모르는데요?"

화리는 눈을 가늘게 뜨면서 장난스럽게 웃었다. 그리고 그만큼의 가벼운 웃음으로 진호는 화리에게 숨겨진 그의 마음을 아주 살짝 들려준다. 그녀가 다 알고 있음도 모른 채.

"아, 나 방금 분명히 말했는데. 겁쟁이라고."

"그럼 저는, 지금 닭…… 역할이죠?"

역시나 화리는 말이 통하는 상대다. 그래서 그는 조금 더 편하게 웃을 수 있었다.

"예뻐도 너무 예쁜 닭이지."

"에이, 그래도 꿩을 이길 수 있나요."

화리는 언젠가 보았던 그의 쓸쓸함, 어딘지 모르게 어두웠던 그늘의 의미를 이제야 제대로 알았다. 지킬 게 많아서 참는다는 이 남자, 아파도…… 너무 아픈 사랑을 한다. 제 동생을 향한 마음을 접고 또 접으면서 웃었을 그가 얼마나 속으로 울었을지 짐작조차 할 수 없다. 감히, 어찌 알 수 있을까. 화리는 그렇게 할퀴어진 진호의 마음이 마치 자신의 것처럼 아팠다. 그래서 진심으로 위로해 주고 싶은 마음. 그가 그녀에게 주는 위안만큼 어떤 보답을 할 수 있을까? 화리는 그가 건넨 상자를 만지작거리면서 또다시 눈에 물기가 어렸다.

"진호 씨."

"응?"

"이거, 제가 먹으면…… 오늘, 잠들 수 있을까요? 진호 씨요."

화리는 구구절절이 어떤 사연도 묻지 않은 채 오직 그것만을 물었다. '불면'에 함축된 의미를 분명히 알고 있는 여자가 아무것도 모르는 듯이 물은 말이었다. 그 말을 가만히 되뇌던 진호는 흐릿한 미소와 함께 고개를 끄덕였다.

"아무래도. 눈앞에서 사라지면…… 아, 그래도 줘볼 걸 그랬나? 그런 미련도 없어질 테니까. 그만큼 생각할 게 줄어들겠죠."

진호는 금방이라도 눈물을 쏟을 듯한 여자에게 얼른 사탕 한 알을 까서 건넸다. 마치 우는 아이를 달래는 듯한 모양새로.

"그러니까 빨리 먹어요. 나…… 오늘 잠 좀 자게."

"네. 저도, 오늘은…… 잘, 자고 싶어요."

화리는 그가 건넨 사탕 한 알을 입에 문 채 웃고 또 웃었다. 너무 달아서 아픈 화이트데이는 그렇게 조용히 마무리 되는 듯싶었다. 도욱이 나타나기 전까지는.

"주원아. 여기!"

"뭐냐. 예상한 그림이 아닌데?"

"그러게. 나도 몰랐네. 오늘 술독에 빠지는 게 내가 아니라 김도욱일 줄은."

"그러니까 이유를 묻지 않을 수가 없는데. 얘가 왜, 오늘……
화이트데이에 여자친구 시집 보낸 도윤후 너를 대신해서 뻗어 있
는 건데?"

"얘기가 길어. 아무튼 도욱이 좀 챙겨. 계산하고 올 테니까."

윤후가 계산을 하는 동안 주원은 슬쩍 도욱의 어깨를 건드렸
다. 잠에 취한 건지 술에 홀린 건지 도욱은 미동도 없었다.

"계산 다 했다. 가자, 이제."

한참을 찌푸린 얼굴로 도욱을 내려다보던 주원은 어쩔 수 없이
그를 부축했다. 30분 동안 얼마를 붓고 쏟은 것인지 제대로 꽐
라가 된 탓에 흐느적거리는 도욱의 팔을 어깨에 걸치는 것도 힘
들었다. 겨우 차까지 끌고 와서 뒷좌석에 던지듯 떠미는 와중에
도 도욱은 별다른 저항이 없이 그대로 늘어졌다.

"와, 진짜 어이없네. 도윤후. 너 진짜 맨 정신이야?"

"응. 한 잔도 안 마셨어. 이 냄새는 전부 쟤한테서 나는 거야."

"선아 씨랑 싸웠대?"

"싸움도 애정이 있어야 하지. 그럴 만한 사이냐."

윤후는 피식거리면서 차 열쇠를 흔들어 보였다. 그를 따라서
차에 올라타려던 주원은 잠시 멈칫했다.

"병원에서 사고 친 거 아니지? 누가 죽었다거나?"

"그런 거…… 아니야."

"어후, 그럼 됐어. 저 자식 환자 죽었다고 울 때 난리였잖아.
그때 홍화리가 진짜 애썼는데. 홍화리…… 어디서 뭘 하는지."

"그만 중얼대고 빨리 타."

당연히 술에 절어 있어야 할 윤후가 멀쩡한 모습으로 운전대를

잡은 모습이 낯설어서 주원은 헛웃음이 나올 지경이었다. 화이트데이 꼴라쇼는 도윤후 전담이다. 주원의 몫은 그와 대작을 해주는 것이고, 그보다 술이 약한 도욱은 그들을 집까지 데려가는 게 고정된 역할이었다. 그건 도윤후의 이별을 기점으로 일관되게 고정된 포맷이었는데 오늘 바뀌어도 너무 많이 바뀌었다. 그래서 주원은 느닷없이 불안해졌다. 그리고 어떤 확신이 든다.

"화리 때문이구나."

윤후는 답을 주듯이 한숨을 내쉬었고 그것은 주원에게 충분한 답이 되었다.

"시집…… 간대? 오수연처럼 청첩장 던진 거야?"

"차라리 오수연이 나아. 눈에 안 띄면 조금씩 잊혀지기라도 하니까. 화리는 그게 아니라서 도욱이한테 조금 더 나쁘지."

"왜? 뭔데?"

"같이 살아."

절묘한 타이밍에 급커브를 했다. 핸들이 급하게 꺾이는 바람에 주원은 창에 머리를 박았지만 딱히 아프지도 않았다. 들은 말의 충격 때문에 순간 정신이 나가서. 뒤늦은 통증에 미간을 좁히면서 주원은 다시 확인했다.

"쟤 사는 데 누구 새로 들어온다고 하지 않았어? 화훈 형이 소개했다고? 혹시 그게……."

"화리야."

"와…… 저 자식 어떻게 살아?"

"그래서 죽겠다고 술을 마신 거 아니겠냐. 나 이제 오수연 보낸 날에 맨정신으로 살기로 했다. 사람이 참 간사해. 나보다 더 어려운 사람을 보면…… 괜히 위로가 되네. 아프다고 징징거릴 마음이 싹 사라졌어. 덕분에."

윤후는 쓴웃음을 지으면서 룸미러 너머의 도욱을 살폈다. 그는 신경 사나운 주정도 없이 조용히 술기운에 취해 있었다. 말 그대로 술이 오르는 몽롱함 그 자체를 즐기는 듯 그 어떤 객기도 부리지 않는다. 술버릇도 제 성격만큼이나 단정한 도욱은 참 괜찮은 친구고 좋은 남자다. 그런 그가 한 여자를 사랑했는데, 정말로 사랑했는데 끝났다. 그리고 그 이유는 윤후가 한 여자와 이별했던 그 이유와 비슷해서 도욱의 흐트러짐은 조금 더 마음이 쓰리고 아프다.

"어쩐지 도욱이한테 미안한 기분이야."

"오수연하고 닮아서?"

"응."

"하긴, 그 계집애나 도욱이나 결혼 못 하면 미칠 것처럼 제 짝한테 닦달을 했지."

"그런 이유가 아니라……."

윤후는 주원을 향해서 진심으로 눈을 흘겼다. 그리고 조금 더 깊어진 눈으로 말을 잇는다.

"도욱이가 그랬잖아. 이별을 당했다고. 그 말…… 그 여자도 했거든."

"그래도 넌 다르지. 정신 차리고 잡으려고 했는데, 오수연이 튄 거잖아. 다른 남자 손 잡는 것도 부족해서 저 멀리 다른 나라로 화려하게 날아가셨지. 진짜 짜릿한 복수였어."

"그래서 도욱이가 그걸 하고 싶었나 봐. 보란 듯이 떠나는 모습…… 성공하기 직전이었는데…….”

“홍화리의 귀환이라…….”

주원은 아예 몸을 틀어서 도욱을 돌아봤다. 여전히 고요한 친구 녀석이 차라리 울거나 토를 했으면 좋겠다는 생각이었다. 그랬으면 때려서라도 정신을 차리게 해서 꽉 안아줄 텐데.

“그러기에 왜, 집 안에 들여. 뭐 좋은 꼴을 보겠다고.”

“잊은 줄 알았나 봐. 마냥 미워했던 걸로 끝인 줄 알았겠지.”

“그게 무슨 객기야. 여태 못 잊었던 게.”

주원은 제 양복 재킷을 벗어서 도욱에게 던지듯 덮어줬다.

“그래서 이번에 제대로 안 거야. 온갖 심술을 다 부려도 소용없다는 거. 미워했던 마음조차 전부 좋아하는 마음으로 바뀌는 기적이 진행 중이시고.”

“선아 씨는 같이 사는 거 모르지? 지금, 홍화리한테 한눈팔아도 되는 거야?”

“한눈판 상대는 따지고 보면 최선아지.”

윤후는 퉁명스러운 목소리로 단번에 말을 맺었다. 주원도 마찬가지지만 그는 조금 더 격하게 도욱의 결혼을 내키지 않아 했다. 이별의 징후를 감당 못 해서 다른 이의 손을 잡는 게 얼마나 위험한 도박인지 잘 아니까.

“그래도 선아 씨. 나쁘지 않은데.”

“사랑꾼 김도욱께서 나쁘지 않은 걸로 결혼, 그게 가능한가? 그 결심 자체가 무모하지.”

“쟤 결혼, 얼마 남았지? 곧 상견례 아니야?”

“그거야 안 해도 그만이지. 아쉬울 게 뭐 있다고.”

"파혼하면, 손해 배상 청구하는 거 아닌가? 대단한 여자라고 윤후 네가 그랬잖아. 더럽게 연줄 타지 않고 그 정도 날개 달아줄 수 있는 여자 드물다고. 너희 병원에서도 꽤나 입김이 세다며."

"그야 그렇지. 그런데 그 날개, 도욱이가 원해서 찾은 거 아니었잖아. 제 발로 찾아온 거지. 함부로 달았다가 추락할 걸 생각하면 차라리 부러뜨리는 게 나아. 손해배상? 남은 평생의 반려자를 찾는 일이야. 그게 뭐 무서울까. 진짜 문제는 홍화리지."

"가만, 걔도 참 특이하네. 도대체 무슨 생각으로 같이 산대?"

"잊은 듯이 편하게."

"뭐?"

"말 그대로. 아무 것도 모르는 것처럼, 그냥 한집에 사는 사이로…… 그렇게만 잊자고 했대. 그 대쪽 같은 여자가 결혼 선물 얘기까지 했다던데?"

"와, 정말 너무하네. 왜? 아예 김도욱한테 죽으라고 하지."

"하하, 화리도 생각이 많을 거야. 어쨌든 공식적인 이별의 가해자는 홍화리로 되어 있으니까. 자기가 찬 남자, 혹시나 미련이 있다고 해도…… 돌아오라는 말 못 하지. 게다가, 옆에 떡하니 다른 여자 있는 거 아는데, 홍화리 성격에 그 여자에 대해서 제대로 묻지도 않을 거야. 그냥 인정하고 마는 거지. 어쩌면 도욱이한테서 정말 마음이 떴을지도 몰라. 도욱인 그게 무서운 거고."

"섣불리 마음 전하다가 또 차이고 결혼도 깨지면, 도욱이…… 진짜 개털 돼서 죽겠네."

"그러니까. 내가 어떻게 술을 마셔. 홍화리 이름 나오는 그 순간에 바로 술잔 내려놨고 벌써 한 달도 넘게 같이 살았다는 얘기에 술병 넘겼다."

"잘했네. 그런데 윤후야. 너 맨정신 맞아? 방향이 좀, 이상한데? 집에 안 가?"

"제대로 가고 있는데?"

"아니, 그러니까…… 우리 오피스텔로 가는 거 아니야? 왜 홍화리 있는 집으로 가는 건데?"

"아, 그게…… 도욱이가 자기 술 취하면 이상한 데 데려다 놓지 말고 잘 챙겨서 보내달라고 했어. 그것도 반드시 12시 전에…… 홍화리 있는 집으로."

"누가 반긴다고 쓸데없는 귀소 본능이야. 자기가 신데렐라야? 꿀단지도 없으면서…… 꾸역꾸역 거길 왜 들어가."

"싫은 거겠지. 화이트데이에 밤새고 들어온 티, 내고 싶겠냐? 꿀단지께서 오해할 게 뻔한데."

"하여간에 김도욱. 세상 순애보는 자기가 다 가졌지."

숨겨둔 꿀단지를 알 만도 하다. 주원은 입술을 비틀면서 슬쩍 시계를 살폈다. 12시가 되기 딱 30분 전이었다. 윤후의 차는 그로부터 5분 뒤에 춘향가에 도착했다. 문 앞에서 초인종을 누르기 직전, 주원은 새삼 초조해졌다. 도욱의 고등학교 동창인 주원과 윤후는 대학 시절 화훈과 동아리를 함께했었다. 그 때문에 그 동생인 화리와도 제법 편하게 어울린 사이였다.

"홍화리가 나오면 어떡하지?"

"뭘 어떻게 해? 인사하면 되지."

윤후는 대수롭지 않다는 듯 웃으면서 초인종을 꾹 눌렀다. 그리고 얼마 지나지 않아서 어떤 여자의 목소리가 들려왔다.

[누구세요?]

아무렇지 않은 척했지만 사실 윤후도 긴장되긴 마찬가지였다. 술에 떡이 된 도욱을 데리고 온 처지가 조금 남세스럽다.

"도욱이 친구입니다. 얘가 좀 취했는데……."

[아, 오빠가요? 잠시만요.]

얼마 지나지 않아서 '띵!' 소리가 나더니 대문이 열렸다.

"뭐야? 홍화리가 나오는 거 아니었어?"

"화리가 도욱이한테 오빠라고 하는 거 본 적 있어? 아무튼 너, 화리 볼 생각 말고 조용히 가."

집 안에서 뛰어 나온 남자 두 명은 진호와 민한이었다. 그들은 도욱의 상태에 흠칫 놀라면서도 빠르게 그를 넘겨받았다. 진호는 특유의 점잖음으로 도욱의 친구들을 상대했다.

"아무래도…… 도욱이 혼자 마신 모양이네요."

"네. 그렇게 됐네요. 저 녀석이 오늘 속이 좀 시끄러워서……."

진호는 무슨 말인지 알았다는 듯 가만히 고개를 끄덕였다. 뭔가 도욱에 대해서 이야기를 나누고 싶었지만 옆에 민한이 있는 탓에 민감한 얘기를 꺼낼 수 없었다.

"민한아. 미안한데 편의점 가서…… 도욱이 술 깨는 약 좀 사와라. 얘, 내일 병원 일찍 가야 해."

다행히도 민한은 순순히 고개를 끄덕이면서 집 밖으로 나갔다. 그가 완전히 시야에서 사라진 뒤에야 진호는 도욱의 친구들과 편하게 말을 섞을 수 있었다.

"저 녀석은 몰라요. 화리 씨랑 도욱이 사이."

"아, 우리 도욱이가 꽤 말을 잘 들었나 봐요. 잊은 듯이 편하게 사는 거……."

"너무 말을 잘 듣다가 속이 곪아서 지금 이러고 있네요."

진호는 안기듯 자신의 팔에 기댄 도욱의 등을 툭툭 두드렸다.

"혹시, 지금 화리가 안에 있나요?"

"아, 화리 씨. 지금 샤워 중인데. 아마 아직 안 나왔을 겁니다."

"그렇구나. 얼굴 보고 싶었는데."

주원은 실망한 표정으로 슬쩍 집 안을 살폈다. 윤후는 그를 잡아 끌면서 진호를 향해서 정중히 인사했다.

"그럼, 저희는 들어가 보겠습니다. 귀찮은 일 맡기고 먼저 가네요. 죄송합니다."

"아닙니다. 한 식구인데요. 도욱이…… 괜찮을 겁니다."

"그랬으면 좋겠습니다. 제발."

세상 남자의 모든 응원을 다 받고 있는 도욱은 여전히 축 늘어져 있었다. 그의 친구들을 돌려보낸 진호는 미끄러지는 그를 다시 꽉 붙잡고 마당을 가로질렀다. 최대한 빨리 그를 방으로 올려보내서 이 볼썽사나운 모습을 화리가 보지 않게 하고 싶었다. 그랬는데 어느새 샤워를 마친 화리가 심란한 표정으로 서 있었다. 아련에게서 도욱이 술에 취했다는 말을 전해 들은 모양이었다.

"화리 씨 아직…… 안 잤어요?"

"아련이한테 사탕 주려고 내려왔었는데……."

화리는 진호를 제대로 보지 못한 채 말끝을 흐렸다. 그녀의 시선은 오직 제대로 흐트러진 도욱에게로 향해 있었다. 진호는 하는 수 없이 도욱을 질질 끌어서 거실 소파 위에 눕혔다. 화리의 시선은 여전히 도욱에게 붙들려 있다. 마치 울 것처럼 흐려진 얼굴에 진호는 얼른 그의 상태부터 전했다.

"친구들하고 마셨대요. 선아 씨랑 같이 있었던 게 아니라……."

"어? 진짜?"

사탕을 입에 문 채 볼이 툭 불거진 아련은 뭔가 반갑다는 듯한 표정으로 손뼉을 쳤다. 옆에서 아련이 신경 사납게 폴짝거려도 화리의 표정은 달라지지 않았다. 무덤덤함과 하얗게 질린 얼굴 그 경계에 놓인 복잡한 낯빛이었다. 한참을 말없이 서 있던 그녀는 느닷없이 2층으로 올라갔다. 그러곤 곧바로 뛰어 내려온 그녀의 손에는 이불이 들려 있었다.

"어? 도욱이 여기서 재우려고?"

"많이, 취했잖아요. 새벽에 혼자 휘청거리다가 계단이라도 구르면…… 안 되니까."

"그냥, 1층 민한이 방에서 재우는 게 어떨까 싶은데."

"민한이 잠귀 밝아서 예민하잖아요. 정신 몽롱한 사람이 옆에 있으면 불편할 거예요."

"어? 나 괜찮은데. 상관없어요, 누나!"

어느 틈에 편의점에서 돌아온 민한이 컨디션을 흔들면서 거실로 들어왔다. 화리는 민한을 향해서 고개를 가로저었다.

"민한이 너는 편하게 자. 술 마신 사람 때문에 다른 사람이 피해 볼 순 없잖아. 공용 공간에서 인사불성이 된 사람이 뭐가 예쁘다고. 거실에서 재워주는 것도 고맙게 생각해야지."

"아무리 그래도…… 형 혼자……."

"내가 거실에 있을 거야. 어차피 오늘 잠도 안 와서…… 책이나 볼 생각이었거든. 잘됐지 뭐. 혼자 있기 심심했는데…… 주정뱅이 잠꼬대 구경하면서 책 넘기면 시간도 빨리 갈 거야."

오늘만큼은 정말로 잠들고 싶다던 여자가 또 제 속을 감추고 괜찮다는 듯 웃는다.

"그럼, 주정뱅이는 화리 씨한테 맡기고 우린 자자. 어린이들은 빨리 들어가."

진호는 자꾸 거실을 서성이는 아련과 민한의 등을 떠밀어서 방으로 들여보냈다. 남은 화이트데이, 15분여의 그 짧은 시간이라도 도욱과 화리가 함께 보낼 수 있도록.

"도욱이, 잘 부탁해요."

"걱정 마시고 주무세요. 제 몫까지…… 푹."

"참, 책 말인데. 아련이 소설은 보지 마요. 그게 제법 후끈거려서 잠이 더 안 오더라고."

"하하, 알았어요. 잠 잘 오는 지루한 걸로 볼게요. 얼른 들어가세요."

화리의 재촉에 계단을 오르던 진호는 아무래도 그녀를 혼자 두고 가는 것이 내키지 않아서 또 뒤를 돌아보다가 그녀의 엄한 표정에 다시 계단을 올랐다. 진호가 제대로 방에 들어간 것을 확인한 화리는 그제야 길게 한숨을 내쉬었다. 도욱은 여전히 소파 위에 널브러져 있었다. 딱하고 답답한 마음을 섞어서 그를 힐끗 쏘아본 뒤 거실 불의 조명을 어둡게 했다. 도욱의 이목구비가 겨우 보일 듯한 어스름 속에서 화리는 천천히 걸음을 옮겼다. 그리고 언젠가 그가 자신에게 했던 것처럼 조용히 말을 건넨다.

"야! 주정뱅이!"

대답이 없는 도욱을 뚱한 표정으로 내려다보던 화리는 진호가 준 사탕 한 알을 까서 입에 넣었다. 그대로 우물거리면서 그에게 하고 싶은 말을 혼잣말처럼 쏟아낸다.

"너…… 은근히 나쁜 남자였구나. 화이트데이에, 여자친구 내버려 두고 친구들이랑 어울리고. 아주 못 쓰겠네."

입술을 샐쭉하면서 도욱의 실루엣을 훑어 내렸다. 그의 숨결 속에서 섞여나는 술 냄새가 상당했다. 이렇게 취한 모습은 정말 처음이다. 혹시 선아와 싸워서 술독에 빠진 건 아닐까 하는 생각에 조금 표정이 흐려졌다.

"연애하는 게…… 뭐 힘들다고…… 꽐라가 돼서는……."

'나는, 하고 싶어도…… 못 하는데…….'

"꿈에서도 술독에 빠져라. 이 소금마귀야."

화리는 퉁명스러운 마음을 뱉어내면서 입술을 휘었다. 짠돌이라는 의미가 담긴 '소금마귀'는 도욱이 제일 듣기 싫어하는 말이다. 아마, 맨 정신이었다면 벌떡 일어나서 눈을 찢었을 텐데 어차피 잠들었으니 듣지도 못할 테지.

화리는 도욱에게 던지듯 이불을 덮어준 뒤 기지개를 켰다. 이제 본격적으로 책을 보면서 조용히 마음을 정리할 생각이었다. 딱 세 걸음 사이에 놓여 있는 1인용 소파로 옮기던 걸음이 붙잡힌 것은 채 몸을 돌리기도 전이었다. 느닷없이 붙잡힌 손목에 숨이 멎듯이 놀란 화리는 차마 뒤로 돌지도 못했다. 틱틱. 시간이 제대로 흐르고 있음을 증명하는 유일함은 시계 초침 소리. 11시 55분. 그 숫자에 시선이 붙들려 있던 화리의 몸이 그대로 뒤로 당겨졌다. 풀썩! 놀란 숨도 내지르지 못한 채 그대로 도욱의 위로 엎어졌다. 그의 거친 동작 때문에 만들어진 작은 바람을 타고 술 냄새 속 도욱의 향취가 그녀에게로 퍼진다. 코끝이 자극이 된 탓에 쿵쾅거리는 심장의 움직임조차 느끼지 못했다.

"하지 말라고 했다."

분명히 도욱의 목소리다.

"소금마귀."

술에 취한 주제에 쓸데없이 또박또박 정확한 목소리. 화리는 놀란 마음을 추스르면서 슬쩍 몸을 일으켰다. 여전히 팔목이 붙잡힌 상태였다.

"깨, 깼구나. 컨디션 줄까? 민한이가 사왔는데."

"필요 없어. 어차피 안 잤는데 뭘 더 깨."

"너 자는 척했어, 왜?"

"주원이가 너 본다고 벼르는 소리 들으면서 술 깼어. 내가 정신 든 거 알면, 어떻게든 너 보려고 난리를 쳤을 거야. 그 인간이."

"그랬……구나."

"그런데! 젠장, 하진호가 거실에 날 던져놨잖아. 1층 종알이들이 동물원 원숭이들처럼 날 구경하는데 거기서 눈을 뜨라고? 당치도 않지. 다 귀찮아서 눈 감고 있었던 거야. 애들 들어가면, 알아서 올라갈 생각이었어."

"아……."

뜻밖의 말에 놀란 화리는 잠시 멍해졌다. 가만, 그러고 보니 도욱에게 무슨 말을 했더라? 혹시, 이상한 말을 하진 않았나? 순간적으로 한 말을 되새기면서 표정이 심란해졌다.

"할 말이 그게 다야? 뭐가 그렇게 아무렇지도 않아."

"응?"

"다 들었다고. 네가 나한테 한 말. 너, 이불도 되게 거칠게 던지더라. 모르는 거지한테도 그렇게는 안 할 텐데?"

"아닌데. 되게 상냥했던 건데. 하하."

"됐어. 이미 빈정 상했으니까."

그녀는 손목을 움켜쥔 남자의 손을 달래듯 두드리면서 풀어주길 부탁했다. 하지만 도욱은 일어나면서도 그녀를 놓아주지 않았다. 어둠 속에서 마주친 남녀의 눈동자. 어스름한 기운 속에서 분명히 빛나는 도욱의 두 눈은 화리의 온몸을 흔들리게 한다. 결코 들키고 싶지 않은 떨림을 참으려고 화리는 이를 사리물었다. 덕분에 조각난 사탕이 단맛을 내면서 입안을 굴러다녔다.

"그리고 너…… 백아련한테도 말했지."

"뭐, 뭘?"

"소금마귀! 네가 나를 그따위 이름으로 부르는 거!"

"아, 아니야. 갑자기 무슨…… 이 팔이나 좀…… 놔."

"곱게 불러라. 백아련이 문자 보낼 때마다 '소마 오빠'라고 하는 게 영 꺼림칙하니까."

"에이, 뭔가 다른 뜻이 있겠지. 난 정말 모르는 일이야."

화리는 진실을 고할 수 없어서 다급하게 고개를 저었다. 사실은 말했다. 도욱이 냉장고 맥주 사건으로 심사를 건드린 그 다음 날. 그날 이후로 음란마귀 백아련은 도욱이 자신과 비슷한 애칭을 가졌다면서 유독 즐거워했었다. 이를 도욱이 모르지 않는다. 알면서도 속아주는 이유는 차라리 소금마귀가 그냥 이 집에 사는 사람보다 조금 더 가까운 거리감을 느끼게 하는 탓이다. 그런 스스로가 조금은 가엽고 우스워서 도욱은 피식 웃음을 터뜨렸다. 그리고 조금 더 바싹 화리를 끌어당겼다.

덕분에 그의 숨소리를 더욱 가까이에서 듣게 된 화리는 입술을 꽉 깨물었다. 이 인간이 왜 이럴까. 안 그래도 우울한 화이트데이인데, 이 무슨 주정도 아닌 맨정신의 난리란 말인가. 화리는 소리 없이 입안으로 투덜거렸다. 그 작은 입술의 움직임을 놓치지 않고 있는 도욱이 그녀의 팔목에 조금 더 힘을 실었다.

"너, 지금 욕하지? 이게 아주 고단수야. 웅얼거리면서."

"욕은 무슨…… 사탕 먹어서 그래. 사탕!"

화리는 보란듯이 혀를 내밀어서 입안에 남아 있는 사탕을 그에게 보여줬다. 도욱은 잠시 말을 잃고 뚱한 표정을 지었다.

"할 말 없지? 잠 깼으면 2층 올라가서 자. 벌써 12시 넘었어."

"누가 줬는데?"

"뭘?"

"사탕."

짧은 단어를 옮기는 그의 목소리가 푹 가라앉았다.

"진호…… 씨가."

도욱은 화리를 붙잡았던 손에서 힘을 풀었다. 그 대신 그보다 더한 압력이 느껴지는 눈빛으로 물어본다.

"언제?"

"오늘, 아니. 어제."

"어제……."

도욱의 눈이 내리깔리면서 잠시 흔들렸다. 화이트데이에 사탕을 받았다는 여자, 도대체 무슨 의미로 받았는지 알긴 아는 건가? 그게 신경 쓰여서 미치는 줄도 모르고 화리는 여전히 사탕을 혀로 굴리면서 그의 앞에 서 있었다. 그는 작은 한숨과 함께 바지 주머니 속으로 손을 밀어 넣었다. 그 속에 만져지는 작은 막대 사탕. 그걸 손에 움켜쥔 채 앉았던 몸을 일으켰다. 순식간에 키높이가 역전되고 화리는 그의 그림자 아래에 갇혔다.

"홍화리. 너는, 그냥 이 집에 사는 사람한테 사탕을 잘도 받네. 그 정도는 아무 것도 아닌가 봐?"

"어?"

"진호 형도 그냥 이 집에 사는 사람이잖아. 아니야?"

"그, 그렇지."

화리는 말끝을 흐리면서 고개를 내렸다. 도욱이 내려다보는 자세는 유독 대하기 힘들다. 마주 보고 나란히 서 있으면 어쩐지 팔을 뻗어서 그를 안고 싶은 생각이 든다. 그때마다 스스로에게 미쳤냐고 물으면서 충동을 누른다. 지금 이 순간도 마찬가지였다. 화리는 다시 한 번 더 사탕을 깨물어 먹었다. 빠드득, 딱딱한 덩어리가 뭉개지는 소리가 요란하게도 울렸다. 마치 그녀의 결연한 의지를 보여주는 듯.

"이 나간다. 얌전히 좀 먹지."

"그랬나?"

화리가 멋쩍게 웃으면서 슬쩍 뒤로 걸음을 옮겼다. 여전히 거리가 가깝다.

"웃기는. 야, 이건…… 깨물지 마."

물러나던 걸음이 멈춘 이유는 눈에 보인 어떤 것 때문이다.

"아까…… 윤후가 준 건데 나는, 단 거 안 먹잖아."

도욱이 심드렁한 목소리로 건넨 것은 평범한 막대 사탕이었다.

"제법 희귀한 맛이래. 그러니까! 되도록 오래오래 천천히 녹여서 먹어. 애처럼."

그가 눈썹을 휘면서 웃는 순간 한꺼번에 침이 삼켜지면서 입안의 사탕이 전부 사라졌다. 화리는 사탕 조각이 목구멍을 훑고 지나는 그 까슬함보다도 심장의 쿵쾅거림이 더욱 견디기 힘들었다. 도대체 무슨 의미로 이런 심란한 물건을 건네는 것일까? 화리의 복잡한 눈빛을 읽은 듯 도욱은 일부러 더 천연덕스럽게 웃었다.

"선 넘지 마. 경계 지켜, 그런 얘기가 떠올랐다면 안 해도 돼."

사탕을 손에 쥔 화리의 손이 가늘게 떨렸다. 밝은 빛이 있었다면 분명히 그에게도 보였으리라.

"그냥…… 이 집에 사는 사람이 주는 거야. 하진호가 그랬듯."

"……."

"별거 아니잖아."

구구절절이 말을 붙인 이유는 하나, 거부하지 말라는 뜻이었다. 내 마음을 알아달라는 얘기는 끝내 못 해도. 화리는 도욱의 말을 되새기면서 무언의 동의를 하듯이 고개를 끄덕였다. 그리고 혼자서 생각한다. 화이트데이는 이미 끝났으니 지금 도욱이 건넨 사탕도 그 기념일의 의미는 없을 거라고. 마치 길에서 마주친 아이에게 선물처럼 건네듯 쥐어준 사탕에 어떤 의미를 부여하는 건 바보가 하는 짓. 그래도 어쩔 수 없이 의미를 부여하고 싶은 잔망스러운 마음으로 용기를 내어 그를 부른다.

"김도욱."

"응?"

"내 머리끈 말인데. 혹시 봤어?"

뜻밖의 타이밍에 치고 들어온 공격이었다. 흠칫 놀란 도욱은 슬쩍 뒷짐을 지듯 팔을 뒤로 숨기면서 고개를 갸웃거렸다.

"무슨 머리끈?"

"고양이 펜던트 달린 거."

"왜? 잃어버렸어?"

"그랬나 봐. 아무 데도…… 없네."

역시, 그가 머리끈을 버렸다고 생각한 화리는 착 눈을 내리깔았다. 예상은 했어도 역시 속이 떫다. 그리고 조금은 홀가분해졌다. 뭔가를 기대했던 마음이 신기하게도 전부 비워져서. 한편 도욱은 그녀의 스산한 표정을 살피면서 조금 불안해졌다.

"그냥 하나 다시 사. 무슨 머리끈 하나 잃어버린 거 가지고 그렇게 시무룩한 표정이야."

"그러게. 그냥, 다시 사야겠네."

"하나 사줄까?"

"됐어. 네가 왜."

"그냥 이 집에 사는 남자인데 뭐 어때."

도욱은 여기저기 붙이기 좋은 그 말을 제법 쏠쏠하게 써먹고 있었다.

"김도욱."

그녀의 목소리가 금세 서늘해졌다. 얘가 또 어느 부분에서 심사가 뒤틀렸나 생각하던 찰나, 그녀는 제법 직설적으로 답을 준다.

"자꾸 끼부리면……."

그녀는 부릅뜬 눈으로 주먹을 쥐어 보였다.

"확! 맞는다."

작은 주먹은 스치지도 않았지만 도욱은 그대로 땅에 꽂힌 기분이었다. 그만큼 어이가 없고 놀라서 심장의 울림조차 느려진다. 제가 한 말에 놀라고 숨이 가빠진 것은 화리도 마찬가지였다. 도대체 무슨 생각으로 그 순간에 그런 말을 쏟아낸 것인지 진심으로 되묻고 싶다. 어쩌면, 너무 아무렇지 않게 그냥 이 집에 사는 남자가 되어버린 도욱에게 조금은 심통이 났던 모양이다. 한없이 이기적인 마음인 것을 잘 안다. 그런 자신이 너무 싫어서 화리는 도망치듯 2층으로 향하는 계단을 뛰어올랐다.

다행히 도욱은 그녀가 뱉은 말의 충격으로 움직이지 못했다. 탁! 그녀의 방문이 큰 소리로 닫히는 순간이 되어서야 그는 참았던 숨을 몰아서 뱉으면서 소파 위로 털썩 주저앉았다.

"철벽녀 주제에, 너야말로 기대하게 하지 마."

허탈한 듯이 웃던 그의 입술에 조금씩 다른 기운의 웃음이 퍼져 나갔다. 그것은 뜻밖의 수확에 대한 어떤 놀람이었다.

"왜, 계단에서 구르는 게 걱정이고…… 잠도 못 자."

도욱은 아주 크게 웃어젖히고 싶은 마음을 참으면서 이불을 끌어안았다. 화리가 던지듯이 덮어준 그 이불이다. 그 순간에 빈정 상했던 마음도 신기하리만큼 전부 사라졌다.

"꼭, 나 때문…… 인 것처럼."

그는 크게 숨을 삼키면서 기분 좋은 표정으로 눈을 감았다. 지금 방에 틀어박힌 여자가 어떤 이유로 시무룩해진지도 모르면서.

PAGE : 다섯.
순애보

"힘들죠?"

"아뇨. 재밌어요. 진호 씨 덕분에 좋은 구경 많이 하잖아요."

화리는 진호와 함께 잡지 화보용 스냅 샷을 찍고 돌아오던 길이었다. 촬영이 재밌었던 화리는 잔뜩 상기된 표정으로 조잘거렸다. 무력한 생활에 활기를 불어넣어 준 진호가 고마웠다.

"다행이네요. 난 또 억지로 끌려 다니는 게 아닌가 싶었어요."

"그럴 리가요! 난 요즘 내가 살아 있다는 생각이 많이 들어요. 학교 쉬는 동안 딱히 하고 싶은 것도, 해야 할 일도 없어서…… 뭐랄까…… 흘러가는 시간이 아까워서 미칠 것 같았어요."

"그럴 땐 연애를 해야 하는데? 혹시 사는 게 힘들어서 연애 세포가 다 증발했나? 그거 지구 종말에 버금가는 심각한 일인데."

"진호 씨가 나한테 할 말은 아닌 것 같은데요?"

"아, 얘기가 또 그렇게 되나? 하하."

화리가 눈을 가늘게 뜨자 진호가 멋쩍은 듯이 웃었다.

"참! 화리 씨가 찍은 것 중에서도 괜찮은 게 있으면 살려볼 생각이에요."

"정말요? 그럼 내 사진이 잡지에 실릴 수도 있는 거네요?"

화리의 눈이 기대감으로 반짝였다. 참지 못한 흥에 저도 모르게 폴짝거리면서 진호의 팔을 붙잡고 흔들었다. 그녀의 천진함이 진호의 눈에 담겼다. 그리고 생각했다.

'이러지 마요, 화리 씨. 요즘 들어 그 자식이 자꾸 내 멱살을 붙잡는단 말이에요.'

어디선가 그 자식의 날이 선 시선이 닿는 것만 같아서 몸이 떨렸다. 진호는 불안감을 이기려는 듯 더욱 크게 웃으면서 화리와 슬쩍 거리를 벌렸다. 한편, 화리는 한껏 웃는 진호의 모습이 참 안타까웠다. 사실 화리는 그동안 아무것도 내색하지 않고 있었지만, 문제의 그날 진호의 방에서 마주한 수첩에 대한 잔상이 지속되고 있었다.

"어? 진호 씨. 저기, 누가 있는데요?"

스튜디오 앞에 다다랐을 무렵이었다. 닫힌 문 앞에서 어떤 남녀가 서성이고 있었다. 그 실루엣을 확인한 진호의 표정이 일순간 굳어졌다. 좋지 않은 낌새를 눈치챈 화리는 조용히 기도한다. 제발, 짐작하는 것이 아니었으면 좋겠는데…….

"오빠!"

"저희 왔습니다."

그의 스튜디오에 온 손님은 서영과 그녀의 남편이 될 사람이었다. 잠시 머뭇거리던 진호는 이내 그들을 반갑게 맞이했다.

"어쩐 일이야?"

"연락도 없이 와서 더 반갑지?"

"응, 잘 왔어."

진호의 동생 서영은 그의 목에 매달려서 아이처럼 웃었다. 그 모습을 멀찍이서 지켜보는 화리는 심란했다. 그의 방에서 비밀 수첩을 본 터라 하진호와 하서영의 조합이 어색하기 짝이 없었다. 제법 굳은 표정으로 서 있던 그때 진호가 서영을 소개했다.

"아, 화리 씨 인사해요. 여기는 내 동생, 하서영."

"네. 아, 안녕하세요."

"오빠, 여자랑 작업 잘 안 하는데? 여친이죠? 그렇죠?"

발랄한 서영은 거침이 없었다. 어벙한 표정을 지으면서 손사래를 치는 화리를 대신해서 진호가 상황을 정리했다.

"셰어메이트야."

그 소리에 실망한 서영이 입을 삐죽였다. 자기 옆에 꼭 붙어 앉으라고 하는 서영 때문에 화리는 좌불안석이었다. 엉겁결에 진호네 식구들과 함께 차를 마시게 된 화리는 차를 마시는 척 찻잔 너머로 대화를 나누는 이들을 찬찬히 살폈다. 다정한 남매와 믿음직해 보이는 남편의 조합이 나쁘지 않았다. 문제는 하진호의 마음이었다. 남편 될 사람도 알고 있나? 당연히 모르겠지. 알면 안 되지…… 도대체 이 남자는 왜 자기 동생을 좋아하는 걸까? 답이 나오지 않는 물음을 끌어안은 화리는 속이 답답했다. 게다가 지금 그의 동생은 자기 오빠 마음을 아는지 모르는지, 웨딩 촬영을 부탁하고 있었다.

"해줄 거지?"

"그래. 알았어."

진호가 흔쾌히 수긍했고 화리는 그의 표정부터 살폈다. 좀처럼 그 속을 내비치지 않는 그의 표정은 고요했다. 숨겨진 비밀을 알고 있는 탓인지 화리의 눈에는 그의 다정한 눈매가 여느 때와 같은 기운으로 보이지 않았다. 어딘지 모르게 화가 서린 듯 차가운 눈동자는 마치 그대로 얼린 듯 흔들림도 없었다.

"저, 작업 좀 할게요."

"네. 그러세요."

서영 내외가 돌아가고 난 뒤 진호는 암실에서 나오지 않고 있었다. 우두커니 남겨져 있던 화리는 진호가 걱정되었다. 지금 그는 뭘 하고 있을까? 캄캄한 암실은 진호의 안식처였다. 헝클어진 마음을 정리하기에 더할 나위 없이 좋은 공간이었다. 용액이 묻은 사진에서 상이 떠오르는 모습을 지켜보면서 진호는 붉어진 눈을 깜박였다. 그는 준비 중이었다. 사랑하는 여인이자 동생인 서영을 보내기 위한 마음의 결심을 되새기면서 주먹을 틀어쥐었다.

"오래 기다렸죠?"

두 시간 만에 진호가 모습을 드러냈다. 소파에 드러누워 있었던 화리가 벌떡 몸을 일으켰다. 화리는 그의 안색부터 살폈다. 그는 평소와 마찬가지로 평온한 모습이었다. 다만 여느 때보다 좀 더 말이 없어졌다. 집으로 돌아오는 지하철 안에서도 이런 저런 얘기를 나누지 않았다. 그는 이따금 멍해진 표정으로 환승역을 놓칠 뻔하기도 했다.

"진호 씨."

"……."

"진호 씨! 우리 내려야 해요!"

"네? 아, 미안해요. 내 정신 좀 봐."

"괜찮아요?"

화리가 건넨 '괜찮아요?'에는 참 많은 뜻이 담겨 있었다.

"괜찮지 않을 게 뭐 있나요……."

"저기 진호 씨…… 실은, 제가……."

그녀는 자꾸만 정신을 놓치는 진호에게 조심스럽게 말을 꺼냈다. 지난번 그의 방에서 본 수첩에 대해서. 그는 적잖이 놀란 눈치였지만 이내 힘없이 웃을 뿐이었다. 합정역에 내린 그들은 집으로 가는 길목 앞에 있는 벤치에 앉았다. 그들은 맥주 한 캔을 힘없이 부딪치고 또 말이 없었다. 진호는 멍하니 하늘을 올려다봤고 그 옆에 앉은 화리는 맥없이 발만 까닥였다. 궁금해서 미칠 것 같았지만, 진호가 제 입으로 먼저 털어놓을 수 없는 이야기를 먼저 물을 수는 없는 노릇이었다.

"내가 다섯 살…… 때였어요."

그가 마침내 입을 열었다. 화리는 마음의 준비를 하면서 마른침을 삼켰다.

"서영이가 우리 집에 처음 왔을 때가."

"……."

"보육원 출신이거든요. 서영이는."

"아……."

진호의 말에 집중하는 화리의 목소리가 가라앉았다.

"게다가 나는 업둥이죠."

진호의 입가에 희미한 미소가 걸렸다. 화리는 멍하니 눈만 천천히 감았다가 떴다. 벌어진 입으로는 목소리가 나가지 않았다. 화리는 생각보다 훨씬 나쁜 이야기에 차마 말을 이을 수 없었다.

"우리 부모님은 불임이셨대요. 아들은 업둥이, 딸은 보육원 출신…… 우와. 파란만장하다. 그렇죠?"

진호가 일부러 장난스럽게 웃었지만 화리는 웃지 않았다. 이윽고 진호는 담담한 표정으로 말을 이었다. 서영은 이름 모를 미혼모가 낳아서 베이비 박스에 버린 아이였다. 그의 부모님은 신생아인 그녀를 데려다가 진호와 마찬가지로 자기 자식처럼 호적에 올렸고 진호의 여동생으로 키웠다고 한다. 그는 혈육이 아닌 존재를 혈육으로 키워내는 부모님을 존경했지만, 한편으론 원망했다. 남매라는 틀에 묶이지 않았다면 그녀에 대한 그의 사랑이 세상의 손가락질을 받을 이유는 없었으니까. 서영은 그녀의 출생에 대해 그 어떤 의심도 가져본 적이 없었다. 지금까지도.

"사실 우리 부모님은 내가 업둥이 이력을 알고 있다는 사실도 모르세요. 우리 이모가 내가 잠든 줄 알고 했던 말들이 내 삶의 계보를 뒤흔들어 놨죠. 그런데 그때 우리 어머니가 그러셨어요. 혹여 진호 앞에서 허튼소리 하면 자매로서의 인연도 끊어버리겠다고. 내 아이한테 상처 주지 말라면서 우셨어요."

물기 어린 진호의 눈동자에 달빛이 담겨 그의 슬픔이 더욱 처연하게 반짝였다. 꽉 잠긴 목소리로 아픈 이력을 쏟아내는 진호의 곁에서 화리는 떨리는 손을 움켜잡았다.

"우린 참 잘 살았어요. 문제는 사춘기 이후였죠. 내가 그 아이를 보는 시선이 이상하다는 걸 깨달은 게. 그러면서도 믿을 수가 없었죠. 아, 내가 뭔가 착각하는 거겠지. 그게 아니면 미친 거겠지. 그렇게 덮고 또 덮었어요."

"그랬구나……."

"그런데 진짜 나를 통제할 수 없을 만큼 화가 나는 일이 생겼죠. 열일곱 살이 된 그 애가 남자친구를 데려왔는데……."

그때 진호는 대학생이었다. 고등학생인 여동생이 자신의 첫 남자친구를 집에 데리고 와서 소개하던 그날, 단둘이서 남이섬 구경을 간다던 동생에게 처음으로 불같이 화를 냈다. 지금도 서영은 그날의 오빠 모습을 똑똑히 기억하고 있었다. 이따금 서영은 '오빠 그날 미친개 같았어'라면서 농담 섞인 말로 웃어넘겼지만, 그녀의 해맑은 웃음은 진호에게 면죄부가 될 수 없었다.

"내가 진짜 미친 거죠. 동생인데…… 우리 부모님이 날 어떻게 키웠는데……."

진호는 아예 여자를 모르는 순진한 총각은 아니었다. 다만, 진지하게 마음을 준 상대가 없었다. 마음 한편에 항상 하서영이라는 그림자를 달고 살았기 때문에. 변호사를 그만두었던 이유는 공직자의 생활이 적성에 맞지 않아서가 가장 큰 이유였지만, 뜻하지 않게 자꾸만 선 시장에 나가게 되는 그의 이력에 대한 거부감이었다. 어머니는 남부럽지 않게 잘 자란 아들이 제대로 된 결혼 상대자도 없이 청춘을 소비하는 이유에 대해 알 리가 만무했다. 아이러니하게도 그런 어머니를 부추기는 것은 오빠의 마음도 모르는 철부지 여동생이었다. 결국, 그는 맞지 않는 옷을 벗고 좋아하던 카메라를 잡았다. 신기하게도 하루에도 몇 번씩 걸려오던 뚜쟁이들의 전화가 줄어든 것도 그때쯤이었다.

"혹시, 그 병아리 인형 말인데요."

"아, 봤어요?"

진호가 멋쩍게 웃으면서 머리를 긁적였다. 서영을 위한 선물이었다. 지금껏 주지 못했지만.

"서영이가 어렸을 때 키우던 병아리가 있었어요. 일주일 만에 죽었는데 그날 이후 매일같이 병아리를 찾으면서 울었죠. 그래서 병아리 인형을 사줬는데 그걸 또 온종일 끼고 사는 거예요. 다 뜯어져서 몰래 버린 뒤로는 일부러 부모님이 더 안 사주셨어요. 애가 인형만 끌어안고 밥도 안 먹으니까."

"……."

"그때 내가 그랬죠. 오늘부터 밥 먹으면 오빠가 돈 벌어서 병아리 인형 100마리 사줄게. 그날부터 꾸역꾸역 밥을 먹었어요."

진호의 입가에 희미한 미소가 걸렸다.

"그래서 그렇게 인형이 많았구나."

그랬다. 진호는 그날 이후로 병아리 인형을 모으기 시작했다. 지금은 한 50개쯤 모은 것 같다. 정작, 병아리라면 죽고 못 살던 여동생은 아무것도 기억하지 못한 채 인형을 모으는 오빠의 고상한 취미를 손가락질하고 있지만.

"서영 씨는 모르죠? 아무것도."

진호가 힘없이 고개를 끄덕였다. 말하려고 했었다. 부모님을 상처 입히고 가족을 파탄을 내면서라도 하서영을 갖고 싶었던 충동이 한 번씩 치밀어 오를 때마다 서영의 밝은 미소를 보면서 참고 또 참았다. 자신을 따스하게 품어주는 부모님을 보면서 모든 것을 억눌렀다. 그러는 사이 어린 여자아이는 여인이 되었고 어느덧 한 남자의 아내가 될 준비를 하고 있었다.

"난 저 애가 내 마음을……."

감정이 복받치는 듯 잠시 목소리가 잦아들었다. 진호의 눈가가 붉게 충혈되었다. 잔잔하게 흘러가는 감정의 길목을 막고 있던 둑 하나가 무너진 듯 그가 흔들렸다.

"평생 몰랐으면 해요. 알면…… 안 되는 거니까. 그 누구도."

진호가 씁쓸히 웃었다. 화리는 아무 말도 하지 않았다. 동생의 행복을 위해 모든 것을 참는 진호가 가여웠다. 좋아하지만, 함께하고 싶지만, 자신을 둘러싼 상황에 의해 참을 수밖에 없는 그 마음에 지나치게 감정이입이 된 탓일까? 그녀의 눈가가 젖어들었다. 문득 옆을 돌아본 진호가 깜짝 놀라서 화리의 어깨를 붙잡았다.

"화리 씨! 왜, 왜 울어요?"

"진호 씨가…… 율마잖아요. 난 그것도 모르고……."

"아, 그건 또 무슨……."

"미안해요. 진호 씨한테 매일 위로받았는데…… 나는 지금…… 뭘 해야 할지 하나도 생각이 안 나요. 으허헝."

"화리 씨! 아무 것도 안 해도 되니까 제발. 울지 마요. 제발!"

"내 잘못이야. 내가, 괜히 그건 봐서……."

"아, 나 진짜 미치겠네."

눈앞에서 이렇게 대성통곡하는 여자는 또 처음인지라 진호는 손이 덜덜 떨렸다. 그녀의 어깨를 두드리는 것도 뭔가 좀 이상하고, 그렇다고 눈물을 닦아줄 수도 없어서 마냥 울음이 그치기를 기다렸다. 화리는 코를 팽 풀어서 휴지를 쓰레기통에 던지더니 '후우—' 하고 숨을 몰아쉬었다. 그걸 지켜보던 진호의 입가에는

어느덧 작은 웃음이 걸렸다. 궁금했었다. 김도욱이 마음을 잡지
못하고 질질 끌고 다니는 홍화리라는 그림자의 이유가, 그런데
오늘 어렴풋이 알 것도 같았다. 이 여자가 참 맑고, 순수하구나.
순간 그 녀석이 떠오른 진호는 혹시나 하는 마음에 주변을 살폈
다. 아무도 없는 것에 안심했지만 사실 이 모습을 멀리서 지켜보
는 한 사람이 있었으니 바로 송민한이었다.

"우와! 대박! 대박! 백아련. 내가 지금 뭘 봤냐면…… 어, 도욱
이 형 있었네."

편의점에서 삼각김밥을 사서 들어오던 민한은 비닐봉지를 내팽
개치듯이 바닥에 내려놓은 뒤 수선을 피웠다.

"정신 사납다. 깨방정은 네 방 가서 혼자 떨어."

출판 준비로 신경이 날카로운 아련은 피곤한 눈을 비비면서
하품을 했다. 그 앞에는 도욱이 긴 다리를 쭉 뻗은 채 소파 한쪽
을 차지하고 누워 있었다.

"진호 형 게이가 아니었어."

"뭐래."

아련과 도욱은 민한의 얘기에 별다른 흥미를 보이지 않았다.

"알고 있었어?"

사실 그동안 민한은 여자 사람 근처에도 가지 않는 진호가 남
다른 성적 취향을 가지고 있다고 생각했다. 하지만 오늘 그의 다
른 면을 목격했다. 민한은 텔레비전 앞에 서서 의기양양한 표정
으로 허리에 손을 짚었다.

"음화화화홧!"

"아련아. 민한이 치워라."

도욱이 자세를 바꾸면서 인상을 찌푸렸다.

"안 꺼지냐?"

민한은 대중의 무반응에도 아랑곳하지 않고 콧바람을 숭숭 내뿜었다. 아련은 짜증이 치밀었다. 즐겨보는 드라마의 중요 부분이 전부 지나가고 있었다. 결국, 아련은 그의 정강이를 걷어차면서 밀쳤다. 민한은 정강이에 퍼져가는 아픔에도 아랑곳하지 않고 계속 조잘거렸다.

"아무래도 사귀는 것 같아."

아련은 민한이 또 썸녀와의 일을 떠벌인다 싶어서 귀를 막았다.

"진호 형이랑 화리 누나."

순간의 정적과 함께 도욱이 몸을 일으켰다. 아련은 귀에서 손을 떼면서 멍하니 시계를 쳐다봤다. 그러고 보니 아침에 작업하러 나간 둘은 늦은 저녁 시간이 지난 지금까지 돌아오지 않고 있었다. 요즘 둘이 자주 붙어 다니는 것은 기정사실이지만 사귄다는 전개는 미처 생각지 못했었다. 어쩐지 막혔던 글이 다시 풀릴 것 같은 신선함에 아련은 눈을 반짝이며 민한을 옆에 앉혔다.

"어떻게 얘기가 그렇게 되는데?"

"사거리 편의점에서 나오는데 진호 형이랑 화리 누나가 벤치에 앉아 있는 거야."

"그런데?"

"둘이 뭐라고뭐라고 심각하게 얘기를 하는데 화리 누나가 울더라니까? 진호 형은 안절부절못하고. 둘이 얘기하다가 울 일이 뭐 있냐? 몰래 사귀다가 싸우고 화해하고…… 뭐 그런 거겠지."

"그래? 하긴……."

"맞다니까!"

"이따가 둘이 오면 물어볼까?"

한 건 물었다는 눈빛의 아련과 민한이 큭큭댔다. 이럴 때면 참 죽이 잘 맞았다. 묵묵히 애기를 듣던 도욱의 표정이 창백해졌다.

'울어? 홍화리 네가…… 그것도 하진호 앞에서?'

그는 뭐라 말할 수 없는 불쾌감을 곱씹는 표정으로 소파에서 일어났다. 꽉 틀어쥔 주먹을 쥐었다 폈다 하면서 2층 계단으로 향하던 그는 우뚝 멈춰 서서 현관을 바라봤다. 홍화리와 하진호의 신발이 놓여 있던 자리가 비어 있는 모습을 바라보고 있자니 눈에서 열이 치솟는다. 급하게 숨을 몰아쉬던 도욱은 계단 난간을 꽉 붙잡았다.

"오빠, 그냥 올라가요?"

"형은 안 궁금해요?"

"안 궁금해."

시끄러운 두 사람을 향한 그의 눈빛이 살벌했다. '말 시키지 마'라는 엄숙한 경고를 알아들은 아련과 민한은 입을 꾹 닫았지만 터져 나오는 웃음은 참을 수가 없었다. 2층으로 올라온 도욱은 문이 닫힌 화리와 진호의 방을 번갈아 노려봤다. 침대에 벌렁 드러누운 뒤에도 민한의 애기를 곱씹고 또 곱씹었다. 벌써 11시였다. 이러다가 진짜 둘이 정분이라도 나는 게 아닌가 싶어서 짜증이 치밀었다. 정확히는 초조했다.

"이것들이 진짜!"

누웠다가 일어났다를 반복하던 그때 초인종이 울렸다. 1층에서는 아련과 민한이 요사스러운 눈빛으로 화리와 진호를 맞이하고 있었다. 도욱은 차마 나가지는 못했지만, 문고리를 붙든 손에 힘이 들어갔다.

"언니, 혹시 진호 오빠랑 사귀어요?"

"뭐?"

"아, 아냐! 우리가 왜 사귀어. 그렇죠?"

"그럼요. 하하, 왜, 왜 그런 소리를 하지?"

화리는 멍하게 눈을 치떴다. 어리둥절해진 것은 진호도 마찬가지였다. 직설적인 아련이 이것저것 따지지 않고 직구를 날렸다.

"진호 오빠, 화리 언니 왜 울렸어요?"

"어?"

그걸 어떻게 말해? 진호가 곤란한 표정으로 화리를 돌아봤다. 그녀는 손사래를 치면서 2층으로 올라갔지만 이내 민한에 의해 다시 붙잡혀서 내려왔다.

"안 사귀어. 안 사귄다니까!"

"그럼 왜 울었는데요?"

"누, 누가 우…… 울었다고 자꾸 그러니."

도욱은 잔뜩 긴장한 표정으로 방문에 귀를 갖다 댔다. 1층에서 시끌시끌하게 들려오는 소리에 신경이 곤두섰다.

"아니, 그게……."

"그게, 사귀는 거네! 딱 맞네!"

아련이 툭 치면 민한이 날리는 총공세에 정신이 멍할 지경이었다. 진호의는 이제 울상이었다. 작정한 두 사람을 빠져나갈 수 없음을 직감한 화리는 진호를 위해서 한 몸 희생하기로 마음먹었다.

"차였어."

일순간의 침묵이 이어졌고 화리는 천천히 눈을 감았다가 떴다. 이미 한 차례 서러운 울음을 쏟고 온 탓에 그 목소리가 푹 잠겨 있어서 전달 효과가 좋았다.

"내가, 좋아하는 남자가 있었거든."

흥미로운 관중들 사이에서 나지막하게 고백하는 1인극처럼 그녀는 조용히 말을 이었다.

"그런데 그 사람한테 차였어. 그 남자는 여자를 좋아할 수가 없대."

"누나……."

"어머나!"

"오늘, 진호 씨가 내 얘기를 듣고 위로를 해줬는데, 그때 내가 막 울컥해서…… 참을 수가 없어서……. 으흐흑."

화리는 진짜 울먹이면서 눈이 벌게졌다. 어찌할 줄 몰라 하던 민한은 미안하다면서 바닥에 떨어진 삼각김밥을 주워서 건넸다. 그것을 받아 쥔 화리는 터져 나오는 웃음을 참으면서 입술을 꽉 깨물었다. 그것이 마치 울음을 참는 것처럼 보였기에 그 누구도 그녀의 발칙한 시나리오를 의심하지 않았다.

"하아……. 미안한데, 좀 비켜줄래. 쉬고 싶어."

계단을 막고 서 있던 아련과 민한이 얼른 고개를 끄덕였다.

"으이그! 이 주책바가지들아! 사려 깊음이라는 것은 언제쯤 탑재가 되려나?"

진호는 민한의 머리를 한 대 쥐어박은 뒤 얼른 화리를 따라 계단을 올랐다. 십년감수한 그의 입에서 한숨이 푹푹 새어 나왔다.

모두 화리 덕분이었다. 그는 방으로 들어가는 화리에게 고맙다는 눈짓을 했고 화리는 싱긋 웃었다. 무언의 대화가 이어지는 가운데 홍화리의 시나리오가 먹혀들지 않는 한 사람, 김도욱은 방 안에서 이를 갈고 있었다.

"좋아하는 남자? 여자를 못 만나? 와…… 홍화리……."

어처구니가 없다. 깜찍하게도 저런 거짓말을 할 줄 아는 여자였나? 그것도 하진호를 위해서?

"후우……."

도욱은 거친 숨을 몰아쉬었다. 일순간 화리가 새로운 사람을 만나고 싶다면서 자신을 뒤흔들었던 그날이 되새겨졌다. 그리고 아마도 가장 그 가능성이 높은 것은 하진호일 테지. 하진호와 홍화리……. 나쁘지 않은 조합이었다. 그가 그녀의 전 남친만 아니었다면 충분히 지지하고도 남을 사이였다. 그런데 그런 가설 자체가 성립되지 않는다는 것이 문제였다. 도욱은 자신의 눈앞에서 그들이 연애질하는 꼴을, 게다가 애까지 낳는 짓을…… 하는 걸 얌전히 두고 볼 수가 없다. 이참에 아예 불씨를 제거해야겠다고 다짐했다. 분을 삭이지 못해서 씩씩거리는 사이 어느덧 자정이 넘어간 시간이었다. 오늘 벌어진 소란에 대해 '서로 네 탓'이라면 조잘거리던 민한과 아련도 모두 자기 방에서 잠든 뒤였다. 앙큼한 여자를 기습하기에는 딱 좋은 어둠이 밀려오고 있었다.

똑똑.

"네."

화리는 늦은 시각 문을 두드리는 소리가 뜻밖이었지만 별다른 의심 없이 문을 열었다. 그리고 후회했다. 도욱이 잔뜩 성이 난 얼굴로 노려보고 있었다. 또 왜 이러나…… 한숨이 나왔다. 그는 그녀의 의사를 묻지도 않은 채 그대로 방 안으로 들어왔다. 그리고 문을 잠갔다.

"뭐 하는 거야?"

놀란 화리가 잠긴 문을 다시 열려고 하자 도욱이 그 앞을 막아섰다. 그러곤 천천히 걸음을 옮기는 도욱에 의해서 화리도 떠밀리듯 뒷걸음질 쳤다. 그녀는 본능적으로 심상치 않음을 직감하고 있었고 이럴 때 어떻게 대응해야 하는지도 분명히 알고 있었다.

"왜 이래? 똑바로 말을 해야 알잖아."

아이를 달래는 듯한 목소리로 화리는 흥분하지 않고 조곤조곤 따졌다.

"뭔데? 너 지금 할 말 있다는 눈으로 나 보고 있잖아. 말해. 또 뭐가 맘에 안 들어서 이러는데?"

'전부 다!' 맘에 안 든다고 소리치고 싶었다. 지금 너랑 한집에 사는 상황도, 네가 다른 남자랑 만날까 봐 전전긍긍하는 자신도, 지금 너랑 키스하고 싶은 마음도……. 하지만 이를 정리해서 담백하게 전할 말이 떠오르지 않았다. 그래서 도욱은 아무 말도 하지 않았다. 되도록 감정적으로 굴지 않기 위해서, 잔뜩 내뱉고 또 후회하지 않기 위해서 한 템포 늦추는 중이었다. 팔짱을 낀 채 자기보다 20㎝ 가량 작은 여자를 가만히 내려다봤다. 저 조그만 여자가 참으로 사람 마음을 이리저리 들쑤신다. 짜증 나게.

"할 말 없어? 계속 그렇게 서 있을 거야?"

"……."

"그래, 마음대로 해. 서 있는 것까지는 좋은데…… 불은 좀 꺼줘. 난 잘 거니까."

홍화리다운 대처 방법이었다. 그게 또 도욱의 신경을 자극했다. 여자의 뒷모습에 도욱은 우습게도 참으로 민감하게 반응했다. 돌아서는 그녀의 팔을 다급하게 붙잡은 덕분에 도욱의 흔들리는 눈빛이 고스란히 여자에게 전해졌다. 마주친 시선 속에서 도욱은 이젠 될 대로 되라는 심정으로 참았던 마음을 쏟아냈다.

"하진호…… 좋아해?"

"겨우 그거야?"

겨우 그거에 한 남자는 갈대처럼 휘둘리고 있었다. 좀 더 차분하고 멋지게 대응하고 싶었는데 또 이 모양이다.

"내가 물었잖아."

"말할 이유 있어?"

"말꼬리 잡지 마. 대답만 해."

이건 뭐, 요새말로 답정너(답은 정해져 있고 너는 대답만 해)라고 해야 하는 상황인가?

"하아……."

화리는 더운 숨을 내뱉었다. 오늘 이래저래 피곤한 일의 연속이어서 좋아하는 노래를 듣고 쥴스를 끌어안은 채 푹 자고 싶었다. 그런데 불퉁한 시선을 보내는 남자의 등장과 함께 전부 망했다. 여자가 쉽게 답을 주지 않아서 초조해진 도욱은 다시 대답을 재촉했다.

"좋아하냐고!"

"좋아하면 어쩌려고? 네가 나한테 내놓을 답이 있기나 해?"

한계에 직면한 도욱은 그녀의 어깨를 붙잡아서 벽에 몰아세웠다. 꽉 붙잡힌 어깨에서 전해지는 힘이 그가 화가 났음을 여실히 보여줬다. 화리는 두려움을 감춘 채 실없이 웃었다.

"드라마 그만 봐. 이런 자세 식상해."

그녀의 빈정거림도 귀에 들어오지 않았다. 마치 제 것을 빼앗기기 일보 직전인 것처럼 도욱은 칭얼거렸다.

"하진호, 좋아하지 마!"

"이거 놔."

"아, 왜 하필! 형인데!"

투정부리는 아이처럼 떼쓰는 그의 모습이 어이가 없으면서도 그 서글픈 눈동자에 가슴이 쓰렸다. 그의 얼굴이 닿을 듯 가까이 다가왔다. 조금만 더 가까워지면……. 화리는 떨림을 감추고 차갑게 노려봤다.

"너, 나한테 그랬지. 네 결혼의 이유 물을 자격 없다고."

"지금……. 왜 또 그날 일을 끄집어내는데!"

"너도 똑같아."

다부진 한마디에 도욱은 뒷목이 가격당하는 느낌이었다. 떨리는 눈꺼풀을 감았다가 떴지만 화리의 차가운 표정은 그대로였다.

"내 마음에 누가 들어차 있는지…… 알아서 뭐해? 그게 설령 진호 씨라 하더라도! 너는 나한테 이따위로 따져 물으면 안 되는 거야. 넌, 자격이 없으니까."

'자격'. 그것이 무엇을 뜻하는지 알기에 도욱의 눈빛이 더욱 짙어졌다. 내가 이렇게 된 게 누구 때문인데? 불현듯 청혼을 거절당하던 이별, 그날의 상실감이 봇물 터지듯 밀려왔다. 시선을 마주치기 싫다는 듯 고개를 돌린 그녀의 턱을 붙잡아 돌렸다. 여자의 물기 어린 눈동자에 가득 담긴 자신의 모습을 보는 순간 도욱은 이성을 잃었다. 지금껏 꽉 붙잡았던 모든 것을 놓아버렸다.

'이젠, 모르겠다. 젠장……'

그의 혀가 거칠게 그녀의 입술 사이를 가르고 들어왔다. 화리가 주먹으로 그의 가슴을 쿵쿵 두드렸지만 도욱은 멈출 수 없었다. 그리웠던 여자의 입술이 자신에게 닿는 순간 그 옛날의 설렘과 떨림이 온몸을 휘감았다. 그녀의 허리를 바싹 끌어안고 침대 위로 넘어졌다. 버둥거리는 여자를 찍어 누른 채 그녀의 목 언저리에 낙인을 찍었다. 벅차오르는 도욱과 달리 화리의 눈에서는 투두둑 눈물이 떨어졌다. 그녀의 흐느낌과 전신에 퍼지는 떨림에 도욱은 그제야 정신을 차렸다. 그는 천천히 화리를 일으켜 세웠다. 그토록 보고 싶었던 여자의 눈물 앞에서 속이 찢어진다. 괜히 봤다. 이 여자, 이렇게 아픈 모습으로 우는 찰나. 눈물이 그렁그렁 맺힌 그녀의 눈가로 떨리는 남자의 손이 다가갔다. 하지만 그 순간 찰싹 소리와 함께 도욱의 얼굴이 돌아갔다. 또 한 번의 손길이 내려치려던 찰나 도욱이 그녀의 팔목을 붙들었다.

"놔."

화리는 잡힌 손을 뿌리치려고 안간힘을 쓰면서 쏘아붙였다.

"놓으라고!"

"싫어."

도욱도 만만치 않았다.

"건들지 말라고! 제발!"

도욱은 가늘게 떨리는 여자의 어깨를 꽉 움켜잡았다. 그녀가 크게 몸을 비틀었지만 놓아주고 않고 더욱 꽉 힘을 실었다.

"내가 자격이 없다고? 하아, 그래. 그 빌어먹을 자격…… 다시 찾아오면 되잖아! 그러니까 너는! 내 앞에서 하진호랑 시시덕거리지 말라고."

도욱은 스스로도 미친 소리를 지껄인다는 것을 알고 있었지만, 이 상황에서 별다른 도리가 없었다. 그저 입이 시키는 대로 전부 내뱉어야 꽉 막힌 체증이 사라질 터였다.

"너 똑바로 들어. 감히 네가, 날 밀어냈던 자리에 하진호를 앉힌다고? 안 돼. 내가 그 꼴은 못 봐. 그러니까 허튼 생각 접어."

"너 제정신 아니지? 결혼 얼마 안 남아서 메리지 블루라도 왔어? 잠깐 눈 돌려서 한눈팔고 싶으면 차라리 술집에 가."

"돈 버리고 뭐하러. 알잖아. 그런 데 흥미 없어. 그리고 우울증? 그런 거 올 틈이 있나. 너 때문에 속이 썩고 또 썩어서 화증이 도는 마당에."

화리는 어이없음을 대변하는 허탈한 한숨을 내뱉었다.

"김도욱, 너 이러지 마. 여자 있으면서 자꾸 틈 보이지 말라고. 도대체 나랑 뭐 하자는 건데!"

"틈? 그게 보이긴 하나 봐? 보이면 제대로 봐. 하진호 옆에서 헤실거리면서 쓸데없이 시간 축내는 것보다 훨씬 더! 좋은 일이 될 테니까. 그럼 내가 너랑 뭘 하고 싶은지도 제대로 보이겠지."

화리는 뻐근한 뒷목을 잡아 쥐었다. 안 그래도 기운이 전부 빠져서 힘들어 죽겠는데 이 남자가 오늘 왜 이리 작정하고 속을 뒤집나. 화리는 그가 닿았던 뜨거운 입술을 보란 듯 손등으로 문질러 닦으면서 그를 노려봤다.

"말 길게 하기 싫으니까, 빨리 사과해. 나한테 함부로 한 거. 세컨드 대하듯이 자꾸 뒤에서 슬슬 건드리는 거! 그래서 기분 더 러워진 것까지 전부 다!"

"함부로 한 적 없고, 세컨드 취급한 적 없어. 그러니까 사과할 것도 없어."

도욱은 진심으로 잘못한 것이 없단 생각이었다. 잃었던 자격 은 찾아올 것이고, 키스는 하고 싶어서 했고, 세컨드 취급? 그건 애당초 자기가 정실임을 모르는 저 아둔한 여자의 참신한 발상이 다. 그러니, 사랑에 빠진 죄 말고는 잘못한 게 없다. 게다가 감 히, 키스에 기분이 더러워졌다니? 웃긴다. 분명히 혀가 얽혔던 그때 화리는 제대로 반응했었다. 그런 주제에 감히 저속하게도 더럽다 말하다니! 도욱은 야릇하게 흘겨 뜬 눈으로 피식거렸다.

"아, 맞다. 홍화리. 너! 나한테 드라마 보지 말라고 했지? 그렇 게 악쓰면서 식상하다고 소리치더니, 너도 참, 반응이 뻔하다. 키스 한 번에 비련의 여주인공이 되어서 사과를 논하다니. 좀 더 참신할 수 없나? 쯧쯧."

"나가, 나가라고! 이 미친 소금마귀야!"

잔뜩 악에 치받친 화리는 손에 잡힌 줄스를 베개로 착각해서 냅다 집어 던졌다. 얄밉게도 도욱은 그걸 너무 쉽게 받았다.

"어허, 우리 줄스를 이렇게 함부로 하면 쓰나. 좀 더 소중하게 안아줬으면 좋겠는데?"

도욱은 싱글거리면서 다가오더니 줄스를 그녀에게 다시 안겨줬 다. 인형을 안은 채 얼이 빠진 화리와 달리 그는 줄스의 머리를 슬슬 쓰다듬더니 커다란 흰색 귀에 '잘 자'라고 속삭였다. 화리에게 하고 싶은 모든 것을 인형한테 대신한 도욱은 아무 일도 없었다는 듯 태연한 표정으로 방문을 닫고 나갔다.

탈칵. 문이 닫힘과 동시에 화리는 침대 위로 쓰러지듯 넘어갔다. 심장 박동이 너무 빨라서 귀가 멍할 지경이었다. 좀 전에 이 방에서 있었던 야릇한 상황을 증명하는 따스한 입술. 목 언저리의 화끈거림. 그것도 애인 있는 남자와의 입맞춤…… 이라니…….

"저게 미쳤나 봐…… 정말…… 으으으윽!"

화리는 신음과 함께 침대 위에서 버둥거렸다. 그녀의 방문을 닫고 나온 도욱도 심장이 쿵쿵 뛰기는 마찬가지였다.

"야 인마. 너, 지금 무슨 짓을 한 거야……."

힘이 풀려서 후들거리는 다리를 질질 끌고 겨우 제 방으로 돌아왔다. 혀가 뒤엉키던 그 색스러운 여운이 감도는 가운데 무심결에 달력을 봤다. 다가오고 있었다. 상견례가. 탁상 달력을 뒤집어엎으면서 도욱은 침대에 드러누웠다. 널뛰는 마음이 가라앉더니 또다시 답답해졌다. 선아와의 결혼을 중단시키는 것은 제법 복잡하고 시끄러운 일이 될지도 모른다. 약속을 엎은 책임을 물게 된다 해도 다시 홍화리를 얻을 수 있다면 도욱은 충분히 위험한 결단, '파혼'을 선언할 준비가 되어 있었다. 그러니 더는 빙빙 돌면서 머뭇거리지 않는다. 그는 화리의 입술이 닿았던 제 입술의 뜨거움을 손등으로 문질러 달래면서 빙긋이 웃었다.

"겁날 게 뭐 있나. 세상에서 제일 무서운 게 홍화리인데. 저거만 내 편이면…… 못 할 게 없지."

다음 날.

일요일 아침이었다. '아무래도 사귀는 것 같다'로 시작된 지난 밤의 해프닝이 묻힌 자리에 모두가 평온했지만 한 여자는 아니었다. 화리는 12시가 다 된 시간이었지만 아침도 거른 채 방 안에서 나오지 않고 있었다. 한편 도욱은 아무 일도 없었다는 듯 한량처럼 콧노래와 함께 정원에서 나무에 물을 주고 있었다.

"어제, 시끄럽더라."

진호가 마당 고양이의 밥을 챙기면서 툭 내던졌다. 어젯밤의 소란을 같은 2층에 있던 그가 모를 리 없었다.

"노친네. 나이 드니 잠귀만 밝아지나? 쓸데없이."

도욱은 일부러 진호에게 물을 튀기면서 투덜거렸다. 호스를 휘휘 돌리는 그의 손놀림이 제법 즐거워 보였다.

"너도 2년만 더 나이 먹어봐라. 아마 소머즈처럼 될 거다."

역시 연륜 있는 진호가 능구렁이처럼 되받아쳤다.

"화리 씨한테 그러지 마."

"뭘 그러지 마."

"투덜거리면서 까불지 말라고 인마. 고무줄 끊고 도망가는 초딩처럼 너무 유치하잖아."

경계심이 가득한 도욱의 모양새는 진호에게 있어서 소소한 일상의 재미였다. 놀리면 놀릴수록 귀를 양옆으로 찢은 고양이처럼 가늘게 눈을 뜬 도욱은 귀여웠다. 귀여운 그가 진호의 어깨를 짚었다. 뭔가 짚고 넘어가기로 작정한 듯한 몸짓이었다.

"홍화리 좋아해?"

"화리 씨는 현실감 있는 연애가 가능한 상대지. 내 도덕성에도 흠집이 가지 않을 만큼 매력적인 여자고."

"그래서 좋아하냐고!"

"네가 허락하면 좋아해 볼까 생각 중인데. 말 나온 김에 묻자. 허락해 줄⋯⋯."

도욱은 호스를 들고 있던 손을 돌려서 진호에게 냅다 물을 튀겨 버렸다.

"아잇! 이 자식이! 진짜!"

"허락 안 해! 안 한다고! 그러니까 하지 마! 좋아하지 말라고! 둘 다!"

떼쟁이처럼 악을 쓰는 꼴이 가관이었다. 스스로도 제 모양새가 꼴사나워서 도욱은 호스를 바닥으로 내팽개치더니 집 안으로 팽하니 들어가 버렸다. 몇 분 뒤 얼이 빠져서 멍하니 서 있던 진호의 머리 위로 수건이 툭 떨어졌다. 하늘에서 수건이 떨어질 리는 없을 테고 고개를 들어 올리니 2층 도욱의 방 쪽이었다. 수건을 던진 것은 도욱이 분명했다. 진호는 수건으로 머리의 물기를 털면서 피식 웃었다.

"저러면서 뭘 잊는다고⋯⋯."

진호가 거실에 들어서자 마침 화리가 2층에서 내려왔다. 그녀는 날씨에 맞지 않는 두꺼운 머플러를 목에 두르고 있었다. 이 이상한 자태를 아무도 눈치채지 않길 바란 것은 화리의 욕심이었다. 아련이 잽싸게 화리를 붙잡아 세워 따져 묻기 시작했으니까.

"언니. 옷이 그게 뭐예요? 혹시 추워요?"

"어, 어⋯⋯ 조금 춥네."

화리는 얼버무리면서 아련의 시선을 벗어났다. 머플러 너머로 구 남친 현 셰어메이트가 만든 심란한 키스 마크가 보일세라 화리는 목을 잔뜩 움츠렸다. 소파에 앉아서 멍한 표정을 짓던 화리에게 진호가 커피 한 잔을 건넸다. 평소와 같은 다정한 웃음이었지만 화리는 괜히 찔려서 진호의 눈을 마주 볼 수가 없었다.

"감기예요?"

"네?"

"이 날씨에 춥다는 건…… 다른 이유가 없지 않나?"

"네, 뭐……."

"그럼 커피 마시면 안 되지 않아요? 유자차라도 줄까요?"

"아, 아뇨. 괜찮아요. 별로 심하지 않아요."

화리는 커피를 홀짝이면서 얼른 시선을 내리깔았다. 그제야 물이 묻은 진호의 발이 눈에 들어왔다. 문득 고개를 들어보니 진호의 머리칼이며 셔츠가 잔뜩 젖어 있었다.

"그런데 진호 씨는 왜 그렇게 젖었어요?"

"김도욱이요."

"네?

김도욱이라는 한마디에 화리의 눈이 번뜩였다.

"아침부터 뭐가 그렇게 신났는지 물놀이를 하더라고요. 그 옆에 있다가 괜히 당했어요. 서른세 살이나 먹은 녀석이 제 감정을 주체를 못 해서 정말 유치하죠. 그래도 뭔가 간밤에 좋은 꿈을 꾼 모양이에요. 얼굴에 꽃이 핀 걸 보면……."

진호는 뼈가 있는 말과 함께 빙긋이 웃으면서 제 방으로 향했다. 화리는 '빠직!' 하고 뭔가 튀어나올 뻔한 것을 찍어 눌렀다. 그것은 욕설이었다.

'신났다고? 물놀이? 뭐, 게다가 꽃이 폈다고? 이 자식이…….'

간밤에 화리는 김도욱의 만행으로 인해 잠들 수 없었다. 목 언저리에 놓인 붉은 낙인을 확인했을 때부터 그의 목을 틀어쥐고 싶었지만 참아야 했다. 보는 눈이 많은 셰어하우스니까. 안 그래도 화가 치밀어 오르는데 배려심 넘치는 아련이 보일러 온도를 높인 탓에 미칠 것 같았다. 머플러를 한 목에서는 이미 땀이 축축이 났다. 더는 참지 못한 화리가 꽉 쥔 주먹을 틀어쥐고 눈을 부릅떴다. 보는 눈이 많으면 보는 눈이 없는 데로 끌고 가서 한 대 쥐어박고 싶다고 생각하면서. 때마침 사건의 원흉은 생각보다 빨리 모습을 드러냈다.

"아, 더워 죽겠네."

2층 방 안에 있던 도욱이 덥다고 아우성을 치면서 1층으로 내려왔다. 그는 얼음물을 단번에 들이켠 뒤 투덜거렸다.

"보일러 누가 켰어? 또 송민한이지? 샤워할 때는 온수로 하라고 그렇게 말했는데."

"많이 더워요? 화리 언니가 춥다고 해서……."

"홍화리가?"

그제야 도욱의 시선에 화리가 들어왔다. 그는 반가운 마음에 입안으로 얼음을 굴리면서 씩 웃었다. 정다운 아침 인사였지만 타이밍이 좋지 않았다. 뒤이어 오뉴월에 서리를 내릴 듯한 여자의 한을 맞닿은 기분에 오싹했다. 눈사람처럼 머플러를 한 채 잔뜩 노려보고 있는 화리의 눈이 말하고 있었다.

'죽여 버리겠어.'

그녀가 입술을 말아 올리면서 차갑게 웃었다. 그러곤 소파에서 벌떡 몸을 일으켜서 도욱이 있는 쪽으로 걸어왔다. 심상치 않음을 직감한 도욱은 얼른 컵을 내려놓고 2층으로 뛰어 올라갔다.

"그래, 그럼 계속 틀어. 찜질방 같고 좋네."

그 이후로도 한동안 도욱은 자신의 방 앞을 지키고 서 있는 눈사람 여자 때문에 방에서 나올 수 없었다. 결국, 화장실 가고 싶음을 참지 못한 도욱이 감금된 지 다섯 시간 만에 문을 열었을 때 그는 정강이가 걷어차이면서 무릎을 꿇었다.

"야, 너 이게 무슨…… 커헉."

눈사람 소녀 홍화리는 한 번 더 도욱의 볼을 잡아 뜯었다.

"경고했지. 자꾸 끼부리면…… 맞는다고. 한 번만 더! 어젯밤처럼 까불어라. 진짜 죽는다. 너!"

눈을 가늘게 뜬 여자가 그제야 머플러를 집어 던진 뒤 자기 방으로 돌아갔다. 집념의 승리였다.

"그러니까…… 맞아도 좋은 내가 미친놈인 걸…… 어쩌라고."

도욱은 피식 웃으면서 몸을 일으켰다. 하필이면 이 모습을 고스란히 지켜보고 있던 노친네의 손가락 놀림도 함께 받아야 했지만 도욱의 표정은 떫지 않았다. 그것은 위태롭게 움직이던 시소의 움직임이 완전히 한쪽으로 치우친 탓이다. 그에게 있어서 단하나의 여자, 홍화리 쪽으로.

"도욱 씨."

"……."

"도욱 씨? 듣고 있어요?"

몇 번을 불러도 대답이 없이 멍한 도욱 때문에 선아가 테이블을 툭툭 쳤다.

"네?"

"뭐 먹을래요?"

"선아 씨 좋은 거로 시켜요. 난 아무거나……."

또다시 도욱의 시선이 창밖으로 향했다. 그는 언제나 이런 식이다. 꼭 해야 할 숙제를 하듯이 자신을 만나는 그의 태도에 선아는 씁쓸했다. 지금껏 도욱은 그녀의 요구사항을 무시한 적이 없었다. 밥을 먹자든가, 공연을 보자든가, 차를 마시자든가……와 같은 일상적인 행위에 대한 거부감을 표한 적은 없었다. 다만 그가 먼저 제안한 적이 한 번도 없었을 뿐. 지난번에도 같이 쇼핑을 하자던 그녀의 뜻에 따라 함께 쇼핑몰을 갔었다. 그날 뜻밖에 도욱과 한집에 산다던 친구들을 만났고 그들 앞에서 자신의 어깨에 팔을 두르던 그의 행동에 적잖이 놀란 참이었다.

어른들의 소개로 만나서 이렇다 할 스킨십 없이 8개월 가량을 만났다. 곧바로 결혼 절차를 밟지 않고 꽤 긴 만남을 유지한 이유는 티를 내기 위해서였다. 그래도 최선아가 돈으로 남자를 사는 게 아니라 사랑을 해서 시집을 간다는 일종의 쇼. 도욱은 그 쇼에 충실하게 임해줬다. 정중한 만큼 사무적인 태도로 선아를 대하는 그는 꼿꼿하게 제 마음을 지키고 있었다.

사실 선아는 도욱이 만나던 여자가 있었고 그 기억 때문에 자신에게 온전한 마음으로 오지 않았다는 것을 알고 있었다. 중요한 것은 그게 상관없다는 것. 그녀는 자신의 남편감으로 도욱이 가진 외모, 가정환경, 직업적인 조건이 마음에 들었기에 그럭저

력 좋은 파트너가 될 수 있을 것이라 생각했다. 사랑만으로 결혼을 선택하는 것은 어린애의 불장난쯤으로 여기는 선아였다.

"도욱 씨는 왜 나한테 뭐 먹고 싶은지 안 물어봐요?"

만나지 30분 만에 자신을 똑바로 바라보는 남자 때문에 선아는 기분이 조금 언짢았다.

"제가 그랬나요?"

"네, 한 번도. 어느 책에서 봤는데 '뭐 먹을래?'라고 안 묻는 남자는 그 여자한테 관심이 없는 거래요. 나 좀 상처 받았는데? 아무래도 무시당하는 기분?"

당당한 여자의 진솔한 자기표현이었다.

"아……."

도욱은 미처 생각지 못한 일이었다. 화리와 사귀는 동안 가장 많이 했던 질문이 '뭐 먹을래?'였는데, 선아를 만나면서 그 기본조차 잊었다는 것을 도욱은 새삼 깨달았다. 물론 그 이유는 어렵게 생각지 않아도 알 수 있었다. 마음이 없으니까. 영혼 없이 텅 빈 표정을 짓는 남자의 시선을 잡아끌기 위해 선아는 민감한 이야기를 끄집어냈다.

"다음 주가 우리 상견례인 거 알죠? 어차피 의식적인 부분이지만 할 건 해야죠."

선아는 그가 원한다면 도욱과의 만남을 지속할 생각이었다. 상견례라는 말이 나오는 순간 도욱은 숨이 막히는 것 같았다. 그가 테이블 위로 손을 까닥였다. 뭔가를 깊이 생각할 때 나오는 버릇이었다.

"장소는 어디로 할까요? 괜찮으시다면 제가 장소를 정하고 싶은데 그래도 될까요?"

굳게 다물어진 도욱의 입이 좀처럼 열리지 않아서 선아는 초조했다. 그는 선아에게 자신의 시간을 나눠줬지만, 마음까지는 무리였다. 언제나 홍화리……. 자신을 놓아버리고 떠난 그 여자에게 한쪽 마음이 걸쳐져 있었다. 가장 많이 사랑했고 진정으로 함께 살고 싶다던 여자에게서 뻥 차인 뒤 그는 다른 여자를 마음에 품어본 적이 없었다. 결혼에 대한 환상 따위도 저 멀리 날려 보냈다.

그런 그에게 선아는 부모님이 바라던 완벽한 며느릿감이었다. 자신 역시 독신주의자로 살아갈 마음은 없었기에, 그런대로 남은 평생을 살아갈 수 있는 파트너로서 선아는 충분하다고 생각했다. 그것이 막다른 길목에서 맞이한 이번 결혼의 이유였다. 그런 종류의 삶을 택한다고 해도 딱히 후회는 없으리라고 생각했는데 홍화리를 다시 만났다. 그리고 그 여자가 눈에 밟힌다. 지난밤 '자격'이 없다면서 쏘아붙이던 화리의 모습이 되새겨지자 도욱은 가슴이 욱신거려서 눈을 감았다가 떴다. 역시, 그 자격을 오늘 되찾아야겠다. 테이블 위를 두드리던 그의 손이 거두어졌다. 결심한 도욱이 선아를 바라보는 눈빛에는 흔들림이 없었다.

"선아 씨…… 우리."

"그만하죠."

여자의 입에서 아주 쉽게 그 예민한 말이 튀어나왔다.

"도욱 씨는, 당신의 예비 신부한테 그 말이 하고 싶은 거죠?"

도욱의 긴장한 눈빛을 즐기듯 바라보면서 선아도 웃었다. 예상한 일이었다. 저 남자가 자신을 향해 먼저 말을 꺼낸 것은 처음이었으니까. 아마도 언젠가 그가 먼저 자신의 이름을 부른다면 그건 '끝내자'라는 말일 것으로 생각했었다.

"아직도 잊지 못한 그 여자 때문인가요?"

그 여자를 떠올리는 도욱이 옅은 미소를 지었다. 이 사람 이렇게 예쁘게 웃는 남자였네? 선아는 처음 보는 남자의 웃음에 괜히 속이 쓰렸다. 이런 남자를 뺏긴다는 게 못마땅해서.

"지금 도욱 씨가 포기하는 게 뭔지 알고 있어요?"

"알고 있습니다."

"만나는 첫날에 구구절절이 읊어줬으니 새삼스러울 것도 없지만 내가 가진 게 많아요. 도욱 씨가 원한다면 개원도 시켜줄 수 있고, 아주 오랜 시간이 흐른 뒤에는 병원장 자리도 줄 수 있을 거예요. 어차피 그 병원 이사장이 우리 할아버지니까. 그 후광이 내 남편 될 사람한테 오는 게 당연하죠. 그래서 도욱 씨가 얻을 수 있는 수많은 것들…… 우리가 만남을 시작하는 그 첫날에 합의했잖아요. 그런데 그거 다 버린다는 뜻이에요. 나와의 결혼을 깬다는 건 그런 의미인데 정말 괜찮겠어요?"

"정말 괜찮지 않은 건…… 사랑하는 여자를 잡지 못하고 눈앞에서 놓치는 거라고 생각합니다. 한 번은 할 수 있었는데 두 번은 못 할 것 같아요. 그게 이 결혼을 할 수 없는 이유입니다."

"내가 심술 부려서 도욱 씨 쫓아낸다고 하면 어쩌려고?"

"의사가 연줄 타고 연명하는 직업은 아니니까요."

진중한 목소리로 전한 진심이었다. 선아는 피식거리면서 고개를 옆으로 틀었다. 뭐랄까, 내키지 않는다. 그녀는 마지막 순간에 더 탐이 나는 남자를 놓아줘야 한다는 게 새삼 아쉬웠다. 그리고 한편으론 부럽다. 남자의 사랑이란 건 저런 건가? 괜히 가슴이 찡해졌으니까. 어쩌면 사랑이라는 것을 너무 부질없이 생각하는 자신에게 연민이 들 정도로.

"도욱 씨 되게 낭만적인 사람이었구나. 몰랐네."

"……."

"부럽네요. 그 여자……. 아, 김도욱 되게 탐나는 사람이었는데. 솔직히 마음 같아서는 도욱 씨 옆에서 떨어지라고 돈다발이라도 흩뿌리고 싶은데…… 어, 그렇게 긴장하지 마요. 그런 짓 안 해요! 그렇게 값 내려가는 짓 할 만큼 도욱 씨가 좋진 않았어요."

선아가 장난스럽게 웃었다.

"미안합니다."

"됐어요. 나도 도욱 씨 만나면서 나름 즐거웠으니까. 친구들이 도욱 씨 잘생겼다고 난리였거든요. 어깨에 힘주고 살았으니까 그거면 됐죠."

주문한 요리가 나왔지만, 그녀는 자리에서 일어났다. 여자를 따라서 일어난 도욱은 그녀를 향해서 정중하게 머리를 숙였다. 깍듯하게 예의를 갖추는 모습에 선아는 조금 더 쓸쓸해졌지만 내색하지 않았다.

"사실 더럽게 질척이자고 마음먹으면 못 할 게 없어요. 조건을 보고 시작한 관계라도 이만큼 시간을 끌었으면, 우리 세계에서는 파혼 사유를 물어서 피해 보상을 요구한다고 해도…… 딱히 이상한 노릇은 아니에요."

"알고 있습니다."

"그런데 내가 그런 거 안 한다고요. 실은, 할아버지가 그랬어요. 김 선생, 더러운 티 묻혀서 데릴사위 만들기에는 아까운 청년이라고. 그러니 적당히 쉬운 상대 찾아서 갈아타라고 했는데……
도욱 씨 얼굴에 홀려서 고집 부린 내 잘못이네요."

선아는 싱긋 웃으면서 한정판으로 구매했다던 가방을 느린 동작으로 집어 들었다. 붉게 칠한 손톱과 반짝이는 보석으로 치장된 여자의 손은 여유로운 삶의 단면을 보여준다. 한때는 저 여자의 풍요 속에 기대어 물욕에 취해서 살고자 했다. 그러다 보면 사랑을 잃고 결핍된 마음도 전부 지울 수 있을지 모른다면서 객기 어린 마음도 품었었다. 그런 게 그게 아니다. 도욱은 자신의 옆자리를 저 화려한 여자로 채울 수 없음을 분명히 느끼고 있었다.

"도욱 씨는 나한테 고마워해야 될 거예요. 이렇게 쿨하게 돌아서는 여자 어디서 본 적 없죠?"

그런 여자 본 적 있다고 말하고 싶었지만 도욱은 잠자코 입을 닫은 채 빙긋이 웃었다.

"김도욱이라는 남자가 하는 사랑, 왠지 모르게 응원해 주고 싶다는 마음이 들었거든요. 내가 살지 못한 세상을 대신 살아주는 드라마 속의 남자를 보는 느낌이랄까?"

드라마 속 세상의 화려함으로 치장한 여자가 진심으로 건넨 말이었다.

"사실, 조마조마했어요. 내가 도욱 씨를 진짜로 좋아하게 될까봐. 난 그런 종류의 관계는 버거워요. 계약한 만큼 딱 그 정도로 주고받는 관계, 합의한 대로 서로의 영역을 지켜줄 수 있는 상대가 편해요. 그런데 좋아하면 그게 안 되잖아. 한계 없이 주고 또 주게 될 텐데, 역시 그런 건 끝이 조금 나빠요. 특히, 나처럼 가진 게 많아서 오냐오냐 자란 것들은 생각보다 순수하거든. 사랑은 돈 주고 사는 게 아니라면서 눈웃음 살살 치고 꼬리치는 것들한테 의외로 쉽게 당하죠. 그래서 온 마음으로 사랑했더니 그 끝에서 돈을 달래. 우습죠? 속 아프게도 그런 경우 여럿 봤어요.”

선아의 눈매가 사뭇 서러워졌다. 도욱은 그녀가 전하는 말뜻의 의미를 알 것도 같아서 가만히 고개를 끄덕였다.

“아무튼, 갈 길이 다른 사람들은 빨리 헤어지죠. 돈 냄새 맡으면서 사는 나란 여자는, 사랑을 먹고 사는 남자의 해피엔딩을 기대할게요. 잘 가요. 도욱 씨.”

깔끔한 뒷모습과 함께 선아가 사라졌다. 그날 밤 집으로 돌아가는 차 안에서 어머니에게서 계속 전화가 걸려 왔지만 도욱은 받지 않았다. 홍화리, 그녀가 있는 집으로 돌아가는 그의 마음이 몹시도 가벼웠다. 문제는 야속하리만큼 도로가 막힌다는 것이었다. 빨리 집으로 가고 싶은 마음에 하늘로 날아오르는 기분이었다. 결국, 지루한 신호를 기다리는 차 안에서 도욱은 핸드폰을 집어 들었다. 메시지를 보내는 그의 손놀림이 재빨랐다.

〈홍화리. 뭐 먹고 싶은 거 있어?〉

메시지를 보낸 뒤 두근두근하는 마음으로 그녀의 답장을 기다렸다. 얼마 지나지 않아서 답장이 왔다. 핸드폰을 집어 드는 도욱의 얼굴에는 배실배실 터져 나오는 웃음이 걸려 있었다. 하지만 문자를 확인하는 그의 눈이 번뜩이면서 입술이 꾹 다물어졌다. 그것은 한 장의 사진과 함께 전송된 문자 때문이었다. 곤하게 잠이 든 화리 옆에서 싱긋 웃고 있는 진호가 찍어 보낸 셀카였다.

〈화리 씨. 지금 스튜디오에 있는데 잠깐 눈 붙이고 자는 중. 나는 그 옆에서 화리 씨 이불 덮어주고 있던 참이었어. 뭐 먹고 싶은지 깨워서 물어볼까?〉

도욱은 씩씩거리면서 바쁘게 통화 버튼을 눌렀다. 꽤 긴 통화 연결음 끝에 전화가 연결되었다.

[네. 홍화리 씨 핸드폰입니다.]

"하진호!"

[네, 말씀하세요.]

"왜 홍화리 핸드폰까지 만지는 사이가 된 건데! 어쩌서 그래!"

[어쩌다 보니 그렇게 됐네. 우리가 제법 친해서 말이야. 하하.]

"웃지 마! 거기 어디야?"

[스튜디오라니까. 왜? 이리 오려고? 오지 마. 우리 곧 집에 갈 거야. 화리 씨가 깊이 잠들어서 내가 업고 가야 할 것 같아.]

"……"

[크크큭. 도욱아 사실은…… 화리 씨 핸드폰 배터리가 다 됐다고 알람 울려서 충전하려던 참이었어. 마침 네 문자가 왔는데 무시할 수가 있어야지. 네가 엄청 용기를 내서 보낸 문자일 거 아니야. 그게 또 그냥 묻히게 둘 수가 없었던 형님의 갸륵한 마음을 좀 알아주렴…… 여보세요? 야! 듣고 있어? 김도욱. 도욱아!]

진호는 피식 웃으면서 핸드폰을 내려놨다. 언제부터 진호의 일방적인 고해성사가 이루어졌는지는 알 수 없었다. 다만 지금쯤 김도욱이 어떤 표정을 짓고 있을지 상상하니 하루의 피곤이 가시는 기분이었다. 그로부터 20분 뒤 넥타이를 휘날리며 스튜디오로 뛰어 들어온 도욱은 진호를 한 번 쏘아본 뒤 냅다 화리를 뒤흔들어 깨웠다. 그 바람에 화리는 잠에 취한 멍한 눈을 깜빡였다. 풀린 눈으로 그녀가 흐느적거리자 그는 더욱 세차게 여자를 흔들었다. 화리는 '집에 가자'고 팔을 잡아끄는 남자를 따라나서면서 자신이 꿈을 꾸는 거라 생각했다. 촉감과 색감이 몹시도 생생해서 고개를 갸웃거릴 뿐이었다. 그들의 뒤에서 진호는 옅은 미소를 지으면서 기지개를 켰다.

"아으…… 이제 된 건가?"

유난히 소란스러운 밤 8시였다. 퇴근한 모든 이들의 시간이 맞아서 함께 저녁을 먹을 수 있는 금요일이었다. 하필이면 설거지 당번인 도욱은 평소보다 많은 양의 식기를 정리하고 있었고 그 옆에서 민한이 내일 아침 준비를 했다. 분주한 이들과 달리 모든 당번을 피한 진호는 느긋하게 소파에 앉아서 책을 보고 있었다. 언제부터인가 화리는 자기 방 대신에 모두가 함께 있는 거실에서 함께 TV를 봤다. 함께하는 공간이 익숙해져서 혼자 방에 있는 게 심심할 정도였다.

"언니! 보고 있는 거 맞아요?"

"응. 보고 있어."

아련의 외침에 화리는 얼른 도욱을 향했던 시선을 거두어들였다. 그녀는 고무장갑을 낀 팔로 이따금 흘러내리는 머리를 쓸어 올리는 도욱을 홀린 듯이 바라보고 있던 참이었다. 고무장갑을 낀 남자가 제법 섹시하다고 느끼는 제 스스로에게 하는 욕도 잊지 않고 있었다.

"어때요?"

아련이 긴장된 표정으로 물었다. 그녀의 재촉에 빠르게 활자를 읽어나가는 화리의 표정도 진지했다.

"너무 약한가? 누가 저번에 비위 상하고 역겹다고 해서 이번엔 힘 좀 뺐어요."

"그런 말들을 해?"

"그보다 더한 소리도 많아요."

화리는 상처 받은 눈빛의 아련의 머리를 쓰다듬었다. 그녀는 이번에 출판하게 된 19금 소설을 리뷰해 주는 중이었다. 난생처음으로 19금 로맨스라는 신세계를 접한 화리는 연신 입을 벙긋거렸다. 리뷰를 마친 화리가 심각한 표정으로 아련을 돌아봤다. 아련은 침을 꿀컥 삼키면서 제 두 손을 마주 잡았다.

"너 모태솔로 맞니?"

"언니! 무슨 리뷰가 그래요!"

헛웃음이 나왔다. 영상 매체가 아닌 활자만으로도 묘한 감각을 자극하는 아련의 필력에 경이로움을 표하고 싶었다.

"아니, 정말…… 놀라서 그래. 너 대단하구나."

그녀의 칭찬에 아련이 어깨를 으쓱했다. 정말이지 신기했다. 그 어떤 경험도 없이 어떻게 저런 표현이 가능한 걸까? 그에 대해 송민한이 단번에 정리했다.

"음란마귀가 껴서 그래요."

어느새 다가온 민한이 장난스럽게 웃었다. 손에 묻은 물기를 아련의 머리 위로 툭툭 털면서.

"야 인마! 너 내가 그 말 하지 말라고 했지! 제일 듣기 싫다고!"

"음란마귀. 너무 길다. 이참에 줄여서 음마라고 불러줄까? 이름 앞에 붙여. 그거 뭐냐…… '아호'처럼! 음마 백아련. 멋지네."

유치한 말장난이었다. 가만히 책을 보던 진호가 웃음을 참지 못하고 큭큭거렸다. 식기를 마저 정리하고 있던 도욱의 어깨도 들썩였다.

"하지 말라고!"

참지 못한 아련이 뽀르르 화를 내면서 쿠션을 집어 던졌지만 민한은 단번에 그것을 잡아냈다.

"누나. 한번 들어봐요! 내가 그날 얼마나 놀랐게요?"

민한은 셰어하우스에 처음 입주했던 그날 새벽의 충격을 다시 한 번 떠올렸다. 모두가 잠이 든 새벽 3시. 목이 말라서 방에서 나왔더니 누군가 볼륨을 죽인 채 텔레비전을 보고 있었다. 그리고 어디선가 사각사각 연필 소리가 났다. 혹시 못 볼 것을 보았나 싶어서 숨을 멈추었을 때 한 여자가 고개를 돌렸다. 백아련이었다. 비명을 지르는 민한에게 아련이 건넨 한마디는 '깼어?'가 전부였다. 그녀는 아무렇지 않다는 듯 19금 영화를 틀어놓은 채 그 장면을 활자로 기록하고 있었다. 그것이 모태솔로 백아련이 19금 소설을 쓰는 비밀이었다.

"어떻게 된 계집애가 부끄러운 것도 없어. 그냥 막…… 어휴."

민한은 생각하기 싫다는 듯 몸을 털었다. 아련은 입술을 씰룩이면서 민한을 쏘아봤다.

"모태솔로라서 글 쓰는 거로 욕구불만을 해소하는 건가?"

"너 그 이상 더 나가면 명예훼손으로 고소할 거야! 그리고 이 세상의 모두는 음란마귀야. 다들 아닌 척, 고고한 척…… '어머, 너는 뭐 그런 걸 보니!' 이러면서 하하 호호 떠들지만 웃기지 말라고 해. 그것들도 방문 닫고 들어가면 전부 똑같다고! 그 판타지를 충족시켜 주는 내 직업이 뭐가 그렇게 나쁜데!"

19금 소설을 쓰면서 그동안 남모르게 쌓였던 아련의 속내가 터져 나왔다. 직설적이고 군더더기 없는 한마디에 잠시 침묵이 이어졌다. 민한은 애석하게도 반박할 수 없었다. 화리는 가라앉은 분위기에서 눈을 굴리면서 눈치를 살폈다. 진호에게 슬쩍 눈짓하자 그가 '괜찮다'는 듯 고개를 끄덕였다. 그러곤 민한에게 눈을 찡긋거렸다. 사과하라는 뜻이었다. 노란 머리 청년은 하진호의 말이라면 거역할 수 없는 마법에 걸려 있었다. 사실 그는 도토리 뺏긴 다람쥐처럼 폴짝거리는 아련을 놀리는 게 재밌을 뿐이지 그녀의 직업적인 부분을 공격하려던 게 아니었다. 오늘 저 계집애가 쓸데없이 멀리 갔다고 툴툴거렸지만 제법 상처 받은 눈빛을 보고 있자니 마음이 안 좋았다.

"저기…… 백아련. 내가……."

민한이 겨우 드문드문 말을 이었지만 아련의 귀에는 들리지 않았다. 그녀는 좀 전의 일은 까맣게 잊고 딴생각에 빠져 있었다. 문득 궁금해진 참이었다. 모두의 섹슈얼 라이프에 대한 생각이. 어쩌면 이번 소설에 좋은 이야깃거리를 건질 듯도 싶었다.

철저하게 작가 정신을 발휘한 첫 질문의 표적은 김도욱이었다.

음흉하게 웃던 아련이 소파에서 일어나더니 재빨리 2층으로 올라가는 도욱의 팔을 붙잡았다. 그 뜬금없는 행동에 민한이 화리를 돌아봤다.

'쟤 왜 저래요?'

화리가 어깨를 으쓱하면서 물을 마시던 찰나였다. 그리고 그대로 사레가 들렸다.

"오빠는 총각 아니죠? 여자랑 자봤죠?"

도욱의 입이 벌어졌다. 그의 얼굴이 묻고 있었다. '너 미쳤지?'라고. 신기하게도 도욱의 표정과 그 옆에 서 있는 민한의 표정이 똑 닮아 있었다. 아련은 굴하지 않았다. 그의 첫 경험 스토리를 연필 들고 받아 적겠다고 나서지 않는 게 다행이었다. 허탈한 표정을 짓던 민한은 소파에 털썩 기대앉아서 피식 웃고 말았다. 그녀의 당돌함이 어이가 없었지만, 한편으로는 다행이었다. 민한은 그녀의 밝음이 좋았다. 아무리 싸우고 놀려도 뒤돌아서면 금방 잊어버리고 아이처럼 웃어주는 여자가 눈에 밟히는데 저 여자는 화훈한테 빠져 있었다. 그리고 자신은 그게 좀 껄끄럽다. 그 이유를 찾을 수 없어서 표정이 떫어지는 와중에, 다른 이들은 무언가에 홀린듯 음마 백아련 선생의 이야기에 집중하기 시작했다. 마귀가 제대로 날개를 퍼덕이면 아주 큰일이 나는 것도 모른 채.

"남자는 진짜 가슴 큰 여자가 좋아요?"

"그건 취향의 문제지."

겨우 정신을 차린 도욱은 담담하게 답했다.

"나는 별로."

그리고 뒤이은 한마디에 화리는 눈을 동그랗게 치떴다. 강 건

너 불구경하는 듯하던 진호가 음란마귀 대열에 합류하고 있었다. 저 점잖은 얼굴을 하고 아무렇지도 않게 색스러운 이야기를 하는 진호의 입을 틀어막고 싶었다. '제발 당신만은 더럽혀지지 말아주세요!'라면서.

"왜 이번 주인공은 큰 가슴 취향이야?"

하지만 진호는 멈출 생각이 없어 보였다. 그는 아예 책을 덮은 채 아련의 소설을 위해 적극적으로 협조하고 있었다.

"네. 근데 뭔가 좀 마음에 안 들어서요. 맨날 여자는 처녀고, 풍만한 가슴이었는데 뭔가 남성을 위한 몸의 구조 같아 보이고. 물리기도 해서. 콘셉트를 바꾸어 볼까요?"

"하긴 그것도 그래. 여성의 몸이라는 게 단순히 시각을 자극하기 위함은 분명히 아니니까. 무슨 고민을 하는지 이해는 가네."

아련이 눈을 반짝이면서 고개를 끄덕였다. 가려운 곳을 긁어주는 진호에 감동한 것도 잠시…… 그러다가 문득 멀뚱히 앉아 있는 민한에게 그녀의 시선이 닿았다. 민한은 가늘게 떠진 그녀의 눈을 마주하는 순간 괜히 목이 마르다면서 자리에서 일어났다.

"그런데 도욱아. 오히려 작은 가슴의 여자들이 더 잘 느낀다는데…… 의학적으로 맞아?"

"그런 통계도 있긴 해. 하지만 단정 지을 순 없어. 완벽한 임상 결과가 나온 게 아니니까."

그 말과 함께 도욱의 시선이 화리에게로 향했다. 틀어 올린 머리 때문에 목 언저리에는 잔머리가 빠져나와 있었다. 언젠가 진호가 청순하고 예쁘다고 했던 그 모습일 터였다. 그땐 하진호 미친놈이라고 욕을 하고 싶었는데 지금 보니 진호가 왜 그런 말을 했는지 이해가 갔다.

도욱의 멍한 시선이 좀처럼 거두어지지 않는 것을 알지 못하는 화리는 저 혼자 힘겨운 사투 중이었다. 무르익어 가는 이들의 대화에 낄 수 없었던 그녀는 자리를 박차고 일어나지도 못한 채 애꿎은 물만 마시고 또 마시고 있었다. 배가 불러서 더 이상 못 마시겠다고 생각할 무렵 화리는 불현듯 느껴지는 시선에 고개를 돌렸다. 물잔 너머로 마주친 시선의 주인공은 꼿꼿하게 이쪽을 바라보고 서 있는 도욱이었다. 화리는 흠칫 놀라서 목 안으로 물이 한꺼번에 밀려들었지만 티 내지 않았다. 그녀가 마주친 시선을 거두어들이고 입안에 가득한 물을 삼키던 그때였다.

"뭐, 그렇지만 내 경험상 어느 정도 동의하는 바야."

"풉."

결국, 화리는 뿜고 말았다. 그녀가 물을 닦아내면서 허둥대는 와중에도 이 야한 대화는 멈추지 않았다. 얼굴이 벌게져서 잔기침을 하는 그녀를 물끄러미 바라보던 도욱은 의미심장한 표정을 지었다. 그는 목적지를 바꾸어서 발걸음을 돌려 거실로 향했다. 그리고 하필이면 화리의 옆자리에 앉았다. 그가 긴 다리를 척하고 꼬아 올리는 바람에 화리는 그에게 닿을세라 슬금슬금 틈을 벌려서 앉았다.

"형은 같이 잤던 여자 다 기억나요?"

아련을 음란마귀라고 욕하던 민한도 19금 대화에 동참하고 있었다. 화리는 차라리 이 미친 대화에서 벗어나겠다고 다짐했다. 아무도 눈치채지 못하게 슬쩍 몸을 일으키던 찰나였다.

"기억나지. 몇이나 된다고……."

그 한마디가 화리를 잡아끌었다. 제멋대로 흔들리는 눈동자의 초점을 다잡기 위해서 눈을 깜빡였다. 도욱의 잔잔한 목소리가 뒤이어 파고들었다.

"마지막 여자가 제일 잘 맞았던 것 같아."

"오우! 마지막이라면 지금 만나는 여자?"

"꼭 그러라는 법은 없잖아."

어느새 쿵짝이 맞은 민한과 아련이 시끌시끌하게 떠들어대는 가운데 도욱은 빙긋이 웃을 뿐이었다. 선아와 제대로 정리된 것을 아는 이는 아직 아무도 없었다. 그는 시간을 좀 두고서 화리를 지켜볼 작정이었다. 하진호를 밀어낼 수 있는 자격은 찾았으니, 이제 틈을 찾아서 제대로 파고들 순간이었다.

어쩐지 그의 시선이 자신의 옆얼굴에 닿는 것 같아서 화리는 숨을 몰아쉬었다. 어깨에 힘이 풀려서 왼팔이 툭 하고 떨어졌다. 하필이면 도욱의 오른손 위였다. 깜짝 놀란 그녀가 얼른 손을 거두어들였다. 시선이 마주친 도욱은 피식 웃을 뿐이었다.

그날 밤. 침대 위에 몸을 누인 화리는 자꾸만 뜨거워지는 입술을 질끈 깨물었다.

'마지막 여자…….'

그 한마디가 머릿속에서 떠나지 않았다. 도욱의 마지막 여자, 그것이 진정으로 지금 만나는 여자라면……. 당연한 일이었지만 생각하기 싫은 것은 어쩔 수 없었다. 고개를 세차게 가로저으면서 발을 동동 굴렀다. 그리고 생각나 버렸다. 그가 자신을 안을 때면 언제나 마주했던 열망이 가득한 눈동자, 단단한 팔과 섬세한 손가락, 참지 못해 내뱉던 낮은 신음…… 그리고 불과 며칠 전

닿았던 입술과 끈적한 혀의 스침까지. 전부 다 생각나는 순간에 화리는 절규했다.

"안 돼! 생각하지 마. 아무 것도…… 멈춰. 멈추라고!"

화리가 악을 쓰면서 벌떡 몸을 일으켰다. 더 생각하면 꿈이라도 꿀 것만 같아서 발코니로 나섰다. 찬바람이라도 쐬고 싶었는데 봄답지 않게 후덥지근한 바람이 더욱 습하고 축축했다. 화리는 머리를 잔뜩 헝클어뜨리면서 이를 꽉 깨물었다. 쥴스를 꼭 끌어안은 채 푸념처럼 중얼거렸다.

"쥴스…… 나 이제 어떡해……."

순결한 처녀인 백아련의 음란마귀가 모두에게 옮아간 춘향가의 밤은 여느 때보다 뜨거웠고, 모두가 쉽사리 잠들지 못했다. 물론 찬물에 샤워를 하는 김도욱도. 그날 밤 불이 꺼지지 않은 아련의 방에서는 음마 백아련 작가의 역작이 탄생하고 있었다.

"오빠 왔어요! 어, 웬 케이크?"

아련의 반가운 시선이 도욱의 얼굴보다도 손에 들린 케이크에 먼저 닿았다. 차마 '홍화리 거'라고 말할 수 없었던 도욱은 오늘도 하얀 거짓말을 했다.

"환우 어머니한테서 받았어."

"아, 그랬구나. 오빠 요새 병원에서 인기 좋은가 봐요. 참! 그거 차가워야 맛있으니까 냉장고에 넣어놔요. 으악! 죽 넘친다."

아련이 바쁘게 가스레인지 앞으로 뛰어갔다. 금세 부글거리던 냄비가 조용해졌다. 뭔가 평소보다 좀 더 어수선한 분위기에 도욱은 집에 무슨 일이 있음을 직감했다. 그의 시선이 바쁘게 화리를 찾았지만 1층 어디에도 그녀는 없었다. 뭔가 불안하다 싶은 찰나였는데 마침 2층에서 민한이 모습을 드러냈다.

"누나, 지금 밥 안 먹는대. 어, 도욱이 형 왔네요?"

도욱의 시선이 죽을 그릇에 담고 있는 아련에게로 향했다. 아마도 저 죽의 주인이 화리인 모양이었다. 뒤이어 진호가 화장실에서 차가운 물이 담긴 세숫대야와 수건을 들고 나왔다.

"그게 뭐야?"

"물수건. 화리 씨가 열이 좀 나서."

그녀가 아프다는 사실이 확인되자 도욱은 답답한 넥타이부터 풀어헤쳤다. 테이블 위에 올려둔 케이크를 바라보면서 그의 표정이 조금씩 굳어지던 찰나였다. 진호가 우두커니 서 있는 도욱의 표정을 살폈다. 그러곤 그에게 세숫대야를 들이밀었다.

"네가 좀 가서 봐."

"그래요. 의사 친구는 이럴 때 써먹어야지."

엉겁결에 세숫대야를 받아든 도욱은 2층에 올라와서도 머뭇거렸다. 그도 그럴 것이 연인이라는 이름으로 살았으면서도 화리의 아픈 모습을 눈앞에서 확인하는 것은 처음이었다. 아무도 믿지 못할 얘기였지만 사실이었다. 도욱은 크게 숨을 몰아쉰 뒤 화리의 방문을 열었다. 화리가 침대 위에 누워 끙끙거리고 있었다.

그녀는 발작처럼 도욱과의 키스가 떠오를 때마다 자꾸만 몸이 뜨거워지곤 했었다. 그 열띤 감정을 마주하는 게 낯설었던 화리는 그 화를 식히려고 찬물로 샤워하다가 감기에 걸려 버렸다. 미열이 올라서 붉어진 볼도 저 혼자의 잔망스러운 생각 때문이라고 여긴 화리는 약을 먹지 않은 채 자신의 상태를 방치했었다. 결국 가벼운 미열이 고열로 바뀐 탓에 화리는 제 몸을 어쩌지 못하고 오후 내 침대 위만 뒹굴었다. 퇴근한 아련이 그녀의 방문을 열어 젖히지 않았다면 정말 큰일이 났을지도 모를 상황이었다. 이미 그때 화리의 열은 39도를 향해 가고 있었으니까.

"웬 감기야?"

침대맡에 다가선 도욱이 푹 잠긴 목소리로 물었다.

"화병이야."

"집에서 한량 짓하고 있으면서 네가 화 쌓일 일이 뭐 있는데?"

진짜 몰라서 묻는 거야? 화리가 눈을 가늘게 떴지만 도욱은 작게 웃을 뿐이었다. 그 웃음에 화리는 묘한 안정감이 들어서 자기도 모르게 설핏 웃음이 나왔다. 그 웃음을 들키기 싫다는 괜한 자존심은 아픈 와중에도 여전했다. 화리는 주섬주섬 이불을 끌어 올린 뒤 등을 돌렸다.

"말씨름할 기운 없어. 잘 거야."

"그래…… 자."

"안 나갈 거야?"

"눈앞에 환자를 두고 등을 보이면 의사가 아니지."

"집에서도 의사 놀이를 하시다니 닥터킴은 워커홀릭이시네요."

"좋은 말 다 놔두고 워커홀릭이라니. 천생 의사라고 해."

"성희롱이나 하면서 무슨!"

"내가 언제!"

"네가 싫다는 나한테 억지로…… 억지로……."

"아, 키스한 거? 진심으로 저항했어? 아닌 거로 기억하는데."

도욱은 야릇하게 웃으면서 큭큭거렸다. 그 웃음이 마음에 들지 않아서 뭐라고 욕이라도 해주고 싶었지만 화리는 입을 꾹 닫았다. 입안이 메말라서 목구멍조차 따끔거렸기에 하고픈 말은 다음으로 미루고 눈을 감아버렸다.

어딘가 불편한 듯한 미묘한 표정 변화를 눈치챈 도욱은 금세 웃음을 거둔 뒤 여자의 이마를 짚었다.

"열…… 안 내리네."

"그러니까 나가."

"내가 나가는 거랑 무슨 상관이라고?"

"모르면 됐어."

남자는 모른다. 그가 오기 전에 열은 이미 내렸다. 오르고 내리기를 반복했지만 지금은 제법 괜찮은 상태였다. 때문에 그의 손에 전해진 열기는 딱히 병 때문은 아닐 터였다. 그의 손이 닿는 모든 곳에서 열감이 퍼지는 것을 여자는 잘 안다. 화리는 그의 손을 뿌리치지 못한 채 가만히 눈을 감고 있었다. 어차피 약 기운이 돌기 시작해서 화리는 제 의지대로 몸을 가누기도 힘들었다.

"이런 거 처음 봤더니만, 되게 속상하네……."

잠든 여자의 머리를 쓸어 넘기는 도욱의 눈빛이 그야말로 아련했다. 잔뜩 메말라서 부르튼 입술에 시선이 닿는 순간 아릿한 통증이 느껴진다. 이렇게 아픈 모습은 처음이었다. 사귀는 동안에도 그녀는 자기 입으로 어디가 아프다는 말을 해본 적이 없었다. 그녀가 감기에 걸렸다든가, 배탈이 났다든가, 뾰루지가 돋았다든가 하는 얘기는 전부 떠버리 홍화훈이 전하는 얘기였다. '왜 말

안 했어?'라고 물으면 그녀는 '말하면 아픈 게 낫는대?'라고 싱겁게 웃었다. 그런 무던함이 그녀의 매력이었지만 그래서 끌렸지만 이따금 쓸쓸해지는 것도 어쩔 수가 없었다.

"으윽."

찌뿌드드한 몸을 뒤척이면서 화리가 잠에서 깼을 때는 벌써 새벽 3시였다. 바닥에는 여러 개의 물수건이 늘어져 있었다. 그리고 그녀의 침대 옆에는 엎드려서 잠든 도욱이 있었다. 작은 인기척에 깨어난 도욱이 화리의 상태를 살폈다. 이마를 짚은 촉감이 서늘했기에 화리는 좀 더 정신이 맑아졌다. 차가운 손의 이유를 안다. 물수건을 짜느라고 계속 찬물에 손을 적셨을 남자의 모습이 상기되는 순간 코끝이 시큰거린다.

"열은 내렸네. 뭐 마실래?"

"물."

쩍쩍 갈리지는 목소리가 민망했다. 도욱은 그녀에게 미지근한 물을 따라주었다. 목을 축이고 정신을 차리니 그제야 도욱이 셔츠 차림인 것이 눈에 들어왔다. 병원에서 돌아온 그는 옷도 갈아입지 못한 채 화리의 옆을 지키고 있었다. 화리는 뭔가 찡한 감각이 오르내리는 것을 찍어 누르면서 물끄러미 도욱을 올려다봤다.

"너랑 같이 살다 보니까 좋은 게 많네."

"좋은 거라니?"

"감기 걸린 홍화리의 귀한 모습도 볼 수 있고……."

"그게 뭐야! 아픈 사람 놀리는 것도 아니고."

화리가 물을 홀짝이며 눈을 흘겼다. 도욱은 싱긋 웃더니 열을 재는 척 그녀의 이마를 다시 한 번 쓰다듬었다. 화리의 움직임도 우뚝 멈췄다. 그 대신 호흡은 점차 빨라졌다.

"내내 궁금했었어. 넌 내 앞에서 기침 한 번 콜록거린 적 없었잖아. 의사 남친 둔 보람도 없이…… 너처럼 가진 카드를 아무렇지 않게 쓰레기통에 버리는 여자도 드물 거야."

도욱이 장난스럽게 웃었다. 하지만 화리는 분명히 알 수 있었다. 나지막한 목소리와 짙은 눈동자로 전한 진심이었다. 그의 쓸쓸함을 마주하게 된 화리는 얼른 시선을 내리깔았다. 덕분에 흔들리는 눈동자를 숨길 수 있었다. 알고 있었다. 사귀는 동안 도욱이 가지고 있던 불만이 무엇인지, 그가 화리에게 어떤 여자친구의 모습을 기대하는지…… 남들에게는 눈 한 번 깜짝이는 것처럼 쉬운 일들이 홍화리라는 여자에게는 쉽지 않은 일이어서 그게 또 미안했다.

도욱은 한 손으로 침대를 짚은 채 그녀에게 가까이 다가갔다. 덕분에 화리의 얼굴에 그림자가 드리워졌고 그녀는 이불을 잡고 있는 손에 꽉 힘을 주었다.

"왜, 또?"

"감기는 옮기면 금방 낫는다는데……."

"제 명에 못 살고 싶어?"

화리가 그를 잡아먹을 듯이 노려봤다. 이제 어느 정도 기력을 찾은 모습에 안심한 도욱은 그제야 마음 놓고 웃었다. 파리해진 모습이 안쓰러웠지만 지금 그녀와 마주하고 있는 이 시간이 더할 나위 없이 소중했다. 또 놓쳐 버릴까 봐 두려울 만큼.

"네 방 가서 자."

"싫어. 졸려서 쓰러질 것 같아."

결국 그날 밤 도욱은 화리의 요구를 재차 무시한 채 그녀의 침대 밑에서 잠들었다. 잠든 척했지만 잠들지 못한 화리는 그의 머리를 가만히 쓰다듬었다. 그녀의 손길이 덜덜 떨렸다. 그의 머리칼이 손바닥에 닿자 뭔가 울컥거리면서 치밀어 오르는 모든 것 때문에 눈물이 방울방울 쏟아졌다. 이 남자를 보내야 한다는 생각만으로도 숨이 막혀서 정신이 아득해졌다. 깊게 잠든 도욱은 삼켜지는 그녀의 흐느낌을 들을 수 없었다.

다음 날 아침.

"에취!"

2층에서 누군가 연거푸 재채기하면서 내려왔다. 진호였다. 물을 마시던 화리가 그를 걱정스럽게 올려다봤다.

"감기예요?"

"화리 씨한테 옮았나?"

"어떡해요. 미안해서."

"하하. 장난이야. 괜찮아요. 화리 씨는 좀 어때요?"

"다 나았어요. 덕분에요."

시리얼을 먹던 도욱의 숟가락질이 멈춰졌다. 밤새 간호한 게 누군데 누구더러 '덕분에'라고 인사치레야. 설마? 둘이…… 진짜 감기 옮을 짓을 한 건 아니겠지? 아침에 화리의 방에서 함께 눈을 뜬 덕분에 기분 좋았는데…… 밥맛이 달아났다.

"왜 더 안 먹고?"

"밥. 맛. 없. 어."

도욱은 자리에서 일어나면서 괜히 진호를 노려봤다. 그 앞에서 웃고 있는 화리를 쏘아보는 것도 잊지 않았다. 영문을 모르는 화리는 자신을 노려보는 도욱을 향해 미어캣처럼 고개를 갸웃거렸다. 그 모습이 또 귀여워서 도욱은 피식피식 웃음이 나올 뻔한 것을 겨우 참았다. 도욱은 심각하게 자신이 '조증'이 아닌가 고민했다. 비장한 표정으로 넥타이를 매고 있던 그때 거울 앞으로 민한의 얼굴이 쑤욱 비쳤다.

"형. 상견례 언제 해요?"

'상견례' 그 한마디에 분위기가 싸해졌지만 민한과 아련은 이를 눈치채지 못하고 있었다.

"형. 여자네가 돈이 그렇게 많다면서요?"

"많아 보이더라."

일찍이 선아에 대한 반감을 표하던 아련은 입을 샐쭉하면서 그녀에 대한 감상을 전했다. 그들이 도욱의 결혼 상대에 대해 저마다 떠들어댔지만, 그는 여전히 아무 말도 없었다. 아까부터 한 여자에게 고정된 시선은 좀처럼 거두어들이지 않은 채 천천히 넥타이를 잡아당겼다. 그 손길이 가늘게 떨렸지만 아무도 눈치채지 못했다. 화리는 텔레비전에 시선을 고정한 채 그저 묵묵히 밥을 먹고 있었다. 그것도 아주 열심히.

"저번에 화리 언니랑 봤잖아. 전부 명품이었어. 왜 그거 알죠? 진짜 비싼 명품은 로고 하나 없는 거. 와, 난 또 그걸 알아봤네!"

"그것도 자랑이라고……"

"너 지금 단둘이 있었으면 죽었어."

"흥!"

비웃는 민한의 웃음에 아련은 그의 발을 꽉 밟았다. 마주친 시선에서 불꽃이 튀었다. 이들의 소모전에 한숨을 내쉬던 진호는 걱정스런 표정으로 화리의 눈치를 살폈다. 겉으로 보이는 그녀는 별다른 동요가 없었다. 화리는 밥알을 꼭꼭 씹어 삼키고 있었다. 5대 영양소를 골고루 먹어치우겠다는 듯이 반찬 여기저기를 바쁘게 옮겨 다니는 젓가락을 바라보며 도욱은 이를 꽉 깨물었다.

'내가 결혼하기 직전이라잖아. 그런데 아무렇지도 않아? 홍화리 너는 식음을 전폐해도 부족할 판이야. 그런데…… 뭘 그렇게 열심히 챙겨 먹는데! 밥 한 끼 굶는다고 안 죽는단 말이야! 진짜 죽을 것 같은 건 지금 나라고!'

내뱉고 싶은 말을 참아내느라고 넥타이를 쥔 손에 힘이 들어 갔다. 이윽고 도욱의 입매가 더욱 꽉 다물어졌다. 그녀의 입가에 설핏 웃음 비슷한 것이 걸렸기 때문에. 모든 것을 내려놓은 듯 단정한 웃음은 청초해 보인다는 착각을 일게 할 정도였다. 그 웃음을 맞이하는 순간 도욱은 얼음물을 뒤집어 쓴 기분이었다. 잔뜩 끓어올랐던 감정이 전부 식어버린 것만 같은 느낌에 두려웠다. 홍화리는 정말 아무렇지 않은 건가? 내가 돌아갈 여유와 틈이라는 게 저 여자한테 정말 없는 건가? 목이 타들어가는 듯한 통증이 일었다. 결국, 도욱은 화리가 있는 식탁 쪽으로 저벅저벅 걸음을 옮기기 시작했다. 그녀의 손에 들린 젓가락을 뺏어서 집어 던지고 싶은 마음을 찍어 누르면서.

도욱의 움직임이 느껴지자 화리는 황망히 흔들리는 시선을 감추기 위해 질끈 눈을 감았다가 떴다. '상견례'라는 말이 튀어나오는 그 순간부터 화리가 할 수 있는 것은 아무것도 없었다. 고작 입안으로 먹기 싫은 밥을 삽질하듯이 쑤셔 넣는 것밖에 할 수 없었다. 제 모양새가 우스워서 실없는 웃음이 터지던 참이었다. 즐거운 아침 식사는 전부 물 건너갔다고 생각할 무렵 도욱의 옅은 스킨 냄새가 풍겨 왔다. 그가 자신의 옆에 서 있음을 깨달은 화리는 그제야 숟가락질을 멈춘 뒤 천천히 물 잔에 손을 가져갔다. 인제 그만 이 자리를 피해야 할 것 같았다.

"어?"

잡으려 했던 물 잔이 허공으로 붕 뜨자 홀리듯 그 움직임을 좇아갔다. 그제야 도욱은 화리의 눈을 마주 볼 수 있었다. 그가 묻고 있었다. '정말 괜찮아?'라고. 불현듯 마주친 시선에 그녀가 얼른 눈을 내리깔았다. 하마터면 '괜찮지 않아'라고 할 뻔했다. 화리는 천천히 숨을 내쉬었다. 싱긋 웃으면서 도욱의 팔을 툭 쳤다.

"아, 물 마시려고 했구나. 너 마셔."

'웃어? 지금 네가?'

도욱은 뒷목이 뻣뻣해지는 느낌에 목을 뒤로 꺾었다. '후—' 하고 한숨을 내신 뒤 한입에 물을 털어 넣었다. 메말랐던 입안이 적셔지는 느낌에도 갈증은 해소되지 않았다. 근본적인 문제가 해소되지 않고 있었으니까.

"진호 씨 거기, 나 물병 좀 줄래요?"

화리는 또박또박 물었다. 흔들리는 목소리를 내지 않기 위해 얼마나 애를 썼는지 알고 있는 사람은 오직 진호뿐이었다. 그는 답답함을 담아서 한숨을 내쉬었다. 스튜디오로 도욱이 찾아왔던 날 진호는 이제 모든 것이 정리되는가 싶었는데 생각보다 이 둘의 문제는 쉽지 않았다. 한 번 차였던 남자 김도욱에게 남아 있는 두려움은 이들의 관계에서 벌어진 틈을 좁히지 못하는 데 한 몫

하고 있었다. 이를 안타깝게 지켜보던 진호는 결국 또 자신이 나설 때가 왔음을 깨달았다. 두려움을 이기는 마스터키는 생각보다 간단했다. 질투심. 수컷은 지금 먹을까 나중에 먹을까 간 보던 먹이를 어디서 어슬렁거리던 놈한테 빼앗기기 직전이라는 것을 깨달으면 그때부터 눈에 뵈는 게 없어지는 법이니까.

"그나저나…… 도욱이 방은 내 작업실로 꾸며야겠다. 어때요? 장비 몇 가지 가져다 놓으면 화리 씨 사진 가르쳐 주기도 편할 것 같은데. 혹시 홍 소장이 싫어하려나?"

"싫어할 게 뭐 있어요. 어차피 남는 방인데. 방 하나 월세 안 받는다고 못 사는 인간 아니니까 걱정하지 마요."

화리는 밥그릇에 붙은 밥풀을 떼면서 무덤덤하게 답했다. 묻는 말에 대한 정확한 답변이었지만 그것이 도욱을 한계에 직면하게 하고 있음을 그녀는 몰랐다. 이는 진호가 의도하던 바였다.

"아! 그러네. 홍 소장 부자였지. 잘됐다. 도욱아. 어차피 나갈 거면 좀 빨리 나가라."

진호는 나른하게 기지개를 켜면서 싱글거렸다. 도욱의 날이 선 시선이 진호에게 닿았지만, 그는 개의치 않았다. 일부러 화리의 옆자리에 앉아서 도욱을 올려다보는 그의 시선에는 장난기가 가득했다. 이른바 신경 쓰이는 투샷이 도욱의 눈에 담겼다.

"요새는 결혼 전에 동거도 많이 하잖아. 선아 씨 집으로 미리 들어가는 것도 나쁘지 않겠네. 여럿이 복작거리는 집보다는 궁궐 같은 집이 훨씬 좋지 않나? 주상복합이라고 했던가?"

"우와. 형 봉 잡았네요."

"봉은 무슨! 오빠도 조건이 되니까 가능한 조합인데. 그럼 이

제 우리 넷이 사는 거예요? 오빠 간다고 하니까 뭔가 섭섭하다."

아련은 뜻하지 않게 하진호의 앙큼한 계획에 한 몫 거들고 있었다. 아무것도 모르는 순진한 처녀는 도욱의 팔을 붙잡고 휘휘 흔들면서 아쉬움을 표현했다. 그 몸짓에 멍하니 흔들리면서 도욱의 이마에는 힘줄이 돋았다.

"그렇지. 우리 넷이 사는 거지. 2층에는 나랑 화리 씨. 우리 둘만 남겠네."

"아니야!"

날이 선 세 음절에 모두의 시선이 모였다. 깜박이는 눈동자들 사이로 하진호가 커피를 홀짝이면서 큭큭거렸다.

'빌어먹을 노친네.'

더는 참을 수 없음에 직면한 도욱은 입꼬리를 말아 올리면서 주먹을 꽉 틀어쥐었다. 결국, 도욱은 자신이 절대로 원하지 않았던 방법으로 파혼을 알려야 했다. 장미꽃 한 다발과 향초를 사이에 둔 채 '우리 다시 만나'와 같은 로맨틱함과 진중함은 저 멀리 날아갔다. 애초부터 불가능했던 그것에 대해 아쉬움도 느껴지지 않았다. 이미 터져 버린 심술보를 주워 담을 수 없음에 도욱은 차라리 후련해졌다.

"우리 다섯이 계속 살 거야."

'그리고 언젠가는 홍화리랑 둘이 살 거야. 언젠가는……'

"혹시 파혼했어요?"

그제야 화리가 도욱을 돌아다봤다. 떨리는 손으로는 식탁 모서리를 꽉 붙잡은 채.

"왜 깼어요!"

"차였어."

"왜요! 형이 뭐가 부족해서!"

화리의 눈이 아주 차갑게 가라앉았다. 그의 파혼이 즐거운 것이 아니라 아프다. 그가 또 차였단 말인가? 도대체 왜? 파혼의 이유에 대해서 제대로 알지 못하는 화리는 그저 도욱이 처한 상황이 안타까울 뿐이었다.

"이유가 뭔데요? 딴 남자 있대? 혹시 둘의 섹슈얼 라이프가 잘 안 맞아요? 마지막 여자가 역시 그 미술쟁이는 아닌가 보네?"

따다닥 쏘아붙이는 아련의 입을 민한이 틀어막았다.

"뭐래. 이 계집애는 맨날 생각하는 게 이 모양이야. 때와 장소를 생각하면서 질문이란 걸 해!"

"내가 뭐…… 너 이 자식 아까 화장실 갔다 와서 손 안 씻었잖아! 퉤퉤."

겨우 민한을 뿌리친 아련이 입을 뾰족하게 내밀었다.

'오십보백보다. 이것들아.'

진호는 1층 쫑알이들을 딱하다는 듯이 바라봤다.

"그래서 뭔데? 뭐 때문에 끝이 난 건데?"

틱틱거리는 민한과 아련 사이로 진호가 툭 던진 한마디에 모두의 시선이 답을 줄 그자, 도욱에게로 집중되었다. 긴장되는 순간에 전해진 말은…….

"뭐 먹고 싶은지 안 물어봐서. 그래서 차였어."

"엥?"

도욱은 호기심이 가득한 그들의 시선을 무시한 채 2층으로 올라갔다. 1층에 남겨진 민한과 아련은 '그게 차이는 이유가 돼?'

라면서 2차 공방을 붙었다. 물론 화리와 진호는 한마디도 하지 않았다. 초점을 잡지 못하고 멍하게 떠돌던 화리의 시선이 밥숟가락으로 향했다. 뭐라도 하지 않으면 철없이 날뛰는 가슴을 주체하지 못한 채 도욱이 올라간 2층 방으로 뛰어 올라갈 것만 같았다. 그래서 화리는 무언가에 홀린 듯이 밥숟가락을 잡아 쥐었다. 그런데도 손이 가늘게 떨려서 밥이 잘 퍼지지 않았다. 튕겨나가는 밥알이 어수선한 마음을 보여주는 것 같아서 화리는 얼굴이 빨개졌다. 이를 묵묵히 지켜보던 진호는 흩어진 밥풀을 닦아냈다. 다정한 목소리와 함께 화리의 어깨를 붙잡았다.

"화리 씨."

"네?"

"괜찮아요?"

"뭐, 뭐가요?"

"아니…… 그게, 흐음."

진호는 화리와 도욱의 사이에 대해서 알고 있었지만 내색하지 않고 있었다. 화리가 불편해할까 봐 다른 데로 화제를 돌렸다. 둘 만의 문제는 둘이 해결하는 게 맞으니까. 그가 할 수 있는 일은 여기까지였다.

"얼굴이 빨개요. 혹시 또 열이 오르나?"

진호가 화리의 이마를 짚었다. 깜짝 놀란 그녀가 진호를 올려다보면서 동그랗게 떠진 눈을 깜빡였다.

"열은 없는 것 같은데…… 얼굴이 왜 그렇게 빨개요?"

"제, 제가 그랬어요?"

"혹시 갱년기?"

"아니에요!"

화리가 눈을 가늘게 뜨면서 입을 씰룩였다. 진호는 큭큭거리면서 화리에게 커피 한 잔을 건넸다. 그녀가 겨우 진정된 마음으로 커피 한 모금을 홀짝이던 그때였다.

"어! 그거 내 입 닿은 부분인데? 지금 나한테 간접 키스 했잖아요! 책임져요. 나 이제 어쩌면 좋아."

"어머, 그래요? 일부러 그런 건 아니었어요. 미안해요."

"하하하. 미안할 건 또 뭐야. 농담이에요, 농담! 내 커피는 여기 있잖아요."

"어휴. 진짜! 진호 씨 엄청 재미없어요! 요새 '핵노잼'이라고들 하던데 진호 씨가 딱 그거야!"

"아, 나 지금 상처 받았는데……."

강아지처럼 눈을 내리까는 모습에 화리는 그만 웃음이 터져 나왔다. 덕분에 웃었다. 이 모습을 2층에서 내려다보고 있던 도욱은 이를 꽉 깨물었다. 난간을 붙잡고 서 있는 그의 손에 힘이 들어갔다. 그리고 결심했다. 아무래도 홍화리에 대한 영역 표시를 조만간 해야겠다고.

"누나! 커피요."

"어, 고마워. 앗! 뜨거……."

"괜찮아요? 식혀서 마시지. 뭐가 그렇게 바빠요."

"하하. 그러게."

오늘은 서영의 웨딩 촬영이 있는 날이었다. 그 때문에 화리는 마음이 어수선했다. 진호에 대한 걱정 때문이었다. 서영의 웨딩 촬영에 대해 진호는 별다른 말이 없었다. 평온해 보였지만 그 속이 얼마나 쓰릴지 알기에 화리는 그저 안타까웠다. 지금 진호는 먼저 스튜디오에 도착해 보조 작가들과 콘셉트를 맞추고 있었다.

"그럼 언니는 웨딩숍으로 가요?"

"응. 같이 이동하려고. 서영 씨가 아직 드레스를 못 골랐대."

아련과 화리의 노닥거림이 길어지자 도욱은 경적을 울리면서 그의 존재를 알렸다.

"빨리 나와."

"어! 지금 나가!"

허둥지둥 집을 나서는 그녀의 뒤에 남겨진 아련과 민한은 같은 생각을 하고 있었다. 냉장고에 남아 있는 줄줄이 소시지 한 봉지를 혼자 다 먹어야지. 생각을 실행으로 먼저 옮긴 것은 민한이었다. 촤르륵 소리와 함께 소시지가 불판에 투하되었다. 화리를 배웅하고 돌아온 아련이 뒤늦게 다다닥 주방으로 뛰어왔다.

"송민한! 반은 내놔!"

"음란마귀는 소시지 먹으면 안 돼!"

"뭐래! 이 미친놈아. 빨리 줘!"

"어허! 이게 말끝마다 미친놈이래! 어디 오빠한테!"

"오빠는 개뿔. 내가 '빠른'은 취급 안 한다고 했지? 좋게 말할 때 반띵하라니까?"

이십대 중반으로 접어드는 남녀가 소시지 때문에 치열하게 싸우는 사이 도욱의 차가 출발했다. 차에 단둘이 타는 것도 참으로 오랜만이라서 도욱은 조금 들떠 있었지만, 그 기분은 오래갈 수 없었다. 그가 뭐라 말을 붙일 틈도 없이 화리는 진호에게 전화부터 걸었다. 그게 또 못마땅해서 도욱은 입을 댓 발 내밀었다.

"서영 씨 드레스 확인하고 곧바로 갈 거예요. 네. 고맙긴요. 괜찮아요."

다정하게 통화를 이어가는 화리의 목소리는 그야말로 신경 사나웠다. 핸들이라도 움직이면 조금 신경이 분산될 것도 같은데 하필이면 신호에 걸렸다. 도욱은 꼼짝없이 이들의 다정한 대화에 청신경을 빼앗겨야 했다.

"하하, 맛있는 거요? 사주시려고요? 저 비싼 거 먹을 건데."

전화기 너머 '얼마든지 사줄게요'라는 사람 좋은 목소리가 들려왔다. 그 얘기에 화리는 까르륵 웃었다. 마침 신호가 바뀌어서 도욱은 재빨리 핸들을 돌렸다. 별다른 예고 없이 확 핸들을 꺾는 바람에 화리가 휘청거리면서 도욱의 어깨를 붙잡았다. 그녀가 잠시 눈을 부릅뜨는가 싶더니 이내 진호와의 통화를 마무리했다.

"네. 하 작가님. 이따 봬요."

핸드폰을 대충 주머니에 쑤셔 넣은 화리는 옆자리의 도욱을 쏘아봤다. 그는 굳은 표정으로 셔츠를 둥둥 걷어 올리더니 옆자리로 시선을 주지 않았다. 말을 잃고 다물어진 남자의 입매를 바라보면서 화리는 도욱이 심술부리는 이유를 생각했지만 딱히 떠오르는 게 없었다. 그래도 뭔가 말을 붙여보려고 입을 열었다.

"김도욱. 운전 좀 살살해. 사람은 한 번 죽는다잖아."

'그거 알면 네가 나 좀 살려주든가. 이 벽창호 같은 여자야!'

도욱은 그녀를 한 번 쓰윽 돌아보더니 아무 말도 하지 않았다.

핸들 위로 도욱의 손이 까닥여졌다. 그는 생각 중이었다.

'짜증 나.'

맘 같아서는 화리의 핸드폰을 뺏어 들고는 그 속에 저장된 하진호의 번호를 지워 버리고 싶었지만 그건 또 인간 김도욱 사전에서 발생할 수 없는 치졸함이었다. 그래서 참고 또 참았다.

화리는 운전을 하는 내내 한마디도 하지 않는 도욱 때문에 답답했다. 사실 묻고 싶었다. 그 여자와 진짜 왜 헤어졌는지. 분명히 도욱이 농담처럼 건넸던 그 이유만은 아닐 것이라고 생각하고 있었다. 지난 바비큐 파티에서 도욱은 분명히 선아가 취향이 맞는 여자라서 좋다고, 미치도록…… 같이 살고 싶은 여자라고 말했었다. 아무렇지 않게 웃으면서 축하했지만, 그 때문에 화리가 밤마다 쥴스를 끌어안고 얼마나 울었는지 도욱은 모른다. 그녀는 가방끈을 만지작거리면서 입을 삐금거렸다.

도욱은 자꾸만 자신을 힐끗거리면서 뭔가 말을 할 듯 말 듯 입술만 달싹이는 여자가 신경 쓰이던 참이었다.

"말해."

"어?"

"묻고 싶은 거 물어보라고. 자꾸 쳐다보면서 간 보지 말고 그냥 물어. 운전하는데 신경 쓰여."

도욱이 멍석을 깔아줬지만 화리는 망설였다. 헤어진 주제에, 결혼하자던 남자를 뻥 찼던 자신이 그의 이별에 관해 물어도 되는지. 주제넘다고 하진 않을지. 그래서 최대한 돌려서 말했다.

"선아 씨. 예쁘더라."

"꽤 솔직한 감상이시네."

"사실인데 뭐."

'네가 더 예뻐.'

도욱은 제 속마음을 삼킨 채 심드렁한 표정으로 고개를 끄덕였다. 한편으론 후회했다. 이렇게 답답한 대화가 오고 갈 줄 알았다면 그냥 입 닫고 있는 게 더 즐거웠을 터였다.

"구김살 없이 잘 자란 티가 나. 털털한 데다가 웃는 것도 매력적이고, 참 밝은 여자 같았어."

핸들을 잡은 손에 힘이 들어갔다. 도욱은 불만이 가득한 시선으로 화리를 노려봤지만 무신경한 여자는 고개를 푹 숙이고 있었다. 때문에 그의 날이 선 시선조차 눈치채지 못한 채 끝내 하지 말아야 할 얘기까지 꺼내놓고 말았다.

"왜 그랬어."

'너 때문이잖아.'

차마 대놓고 말을 못하는 입이 근질거린다. 그냥 얘기를 해버릴까 생각하는데……

"아까워. 그 여자."

끝내 같이 요단강을 건너자고 저 요망한 여자가 손짓을 한다. 도욱은 백미러로 반사되는 여자를 불만스럽게 흘겨봤다.

"그렇게 아까우면 네가 사귀어. 왜? 맘에 들어? 소개해 줘?"

아예 대놓고 빈정거렸다. 기가 막혀서 웃음이 나올 지경이었다. 겨우 말을 붙인 게 안쓰러워서 넙죽넙죽 받아주고 있었는데 이 여자가 끝을 모르고 부득부득 답답한 말을 늘어놓고 있었다.

"너, 결혼…… 얼마 안 남은 상태였잖아. 상견례하고, 그 다음 달 아니었어?"

"네가 그런 걸 왜 기억해. 그런 거 누가 부탁했다고!"

참지 못한 도욱이 앙칼지게 쏘아붙였다. 사실 그는 그녀가 진정으로 무엇을 알고 싶어 하는지 알고 있었다. 파혼의 이유에 대해서 알고자 했겠지. 충분히 답할 마음도 있었다. 물론 그녀가 어떤 반응을 보일지 알 수 없으니 그 순간이 두렵고 긴장되더라도 참아낼 작정이었다. 그런데 저 여자가 '아깝다'라는 말을 내뱉었으니 고왔던 심사가 못되게 비틀리는 것도 당연하다.

"부모님은 뭐라고 안 하셔? 실망하셨…… 겠다."

"실망은 3년 전에 이미 다 했는데 뭘 더 해."

또 걸러내지 못한 속마음이 그대로 튀어나온다. 이래서 인간은 감정의 동물이라고 하는가? 그와 같은 깨달음은 이 순간에 부질없었다. 심술이 덕지덕지 붙은 입이 멈추지 않았으니까.

"네가 날 뻥 차고 노량진 고시원으로 처박힌 바람에 내가 여자 사람 근처에도 안 갔으니까. 도대체 왜 차였느냐고 묻는데 뭐라고 할 말도 없었어. 엄청 궁금해하시더라. 어떻게 하면 날 이렇게 만들 수 있는지."

그의 직설적인 채근에 화리는 이를 꽉 깨물었다. 어딘가 의지할 곳이 필요해서 카메라가 든 가방을 꽉 끌어안았다. 언젠가 아련이 언급했던 '데인 상처'라는 말이 다시 떠오른 참이었다.

"하긴, 그랬겠네……."

"홍화리, 내가……."

'말이 심했어'라고 말할 찰나였는데 화리는 도욱에게 시간을 주지 않았다. 그녀가 물기 어린 눈동자로 장난스럽게 웃었다.

"우리 아들 힘들게 했다고, 나쁜 년이라 욕은 안 하셔? 나 같으면 그랬을 것 같아."

'그런 소리 듣고 있을 내가 아니잖아. 내가 사랑했는데…… 어떻게 너한테 그런 소리를 듣게 해.'

도욱이 전하고 싶은 말을 삼키는 사이 화리는 재빨리 창밖으로 시선을 던졌다. 붉어진 눈을 깜박였다. 한 여자의 웨딩 촬영을 하기에는 더할 나위 없이 좋은 날이었는데도 시야가 자꾸 뿌옇게 흐려졌다. 그녀의 침묵에 도욱은 핸들을 잡은 손에 잔뜩 힘이 들어갔다. 화리는 더는 아무 말이 없었다. 지금 몇 마디 더 나누었다가는 오히려 화리를 더욱 자극할 것 같아서 도욱은 입을 닫았다. 말 없는 침묵과 함께 몇 분을 더 달린 뒤에 웨딩숍에 도착했다. 화리는 도망치듯이 문을 열고 차에서 내렸다.

"고마워. 조심해서 가."

총총히 걸어가는 쓸쓸한 뒷모습을 바라보면서 도욱은 핸들을 내려쳤다.

"김도욱. 으으윽! 김도욱!"

좀 더 어른스럽고 멋지게 새로운 시작을 준비하지 못하고 유치하게 아웅다웅하는 제 옹졸함에 화가 치밀었다. 답답한 마음에 노래라도 틀어볼까 하던 그때 그의 시야에 그녀의 핸드폰이 들어왔다. 아까 차에서 내릴 때 주머니에서 빠져나온 모양이었다. 병원으로 향하던 도욱은 잠시 머뭇거리다가 다시 차를 돌렸다. 타이밍도 적절하게 떨어진 핸드폰을 그대로 무시하는 것은 주어진 기회를 놓치는 것만 같아서. 할 수만 있다면 큐피드한테 화살이라도 빌려달라고 하고 싶은 마음이었다. 홍화리가 다시 나한테 첫눈에 반해 버렸으면 좋겠다고 생각하면서 도욱은 흥얼거렸다.

"큐피드 화살이 가슴을 뚫고 사랑이 시작된 날 또다시 운명의 페이지는 넘어가네……."

그건 도욱이 하진호를 노친네라고 명명하게 한 〈비나리〉의 한 구절이었다. 그 언젠가 술 취한 진호가 이 노래를 흥얼거릴 때 뭐 저런 아저씨 같은 노래를 부르나 싶었는데 새삼 그 가사가 그렇게 감동일 수가 없었다. 웨딩숍으로 들어가는 도욱의 구두 굽 소리가 경쾌했다.

화리가 웨딩숍 안으로 들어가니 직원들이 바쁘게 움직이고 있었다. 시간이 없기로 유명한 레지던트 1년 차인 서영은 아직도 드레스를 골라보지 못한 참이었다. 겨우 시간을 내어 촬영 당일에서야 드레스를 입어보는 서영의 얼굴이 잔뜩 상기되어 있었다.

"오셨어요! 이렇게 도와주셔서 감사해요."

서영이 반갑게 화리의 손을 붙잡았다. 드레스를 입은 그녀의 모습이 무척이나 예뻤다. 이 모습을 진호가 본다면……. 참으로 갑갑한 그 남자 하진호를 생각하면서 화리는 씁쓸하게 웃었다.

"화리 씨! 나 부탁 하나만 해도 돼요?"

"네. 뭔데요?"

서영은 씨익 웃으면서 직원이 들고 있는 드레스를 가리켰다. 본식 드레스 후보 중의 하나였다. 부탁의 요지는 하나였다. 저걸 좀 입어봐 달라는 것. 뜻밖의 요구에 화리는 손을 내저었다.

"내, 내가 저걸 왜요?"

"아니, 사실 이것도 예쁘고 저것도 예뻐서 너무 많이 입어봤더니 몸살 날 지경이에요. 화리 씨가 나 대신 입어보면 내가 지금

입은 거랑 비교해서 고를게요."

"그…… 그래도……."

"내가 너무 무리한 부탁을 하나요?"

"아니, 그건 아닌데…… 부정 탈까 봐요."

"에이! 무슨 그런 소리를 해요. 나 그렇게 앞뒤 꽉 막힌 여자 아니니까! 부탁 좀 할게요. 응?"

시원시원한 성격의 서영이 화리를 피팅룸으로 밀어 넣었다. 하는 수 없이 드레스를 입으러 들어간 화리의 뒷모습을 바라보면서 서영은 장난스럽게 웃었다.

사실 그녀는 진호의 짝으로 화리를 점찍어 두고 있었다. 오빠가 자신 이외의 여자와 친밀하게 지내는 모습은 처음이었기에. 서영은 진호에게 드레스를 입은 화리의 사진을 보내서 결혼에 대한 욕구를 샘솟게 하고 싶다는 깜찍한 발상을 하고 있었다. 그녀가 오빠의 행복을 위해 힘쓰는 자신을 대견해하던 사이 오빠 하진호는 세상을 다 잃은 표정으로 촬영을 준비하고 있었다.

"서영 씨……."

"어! 나왔어요? 우와……."

서영이 입을 빼금거리더니 이내 환하게 웃었다. 화리는 붉어진 얼굴을 감싸 쥐었다.

"이상하죠?"

"아뇨! 진짜 예뻐요. 그렇죠?"

쭈뼛거리면서 걸어 나온 화리를 향해 직원들이 '예쁘다'고 소리쳤다. 그게 더 민망하고 견딜 수 없이 오글거렸다. 차마 드레스를 입은 자신의 모습을 바라볼 수가 없었던 화리는 일부러 거울을 등진 채 걸음을 옮겼다. 서영은 '신부님, 여기 보세요'를 연발하면서 사진을 찍어댔다.

"에이, 찍지 마요!"

"왜요! 그러지 말고 웃어봐요. 안 되겠다."

서영이 팔짱을 낀 채 눈을 가늘게 떴다.

"아무래도 화리 씨, 내 결혼식 날 블랙리스트 되겠는데. 그날은 나보다 예쁘면 안 돼요!"

서영의 너스레에 화리는 민망해서 얼른 드레스를 벗고 싶었다. 누가 사진작가 동생 아니랄까 봐 여기저기서 각도를 잡는 서영 때문에 화리는 몸살이 날 지경이었다. 한참을 붙들려 있던 화리가 겨우 도망치듯 피팅룸 안으로 들어가려던 찰나였다. 짤랑거리는 풍경 소리와 함께 한 남자가 숍 안으로 들어섰다.

"어!"

도욱은 우뚝 멈춰 선 채로 자신의 눈앞에 선 여자를 멍하니 쳐다봤다. 한마디로 넋을 잃었다. 드레스를 입은 화리의 모습을 바라보는 도욱의 눈은 '여우에게 홀렸다'라는 표현이 정확했다. 뜻하지 않게 여우가 된 화리는 도욱에게 잠깐 기다리라고 손짓을 한 뒤 얼른 피팅룸으로 뛰어 들어갔다. 여전히 도욱이 벌어진 입을 다물지 못하던 그때 서영이 상냥한 얼굴로 말을 붙여왔다.

"도욱 씨?"

일전에 한 번 서영이 춘향가를 찾아온 적이 있는 터라 그들은 안면이 있는 사이였다. 도욱은 피팅룸을 바라보던 시선을 거둔 뒤 서영을 향해서 돌아섰다.

"옆모습이 비슷했는데…… 역시 도욱 씨 맞구나."

"아, 네. 서영 씨. 오랜만이네요."

"여긴, 어쩐 일로 오셨어요?"

"네?"

"혹시 화리 씨 보러?"

답하지 못하고 멍한 표정을 짓는 순간 어느새 옷을 갈아입고 나온 화리가 서영의 질문을 다시 원점으로 되돌린다.

"너 왜 왔어?"

"아……."

옆자리에 서 있는 여자를 내려다보면서 침을 꿀꺽 삼켰다. 원래 옷으로 갈아입은 화리의 옷 위로 좀 전의 드레스가 환영처럼 겹쳐지는 착각이 들 무렵 화리가 그의 팔을 붙잡고 흔들었다.

'아, 맞다. 핸드폰.'

그제야 정신이 든 도욱은 얼른 화리에게 핸드폰을 건넸다.

"아, 미안. 내가 잘 챙겼어야 했는데. 병원 늦었지?"

핸드폰을 건네받으면서 화리의 손이 자신의 손가락 끝을 스치고 지나가자 도욱은 가슴이 저릿해지는 느낌이 들었다. 그 생경함에 그는 발끝에 힘을 준 채 눈을 감았다가 떴다. 이 정도 자극에 반응하는 남자가 아니었는데……. 김도욱. 자존심 상하게 이 정도 손장난에 반응하지 말라고! 쓸데없는 부분에서 자존심을 챙기기 위해 도욱은 한껏 웃어보였다.

"괜찮아. 안 늦었어."

거짓말이었다. 도욱은 오늘 진료가 없었지만, 조교수와의 약속이 있었다. 늦어도 한참이나 늦어서 조교수한테 있는 대로 깨지게 생겼지만 그런데도 발이 떨어지지 않았다. 어물쩍거리는 그의 팔을 툭 치면서 화리가 물었다.

"안 가?"

"갈 거야. 홍화리, 넌 집에서 보자."

"응. 집에서 봐."

화리가 씨익 웃으면서 손을 흔들었다. 도욱은 웨딩숍으로 오는 동안에 나누었던 대화는 전부 잊었다는 듯 담담하게 웃는 화리의 웃음이 고마웠다. 그리고 미안하다는 말을 전할 순간이었는데 또다시 그녀의 몸 위로 드레스가 겹쳐지는 환영이 시작되었다. 그는 세차게 머리를 휘저었다. 마침 휘휘 돌리던 고개가 멈춰지는 순간에 고개를 갸웃거리는 서영이 보였다. 서영을 향한 도욱의 시선은 조금 가라앉아 있었다. 그는 묘한 웃음과 함께 그녀에게 악수를 청했다.

"서영 씨, 결혼 축하해요."

"네. 고맙습니다. 결혼식에 오실 거죠?"

"물론이죠. 그럼 그때 뵙겠습니다."

도욱은 겨우 정신을 차린 뒤에야 깔끔한 뒷모습을 보일 수 있었다. 그런데도 숍을 빠져나오는 다리가 후들거렸다. '집에서 봐'라는 한마디가 상기되더니 불현듯 몸이 휘청거려서 벽을 짚고 섰다. 타이밍도 적절하게 전화벨이 울렸다. 논문 준비하느라고 날이 서 있는 조교수의 전화였다. 수화기 너머로 온갖 욕설을 퍼붓는 소리가 들려왔지만 도욱은 크게 상처 받지 않았다. 언젠가 꼭 한 번 보고 싶었던 웨딩드레스 차림의 화리가 머릿속에서 둥둥둥 풍선처럼 떠돌았으니까. 차에 탄 도욱은 시동을 걸지도 못한 채 가슴 언저리에 손을 가져다 댔다. 그리고 옅은 미소와 함께 읊조렸다.

"예뻐서 죽는 줄 알았어."

"똑똑. 도욱 씨! 안에 있어요?"

침대 위에서 애니메이션 잡지를 보고 있던 도욱의 방으로 진호가 들어왔다.

"낯간지럽게 도욱 씨는 무슨……."

툴툴거리는 도욱에게 진호는 싱글싱글 웃으면서 한 장의 사진을 펼쳐 보였다.

"여기 보세요. 닥터킴! 이게 뭘 까요?"

"사진."

도욱은 심드렁하게 답했다. 사진작가가 사진을 들고 있는 것이 별로 대수롭지 않아서 흘겨보고 말았는데 문득 스치듯 남은 잔상에 그는 발딱 몸을 일으켰다. 오늘 웨딩숍에서 본 화리의 사진이었다. 예뻐서 죽을 뻔했던 그 모습이 담긴 사진이었다. 진호는 동생이 전송한 사진을 인화해서 도욱에게 건네려던 참이었다. 도욱이 그것을 뺏으려고 했을 때 진호가 얼른 사진을 등 뒤로 숨겼다. 공짜로는 어림없지.

"어쩔 셈이야."

"뭘 맨날 어찌할 거냐고 물어?"

"화리 씨. 네 파혼의 책임에 그녀가 없다고 할 순 없잖아."

"그녀가 뭐냐! 그녀가…… 느끼하게. 70년대도 아니고."

"이번 주 설거지 당번 네가 할래?"

"아이고. 이 양반아. 됐네요! 됐어."

도욱은 입을 내밀면서 툴툴거렸다. 사진 한 장에 일주일 설거지라니 가당치도 않지. 물론 가당치 않지만, 시선은 여전히 진호의 등 뒤로 향해 있었다. 미치도록 갖고 싶다. 너란 사진.

"좀 솔직해지지 그래. 다시 시작하고 싶다고."

"나만 솔직하면 끝나? 홍화리가 저 모양인데. 저 여자…… 위험한 동물이야. 성급하게 다가갔다가는 다신 못 잡는다고."

푸념과 함께 도욱은 침대 위에 배를 깔고 드러누웠다. 도욱은 기다리고 있었다. 무엇보다 그녀가 제 생각과 다른 마음을 품고 있을까 봐 조심스러웠다. 이미 한 번 당해봤으니까.

"어? 화리 씨, 설거지하려고?"

"네. 아침부터 모았더니 좀 많아요."

진호가 1층에 내려왔을 때 화리는 이미 고무장갑을 끼고 있었다. 진호는 2층 도욱의 방을 향해 크게 소리쳤다.

"김도욱! 뭐 해. 내려와서 설거지해!"

도욱이 방에서 나오더니 머리를 흩뜨리면서 계단을 내려왔다. 화리가 무슨 일이냐는 듯 진호를 돌아다봤다. 진호는 빙긋이 웃으면서 1층에 내려온 도욱에게 고무장갑을 건넸다.

"얘가 내 설거지 대신하기로 했거든요."

진호가 강아지를 만지는 것처럼 도욱의 머리를 쓰다듬었다. 도욱은 그 손길을 피하면서 진저리를 쳤다.

"하지 마! 이 노친네야. 그만 떠들고 인형이나 치워. 다 끄집어내셨던데."

도욱의 바지 주머니에는 화리의 사진이 삐죽이 나와 있었다. 그는 괜히 툴툴거리면서 고무장갑을 꼈지만, 그 표정이 썩 나쁘지 않았다. 도욱이 세제를 묻히면 화리가 헹궈서 찬장에 옮겼다. 마치 신혼부부와 같은 그 투샷을 2층에서 지켜보던 진호가 몰래 사진을 찍었다.

"으윽. 팔이 안 닿아."

키가 작은 화리가 끙끙거리면서 밥그릇을 찬장에 올렸다.

"밤마다 '키 컸으면'이라고 노래 좀 부르지 그랬냐. 비켜봐."

도욱이 화리의 손에서 밥그릇을 뺏어 들었다. 별로 힘쓰지 않아도 그릇을 척척 올리는 그 모습에 화리가 짝짝짝 박수를 쳤다. 뭐 그리 대단한 일도 아니건만……. 도욱은 괜히 어깨를 으쓱했다. 그때 화리는 슬금슬금 고무장갑을 벗더니 계속 박수만 쳤다. 이건 뭐 물개를 조련하는 사육사처럼.

"뭐 하는 짓인데?"

"설거지에 재능이 있는 것 같아서. 땅딸보인 나는 거치적거리니까 옆에서 응원할게."

"뭐래. 미쳤나. 빨리 고무장갑 껴!"

"흐흐."

화리는 실실 웃기만 했다. 결국 그 많던 설거지는 도욱이 혼자 다 했지만, 그의 입에는 작은 미소가 걸려 있었다. 자신이 설거지하는 내내 옆에 있던 홍화리의 존재만으로도 충분했으니까.

"후우……."

그 시각, 방에 들어온 진호는 크게 숨을 몰아쉬었다. 벽 한쪽을 가득 채웠던 병아리 인형을 전부 꺼냈더니 방에 한가득했다. 큰 박스 두 개에 인형을 나눠 담았다. 저마다의 표정이 있는 인형들 하나하나에 그의 애틋한 마음이 담겨 있었다. 그는 이번 결혼 선물로 이 인형들을 서영에게 줄 생각이었다. 물론 이제 인형 따위는 필요 없게 된 그녀가 좋아할지는 미지수였지만.

"도와줄까요?"

화리가 조심스럽게 문을 열고 들어왔다. 그녀는 진호와 함께 인형들을 상자에 담아서 정리했다. 웨딩 촬영 당일 환하게 웃는 서영과 그의 남편을 지켜보면서 진호는 참 무던히도 자신의 감정을 참아냈다. 화리는 그저 그 모습이 안타까웠다. 서영의 결혼은 2주 뒤 본가가 있는 부산에서 열리기로 되어 있었다. 차라리 진호는 서영이 빨리 남의 여자가 되어버리기를 바랐지만, 또 막상 그날이 가까워질수록 마음이 착잡했다.

"웬 청승이야."

마당 벤치에서 혼자 생각을 정리하고 있던 진호의 앞으로 맥주한 캔이 내밀어졌다. 도욱이었다.

"애들은?"

도욱은 턱짓으로 유리창 너머를 가리켰다. 1층 거실에서는 민한과 아련이 화투를 치고 있었다. 맨날 틱틱거리면서도 의외로 취미가 잘 맞는 그들은 자투리 시간을 보내기에 더할 나위 없는 파트너였다. 그리고 그 옆에는 화투를 못 치는 화리가 신기하다는 듯 눈을 굴리고 있었다.

"단란한 한 가족이네."

"쓸데없이 옹기종기야. 끼어들 틈도 없이."

"왜? 샘나?"

"샘은 뭐…… 그냥, 신기해. 홍화리가 저렇게도 풀어지는구나 싶어서. 참, 쟤가 다 아는 눈치더라? 하진호의 파란만장한 인생 사를 이것저것 다……."

껄끄러운 대화의 흐름이 이어지기 직전, '칙' 소리와 함께 맥주 캔이 따지는 소리가 청량했다.

"어. 이것저것 다 얘기했네."

"실망이네. 형의 은밀한 이야기는 나만 아는 줄 알았더니."

"너보다는 화리 씨가 좀 더 믿음직하더라고."

진호가 장난스럽게 웃었다. 도욱은 진호가 품고 있는 마음을 알고 있었다. 화리가 진호의 수첩을 보기 그 이전부터. 상처를 하나씩 품고 셰어하우스에 입주한 두 남자는 홍화리에게 전화하겠다던 도욱의 술주정과 함께 부쩍 친해졌다. 도욱과 진호는 어린애들은 빼놓은 어른의 술자리를 자주 했는데 이따금 게임을 했다. 이른바 폭탄 던지기 게임. 진 사람이 이긴 사람의 두 달 치 월세를 대신 내주는 게 '게임의 룰'이었는데 도욱은 진호가 점잖은 목소리로 던진 폭탄을 도무지 이길 수가 없었다.

"형 그때 뭘 믿고 나한테 그런 소리 했어?"

"지금까지 내 비밀이 지켜지는 걸 보면…… 딱히 잘못된 선택 같지는 않은데?"

진호가 피식 웃었다. 사실 그도 궁금했다. 왜 아무에게도 할 수 없었던 그 이야기를 도욱에게 아무렇지 않게 말했을까. 그땐 별로 취하지 않았는데도. 그날 도욱은 나는 아직 홍화리를 사랑하는 것 같다는 폭탄을 던지고 난 뒤 스치듯이 질문을 던졌다.

"왜 형은 여자가 없어? 게이야? 아니면 아픈 사랑 중이야?

아마, 이 질문에 답하면 형은 날 이길 수 있을 거야."

그때 진호는 망설였다. 뭐, 폭탄 던지기 게임에서 이겨서 월세 좀 아껴볼까 하는 마음도 없지는 않았었다. 하지만 털어놓지 못한 채 답답하게 숨겨두었던 비밀이 주는 무게감이 진호를 짓눌렀다. 그가 '넌 나 못 이겨'라면서 마침내 모든 것을 털어놓은 순간 도욱은 잠시 말이 없었지만 딱 5분 뒤에 큭큭거리면서 웃었다.

"뭐야. 단물 빠진 '클리셰' 설정의 주인공이었네. 그냥 형이 내 월세 대신 내라! 폭탄은 무슨……. 내가 이겼어!"

잔뜩 놀란 눈치로 횡설수설하면서도 도욱은 애써 아무렇지 않은 척 진호를 위로했다. 그러니까 세상 다 산 것 같은 얼굴, 혼자 짓지 말라고. 세상을 살다 보면 100에 한 명쯤은 자기 동생을 좋아할 수도 있지 않으냐면서. 왜 그 유명한 일본 만화 〈나는 여동생을 좋아한다〉가 괜히 나왔겠느냐고. 엄청 멋진 부모님 밑에서 자라서 좋겠다고. 도욱은 부단히도 수선을 피웠었다. 그 모습이 고마웠다. 손가락질하는 대신 이해해 줘서, 그리고 다독여 줘서. 그건 도욱과 화리가 많이 닮아 있는 부분이었다. 그래서 진호는 그들이 다시 시작할 수 있기를 진심으로 바랐다. 헤어진 연인이 셰어하우스에서 다시 만나는 인연도 흔한 일은 아니었으니까.

"진호 씨!"

화리가 현관문을 벌컥 열고 나왔다. 도욱과 진호가 동시에 그녀를 쳐다봤다.

"어! 같이 있었네요?"

"왜요? 무슨 일 있어요?"

"아, 부엌 전구 좀 갈아줄래요. 자꾸 깜박거리는데 어떻게 해야 할지를 모르겠네."

"그래요. 내가 해줄게요. 공구 세트가 어디 있더라?"

그녀의 부탁에 진호가 흔쾌히 일어났다.

"이거, 네가 좀 버려라."

진호가 마시던 캔을 건네받은 도욱이 미간을 찌푸렸다. 그리고 생각했다.

'왜 내가 아니라 하진호야? 나도 전구 갈 줄 안다고!'

도욱은 진호의 맥주 캔을 잔뜩 찌그러뜨리면서 쓰레기통에 내던졌다. 그 바람에 안에 남아 있는 맥주가 그의 얼굴로 잔뜩 튀어 올랐다.

"젠장!"

한편 1층 거실에서는 전구를 갈면서 남성미를 발휘하는 하진호를 바라보면서 백아련이 영감을 얻고 있었다. 그녀의 다음 소설 제목이 정해졌다. 〈뜨거운 백열등〉의 세부 설정은 남편과의 잠자리에 만족하지 못하는 유부녀가 전구를 갈아주러 온 옆집 남자와 그렇고 그런 관계를 맺는다는 설정이었다. 진호는 자꾸만 자신을 음흉한 시선으로 바라보는 아련 때문에 전구를 갈아 끼우는 손이 자꾸 미끄러졌다.

PAGE : 여섯.
뭐가 이렇게 담백해

"다들 준비됐어요?"

"어. 난 다 됐어."

"아냐. 아직! 내 양말. 양말이 없어."

민한이 다급하게 뛰어다니면서 서랍을 뒤적였다. 그때 한심하다는 듯이 이를 쳐다보고 있던 아련은 동그랗게 말린 양말을 선심 쓰듯 건넸다.

"야! 네 양말. 빨래 제때 못 걷냐! 확!"

어느 순간부터 아련은 민한의 양말을 따로 걷어서 통에 담아 놓고 있었다. 같이 출근을 하다 보니 아침마다 양말 타령하는 게 귀찮아서 그렇다고 답했다. 딱히 물어보지도 않았는데. 민한이 양말을 신고 나서자 춘향가의 불이 꺼졌다. 모처럼 모두가 함께하는 외출이었다. 오늘은 진호의 여동생 결혼식 날이었다. 진호는 이틀 전에 부산으로 떠났기 때문에 그가 오늘 어떤 표정을 짓고 있을지 알 수 없었다.

"도욱이 형은?"

"진료 끝나고 서울역으로 온다고 했어."

부산까지 운전하기 싫다는 도욱의 뜻에 따라 춘향가 식구들은 KTX를 타고 이동하게 되었다. 지하철을 타고 이동하면서 다들 들떠 있었다. 잔뜩 차려입은 정장 차림이었지만 오랜만에 엠티를 가는 기분이었다. 결혼식장은 장소가 장소인지라 오늘은 아련도 큰마음 먹고 후드티 대신 하늘거리는 블라우스를 입었다. 도욱을 기다리는 동안 그들은 햄버거를 먹으면서 노닥거렸다.

"야, 피클."

"어. 땡큐."

민한은 자기 햄버거에서 피클을 빼서 아련에게 건넸고, 아련은 익숙하다는 듯 그것을 자기 햄버거에 넣었다. 이 희한한 광경을 지켜보던 화리가 얼떨떨한 표정을 짓자 아련이 멋쩍게 웃었다.

"얘는 피클이면 질색이고, 나는 피클 광이거든요. 하하."

"아, 그랬구나."

사이좋게 햄버거를 먹는 그들의 모습을 보면서 화리는 혼자 생각했다. 아무래도 썸은 저 둘이 타는 것 같다고. 아련이 들으면 질색할 소리였지만.

"어, 형! 여기!"

햄버거를 다 먹고 커피 한 잔을 마실 무렵 오전 진료를 마친 도욱이 역으로 뛰어 들어왔다. 말끔하게 정장을 차려입은 모습의 그는 여러 번 봤지만, 오늘은 좀 더 세련되어 보였다. 화리는 그를 위아래로 훑는 시선을 애써 거두었다. 자신의 옆에 선 남자에게서는 은은한 향수 냄새가 풍겼다. 그녀가 좋아하는 향이었다.

"34번, 34번. 어! 저기다!"

기차에 오르자마자 아련이 잽싸게 창가 쪽에 자리를 잡았다. 그 바람에 민한이 짜증 섞인 목소리를 내뱉었다.

"나와. 나 멀미한다고!"

"싫어. KTX 타고 멀미하는 사람이 어디 있냐? 창자가 일자야? 외계인인가!"

"이 계집애가! 좋게 말할 때 오라버니 자리에서 나와라."

"우루루루루루."

"야! 침 튀잖아! 우욱."

"조용히들 해라!"

뒤따라 들어온 도욱은 민한의 입을 틀어막았다. 화리는 좀 의아했다. 꼭 둘이 같이 탈 필요는 없는데. 사실 화리는 당연히 아련과 함께 앉아서 갈 거로 생각했었다. 그런데 저 둘은 마치 당연하다는 듯이 서로를 짝으로 생각하고, 자리싸움을 하고 있었다. 자꾸 싸우다 보니까 그게 당연한 일상이 되어버린 걸까?

"저기, 민한아……."

"어디 가?"

"어?"

"앉아. 이 자리잖아."

화리는 민한에게 저쪽 창가 자리에 앉으라고 말할 작정이었다. 그런데 도욱이 그녀의 팔을 잡아끌어서 창가 쪽에 밀어 넣은 뒤 어깨를 눌러서 그대로 자리에 앉혀 버렸다. 힐끗 바라보니 저쪽은 여전히 아웅다웅이었다. 결국 승무원한테 한 소리 들은 뒤에야 민한은 복도 쪽 자리에 앉았다. 잔뜩 우거지상이 된 그에게 아련은 약 올리듯이 멀미 봉투를 건넸고 민한은 그걸 집어 던졌다. 그 모습에 화리가 큭큭거렸다. 한 편의 촌극을 보는 것 같았다.

"좋은가 봐."

"어?"

"오랜만에 내 옆에 앉으니까 막 설레서 웃는 거 아냐?"

"뭐래. 미쳤나 봐."

화리가 질색하는 표정을 지었지만 도욱은 오랜만에 환하게 웃었다. 사실 시간적인 여유를 가질 수 있는 차로 이동하는 게 좋았지만, 일부러 운전하기 싫다고 했다. 그녀와 함께 기차를 타고 가는 것도 나쁘지 않을 것 같아서.

"난 좀 설레. 옛날 생각도 좀 나고."

그 말과 함께 도욱은 눈을 감아버렸다. 아무렇지 않다는 듯 내뱉는 한마디가 참 쉬웠다. 덩그러니 심란한 말 뒤에 남겨진 화리의 눈동자가 크게 흔들렸다. 떨리는 손을 모아 쥐었다. 이제야 실감이 난다. 옆자리에 김도욱이 있다는 것이.

"후우……."

딱히 할 말도 없고, 그렇다고 잠이 오는 것도 아니고 화리는 멍하니 창밖을 바라봤다. 도욱과 여행이라는 것을 딱 한 번 가본 적이 있었다. 졸업 여행 간다고 거짓말한 뒤 정동진으로 떠났던 1박 2일. 그게 마지막이었다. 고시생과 레지던트의 조합이었던 그들은 이렇다 할 데이트도 제대로 해본 적이 없었다. 없는 시간을 쪼개서 겨우 만나면 둘이 쉴 수 있는 장소로 도욱의 집이 전부

였고 그때는 그게 당연하다고 생각했었는데 지나고 보니 조금 아쉬웠다. 좀 더 많은 추억을 쌓아볼걸……

"홍화리."

잠든 줄 알았는데 도욱이 감았던 눈을 떴다. 그는 아련과 민한이 있는 쪽을 쳐다보면서 말을 이었다.

"학교는 안 돌아가?"

화리는 잠시 멈칫했다. 그와 학교 이야기를 나누는 것은 피하고 싶었다. 좋은 기억도 아니고, 딱히 입에 올리고 싶지 않은 일이었다. 무엇보다, 부득부득 교사가 되겠다고 우기면서 그의 청혼까지 거절한 마당에 끝까지 버티지 못한 제 처지가 떳떳하지 못했다. 화리는 애타는 마음을 담아 애꿎은 귤만 까고 또 깠다.

"힘들었어?"

먹지도 않을 세 번째 귤을 까던 손이 우뚝 멈췄다. 그 다정한 목소리에 갑자기 눈물이 나올 것 같아서 계속 눈을 깜빡였다.

"힘들면 쉬어."

"……"

"넌 그래도 돼."

화리는 얼른 고개를 틀었다. 그가 진심으로 건네는 위로의 한마디에 꼭꼭 막아두었던 무언가가 터져 나올 것 같았다. 손등으로 몰래 눈물을 훔치면서 겨우 말을 이었다.

"왜, 차라리 쌤통이라고 하지."

눈물 때문에 잠긴 목소리로 괜히 툴툴거렸다. 이렇게라도 하지 않으면 엉엉 울어버릴 것 같아서.

"무슨 말이 또 그래."

그가 목 뒤로 팔을 받치면서 천장을 올려다봤다. 나지막하게 미소 짓는 그의 얼굴이 평온해 보였다.

"나 너 진짜 미워했어. 그리고 지금은 그 마음이 전부 어디로 갔나 싶네."

도욱은 피식 웃으면서 겨우 말을 꺼낼 용기를 끄집어낸다.

"나이, 먹을 만큼 먹었다고 생각했는데도 역시 어렸나 봐. 왜 깨졌는지 이해가 안 가는 거야. 그러니까 네가 미운 게 당연했겠지. 그런데 지금은 알 것도 같아. 우리가 정말 왜 헤어졌는지."

도욱이 천장을 향한 시선을 고정한 채 나지막하게 말을 이었다. 꼭 한 번 하고 싶었고, 반드시 해야 하는 이야기가 쏟아져 나왔다. 헤어짐 이후 긴 시간을 돌아온 자리에는 그리웠던 여자가 있었다. 그것은 도욱에게 마치 기적과도 같았다. 그래서 그녀의 손을 마주 잡기 전에 이별의 책임에 짓눌려 있는 화리를 꺼내주고 싶었다. 남녀가 헤어지는 데 일방적인 책임 전가만큼 유치하고 치졸한 것도 없으니까.

"네 말이 맞아. 난 우리 관계를 내 시선으로만 보고 있었어. 인정해. 네가 당연히 나랑 결혼할 거라고 결론짓고 있었어. 우리 결혼의 전제 조건은 하나면 충분하다고 생각했지. 내가 너랑 살고 싶다는 거."

지난날의 상념이 떠오르는 듯 도욱이 작게 웃었다. 목을 받쳤던 팔이 빠져나왔다. 어느새 배 위에 올려진 손가락이 하나씩 하나씩 접히면서 깍지가 끼워졌다. 이윽고 까닥여지는 손가락의 그 작은 움직임을 화리는 물끄러미 바라봤다. 자신이 좋아하던 하얗고 긴 손가락의 남자가 옆에 있었다.

공유하실래요?

"홍화리 네가 시궁창이라고 명명했던 그 당시의 네 삶…… 내 눈에 안 보였어. 그냥 쟤가 좀 고집이 있구나 생각했었던 것도 같아. 한편으로는 답답하기도 했는데 그건 나한테 중요한 게 아니었어. 고시생 여자친구…… 뭐, 해볼 때까지 해보다가 그만두겠지 생각했어. 어차피 네 직업은 나한테 별 의미가 없었으니까. 의사 남편 만나면 당연히 시험 접고 내 여자로 살지 않을까 생각하면서 오만하게 굴었어. 지금 생각하니까 엄청 재수 없었네. 나는 또 뭐가 그렇게 잘났다고 네 삶을 너무 쉽게 생각했어."

화리는 한동안 말을 이을 수 없었다. 잔뜩 응어리졌었던 모든 것이 풀어지는 기분이었다. 세상에 이런 남자는 또 없다는 것을 다시 실감하는 그녀의 가슴이 잔뜩 부풀어 올랐다. 찡한 감각에 눈을 감았다 뜨는 순간 어느새 도욱이 화리를 바라보고 있었다. 짙게 가라앉은 눈동자는 진심을 말하고 있었다.

"너 나한테 그랬잖아. 네가 어떻게 그래. 다른 사람도 아니고 네가…… 그때는 헤어지는 마당에 뭔 시답잖은 소리야. 그렇게 생각했었는데 아니야. 내가 나빴어. 힘들어도 무던히, 제 갈 길 잘 걷는 애한테 토닥이기는커녕 그만 멈추라고 뒷덜미 잡아끄는 내가 나빴던 거야. 그러니까 화가 나서 뿌리치는 게 당연해. 결국, 상냥하지 못한 끝을 자초한 건 나야. 네가 아니라……."

도욱이 화리의 손에서 귤을 받아들었다. 그녀가 가장 좋아하는 미소를 보여주면서 화리의 머리를 헝클어뜨렸다.

"그러니까, 미안."

금세 체온이 오를 정도로 다정한 손길이었다. 화리는 도욱이 눈치채지 못하게 호흡을 가다듬었다. 두근두근.

"홍화리."

부르는 목소리가 올가미가 되어서 눈길을 빼앗는다. 그대로 사로잡힌 채 움직이지도 못할 만큼 다디단 음성이었다. 서로의 눈부처를 확인하는 순간의 전율 때문에 목이 막힌다.

"왜, 왜 그렇게…… 빤히 봐?"

화리는 그를 마주보는 것이 힘들어서 괜히 퉁명스러운 목소리가 나왔다.

"소월의 마음을 알 것도 같아서."

"응?"

"그자가 그랬잖아. 선 채로 이 자리에 돌이 되어도, 부르다가 내가 죽을 이름이여…… 사랑하던 그 사람이여."

그것은 언젠가 서점에 함께 갔을 때 도욱이 읽어줬던 김소월의 〈초혼〉 그 마지막 연이었다. 그게 벌써 언제인가? 사귀기로 하고서 한 달 뒤였던가? 까마득하다 못해 풋풋한 기억이었다. 그런데도 제법 생생하게 그날이 되새겨지더니 과거의 영상 위로 현재의 도욱이 겹쳐진다.

"그땐, 이해 못 한다는 듯이 웃었잖아. 너도, 나도."

"……."

"도대체 사랑이 얼마나 깊어야 내 목숨을 바쳐서 부를 이름이라는 게 생기냐고. 그런데 지금은…… 알 것도 같네. 그렇게 간절한 이름. 나한테도 하나 있거든."

도욱의 입가가 기분 좋게 휘어졌다. 고작 눈이 마주쳤을 뿐인데 열꽃이 피듯이 달아오른 피부가 무척이나 잔망스럽게 느껴진다. 화리는 소름이 돋은 팔을 문지르면서 슬쩍 고개를 틀었다.

"화리야……."

고작 이름 하나 불러주는 것뿐인데 왜 이리도 먹먹할까.

"나 좀 봐."

물끄러미 올려다 본 끝에서 그가 손을 뻗었다. 흔들리는 동공에 가득 들어찬 것은 동그란 무엇. 그걸 내려다본 여자의 낯빛이 심란해졌다.

"귤, 이거 너 먹어. 짜서 정신이 번쩍 든다. 손, 안 씻었지?"

"먹지 마! 내놔!"

도욱은 그녀의 작은 주먹질을 손바닥으로 받아내면서 키득거렸다. 그 소년 같은 얼굴에 화리는 어쩔 수 없이 또 웃는다. 사실 말하고 싶었다. 나도 그런 이름이 하나, 있다고…….

"어, 비 온다. 언니 말대로 우산 챙기길 잘했네."

"결혼식 날 비가 오냐. 꿉꿉하게."

"아니야. 결혼하는 날 비가 오면 잘 산대. 진호 오빠도 비가 왔으면 좋겠다고 했어."

부산에 도착하니 비가 내렸다. 아련과 민한은 우산을 하나씩 받쳐 들고 앞서 걸었다. 그 사이에서 혼자 우산이 없었던 화리는 쏟아지는 빗줄기를 바라보며 머뭇거렸다. 오늘 아침 부산에 비가 온다는 소식을 가장 먼저 전한 것은 화리였는데 어찌된 일인지 준비성 철저한 화리만 빈손이었다. 손바닥 위에 빗줄기를 받아내던 화리는 엷은 미소를 지었다. 아마도 미리 챙겨놓은 우산도 잊어버릴 만큼 오랜만의 기차 여행에 무척이나 들떴던 모양이라고 생각하면서. 그녀가 수학여행 가는 소녀처럼 설렜던 이유는 남의 남자가 아니라 떳떳하게 혼자가 된 도욱의 존재 때문이었다.

"언니. 내 우산 같이 써요!"

아련이 이쪽으로 오라는 듯 손을 흔들었다. 그녀의 손짓을 따라 화리가 웃으면서 걸음을 옮기던 그때였다.

"어, 어!"

그녀의 몸이 누군가의 잡아끄는 힘에 의해 뒤로 밀려났다. 그 바람에 휘청거리는 몸의 중심을 겨우 잡고 화리는 놀라움으로 커다래진 눈을 위로 올렸다. 그리고 안심해 버렸다. 스리슬쩍 팔을 잡아끈 것은 도욱이었다.

"내 우산이 더 크잖아."

같이 쓰자는 뜻을 알아들은 화리의 얼굴이 조금 붉어졌다. 그녀는 붉어진 얼굴을 숨기려고 얼른 고개를 돌린 뒤 아련 쪽으로 걸음을 옮겼지만, 또다시 붙잡혔다. 촉이 좋은 오지랖 콤비 아련과 민한이 야릇한 눈빛을 보냈지만 도욱은 아랑곳하지 않았다.

"지금 백아련한테 가면 네가 몹시도 부끄러워서 피하는 거로 생각하겠어."

진지한 표정으로 또박또박 내뱉은 말에 화리는 뭐라 할 말이 없었다. 어벙벙한 표정을 짓는 그녀를 향해 도욱은 싱긋 웃으면서 우산을 빙그르르 돌렸다. 김도욱이 저 나름대로 흥겨움을 표현하는 방식이었다.

"그러니까 같이 쓰자고!"

뭔가 쑥스러운 표정을 짓더니 화리의 팔을 툭 쳤다. 그 천진한 표정을 마주하면서 화리는 그만 웃어버렸다. 터진 웃음을 다시 삼켜내면서 슬쩍 도욱의 우산 안으로 걸음을 옮겼다.

'그래. 까짓것 우산 하나 같이 쓴다고 세상이 망하는 것도 아닌데 뭐⋯⋯.'

호기롭게 생각했지만 쉽지 않았다. 함께 수학여행 떠나는 친구들처럼 오순도순 정답게 이야기하면서 평범하게 걸을 수 있었다. 물론 호흡이 조금 빨라져서 가슴이 뛰기는 하지만 충분히 가능했다. 그런데 그걸 못 하게 망친 것은 순전히 도욱이었다.

"너 말이야. 숨소리가 좀 거친데?"

소곤소곤. 간지럽게 속삭이는 도욱의 목소리에 화리의 어깨가 움츠러들었다. 그녀는 내색하지 않고 스트레칭을 하는 척 어깨를 휘휘 돌리면서 그를 돌아다봤다.

"내가?"

"응. 얼마나 걸었다고 호흡이 그렇게 빨라?"

"무슨⋯⋯ 나 멀쩡해. 지난번에 건강검진했을 때 심전도 이상 없었어."

순진무구한 표정이 귀여워 미칠 것 같았다. 그래서 잔뜩 머리를 쓰다듬고 싶었지만, 그것보다 도욱은 그녀를 놀리기 좋은 타이밍을 놓치고 싶지 않았다.

"아니, 그런 게 아니고⋯⋯ 뭔가 끊어질 듯 말 듯 이어지는 게 말이야. 야하게 들려."

화리가 우뚝 멈춰 섰다. 흔들리는 눈동자를 깜박였다.

'야하다니? 내 숨소리가? 그 정도였어? 심장 뛰는 소리가 밖으로 들린 거야? 정말?'

머리를 스치고 지나간 생각들을 부여잡을 틈도 없었다. 창피하고 낯 뜨거워서 얼굴이 붉어졌다. 놀란 마음은 떠오른 생각을 걸러내지도 못한 채 쏟아내게 만들었다.

"하지 마!"

"뭘?"

"멋대로 내 숨소리 진단하지 말라고! 너도 그거 직업병이야!"

"그래. 알았어. 근데 왜 그렇게 얼굴이 빨개? 더 놀리고 싶게."

"야, 인마!"

참지 못하고 소리친 그녀의 외침에 도욱은 웃음을 터뜨렸다. 흡사 학생을 혼내는 듯한 엄한 호통이었다. 덕분에 멈춰선 아련과 민한이 입 모양으로 물었다. '무슨 일이에요?' 그들의 황당한 시선에 화리는 아무것도 아니라면서 손사래를 쳤다. 그 이후로 화리의 계획이 전부 흐트러졌다. 도욱이 자신의 어깨를 잡아당길 때마다 숨이 멈춰졌으니까. 비가 내려서 좀 더 감수성이 짙어진 탓일까? 그의 스킨 냄새가 코끝을 파고들 때마다 몸 안의 세포 하나하나가 기지개를 켜는 느낌이었다. 결국, 화리는 그의 어깨와 맞닿을세라 틈을 벌려 걷기 위해 걷는 내내 바짝 신경이 곤두섰다. 일찌감치 그녀의 이상 행동을 간파하고 있던 도욱은 뻣뻣한 각목처럼 걸어가는 화리의 어깨를 확 잡아당겼다. 일부러 힘을 주어 팍! 그 바람에 그의 가슴팍에 얼굴을 파묻은 그녀가 펄쩍 뛰어오르듯이 그의 품을 벗어났다.

"너 진짜!"

"제식훈련해? 누가 보면 여군인 줄 알겠다. 어찌나 각 잡고 걸으시는지……."

"내, 내가 언제……."

'네가 이상한 소리를 해서 그렇잖아. 야하다니…….'

화리는 속마음을 삼키면서 주변을 돌아보는 척 빙그르르 고개를 돌렸다.

"역에서 여기까지 걸어오는 내내 그랬잖아! 말이 나와서 말인데 내가 너한테 병 옮겨? 뭘 그렇게 틈을 벌려서 걷는데! 사람 빈정 상하게. 그냥 무던하게 넘겨주려고 했더니 정도가 지나치다고! 우산 하나에 뭘 그렇게 의미를 부여해!"

도욱은 화리를 잡아당기는 팔에 힘을 준 채 으르렁거렸다. 또박또박 뭐 하나 틀린 말을 내뱉지 않는 도욱의 입술로 화리의 시선이 닿았다. 도욱은 불만이 가득한 표정이었다. 화리를 내려다보면서 속이 타는 듯 혀를 내밀어 메마른 입술을 핥아 내렸다. 그러곤 입술을 잘근잘근 깨물었다. 그 의미 없는 행동에 화리의 멍한 시선이 붙들렸다. 에고(ego)가 날아간 자리에는 이드(id)만이 남아서 본능적인 색욕의 망상이 시작되었다. 그 출발선에는 얼마 전 아련을 위해서 함께 본 19금 영화가 있었다.

'어? 입술을 깨무네. 가만, 그레이 씨가 아나스타샤한테 뭐라고 했더라? 나도 그 입술을 깨물고 싶다고 했던가? 아, 그 미친 대사에 손발이 없어지는 것 같았는데……. 뭐지? 왠지 이해가 될 것도 같아. 저 입술을 깨물면 김도욱은 어떤 신음을…….'

"홍화리!"

"어, 어? 왜! 왜 불러!"

"하아…… 너, 진짜……."

정신이 든 화리의 눈에 비친 도욱은 그녀를 잔뜩 노려보고 있었다. 그 엄한 눈빛 덕분에 화리는 겨우 미친 망상의 늪에서 헤어날 수 있었다. 마주친 시선 너머로 음란마귀 같은 생각을 들킬 것 같았다. 뭐라도 해야 할 것 같은데 딱히 떠오르는 말이 없었던 그녀의 허둥대는 시선이 우산으로 향했다. 하필이면.

"너, 무겁지? 내, 내가 우산 들게."

"네가 뭘 든다고……."

저지할 틈도 없이 우산을 뺏어 들었다. 그리고 뒤이어 도욱의 인내심이 한계에 달했다.

"너 오늘 날 잡았어? 기어이 내 안의 악마를 꺼내려고 이래? 도대체 뭘 위해서!"

"그, 그럴 리가……."

도욱보다 20㎝나 작은 화리가 우산을 받쳐 든다는 발상은 애당초 성립할 수 없는 일이었다. 조그마한 여자의 키에 맞춰진 우산은 도욱의 머리를 잔뜩 찍어누르고 있었다. 결혼식장에 간다고 잔뜩 힘준 머리였는데…… 우산대 사이사이에 끼인 머리를 보면서 화리는 눈을 질끈 감았다가 떴다. 도욱의 꽉 다물어진 입매가 그의 치밀어 오르는 짜증을 대변하고 있었다. 민망해진 화리는 얼른 팔을 쭈욱 뻗어서 우산을 높이 들었다. 멋쩍게 웃는 웃음에도 도욱의 굳어진 입매는 풀어지지 않았다.

"우산 내놔!"

도욱이 낚아채듯이 우산을 뺏어 들었다. 화리는 잠자코 고개를 끄덕였다. 우산 하나를 들고 유치하게 아웅다웅하던 그들은 모르겠지만 역 앞에서 지체한 시간이 벌써 20분이었다. 보다 못한 민한이 자신의 찢어진 우산으로 아련이 아끼는 노란 우산을 툭 쳤다. 그 바람에 빗물이 후두둑 떨어져서 아련의 옷에 잔뜩 떨어졌다. 옷장에 하나밖에 없는, 그래서 아주 특별한 날에만 골라 입는 블라우스였다.

"이런, 씨……."

그녀가 눈을 흘겼지만 민한은 대수롭지 않았다. 하루에 스무 번은 보는 가자미눈에 이미 면역이 제대로 된 상태였다.

"야, 야. 저기 봐!"

민한은 아무렇지 않게 아련의 손을 잡아끌더니 한참 뒤처진 도욱과 화리를 가리켰다. 그들은 여전히 뭐라고뭐라고 떠들면서 느린 걸음을 옮기고 있었다. 누가 봐도 다정해 보이는 그들을 바라보면서 민한과 아련은 정작 자신들이 손을 잡고 있다는 것은 눈치채지 못하고 있었다. 뒤이어 의미 없는 대화가 이어졌다.

"백아련. 내가 저 두 사람이 조만간 사귄다는 것에 네 판권을 다 걸게."

"미쳤나 봐! 네가 왜 내 판권을 걸어! 말도 꺼내지 마!"

"저 두 사람 이상하다니까?"

"아, 됐어! 성인남녀가 정분나고 사귀는데 뭐가 이상하다고. 그것보다! 내 눈엔 네가 더 이상하다. KTX 타고 멀미하는 남자는 너 하나일 거야. 왜 아예 기네스북에 등재되시지? 대한민국 대표 토쟁이! 어마어마하시네!"

"야! 너 사람 상처 주는 말을 너무 함부로 한다니까! 나도 화낼 줄 알아!"

"흥!"

아련은 눈을 흘기더니 저만치 앞서 걷기 시작했다. 그녀의 얼굴에 옅은 미소가 지어져 있었다. 진작부터 잘 어울린다고 생각했던 커플이 이제야 짝을 찾는 모양이었다. 아련의 뒷모습을 물끄러미 바라보던 민한의 머리 위로 빗물이 흘러내렸다. 찢어진 우산에서 비가 새고 있었다. 잠시 생각에 잠긴 듯하던 민한은 아련에게로 뛰어가서 그녀의 어깨를 붙잡았다.

"나도 네 우산 좀 같이 쓰면 안 돼?"

"싫어."

대쪽 같은 거절이었지만 민한은 딱히 상처 받지 않았다. 흔한 일이었으니까.

"빗줄기가 굵어져서 이 우산 못 쓰겠어. 이것 봐. 다 새잖아. 이러다간 결혼식장 도착하기도 전에 비 맞은 생쥐가 될 예정이야."

강아지처럼 눈을 내리깐 채 푸념하는 민한을 향해 아련은 인상을 찌푸렸다. 진짜 귀찮은 인간이라고 생각하면서. 그렇게 말하면서도 그녀의 우산은 민한의 쪽으로 살짝 기울어져 있었다. 잔소리를 쏘아붙이는 것도 잊지 않았다.

"그러게 처음부터 멀쩡한 우산을 챙겼으면 될 일이잖아! 신발장 앞에 새 우산 갖다 놨잖아. 그런데도 너는 굳이 버리려고 쓰레기통에 넣어둔 찢어진 걸 들고 오는데!"

"쓰레기통이 우산꽂이인 줄 알았지."

"그 무신경함을 좀 고치라고! 너란 인간은 하여튼……."

"에이, 그러지 말고! 응? 나 우산 버린다? 네 것 같이 써도 되지? 내 몰골이 웬만해야 진호 형도 창피하지 않을 거 아냐!"

"버려!"

"땡큐! 마귀!"

"이게 진짜…… 저리 꺼져. 쫄딱 젖어서 와!"

아련이 입을 샐쭉이더니 다다닥 뛰어갔다. 민한은 자신의 우산을 얼른 쓰레기통에 쑤셔 넣은 뒤 잽싸게 아련의 우산 안으로 뛰어 들어갔다. 그녀의 손에 들린 우산을 뺏자 아련이 살짝 눈을 흘겼다. 옷이 잔뜩 젖었음에도 민한의 눈에는 불쾌함이 없었다. 그는 옆에서 뾰로통하게 입을 내밀고 있는 여자를 훔쳐봤다. 전하지 못한 이야기를 품은 민한의 입가에 작은 미소가 지어졌다.

'일부러 그랬어. 이 계집애야.'

"형은 언제 장가 가? 똥차 건너뛰고 서영 누나가 먼저 가네."

"유희열. 형한테 똥차라니…… 그거 뭐냐 싱글남. 아니다! 좀 더 고급스럽게 뇌섹남이라고 불러라."

"뇌섹은 무슨……. 형도 더 늙으면 전립선 장애 온다니까? 그거 심각한 일이야."

"너 자꾸 까불면 카메라 안 사준다. 이모한테 들으니까 EOS 70D 갖고 싶다고 했다며? 그거 장바구니에 담아놓고 클릭하기 직전이었는데 그냥 버려야겠다."

"아, 형! 왜 이러실까? 형이 뇌만 섹시해? 몸도 마음도 다 섹시하지. 하하."

진호는 이제 막 사진을 배우기 시작하면서 새로운 삶의 목표를 갖게 된 사촌 동생의 머리를 잔뜩 헝클어뜨렸다. 손에 낀 흰 장갑과 가슴에 꽂은 꽃, 오랜만에 마주한 사람들이 만들어내는 북적거리는 소음들은 이곳이 결혼식장임을 실감하게 했다. 그 속에서 밀려드는 하객들을 상대하는 진호는 어엿한 오빠의 모습이었다. 집 앞에 버려진 업둥이와 이름 모를 미혼모의 딸을 친자식으로 키워낸 어머니와 아버지의 얼굴에는 남모르는 뿌듯함이 서려 있었다.

"잘 살아라. 내 딸."

"엄마…… 고마워. 나 진짜 잘 살게. 딱 우리 엄마처럼만 살면 좋겠다."

서영은 눈물을 삼키며 엄마의 푸근해진 허리를 끌어안았다.

"그게 무슨 소리야! 엄마처럼은 안 돼!"

"왜, 엄마 인생이 뭐가 어때서. 자상한 남편에 토끼보다 예쁜 아들, 딸이 이렇게 잘 컸는데. 아, 맞다! 하진호는 엄마 속 좀 썩였지? 난 아니야!"

서영은 일부러 장난스럽게 웃으면서도 어쩔 수 없이 고인 눈물을 찍어냈다. 마스카라가 번질까 봐 눈을 부릅떴지만 이내 또르르 눈물방울이 흘러내렸다.

'그래, 그렇게 아무것도 모르고 잘 커줘서 고마운 내 딸아. 부디 행복하렴.'

엄마는 서영의 손을 붙들고 하염없이 울었다. 지금 이 순간을 맞이하기까지 얼마나 마음 졸였는지 모른다. 남몰래 눈물 흘릴 때마다 품 안에 파고드는 두 아이를 끌어안으면서 채워지지 않은 허전함을 지워간 엄마였다. 사람들은 머리 검은 짐승은 함부로 거두는 것이 아니라 했고 그것을 실감한 적도 있었다. 그런데도 두 아이는 참 잘 자랐고 그녀는 그들을 온 마음을 다해 사랑했다.

모녀의 다정하고 애틋한 모습에 진호는 눈시울이 붉어졌다. '신부—하서영'이라는 문구를 바라보면서 숨이 턱턱 막혔다. 겨우 끊었던 담배를 다시 피우고 싶을 만큼 손이 떨렸다. 결국, 그는 신부 대기실 안으로 들어서지 못한 채 돌아섰다. 꽉 묶었던 넥타이를 느슨하게 풀어헤치면서 입 밖으로 더운 한숨이 토해졌다. 멍한 시선을 허공으로 향한 채 한쪽 벽에 기대어 섰다. 문득 고개를 돌린 자리에는 서영의 남편이 잔뜩 상기된 표정으로 하객들을 맞이하고 있었다. 서영과 같은 병원 레지던트인 남편은 한마디로 잘생긴 편은 아니었다. 그동안 서영이 만나던 도회적이고 세련된 남자들과는 정반대였다. 오히려 시골 아저씨 같은 순박함이 눈에 띄는 인상의 소유자였다. 그에 대해 서영은 저 남자가 참 착해서 좋다고 얼굴을 붉혔다. 진호의 시선을 의식한 듯 남편 될 사람이 얼른 짧은 눈인사를 했다. 그에게 고개를 끄덕이는 진호의 얼굴에는 옅은 미소가 드리워졌다.

'하진호. 잘했어. 잘한 거야.'

그와 그녀를 묶고 있던 '하' 씨 성의 테두리에서 도망치고 싶었지만 그러지 못했다. 진정으로 서영과 엄마의 행복을 지켜줄 수 있어서 다행이라고, 더할 나위 없이 옳은 선택이라고 자신을 다독였다. 까딱하면 넘칠 뻔한 감정을 찍어 누르던 그때 웨딩홀 입구에서 익숙한 목소리가 들렸다. 민한과 아련, 그 뒤로 화리와 도욱이 모습을 드러내자 진호가 벽에 기댔던 몸을 일으켰다. 겨우 웃음이 나왔다. 오늘 같은 날 시끌벅적한 저들이 있어서 참 다행이었다.

"오우! 진호 오빠!"

"형이 신랑 같은데요?"

"하하하. 그래? 오늘 화리 씨는 신부보다 더 예쁜 것 같으니까 나랑 식장에 들어갈래요? 나는 준비 다 됐는데."

"그럴까요?"

진호가 슬쩍 손을 내밀자 화리가 그 손을 잡았다. 정확히는 잡기 직전이었다.

"뭐래. 노친네."

괜한 위기감에 도욱은 화리의 손을 낚아채듯이 붙잡았다. 거기까지는 좋았는데 감정이 앞서서 힘 조절에 실패한 게 문제였다. 너무 세게 잡은 탓에 화리는 인상을 찌푸리면서 잡힌 손을 뿌리쳤다. 화리를 힐끗 쏘아본 도욱은 뭐라고 툴툴대더니 저 혼자 식장 안으로 들어가 버렸다. 마치 원하던 장난감을 손에 넣지 못한 것처럼 허전한 그 뒷모습에 진호는 가만히 손을 모아 쥐었다. 도욱의 험난한 연애사를 응원하면서.

"어! 예식 시작한대요."

어느 틈에 신부를 보고 나온 아련이 바쁘게 식장 안으로 들어가면서 소리쳤다. 긴장된 표정이 역력한 진호가 숨을 몰아쉬었다. 화리는 그 모습을 딱하게 바라봤다.

"진호 씨는 먼저 들어가 봐요."

"네. 그래야죠. 화리 씨도 저기 삐친 오리 옆에 가서 서요."

진호가 큭큭거리면서 입을 댓 발 내밀고 있는 도욱을 가리켰다. 훤칠한 그의 주변에 모여든 여자들이 붉은 홍조를 내며 속닥거리고 있었지만 도욱은 개의치 않았다. 이윽고 화리가 옆에 다가와 섰지만, 그는 옆자리의 여자에게 시선을 주지 않은 채 가족석에 앉아 있는 진호를 보고 있었다. 그는 화리의 존재를 눈치채지 못하고 있었다. 그저 이름 모를 여자가 옆에 서 있겠거니 생각하는 듯 관심 없는 표정으로 일관하고 있었다.

화리는 물끄러미 도욱을 올려다봤다. 그가 눈을 감았다가 뜰 때마다 짙은 속눈썹이 오르락내리락 움직였다. 그 섬세한 움직임 뒤에 가려진 맑고 검은 눈동자가 자신을 바라보고 웃을 때면 화리는 무장해제가 된다. 그런데 이 남자는 삐쳐서 입을 댓 발 내밀고 있을 때는 또 더 귀엽다. 화리가 마음껏 도욱의 얼굴을 감상하던 그때 예식이 시작되었다.

"신랑 입장!"

잔뜩 긴장한 신랑이 뚜벅뚜벅 로봇처럼 걸어 나왔다. 너무 잘하려고 한 탓일까? 스텝이 엉켜서 고꾸라질 뻔했기에 식장에서는 웃음이 터져 나왔다. 신랑은 특유의 순박한 웃음으로 좌중에 인사를 한 뒤 될 대로 되라는 듯 저벅저벅 걸어 나갔다. 뚱한 표정을 짓고 있던 도욱도 작게 웃었다.

"삐친 오리도 웃는구나."

"뭐?"

도욱이 그제야 화리를 돌아다봤다.

"언제 왔어?"

"아까부터 옆에 있었어. 그런데 네가 눈길도 안 주기에…… 언제쯤 관심을 주실까 기다리고 있던 참이야. 그런데 김도욱 씨는 엄청 무신경하네."

"무신경한 게 아니라 다른 여자한테 관심이 없는 거지. 너인 줄 몰라서 그랬어."

군더더기 없는 한마디였다. 그 정직한 목소리가 오롯이 자신을 향하고 있음에 화리는 가슴 언저리가 찌르르해졌다.

'아, 이 인간…… 뭐가 이렇게 담백해.'

그의 담백함과 달리 화리는 마음이 부글부글 끓어올랐다. 얼굴이 발그레해진 것을 숨기려고 얼른 고개를 돌려서 식을 지켜봤다. 아마 발그레해진 얼굴을 도욱이 본다면 또 잔뜩 싱글거리면서 놀려댈 테니까.

마침 신부 서영이 아버지의 손을 붙잡고 들어왔다. 예쁜 신부의 모습과 다정한 아버지의 조합이 눈물이 날 만큼 아름다웠다. 그런데 아버지는 의외의 복병이었다. 신부는 아이처럼 방긋방긋 웃고 있는데 아버지는 눈물을 훔치면서 걷느라고 자꾸 걸음이 더뎌졌다. 마침내 신랑의 옆에 섰을 때 아버지는 딸의 손을 넘겨주기 싫다는 듯 신랑을 향해 엄한 표정을 짓고 있었다. 그 앞에서 기다리고 있던 신랑은 애가 바짝바짝 타는 듯 두 손을 마주 쥐었다. 뜻하지 않았던 신경전에 진호는 머리를 감싸 쥐었다. 이를 지켜보는 화리의 얼굴에는 기분 좋은 미소가 지어졌다.

"참…… 따뜻한 결혼식이야. 진호 씨는 정말 좋은 가정을 선물받은 것 같아. 그렇지?"

"어. 부럽네."

건성으로 대답했다. 남이야 예식을 시작하든지 말든지 그는 화리의 위아래를 훑는 데 집중했다. 그의 얼굴에는 흥미로움이 가득했다. 도욱의 시간은 꾸미는 법을 잊어먹은 듯이 생활하던 고시생 홍화리에서 멈춰 있었다. 그 때문에 일반인으로 돌아온 그녀가 이따금 꾸미고 나타날 때면 깜짝깜짝 놀라곤 한다. 그중에서도 오늘 제일 많이 놀란 참이었다. 결혼식을 위해 특별히 신경 써서 틀어 올린 머리와 청순하게 빠져나온 잔머리, 분홍빛 입술이 조잘대는 움직임에 시선이 닿았다. 이따금 바람에 흔들리는 옅은 하늘색 원피스를 홀린 듯 바라봤다. 깊이 감동한 도욱이 사진이라도 한 장 찍어두고 싶다고 생각할 무렵이었다.

"아, 유치해. 난 저런 거 안 해."

만세 삼창을 하는 신랑을 안타깝다는 듯이 바라보던 민한이 혀를 찼다.

"난 네가 저런 거 할 기회라도 있으면 좋겠네. 허구한 날 썸 타령을 하는 네가 결혼이나 제대로 할 수 있을지 싶다. 누가 너랑 결혼할지 걱정이야. 쯧쯧쯧."

"왜! 너는 드레스에 후드티라도 달지 그래? 오트 쿠튀르 드레스 살 필요 없어서 좋겠다! 아이고 부러워라."

"네가 지금 내 후드티를 목욕했어!"

"목욕이 아니라 모욕이다! 말도 제대로 못 하는 게 무슨 소설을 쓴다고. 아 맞다! 그거 소설이 아니라 야설이지."

"야! 이 토쟁이아! 넌 신랑 입장하면서 진탕 토나 해버려!"

"이게 말이면 다라고! 뭐 그따위 저주를 해! 너 내가 화낼 줄 안다고 말했지!"

으르렁거리는 그들의 눈에서 불꽃이 튀었다. 또 한 번 붙을 기세인 이들 사이로 도욱이 끼어들었다. 양옆에 선 아련과 민한의 팔짱을 낀 채 잇새로 내뱉었다.

"남의 잔치에서 입들 닫아라. 부산 앞바다에 버려져서 갈매기랑 새우깡 나눠 먹고 싶으면 계속 떠들어."

점잖은 경고였다. 그리고 도욱은 한다면 하는 사람이었다. 아련과 민한은 서로를 쏘아보면서 입을 꾹 다물었다. 무언의 교감이 아닌 눈빛으로 하는 비난은 그대로였지만.

그들 옆에서 화리는 싱긋 웃었다. 처음에 춘향가에 입주했을 때만 해도 이렇게 화목하게 지낼 수 있으리라고는 생각지 못했다. 그리고 그 모든 것을 가능하게 해준 한 남자가 도욱이었다. 그가 자신을 미워하지 않는다던 그 말이 머릿속에서 맴돌았다. 선아와의 파혼 이후 도욱은 어머니의 전화 공세에 시달렸지만, 생각을 바꿀 마음은 없다고 딱 잘라 말했다. 언젠가 '저 좋아하는 여자 있습니다'라고 말하던 그의 통화를 엿들은 그날 이후 화리는 도욱을 볼 때마다 뭔가 얹힌 것처럼 가슴이 묵직했다. 아주 오랜만에 느껴보는 그것은 설렘이었다.

"오느라고 고생 많았어요!"

예식이 끝나고 난 뒤 진호의 어머니가 춘향가 식구들을 마주했다. 상냥하고 부드러운 인상의 어머니를 보고 있자니 진호의 다정함이 어디에서 비롯된 것인지 알 것도 같았다. 어머니는 유독 화리에게 다정다감했다. 신부 대기실에서 서영이 화리를 며느릿감이라고 소개했기 때문이다. 진호 어머니는 그 때문에 결혼식 내내 몹시도 들떠 있었다.

"우리 진호 여자친구라고?"

"제가요?"

"어머니!"

진호와 화리가 동시에 소리쳤다.

"응. 우리 서영이가 그러던데? 오빠가 만나는 사람이 왔다고."

진호는 머리가 지끈거렸다. 사랑하는 여자를 잃은 상실감을 마주할 사이도 없이 또 다른 복병이 그를 몰아붙였다.

"어머니. 그게 아니고……."

"아이고, 예뻐라!"

그의 어머니는 진호의 설명을 아예 무시한 채 화리의 손을 꼬옥 붙잡았다. 정답게 눈을 맞추면서 찬찬히 살피는 모양새는 영락없이 시어머니였다. 화리는 차마 그 다정한 손길을 뿌리칠 수 없어서 어색하게 웃을 뿐이었다. 그 옆에서 진호는 사색이 되어 도욱의 눈치를 살폈다. 그는 숨을 몰아쉬면서 바깥으로 걸어 나가고 있었다. 뭐라도 하나 걸리면 잡아 죽일 듯한 표정이었다.

"화리 씨는 원래 선생님이라고? 직업도 좋네."

'어머니. 그 좋은 직업이 너무 힘들어서 쉬고 있답니다.'

손을 쓰다듬는 손길에 화리는 질끈 눈을 감았다가 떴다. 진호를 돌아보면서 그에게 구원을 요청했지만, 그는 바쁘게 핸드폰 메시지를 보내고 있었다. 화리가 전전긍긍하는 사이 '띠링!' 문자가 도착했다. 발신인은 진호였다.

〈화리 씨. 미안해요. 지금 대충 어머니 기분만 좀 맞춰줘요. 서영이 보내고 난 허전함 때문인지 평소보다 말씀이 많아지셨어요. 나머지는 오해하실 일 없게 내가 알아서 할게요. 부탁해요. 정말 미안!〉

메시지를 확인한 화리가 고개를 들어서 진호를 바라봤다. 핸드폰을 흔들면서 멋쩍게 웃는 남자에게 그녀는 괜찮다고 웃어 보였다. 오늘 하루 힘든 일을 견뎌낸 진호에게 이 정도 뒷수습은 충분히 해줄 수 있는 일이었다. 어머니는 본격적으로 호구조사를 시작하려는 듯 화리의 손을 잡아끌고 벤치에 앉았다.

"우리 진호가 원래는 변호사예요. 지금이야 찍사처럼 살고 있지만...... 옛날에는 선보라는 데가 수두룩 빽빽이었다니까."

"에이, 어머니. 찍사도 '사'자 들어가는 직업인데요?"

"뭐, 듣고 보니까 그것도 그러네. 그래도 왜 그 좋은 직업 그만두고 저러고 사는지 이해를 못 하겠어."

어머니는 진호를 향해 가늘게 눈을 흘겼다. 그는 그 시선을 외면하면서 애꿎은 흰 장갑을 탈탈 털었다. 그의 어머니는 아직도 진호가 변호사를 그만둔 것이 못내 마음에 안 드는 눈치였다. '사'자 들어가는 직업이 최고라는 옛날식 사고방식을 쿨하게 뒤집을 수 있는 사람은 요즘 세상에도 찾기 힘드니까.

"아드님이 자기 자랑을 안 해서 잘 모르셨구나? 진호 씨가 얼마나 유능한 사진작가인데요. 유명 연예인들도 진호 씨랑 작업하려고 줄을 서는데요?"

일부러 추켜세우는 목소리에 얼굴이 붉어진 진호는 괜한 헛기침하더니 주변을 두리번거렸다. 그래도 못 참겠던지 아예 아련과 민한이 있는 쪽으로 걸음을 옮겼다. 어머니는 화리의 설명이 흥미로운 듯 눈을 반짝였다.

"그래요? 그럼 뭐해. 저 나이 되도록 결혼도 안 하고. 순서대로 결혼시키고 싶었는데 저리도 말을 안 들으니...... 사실, 우리 진호 여자친구 아닌 거 나도 알아요."

"네?"

뜻밖의 기습이었다. 화리가 놀란 눈을 깜빡였지만, 어머니는 옅은 미소를 지으면서 화리를 손을 쓰다듬었다.

"나이 먹었지만 감이라는 게 있어. 우리 진호가 사랑하는 여자를 바라보는 눈은 엄마가 더 잘 알지. 그런데 지금은 딱 봐도 멍청한 눈이잖아. 저 늙은이가!"

자기 아들을 늙은이라고 칭하는 어머니 앞에서 화리는 터져 나오는 웃음을 참았다.

"우리 진호…… 마음이 아주 아파서 말을 잃었던 시절이 있었어. 초점도 없고, 감정도 없이 텅 빈 눈을 보면서 어찌나 가슴이 아프던지. 차마 다가갈 엄두가 안 나서 왜 그러냐고 묻지도 못했어. 그 이유를 알면 내가 저 아이를 마주 볼 자신이 없더라고."

어머니는 초연한 눈빛으로 말을 이었다.

"어렸을 때 사춘기가 심하게 왔었거든. 그때 담배도 피우고 술도 마시고 말을 참 안 들었는데…… 아, 뭐…… 금방 정신 차렸어! 그렇게 하자 있는 남자는 아니야. 지금 그 녀석이 청소년 금연 선도 활동도 하잖아. 그뿐이야? 공부는 얼마나 잘했는데! 법대 수석에 최연소 사법고시 합격자야. 우리 아들이!"

어머니는 분위기에 쓸려서 내뱉은 말에 당황한 듯 조금 얼굴이 붉어졌다.

"그럼요. 어머니. 진호 씨 참 잘 자랐어요."

"그렇지? 우리 아들 착해. 그러니까 화리 씨가 우리 진호 좀 잘 봐줘요! 응?"

"네. 그럴게요."

"서영이를 먼저 보내고 나니까 생각보다 훨씬 더 허전해. 화리 씨. 나는 요즘 그래서 그런 생각도 해. 우리 진호 결혼이 어차피 늦어진 마당에 저 녀석이 진짜로 사랑하는 여자랑 짝을 지었으면 좋겠어. 등 떠밀 듯이 보내기에는 내 아들이 너무 잘났지?"

"그럼요."

어머니의 따스한 시선이 진호에게로 향했다. 화리는 마주 잡은 어머니의 손이 참 따스해서 울컥 눈물이 나올 것만 같았다. 어머니를 상대하는 것이 귀찮지 않았다. 오히려 그녀의 얘기에 귀를 기울이면서 화리는 마음속으로 그녀에 대한 존경심을 표했다. 두 시간이 지났을 무렵 더는 지체할 수 없음에 진호가 나섰다.

"화리 씨 그만 놓아주세요. 인제 그만 가야 해. 열차 시간이 얼마 안 남았어요."

"알았어. 이 무정한 놈아! 화리 씨. 다음에 꼭! 진호랑 같이 부산에 와요. 아니다! 내가 서울 가서 연락할게."

"네. 제가 맛있는 거 사드릴게요."

진호의 어머니가 그녀의 귓가에 속삭였다.

'우리 아들. 그냥 엎어뜨려도 괜찮아.'

화리가 큭큭 웃으면서 어머니께 마지막 인사를 전했다. 웨딩홀을 빠져나오던 화리는 옆에 선 진중한 남자의 표정이 굳어 있는 것이 안타까웠다. 진호의 팔을 툭 치자 그가 화리를 돌아봤다.

"진호 씨는 날라리 엄친아였다면서요?"

"날라리 엄친아요?"

"네. 술 마시고 담배 피우고 난리였는데 공부는 또 엄청나게 잘했다면서요? 법대 수석, 사시 최연소 합격 변호사님. 변호사인 줄은 알았지, 그렇게 대단한 줄은 몰랐네요?"

노골적인 칭찬에 진호의 얼굴이 붉어졌다. 그가 멋쩍게 웃으면서 머리를 긁적였다.

"아…… 뭐하러 그런 얘기를…… 그 시절은 내 흑역사예요. 그땐 미쳐 있던 시절이니까. 그런 이유로 합리화하기에도 너무 개망나니 같았어요."

그랬다. 한 여자에 대한 사랑의 열병 때문에 자신을 놓아버리고 미쳐 있던 시절이었다. 그리고 겨우 정신이 들었을 때 그 어린날의 치기로 어머니를 아프게 한 것에 대해 진호는 몹시도 죄송했다. 그래서 미친 듯이 공부에 매진했고 어머니가 바라던 법조인이 되었다. 그리고 채울 수 없는 허전함을 마주했다. 직업이라는 것은 부모에 대한 죄송함만으로 선택할 수 있는 것은 또 아니었다. 그래서 그는 변호사의 옷을 벗었다. 뜻하지 않게 또다시 어머니를 실망하게 했지만 진호는 자신의 선택에 후회는 없었다.

"내 인생에서 영원히 삭제하고 싶은 순간이니까 화리 씨도 기억에서 지워줘요. 눈 한 번 깜박이면 전부 지워졌으면 좋겠네."

"맨입으로?"

"뭐 필요한 거 있어요? 먹을 거? 옷? 신발? 뭐든 말만 해요."

진호가 걸음을 멈추고 화리를 돌아봤다. 그의 눈빛이 진심으로 초조했고 다급했다.

"어머니한테 전화 좀 자주 해요."

"네?"

"진호 씨한테는 흑역사인 그 시절을 어머니는 '텅 빈 눈'으로 기억하고 계세요. 그리고 그 시절을 잘 버텨줘서 고맙다고 하셨어요. 진호 씨가 생각하는 것 그 이상으로 어머니는 진호 씨에 대해서 많은 것을 알고 계신 것 같아요. 참 좋은 분이시더라. 그러니까! 하루에 한 번씩 꼭! 전화 드려요. 진호 씨 목소리 들으면 관절염도 낫는 기분이시래요."

진호는 뭔가에 얻어맞은 듯한 표정으로 멍하니 서 있었다. 그런 그에게 화리는 싱긋 웃으면서 진호의 어깨를 툭 쳤다. 어쩐지 혼자만의 시간이 필요할 듯하여 화리는 먼저 걸음을 옮겼다. 밖에 나가보니 도욱은 벤치에 앉은 채 뾰로통한 표정으로 화리를 쳐다보고 있었다. 화리가 그의 옆에 바짝 붙어 앉자 도욱의 입매가 조금 풀어졌다.

"왜 또 삐친 오리가 됐어?"

"집에 가고 싶어서. 땡볕에 두 시간을 있었더니 어질어질해."

"안에 들어와 있지 그랬어? 뭐하러 땡볕에 나와 고생인데?"

"내 여자가 하진호 어머니 앞에서 며느리 취급 당하는 꼴을 보고 있자니 배알이 뒤틀려서 말이지."

화리는 그의 입에서 '내 여자'라는 말이 튀어나오는 순간 그 생경함에 잠시 숨을 멈췄다. 이내 허공에 붕 뜬 발을 까닥이면서 부끄러운 마음을 털어내려고 했지만, 또 가슴이 뛰었다.

"내 여자는 무슨……"

"그럼 네 여자야?"

"뭐래. 넌 말장난 하지 마. 재미없어서 여자 다 도망가겠다."

"너만 안 도망가면 돼."

"어우! 김도욱. 나 느끼해서 소름 돋았어."

화리가 질색하는 표정으로 벌떡 일어났다. 그러면서도 그 표정은 딱히 싫지 않음을 표현하고 있었다. 아련과 팔짱을 낀 채 앞서 걷는 화리의 뒷모습을 바라보면 도욱은 저 혼자 중얼거렸다.

"도망가도 별수 없어. 다시 붙잡아 올 거야. 이제는 안 놓아."

"사랑에 빠진 남자의 대단한 의지구나. 짜잔! 김도욱이 오글거림을 탑재했습니다."

어느새 다가온 진호가 즐거운 듯이 웃고 있었다. 그 웃음이 진짜 즐거워 보인다면 그건 하진호의 인생을 조금도 모르는 사람일 터였다. 도욱은 그가 안쓰러웠지만 내색하지 않았다. 괜찮아지려고 하는 사람에게 도리어 괜찮냐고 묻는 것은 오히려 상처를 입히는 행위였다. 그것은 언젠가 화리가 도욱에게 했던 말이다.

"시끄러워. 노친네야. 제발 집에 좀 가자!"

"나도 원하던 바야."

진호는 결혼식을 위해 가슴에 꽂아두었던 꽃을 쓰레기통에 버리면서 옅은 미소를 지었다.

"서영 씨는?"

"갔어."

담담한 한마디였다. 진호는 홀가분해 보였다. 그가 내뱉은 '갔어'에는 참 많은 의미가 담겨 있었다. 그의 사랑도, 아픈 유년기도 전부 털어내면서 진호는 기지개를 켰다. 그 나른한 몸짓에 도욱의 시선이 붙들렸다. 불현듯 그는 이 가여운 남자의 머리를 쓰다듬어 주고 싶다는 생각이 들었다. 뭐, 그동안 잘 살아줘서 고맙다는 표현이랄까? 도욱이 진호의 머리 위로 다정한 손길을 전하려던 그때였다.

"나 말이야. 큰일이야."

"뭐가?"

"화리 씨가 점점 마음에 들어서."

"뭐라는 거야!"

"우리 어머니도 엄청나게 좋아하셔. 하긴, 화리 씨가 좀 탐나는 여자긴 해."

"형!"

단 한 음절만으로도 한기가 드는 목소리였다. 도욱이 눈을 부릅떴다. 부들부들 떠는 모양새가 경계심이 가득한 고양이 같았다. 진호가 도욱에게 어깨동무를 하면서 소곤거렸다.

"이러니까 놀리고 싶지. 야, 인마. 그러니까 잘 잡아! 남자들이 보는 눈은 똑같아. 내가 괜찮아 보이면 다른 새끼 눈에도 괜찮아 보이는 게 당연하지. 동물의 왕국에서의 짝짓기는 치열한 법이란다. 간 보다가 다른 새끼…… 이를테면 다정한 하 작가님한테 뺏기지 말고 행동 개시 좀 해."

"하진호. 너 소개팅이라도 할래? 요새 홍화리만 너무 눈에 띄는 거 아냐? 안 되겠다. 다른 데 시선을 좀 분산해라. 아, 멀리서 찾지 말고! 저기 저 여자 어때?"

도욱의 손가락이 가리키는 곳에는 잔뜩 인상을 쓰고 있는 한 여자가 있었다. 진호는 웃음을 터뜨리면서 도욱에게 헤드록을 걸었다. 그 여자는 백아련이었다. 그녀는 처음 보는 여자에게 전화번호를 주고 있는 민한을 향해 손가락질하면서 뭐라고뭐라고 떠들어대고 있었다. 그것은 멀리서 봐도 욕설임을 알 수 있었다. 아련을 만류하면서 문득 뒤를 돌아본 화리는 도욱과 진호가 정답게 노니는 모습에 작은 미소를 지었다. 때마침 지나던 카페에서는 익숙한 팝송이 흘러나왔다.

"언니, 이거 제목이 뭐였죠? 오즈의 마법사에 나온 노래인데."

"아, 이거! Over the rainbow."

'김도욱이 좋아하던 노래네.'

"지금 듣기에 딱 맞네요. 언니, 저기 봐요. 무지개!"

아련이 가리키는 손끝에는 정말 무지개가 걸려 있었다. 비가 그친 맑은 하늘이 싱그러웠다. 화리는 그 무지개를 바라보면서 진호를 포함한 모두의 앞날에 저마다의 무지개가 떠오르기를, 그래서 좀 더 즐거워지기를 바랐다.

결혼식을 끝내고 돌아온 그날 밤은 모두가 피곤에 지쳐 있었다. 하지만 2층 방의 불은 새벽녘까지 꺼지지 않고 있었다. 진호와 도욱, 화리는 저마다의 사정으로 잠들지 못했다. 진호는 동생을 떠나보낸 후유증으로 불 꺼진 방 안에 우두커니 앉아 있었고, 방금 샤워를 마친 도욱은 불 꺼진 화리의 방을 주시하고 있었다. 선아와 끝난 이후 '자격'을 되찾으면서 도욱은 확신했다. 화리가 자신에게 벽을 두고서 가까이 다가오지 않았던 그 이유에 대해서 말이다. 그것은 그의 옆에 여자가 존재했다는 단순한 사실에서 비롯된 것. 하긴, 양심 바르고 도덕성이 하늘을 찌르는 여자니, 임자 있는 남자한테 애정을 주지 못했을 터였다. 그 여린 속을 조금 더 빨리 간파했다면, 도욱은 조금 더 빨리 그녀의 곁으로 되돌아 왔을 터였다. 하지만, 또 차일까 봐 겁이 나서 은근슬쩍 뒤로 물러서며, 여자를 재고 또 재면서 시간을 허비했다. 그러니 그녀가 마음을 보여주지 않았다고 해서 마냥 탓할 수도 없었다. 역시, 용기 있는 자가 미인을 얻는다는 말이 진리다.

도욱은 이따금 드문드문 자신의 마음을 홀리고 있지만 화리에게 정식으로 시작하자는 얘기는 꺼내지 않고 있었다. 그건 화리도 마찬가지였다. 그들은 이제야 서로를 마주하면서 함께하는 생활의 즐거움에 만족하고 있었다. 같이 한 식탁에서 밥을 먹고, 모두 모여 앉아서 TV 드라마를 보면서 훈수를 놓고, 마당에서 커피 한 잔을 함께할 수 있는 잔잔한 평화는 그들이 셰어메이트이기에 가능한 모든 것이었다. 만약 '사귄다'라는 테두리 안에 놓이면 지금과 같은 소소한 즐거움을 망가뜨릴 수도 있다는 생각은 도욱도, 화리도 마찬가지였다. 그래서 말 한마디면 모든 것이 정리될 상황이었지만 그 말 한마디가 참 어려웠다. 지금이라도 당장 화리의 방에 쳐들어가서 '홍화리! 나랑 다시 만나!'라고 소리치고 싶은 마음을 삼키면서 젖은 머리를 잔뜩 헝클어뜨렸다.

"아우…… 잠 안 와."

맥주 한 잔이라도 마셔야 잠이 올 듯하여 문고리를 잡아당기던 그때였다. 달칵 소리와 함께 동시에 방문이 열렸다. 도욱과 화리의 서로를 향한 눈길이 얽혔다.

"씻는 게 늦었네."

그녀의 시선이 도욱의 젖은 머리칼에 닿았다. 도욱은 그제야 주섬주섬 헝클어진 머리를 쓸어내렸다. 손가락으로 몇 번 흩뜨렸을 뿐인데 잘난 남자의 얼굴은 금세 빛이 났다.

"이 시간까지 안 자고 뭐 했어?"

"네 생각 했어."

화리는 잠시 멈칫했다. 요즘 들어 도욱은 조금 저돌적이다. 거침없이 생각을 전하고 얼굴이 붉어지는 말도 잘한다. 그 때문에 화리는 자꾸 가슴이 뛰어서 부정맥 증세를 의심할 정도였다. 도욱은 씩 웃으면서 손에 묻은 물기를 화리의 등에 슬쩍 문질렀다. 그의 장난에 화리는 눈을 가늘게 떴다. 그의 움직임을 따라 옅은 비누 냄새가 퍼진다. 그 향기가 몸을 휘감는 듯한 착각이 들었다.

"왜 대답이 없어? 나 지금 네 생각 하느라고 잠 못 잤다니까?"

"아, 알았어. 그럼 그만 생각하고 자."

"그게 다야? 좀 더 성의 있게 반응 좀 하지?"

수줍어하는 모습이 재밌다는 듯 도욱은 일부러 능글맞게 웃었다. 그가 일부러 눈을 맞추려고 그녀의 움직임을 따라가자 화리는 반대쪽으로 고개를 홱 돌렸다. 오른쪽, 왼쪽, 위, 아래……이만하면 그만할 때도 됐는데 집요하게 시선을 따라붙는 도욱 때문에 화리는 미칠 노릇이었지만 그는 즐거웠다. 결국, 그가 자신을 일부러 놀리고 있음을 깨달은 화리는 정공법을 택했다. 될 대로 되라는 심산으로 고개를 쳐들었다. 그런데도 흔들리는 시선을 결국 들켜 버렸다. 도욱이 야릇하게 웃으면서 화리를 자극했다.

"이제 좀 덜 부끄러워졌어?"

"처음부터 안 부끄러웠어."

"거짓말. 부끄럽지 않으면 내 시선 피할 이유가 뭐 있어?"

"아, 안구운동이야. TV에 나오더라. 너도 해볼래? 하하."

어색한 웃음소리를 내뱉는 입을 틀어막고 싶었다. 수줍어하는 모습을 눈에 담으면서 도욱은 귓속이 간지러운 느낌이 들었다. 큐피드가 귀를 붙잡고 사랑의 밀어를 속삭이고 있는 것 같은 착각 속에서 한 가지 분명한 것은 눈앞의 여자가 미치도록 사랑스럽다는 것이었다. 이 여자를 놓쳤었다. 아마 다시 만나지 못했다면 그녀는 다른 남자 앞에서 지금과 같은 모습으로 사랑스러움을 내뿜었겠지. 그 새끼 눈에서 하트가 튀어나와서 홍화리를 물고 빨고 난리였을 거야. 저 혼자의 망상으로 도욱은 괜히 눈에 힘이 들어갔다. 화리는 여전히 붉은 얼굴로 시선을 여기저기 흩뿌리면서 도욱의 눈을 피하고 있었다. 사귀었던 남자인데, 이것저것 다 아는 사이였는데 다시 만나서 그런가? 뭐가 이렇게 새롭고 들뜨는 거지? 화리는 이를 꽉 깨물었다. 요즘 들어 부끄러움이라는 단어가 사람으로 환생한 것처럼 행동하는 스스로가 몹시도 못마땅했다.

"환경은 무시 못 하나 봐."

"어?"

"너 말이야. 아무래도 학생들하고 생활해서 그런지…… 뭐랄까 맑고 순수해."

'그래서 이런 짓 저런 짓 다 하면서 잔뜩 망가뜨리고 싶어. 욕망에 흐려진 네 눈이 보고 싶다고.'

도욱은 뭔가 손바닥까지 간지러운 느낌이 퍼져 주먹을 꽉 움켜쥐었다. 그 모양새가 우스워서 틀어쥔 주먹을 잠옷 바지 안에 쑤셔 넣었다. 앙큼한 욕망을 숨긴 채 아무렇지 않다는 듯 웃었다.

"그렇게 긴장한 눈으로 보지 마. 칭찬한 거야."

그 천진한 웃음에 화리는 숨을 멈췄다. 자신을 내려다보는 시선에 사로잡혀서 다리가 후들거렸다. 휘청거리는 모습을 들키고 싶지 않았다. 난간을 붙잡은 손에 힘을 꽉 준 채 그를 올려다봤다. 맑고 검은 눈동자가 참 예쁜 남자한테 안 넘어갈 여자가 몇이나 있을까. 그건 화리도 마찬가지였다. 그런데도 안 넘어간 척하고 싶었다. 뜻하지 않은 밀고 당기기가 시작되고 있었다. 지고 싶지 않다는 괜한 오기와 함께 화리는 눈을 부릅떴다.

"김도욱 씨. 나날이 잔망스러우시고 언변이 느시는 것을 보니, 여자 여럿 후리시겠네요."

"그러는 홍화리 씨는요? 제가 후리면 넘어오실 건가요?"

도욱이 빙긋 웃으면서 고개를 내렸다. 얼굴이 가까워지고 마침 내 그의 숨결이 볼에 닿자 화리는 저도 모르게 눈을 내리깔았다.

'홍화리. 이러지 마! 고개 들어! 너 지금 너무 없어 보인다고! 최소한의 품격과 우아함을 지키란 말이야!'

아무에게도 들리지 않을 머릿속 아우성이었다. 떠오르는 상념 을 어쩌지 못한 채 떨리는 손을 꼬옥 마주 잡는 동작을 도욱은 놓치지 않고 보고 있었다. 뻐근해진 뒷목을 휘휘 돌리는 그의 눈 빛이 짙어졌다.

'쟤가 진짜 사람 미치게 하네. 귀엽게 왜 저래. 아, 오늘…… 잠자긴 글렀어.'

도욱은 스스로 다짐을 하듯 틀어쥔 주먹에 더욱 힘을 주었다.

"나 너한테 아무 짓도 안 해."

"어?"

"그런데 그렇게 얌전히 눈 내리깔고 있으면 뭔가 하고 싶어지잖 아. 혹시 뭔가 기대했어?"

일순간 퍼져나가는 낮음 웃음소리가 귓가에 파고들었다. 그제 야 화리는 도욱의 눈도 제대로 마주치지 못하는 자신을 스스로 직시했다. 결국, 졌다. 유치하고 작은 장난에도 휘둘리는 자신과 다르게 여유 있는 도욱의 모습에 뿔이 났다. 화리는 콧바람을 숭 숭 내뿜으면서 소리쳤다.

"기대 안 했어!"

"그래. 알았어."

무덤덤한 한마디에 그녀는 할 말을 잃었다. 할 수 있는 게 없어서 도욱을 한 번 쏘아본 뒤 성큼성큼 계단을 내려갔다. 총총거리면서 1층으로 향하는 화리를 따라나서는 도욱의 발걸음이 가벼웠다. 다다닥 뛰어 내려가서 화리의 어깨를 껴안듯이 잡아당겼다. 깜짝 놀란 화리는 그 손을 뿌리치면서 도욱을 밀어냈다. 하지만 도욱은 굴하지 않았다.

"1층 내려가서 뭐 하려고?"

"신경 쓰지 마. 그리고 그만 좀 조잘대. 진호 씨 자니까."

"저 인간 오늘 어차피 못 자."

그들이 모두 내려간 뒤 얼마 지나지 않아서 진호의 방문이 슬쩍 열렸다. 어차피 오늘 못 자는 그 남자가 문틈 사이로 얼굴을 드러냈다. 아직 샤워도 못 한 채 양복 차림이었던 진호의 얼굴에는 피곤함과 짜증이 가득했다. 1층 부엌에서 노닥거리는 도욱과 화리를 내려다보던 진호가 한숨을 내쉬면서 중얼거렸다.

"안 되겠어. 저것들이 조만간 일을 치기 전에 방을 바꿔야지."

안 그래도 심란해서 잠이 안 오는 밤이었다. 진호와 화리의 지저귐을 원치 않게 모두 듣고 있던 진호는 하품을 쏟아냈다. 그 덕분에 어수선했던 생각의 끈을 놓아버릴 수 있었지만. 아무래도 19금 소설계의 샛별인 아련과 방을 바꾸는 것이 모두에게 가장 생산적인 일이 되지 않을까 생각하면서 진호는 저 혼자 웃었다.

"이제, 자자. 하진호. 오늘 고생했네."

1층 부엌에 내려오자마자 화리는 지난번에 도욱이 알려준 대로 우유를 전자레인지에 데웠다. 우유를 홀짝이는 화리를 물끄러미 바라보던 도욱의 눈빛이 착 가라앉았다. 따뜻한 우유가 필요하다는 것은 그녀의 상황을 짐작하게 했다. 도욱의 신경을 몹시도 자극하는 그것은 그녀의 불면증이었다.

"잠 안 와?"

화리는 대답 대신 묵묵히 우유만 마시고 또 마셨다. 그게 못마땅했던 도욱은 그녀의 손에 들린 우유 잔을 뺏어 들었다.

"뭐 하는 짓이지? 우유 이리 줘!"

"정확한 의사 표현 몰라? 말 좀 해라. 너 뭐 어렸을 때 크게 혼난 적 있냐?"

"그런 거 아냐! 그냥 익숙하지 않아서 그래. 이게, 나야. 내 성격이라고……."

화리는 도욱에게서 우유 잔을 다시 뺏어 들면서 괜히 주변을 두리번거렸다. 딱히 부모님께서 화리를 강하게 키운 것은 아니었는데, 화리는 저절로 강하게 자랐다. 돈으로 살 수도 없는 '무던함'은 타고난 성격이었다. 어렸을 때도 그랬다. 화훈은 먹고 싶은 게 있으면 그날 꼭 먹어야지만 직성이 풀리는 타입이었고 화리는 오빠가 먹다 남긴 것을 먹었다. 화훈은 엄마가 사온 옷이 마음에 안 든다면서 제 발로 아동복 집을 찾아가서 기어이 옷을 바꾸는 패셔니스타 아동이었고 화리는 오빠 옷을 입어도 불만이 없었다.

두 남매의 극명한 성격 차이는 병원에서 빛을 발했다. 예방 접종을 하러 갔을 때 자지러지게 우는 아이들 사이에서 화리는 '따갑네'라는 한마디가 끝이었다. 주사 안 맞는다고 떼쓰면서 팬티 바람으로 드러누웠던 화훈은 동생의 그 모습을 경이롭게 바라봤다. 사실 화리는 떼쟁이에 까다로운 화훈이 엄마 진을 빼놓는 모습을 보고 자랐기 때문에 '나라도 저러지 말아야지'라는 생각이 있었다. 어린아이치고는 스스로 생각해도 대견했다. 하지만 도욱은 그녀가 투정 부리는 것을 딱 한 번이라도 보고 싶었다.

사실 처음 그녀에게 끌렸던 것도 저런 시크함 때문이었다. 화훈이 없는 자리에서 단둘이 처음으로 밥을 먹었을 때였다. 으레 그가 계산하려고 했을 때 그녀가 그를 저지하면서 말했다. '저 아르바이트비 받은 거 있어요'라면서 먼저 계산을 하는 쿨한 뒷모습이 참 신기했다. 그가 만났던 여자들과는 뭔가 질적으로 다른 듯한 분위기에 홀린 듯이 빠져들었다. 그리고 만나는 동안에는 그 모습 때문에 참 많이도 싸웠었다. 넌 나를 남자친구로서 무시한다고 투덜거리면 화리는 그게 성격인데 어쩌란 것이냐면서 맞붙었다. 그런데도 그들은 꽤 오래 만났고 서로 참 많이 좋아했었다.

"종아리에 그건 뭐야?"

"파스야. 오래 걸었더니 좀 아파서."

"너 피부 약하잖아."

"그래도 근육이 당겨서…… 알 박이면 안 예쁘잖아."

"별 걱정을 다 해. 이리 내봐."

"어?"

"다리. 이리 뻗어봐."

쭈뼛거리는 그녀를 소파 위에 앉힌 뒤 도욱은 천천히 아프지 않게 파스를 뜯어냈다. 그러곤 망설이지 않고 제 손으로 그녀의 종아리를 주물렀다. 화리가 방아깨비처럼 몸을 튕기는 바람에 도욱은 인상을 찌푸렸다.

"어허! 가만있어…… 난 지금 의사 놀이 중이니까."

사색이 된 그녀가 도욱의 손을 뿌리쳤지만, 또다시 붙잡혔다.

잔뜩 힘이 들어간 화리의 몸에서는 좀처럼 힘이 빠지지 않았다. 종아리에 닿는 손은 뜨거웠고 그의 눈빛이 점점 가라앉았으니까.

"계속 잠 못 자는 거야?"

"아니야. 오늘은 커피를 좀 많이 마셔서. 네가 준 인형…… 냄새가 꽤 오래가. 처음처럼 향이 진해."

그건 당연한 얘기였다. 도욱이 그녀 몰래 쥴스에게 라벤더 오일을 매일 뿌려대고 있었으니까.

"그래서 잠이 오냐고."

"응."

"다행이네."

도욱은 옅은 미소와 함께 화리를 올려다봤다. 그 덕분에 화리는 파르르 떨리는 눈가에 손을 가져다 댔다.

'마그네슘이 부족한가?'

물론 그것 때문은 아니었다. 다리에 그의 손길이 닿을 때마다 저릿저릿했다. 마침내 그의 손이 종아리 뒤쪽에 닿았을 때였다. 그가 뭉친 근육을 정확히 매만지던 그 순간이었다.

"으흑. 하앙……."

억눌린 신음과도 같은 소리가 저절로 튀어나왔다. 그것은 마치 앙탈과도 같았다. 덕분에 도욱의 손길이 우뚝 멈췄고 그의 놀란 시선이 화리에게 닿았다. 깜짝 놀란 화리가 두 손으로 입을 틀어막았다. 수치스러움이 온몸을 강타하는 순간이었다.

'이게 뭐야! 도대체 지금 소리 낸 여자는 누군데! 내 안에 뭐가 사는 거냐고!'

뒤늦은 후회였지만 이미 늦었다. 민한과 아련이 이 소리를 들지 못한 게 다행이었다. 심장이 쿵쿵 뛰어서 귓속이 시끄러울 정도였다. 잠시 멍하게 있던 도욱의 입가에도 설핏 웃음 비슷한 것이 걸렸다. 그의 손이 스치듯 종아리를 훑고 내려가는 바람에 화리는 눈을 질끈 감았다. 부스럭거리는 소리와 함께 도욱이 몸을 일으키자 화리는 슬쩍 감았던 눈을 떴다. 그리고 다시 눈을 감으려고 했는데 눈꺼풀이 내려가지 않았다. 도욱은 가만히 화리를 내려다봤다. 그를 바라보는 화리의 시선이 불안하게 흔들리던 그때였다. 잔뜩 울상이 된 여자의 머리를 쓰다듬는 손길이 가늘게 떨렸지만 도욱은 애써 평온한 표정을 지었다.

"살아 있네. 홍화리."

뭐가 살아 있다는 뜻이야? 도대체! 뭐가! 황당한 표정의 그녀를 뒤로한 채 도욱은 저 혼자 2층으로 올라가 버렸다. 덩그러니 혼자 남겨진 화리가 어둠속에서 눈만 깜박이고 있을 때 도망치듯 2층으로 올라온 도욱은 빳빳해진 몸을 달래기 위해 펄쩍펄쩍 뛰었다. 그녀의 말랑한 다리를 만지던 촉감이 손에 그대로 남아 있었다. 그녀의 앙탈과도 같은 신음이 귓가에 맴돌아서 도저히 같이 있을 수가 없었다.

"워워. 김도욱! 후후."

〈2권에서 계속〉